如果这把驱散黑暗的火，
一定要用他的生命点燃，
我如何冷眼旁观啊！
四季变化，
山河长安，
如果他归来尚早，
是不是还有机会拥她入怀？
云迟，我想你了，我好想回家！

别跑 著

云烧了火

长江出版社
CHANGJIANG PRESS

图书在版编目（CIP）数据

云烧了火 / 别跑著. — 武汉：长江出版社，2025.3. — ISBN 978-7-5492-9910-2

Ⅰ.I247.5

中国国家版本馆 CIP 数据核字第 202470YL77 号

云烧了火　　别跑 著
YUNSHAOLEHUO

出　　版	长江出版社
	（武汉解放大道 1863 号）
选题策划	欣欣向爱
市场发行	长江出版社发行部
网　　址	http://www.cjpress.cn
责任编辑	李剑月
特约编辑	郑豫湘
封面设计	沐　沐
版式设计	小　羊　将　行
印　　刷	长沙鸿发印务实业有限公司
版　　次	2025 年 3 月第 1 版
印　　次	2025 年 3 月第 1 次印刷
开　　本	880mm×1230mm　1/32
印　　张	11.5
字　　数	345 千字
书　　号	ISBN 978-7-5492-9910-2
定　　价	45.00 元

版权所有，翻版必究。如有质量问题，请联系本社退换。
电话：027-82926557（总编室）　027-82926806（市场营销部）

目录

▶ 第 一 章 / 001　　　　　　　　　　重逢

▶ 第 二 章 / 035　　　　　　　　　　对峙

▶ 第 三 章 / 065　　　　　　　　　　名字

▶ 第 四 章 / 086　　　　　　　　　　真实与虚妄

▶ 第 五 章 / 115　　　　　　　　　　主动

▶ 第 六 章 / 140　　　　　　　　　　火烧云

▶ 第 七 章 / 169　　　　　　　　　　暗网

▶ 第 八 章 / 194　　　　　　　　左耳

▶ 第 九 章 / 217　　　　　　　　营救

▶ 第 十 章 / 240　　　　　　　　鸿门宴

▶ 第十一章 / 262　　　　　　　　破局

▶ 第十二章 / 288　　　　　　　　危机四伏

▶ 第十三章 / 322　　　　　　　　常焰，回头见！

▶ 番 外 一 / 347　　　　　　　　炽热相拥

▶ 番 外 二 / 356　　　　　　　　回不去的家

第一章　　重逢

　　风卷起尘土，把用来作装饰的气球人吹得颠三倒四，反复叩头，而在风拐弯的瞬间，气球人又灵活地站起来，微笑着直视前方。

　　玻璃门被风吹开了，云边惊醒，她抬起头，正对上气球人的笑脸。

　　对面是一间倒闭的服装店，店铺已被清空，卷帘门上的出租广告已经贴了三个多月，还是没有新商户入驻。

　　云边盯着被主人遗弃的气球人发了会儿呆。气球人戴着红帽子，留着小胡子，但没有穿背带裤，云边搞不清楚气球人到底是不是超级玛丽的模样，也搞不清楚气球人"玛丽"为什么不在电玩城门口，而是在服装店门口。

　　看了一会儿，云边眨眨眼睛，走出柜台，快下雨了，她得把窗户都关上。

　　半年前，云边和云端来到长蓝镇，租了一座三层楼，一楼作画廊，二楼作画室，三楼作起居室。这地方之前是一家书店，在一条老巷子尾，前后都是居民区，房租便宜，又是僻静之处，云边很喜欢。

　　卧室的窗子没关，雨水打了进来，云边合上木窗，挂上插销，抽了几张纸巾，把书桌上的雨滴擦干净，又捡起地上的几张素描纸。

　　素描纸有些发黄了，边角微卷，上面是炭笔画的速写图。

　　一个肩宽腰窄、肌肉紧绷，穿着背心，手里拿着一件外套的男人形象跃然纸上。

　　非常模糊的笔触，没刻画五官，细节也不清晰，但炭笔的颜色浓重，加之云边的画工很好，即使寥寥几笔，也能让人感受到男人身体里充盈的力量。

　　云边规整好东西后下楼，口袋里的手机响了，她边下楼梯边接电话。

　　"今天怎么这么早下班？四点了吗？"她瞥了一眼墙上的挂钟，已经四点一刻了，随后又走进柜台，从抽屉里拿出锁头和钥匙，"我这就过去接你。"

柜台到门口只有六七步的距离,云边出门落锁,将锁扣上后她才想起忘拿把伞了,但也没再进门,快步在巷子里穿行。

刚走出巷子,豆大的雨点一滴一滴地砸下来,风也极大,水滴沁透了棉质的衣料,留下一个个深色的点。

她拦了一辆出租车,说道:"去老吴按摩。"

司机看向云边,问道:"是玥玥发廊旁边的那个吗?"

云边"嗯"了一声:"我去那里接个人,然后你再把我们拉回来。"

"好嘞。"

司机没有打表,这里的出租车都不打表,打车起步价格默认为五块,最多也不会超过十五块,一般是从河东到河西的距离。

长蓝镇半个镇子都在河边,河像一条边境线,而河对面是另一个国家。

刚来的时候,云边还不太适应这座城镇的小。董嘉南说她是因为不习惯,待久了就知道这里的好。这里没有工作压力,社交关系好建立,邻里朋友也热情亲切。

的确是这样,但云边依旧不太适应。

"熟悉""安逸""热情",她并不需要这些感受来获得安全感;而"陌生""劳碌""冷漠",也不会使她丢失任何安全感。

暴雨来势汹汹,越下越猛,雨刮器已经开到最大,玻璃上还是模糊得很,司机谨慎地放缓车速。

云边透过车窗向上看,乌云又厚又黑,像一张魔鬼的脸。

她突然说道:"师傅,不是玥玥发廊旁边,而是离玥玥发廊大概有两百多米。"

司机笑了一声:"那不就是旁边吗?"

"嗯。"

司机看了她一眼,静静开了会儿车后又看了她一眼,起了个话茬:"这么大的雨怎么没带伞?"

"我以为会有卖的。"

司机把手往后一弯,从座椅后面的口袋里掏出一把折叠伞,在云边面前晃了晃,说道:"一会儿打这个。"

云边接过:"好,多少钱?"

司机摆摆手:"不是卖你的,你不是接人吗?下车上车这几步路打着。"

"好。"

出租车到了地方,云边撑伞下车,疾步朝老吴按摩跑去。虽是打了伞,但四处乱飞的雨还是有不少淋在了她身上。

云端已经在门口等着了,他穿着白衬衫、黑西裤,瘦瘦高高的,手里拿着折起来的手杖,臂弯处搭着一件薄薄的针织衫外套。

云边低着脑袋,快步走上台阶,唤了一声:"哥。"

云端点点头。

云边拉住他的手:"走吧。"

云端摸到了她的手,感受到了凉意,把臂弯搭着的外套展开举着,说道:"穿上。"

"好。"

云边把雨伞送到他手里,说道:"拿一下伞。"

云端拿到伞就没再松手,伞几乎都倾向云边,几步路的工夫,他的肩膀就湿了一大片。

司机数次张望,觉得这对男女长相相似。他们皮肤白皙,容貌清冷,那股子静若安澜的气质让人挪不开眼睛。

但司机总觉得男人有哪里不太对劲儿。

待两人钻进后座,司机时不时地从后视镜里看向他们,偶然一个抬头,正对上云端的眼睛,看到他的眼神很空洞。

司机连忙垂下眼皮,尴尬地抿了抿唇。

云边把伞收好,掏出纸巾擦了擦伞面的水珠,递给司机。

"谢谢你的伞。"

司机接伞的时候假装无意地瞥了云端一眼,瞧见他的目光直勾勾的,没有一点儿生气。

原来是个盲人。

路程不远,来回也就十多分钟,云边掏出钥匙开锁。

她问云端:"哥,一会儿吃什么?"

"鸡蛋面吧。我还不饿,你先洗个热水澡。"

"好。"

云端摸索着上楼,要去煮姜茶。

云边回卧室拿干净的衣物出来,瞥了他一眼后往洗手间走,说道:"哥你别弄了,一会儿我煮。"

云端"嗯"了一声,动作却没停,走到厨房,伸手摸到岛台,再缓慢向前摸索着,碰到了保温壶。保温壶壶口的另一端有按压开关,倒水时不按压开关,水是流不出来的,他用起来很安全。

十月份的长蓝,雨季已经快要结束,一辆车缓缓地驶进巷子,雨滴砸在车窗上,像一条条小溪流蜿蜒着向下滑落。

常焰握着手机,伸长脖子去看外面的光景。

"我怎么没听说长蓝还藏着什么大画家,香姐别是让人给忽悠了。"

电话那头的人在笑。

"谁叫我小妈喜欢呢?非得让我的宾馆都挂上她的画,说什么提高格调。又不是五星级酒店,要什么格调。"

常焰眯起眼睛看向车窗外的店铺:"大画家会让自己的画挂在宾馆?还五十幅,搞批发的画家啊?"

那头人的笑声越来越大。

"那个画家也这么说,说自己不是搞批发的,所以才让焰哥出马。"

常焰皱了皱眉:"不是商量好的?"

那边停顿了片刻。

常焰笑骂道:"这种活都差遣我是吧?我这就冲进去,不卖画就威胁,你看行不?"

"行啊。"安小哲调侃道,"反正我小妈见到画就开心,管它怎么来的呢。"

常焰侧了一下头,无意间看到一个红色的牌匾。

"Under the Porch,还真有这种店名?"

小店毫不起眼，里头没开灯，在外面什么都看不清，要不说真看不出来这是一家画室。

"你找到了？"

常焰"哼"了一声，把车停在路边："马上。"

他挂了电话，将手机随意扔在副驾驶座上，打开车门，微低着脑袋，几步跨到店门口，但头发和裸露在外的皮肤还是沾上了水珠。

他一把拽开店门，走了进去。

进去后他不觉这里的装修有多独特，可能是下雨的缘故，屋里灰暗又冷清，空气中飘着淡淡的辛辣味。

常焰的视线在屋内扫了一圈，又落在白色墙面上挂着的一幅幅油画上。

这些画给人一种很强烈的悲怆感，有似人似鬼的怪物，有雷电暴雨中坍塌的楼房，有垃圾场里的残疾流浪狗，还有街道旁的少年。

难得一张平和的画，画的是大海。海上有一只小帆船，船很小，海很大，风平浪静，但难掩孤独气息。

尺寸不一的画，用组合的方式交错排列。每个组合的画作四周都有射灯，若是开了灯，这里就像一个小型的展厅一般。

常焰看得并不仔细，一幅画看两秒，再看下一幅画。画摆得并不密集，不一会儿他就把柜台前面的十几幅画看完了。绕过柜台区域，他发现里面还有很大的空间。

常焰继续往里处走，路过柜台时扫了一眼。

柜台上很干净，放着一个水杯，还有一串菩提子。

他的视线在菩提子上多停留了一会儿，随后又百无聊赖地看起画来。

断崖、雾凇、雪山、荒草；农民、妇女、英雄、恶徒；乡野、城市、瓦房、高厦……

每幅画的下边都标注了价格，价格从三位数到五位数不等。他觉得好看的那幅大海油画，标价三万七。他看不出里面的门道，只觉得三位数的画也挺好看。

常焰走着走着，脚步便不自觉地慢下来，停在了整个屋子里最抽象的一幅画前。

画中是一座不夜城，城是隐在雾中的，像海市蜃楼，又像模糊的梦。看得到高楼迭起，彩色霓虹，却看不清那城市具体的样貌，但总像随时会倾倒一般。而画中那一团团色泽浓重的光点，莫名吸引着他想要靠近。

常焰下意识地抬手搓了搓后颈，裸露在空气里的半截臂膀肤色略黑，十分健硕，弯曲时肌肉微微绷紧，水珠顺着臂膀流下，在手肘处欲落不落。

他看得太过专注，待一道声音响起才回过神。

"买画吗？"

常焰一边回头一边说："陈香打过招呼，我来……"

他转过身，映入眼眸的画面沿着神经传递到大脑，刺激着他的意识，他浑身一僵，不可置信地看着眼前这恍如隔世的人。

云端说道："约好的客人是吗？稍等。"

常焰的手还搭在后颈上，保持着僵硬的姿势。此刻他的头脑也是僵硬的。云端怎么会在这里？画室？他在这里，那……

常焰脑子里突然涌起另一个念头，他果断抬腿，步子迈得老大，径直往外走，但还是走慢了。

云边下楼时跟他撞了个正着。

常焰的呼吸顿时哽在了气管里。

云边也是，这导致她在下最后两级台阶时踩空了，人猛地向前倾倒。

常焰脚步一顿，肌肉瞬间绷紧，下意识地双臂抬起，但云边被离得更近的云端接住了。

云端敏锐地察觉到不一般的动静，但因为双目失明无法精准找到动静的方向，导致他的膝盖磕到了楼梯扶手边的竖杠，好在最后还是牢牢地接住了云边。

"长了眼睛还不会走路。"云端轻斥。

常焰的目光移向云边，又迅速地移开。

云端说："这位客人说是陈香约好的。"

"陈香？"云边的目光一直停在常焰的脸上，不愿离开。

常焰很快恢复镇定："前两天陈香在你这儿买了几幅画，很喜欢，想再跟你定制五十幅。"

他的声音沙哑又低沉,像闷闷的鼓声,对于云边来说是陌生的,对云端来说也是。

短短几秒,云边思绪百转千回,她看着常焰脸上的散漫笑容,像在确认什么。

云端说:"五十幅?这里的画一共也没有五十幅,而且我们不接这样的单。"

常焰双手插兜,嗤笑一声,说道:"行,那我走了。"

"等一下。"

常焰抬脚刚要走,云边喊住他,神色已调整得和寻常无异,问道:"想要什么样的画?画要装饰在哪里?"

"宾馆客房,画的内容……你随意发挥。"

云边慢慢地朝他走去,最后在他跟前站定:"装饰宾馆的话,是想要风景画吗?"

常焰朝那幅大海油画扬了扬下巴:"这种画挺合适的,但价格……"安小哲可没给他那么多钱。

云边点点头,继续问道:"是放在玄关、床头还是哪里?"

"床头。"

"这幅画宽八十厘米,长一百一十厘米,放床头不太合适,跟我来吧。"

云边转身往柜台另一头走去,她穿了一条普通的灰色长裙,搭着一件黑色的针织外套,手腕上戴了一串小叶紫檀佛珠,衬得她手腕越发白皙。

常焰跟在她后头,距离不远不近。

云边带他来到几幅风景画前,抬手指了指,佛珠忽而滑动。常焰的目光在她手腕处停留两秒。

"这几幅比较适合,小一点儿的宽三十厘米、长四十厘米,或者宽五十厘米、长七十厘米,大一点儿的宽七十厘米、长一百厘米。床头画挂横版的比较好看,或者挂竖版的组合画,具体选什么还是根据卧室的装修风格来看。"

常焰的背微微有些驼,他比云边高,听她说话的时候垂眸侧头,背部看起来又驼了几分。

他点点头："嗯,你觉得哪幅好看?"

"我不是在让你选画的内容,是让你选尺寸。"

常焰扫了一眼,三幅画价格差不多,都在两千以内。

他指了指长一百厘米、宽七十厘米那幅,说道:"就这个尺寸吧。"

"你确定?"

"嗯。"

云边接着说道:"不是越大越好。"

常焰咂摸着这句话,默不作声。

云边的目光落在他嘴角的弧度上,然后缓缓向上,看向他的桃花眼,一晃六年,他变了许多。

常焰问道:"画的内容可以画外头那幅中的大海吗?"

云边摇头:"我不喜欢画重复的,就画风景画吧,比较适合宾馆装饰。具体什么风景,没得选,我画什么你就用什么。"

常焰:现在卖家都这么霸道了吗?还是说带着点儿旧恨?

他沉默两秒,开口道:"那就开票吧,能刷卡吗?"

"可以。"

云边走到柜台里,拿出收据,填写信息,在写到价钱这一栏时停住了,她盯着价格栏思索着。

常焰缓缓从后头走过来,低喃道:"一千七乘以五十,五七三十五,三加五,八。"

云边侧耳听着,随即在价格处写上"捌万伍"。

常焰把卡递过去,云边接过,刷卡机不常用,她按了几下,屏幕没亮。

"没电了。"云边说,"用手机银行支付吧。"

"我没有那东西。"

"那我充会儿电。"她翻出充电器。

插座在墙壁底端,云边蹲下,几缕头发自肩头滑落,微微一荡,长裙并非修身款,但还是勾勒出腰臀的曲线。

常焰垂眸瞧了一眼,匆匆收回目光,掏出一根烟点燃,深深地吸了一口。

柜台里的云端微微抬头:"店内禁止吸烟。"

常焰没吭声,脑海里突然涌起记忆中的声音——"小火,没尝过烟吧?来一根试试。"

常焰看着手里的烟沉默两秒,轻嗤一声后转过身迈着懒散的步子走到门口,推开玻璃门,抽了一口才丢掉。

他嘴里吐出的"蘑菇云"绵长又浓郁,一半飘进风里,一半弥漫在室内。

"什么宾馆?"站起来的云边问道。

常焰踱步到那幅自己相中的大海画前观摩,漫不经心地回道:"朋友的宾馆。"

有点儿答非所问。

充电要等一会儿,云边倚墙站立,抬头看了一眼他的背影,觉得很熟悉又很陌生,她挪开视线,又看向云端。

云端在看书,他的指腹摩擦着书页上凸起的小点,半天才翻一页,书页翻开,他的头也微微转动,好似在用眼睛看。这是失明前的肌肉习惯,这画面让云边感到难受。

常焰走到画前,用手背轻轻蹭了一下画布,动作缓慢,好像在感受着画面的质感。

"这幅和你卖我的那幅尺寸差不多,为什么价格不一样?"

云边很想忽视,但他的声音就像敲在自己耳边一般,震得她心脏猛跳。

常焰回头,恰好与云边的目光相撞。

他的眼神很平淡,看她和看普罗大众相差无几。

云边心头突然生出些烦躁:"画不是按尺寸收费的,是按质量。"

常焰咂了一下嘴:"你卖我的那幅,质量没有这幅好喽?"

云边反问:"你怎么评判质量?"

常焰愣了愣,嗤笑一声:"我哪看得懂?还不是你说哪幅好就哪幅好。"

云边深深地吸了一口气,差点儿维持不住镇定,好在刷卡机充电几分钟就可以使用了,她蹲下拿起来,利落刷卡。

"输密码吧。"

刷卡成功,等待小票打出。

云边的注意力都放在刷卡机上，她微低着头，鬓角滑落的细软碎发随着她的呼吸晃动得厉害。

撕下小票，云边并未让常焰签字，直接和收据叠在一起递给他，又拿出一张便利贴，说道："留个地址和联系方式，十幅画一交货。"

常焰很快写完，把笔随意一扔："五十幅要多久完成？"

"至少半年，或许一年，也可能更长。"

常焰啼笑皆非："你刚没说……"

云边打断他的话："售出不退。"

常焰被噎住，舔了舔嘴唇，沉默两秒，无奈地点点头："行。"

他转身离开，视线滑过云端的眼睛、满墙的油画、透亮的玻璃门，最终停在了对面"玛丽"的身上。

他眨眨眼睛，说道："走了。"

云边盯着他，待他的背影在视线中消失许久之后，才低头看那张便利贴。

没有姓名没有地址，只有一串十一位数字的手机号。她拿起笔在便利贴上写下两个字——严火。

她落笔有力，回笔有锋，铅笔字也能写出钢笔字的感觉，烙在纸上，就算擦掉也会留下很深的印记。而那十一位数字也如出一辙，干净利落，原本圆润的数字也写得有棱有角。

名字和数字，看起来像是一个人写的，刚烈又倔强。

云边的手指微微蜷缩，又松开，掌心都是汗。

"你要自己画？"

云边回神，看向云端。

云端的眼神是空洞的，没有任何情绪，但他的表情满是困惑。

云边有稳定的客户，画作大多是定制，只要出手都是五位数起。刚刚那位客人选购的画作之所以价格不贵，是因为那不是云边画的。她只是给了创作者一个展示的平台，并不会代替别人接订单。

云端的困惑就来源于此。云边此刻沉默着，压根没想这个问题。

"你今天有点儿奇怪。"云端说。

云边依旧沉默。

第二天。
云边忙活了一早上,把她和云端秋天的衣物都找了出来。她给云端找了一身黑色的运动服,给自己换上宽松的白毛衣和直筒牛仔裤。

打开店门,湿漉漉的空气扑面而来,带着泥土和草木的气息。最近的几场雨彻底带走了夏天的尾巴,早晨有些凉。

云边拿起扫把,把门前的石阶扫了一遍,余光瞥见石阶下的烟头,脑中突然浮现出昨日那个轻抚油画的男人。

她走下台阶,把水坑里的烟头捡起。等打扫完,云端从楼上下来了,他把菩提子缠在手腕上。

"吃什么?"云边问云端。

"出去吃吧。"

"好。"

云边把门上的营业牌子翻转到休息那面,落上锁,牵着云端的手出了门。

巷子拐角边停满了冒着热气的早餐推车,选择颇多,有煎饼、油条、鸡蛋饼等。

云端选了一个包子摊,要了两碗青菜粥、一屉素馅包子。

摊主是一个中年妇女,热情地朝两人笑笑:"哎哟,不要减肥哦。吃得这么少,看你们兄妹俩瘦得,都快成竹竿了。"

云端面无表情地点着手杖找到椅子坐下,云边也只是浅浅一笑,没搭话茬,抽出纸巾擦桌子。

包子摊主还在笑,声音大得很,手上忙活着,嘴里还不停地跟旁边的手抓饼男摊主说道:"这兄妹俩都不爱说话呢。"

手抓饼摊主笑道:"大城市来的文化人肯定是文文静静的。"

包子摊主瞥了云端一眼,缩着脖子低声跟对方说:"什么文化人啊,就是个按摩的。"

摊子离云边两人的位置远,声音稍微降低,他们就听不见了。

手抓饼摊的男人接茬道:"眼睛看不见也只能干这工作了。"

"听说那个哥哥还会吹唢呐。"

"唢呐?真有才啊,那东西不好吹的。"

"呵,"包子摊主把一屉包子拿出来准备摆盘,"人死时吹的玩意儿,不吉利。还有那个妹妹,画室里头挂的画可吓人了,我看都不太正……"话没说完,她一口噎在嗓子里。

云边不知什么时候走到了摊位旁,乌黑的眼睛看着她,眼中毫无波澜。

女人手一抖,筷头上的包子滚落在地。

"这盘是我们的吗?"云边问。

"是,掉了一个,我再蒸下一屉,你们慢点儿吃。"女人面色稍显尴尬。

"不用了。"云边拿走盘子。

吃过早餐付了钱,云边领着云端往东边走,路途不远,到仓清寺不过十五分钟。

今天云端休息,他信佛,于是让云边带他去拜佛。

仓清寺不是多么有名的寺庙,除了庙会的日子游客多些,平日里仅有一些当地人来上香。

寺庙内青烟袅袅,人影稀少,几个和尚围成一圈坐在树荫下,手里搓着玉米。卖香烛的大妈坐在小凳子上,抱着饭盆安静地吃着饭,时不时地把目光瞥向对面的宝殿。

一个妇人正蹲在宝殿台阶侧边的角落里打电话,声音不大,但泪流满面。

云边觉得,寺庙和医院有一个共同点,就是在这两个地方都很容易遇到绝望的人。

云边请了三炷香,交给云端,领着他到点香的地方,帮他调好位置,退到一边。

云端点好香,朝后方退了几步,按照顺时针方向朝四方各拜了三下。

云边见他拜完,走上前牵起他的一只手,上了二十余级台阶后进入大殿。

宝殿里镀金的佛像有三人高,要仰头才能看清面貌。

云端跪在简陋的布垫上,双手指节微微弯曲,拇指并拢,做合十状,一脸虔诚。

末了,云端又磕上三个头,云边便扶他起来。

云端捏了捏云边的手:"你也拜。"

阳光刺眼,云边眯起眼睛仰头看着他:"我不信佛。"

云端沉默了几秒:"抽个签,你今年还没抽过。"

云边没和他拗,请了三炷香,按照刚刚云端的样子上香,许愿,然后抽签。

抽签的时候云边抬头看了一眼佛像,听说不是所有人看到的佛祖都是一样的。有人看到的是威严,感受到的是庄重;有人看到的是慈爱,感受到的是心平气和;也有人看到的是恐怖,感到心悸害怕。

她倒是什么感觉都没有,就看见佛祖在对她笑。

云边抽到的是一支下签,和尚给她解签,说她近年期盼已久的愿将会达成。

"那为何是下签?"云端问。

和尚慈眉善目,笑着说:"因为这愿望的达成也是苦难的开始。"

云端眉头紧锁,询问化解之法。

和尚看了云边一眼,眼中含着深切的祝愿:"五蕴皆空,度一切苦厄。"

云端还想多问,和尚也只是多诵了几句经:"心无挂碍,无挂碍故,无有恐怖,远离颠倒梦想,究竟涅槃……"

云边领着云端走了,临走时云端把兜里的现金都塞进了功德箱。

和尚一直望着他们离开,等看不见两个人身影后,再次合掌,嘴里念道:"阿弥陀佛。"

回去的路上,云端嘴角紧绷,面露担忧。

云边瞟了他一眼,问道:"你放了多少钱?"

"七百。"

"七百够吗?"

云端朝她侧了侧头:"什么够吗?"

"帮我破灾啊。"

云端不说话了。

走了几步路，云边又慢悠悠地说道："你要是还担心，那明天再去塞点儿。"

云端停住脚步，转身面对着她，呵道："云边！"

连名带姓，已表明了他此时的情绪，云边闭上嘴。

云端脾气上来了就倔得很，不用云边领了，自己打开折叠手杖点着地面缓慢前行。

云边跟在他身后，一点点地搓掉掌心的金粉，这是刚刚上香时不小心沾染的。

回去的路不长，会经过一座老石拱桥，桥洞像一张弓，底下的河水绿油油的，边缘都是绿色的藻，不看那水，这桥还是很有沧桑美感的。

桥上的石栏、石板雕刻得古朴美观，工艺技巧是百年前的，云边刚来的时候就听说过这座古桥了。

在漫长的岁月中，即便经历过无数次风吹雨打、冰雪风霜的侵蚀，这座桥始终安然无恙，巍然挺立在河流之上。

人就做不到这样，人类习惯了燃烧自己，在短暂的生命里，建造一座贪念通天塔，上一层，烧掉一层皮，再上一层，烧掉脊骨，最后，烧掉灵魂。

"五蕴皆空"是个奇怪的词，和人类不搭调，是人，就做不到五蕴皆空。

回到画室，云端进入柜台，他的工作并不忙，上一天休一天，休息的时候就坐在柜台里读书。

云边去小卖部买了一包烟，回来的时候在门口遇到来画画的孙晨晨。

孙晨晨看见云边后眼睛一亮，笑着喊道："云边姐。"

"今天不上补习班？"

"我翘课啦。"

孙晨晨揽住云边的胳膊，脑袋歪在云边的肩膀上，看见她手里的烟，问道："云边姐你开始抽……"

"上楼吧。"云边打断她的话，先一步上楼。

孙晨晨并未马上跟去，而是跑到柜台前，手在云端面前晃了晃："云端哥哥，早上好呀。"

云端淡淡地"嗯"了一声。

孙晨晨五官标致,长了一张瓜子脸,看着人说话时那双干净水灵的眼睛一眨一眨的,少女的娇羞和可爱被她展现得淋漓尽致。

可惜云端看不到。

他看不到,孙晨晨就竭力让他感受到。她微微前倾身子,语调放得软软的:"看什么书呀?"

"随便看看。"

云端感受到孙晨晨的靠近,微微远离她,完全没有继续交谈的意思。

孙晨晨眼中浮现出一丝落寞,努了努嘴上楼了。

云边已经站在画架前了,她长发扎起,垂头在挤蓝白颜料。

孙晨晨把书包放在置物架上,拿下墙上挂着的围裙,一边穿一边看向画室南侧的晾画区。

晾画区是单独隔出来的空地,周围挂了绳子以免有人靠近。此刻,正中间放了一幅半人高的雪景画。

孙晨晨看着画中烟尘未染的世界,即便这个月来总见到这幅画,她还是忍不住感叹道:"雪真是美啊,我还没见过呢。"

"考上沈美,你就能看到雪了。"

云边用扇形刷在调色板上蘸取颜料,还没落笔,调色板已然像一幅画了。

孙晨晨皱了皱眉:"我爸妈要是愿意供,我当然愿意考。"

云边没吭声,目光落在空白的画布上,思忖了几秒后放下笔刷,转身去置物架前翻找起来。

"我一提考沈美,他们就说我不务正业。怎么就不务正业了?沈美是国内数一数二的美术学院,出了多少知名画家?还有云边姐,你也是那里毕业的,但他们就是听不进去,没见过世面的乡下人。"

孙晨晨走到自己常坐的位置,拉过笔筒,气鼓鼓地继续说道:"他们偏说画家都很穷,赚不到几个钱。我应该让他们来这儿看看你每幅画都卖了什么价钱。哼!"

云边在柜子里翻找片刻,找出一瓶松节油,瓶身沾了不少灰,她吹了吹。

"你说怎么做才能让他们同意我考沈美呢?"孙晨晨侧头看她。

"先考上再说。"云边说。

"可是他们不同意我考呀。"孙晨晨有些为难。

"就算他们同意,你现在有把握考上吗?"

云边打开松节油,味道有点儿呛,她下意识地皱起眉头:"你自己意识不到吗?"

孙晨晨的脸色有些尴尬,她知道自己的水平不行,跟云边比差了不止一个十万八千里,但那是有原因的。

"我没有时间练习啊!而且油画颜料很贵,我买不起。"

云边没再回答,开始铺色。

三个月前孙晨晨第一次来到画室,看见云边的画的那一刻她就认出云边了,毕竟云边是她在社交网络上关注了三年的画者。

只是她不太相信,云边会来到这座小镇。起初她一度以为云边是冒充的,反复比对她的画后才证实此云边就是彼云边。

兴奋至极,她起了拜师的心思,每天送各式各样的小礼物来讨好云边。

云边被烦得头疼,便让她画幅画看看。她画了,云边看过后给了"不收徒"的回答。

当时孙晨晨解释的话和此时一样,没时间练习,买不起颜料。

云边便说:"我这里免费,你想来就来。"

拜师不成,但有免费的颜料可以用,何乐而不为呢?

三个月过去了,孙晨晨知道自己再找这个借口没什么用,但也才三个月而已,不是吗?没有人三个月就能成为画家。

她侧头看向云边。

云边在专注地绘画,她眉头轻蹙,神色严肃,阳光给她白皙的皮肤镀了一层光,她作画的时候很认真,有着别样的魅力。

孙晨晨叹了一口气,如果她的父母有钱,她也可以有云边这样的气质,出身真的很重要。

海和天的底色铺出来了,云边换支画笔描绘轮廓,景色在她的脑海中很清晰,可下笔的时候她却忽然恍惚。

一个身形高大的男人突然浮现在她的眼前。他仰着头，宽阔的脊背微微弯曲，后颈处的皮肤折叠成一道沟。

男人穿着黑色短袖，小臂肌肉线条流畅，他抬手想去触碰油画，近在咫尺时却改用手背触碰，掌心的粗茧清晰地展现在云边的眼前。

"真是贵啊，好卖吗？"

男人微微侧头，额前的发遮住了他的眉眼，只看得到他高挺的鼻梁。他的唇一张一合，磨砂纸般的粗糙音色传到云边的耳朵里。

他回过头，脖颈的线条随之绷起，筋络从耳后到锁骨，轻凹下去，一道性感的曲线出现。

他询问般地向她投去一个眼神，不到一秒便移开了。那眼神很平静，平静得让人感到绝望。

啪的一声，云边手里的画笔掉落，颜料染上了地板。

云边低头，缓缓地调整着呼吸。

"云边姐，你怎么了？"孙晨晨愣愣地看着她。

"没事。"

云边从一旁抽出纸巾，蹲下身擦拭地板，把脏纸扔进垃圾桶后又转身走到洗手台，打肥皂，用力地搓手背上的颜料，冲水，再打肥皂，搓手背，如此反复好几遍，擦到皮肤发红才停下来。

随后她擦干手，上楼。

起居室上面有一个露台，她站在阳光下，从兜里掏出那盒烟，抽出一根，怔怔地看了一会儿远处的边境河景，才将烟点燃。

云边轻轻地吸了一口，浓烈的烟雾进入肺里，她咳嗽两声，雾气从嘴里跑出，被风吹散。

第一次抽烟让云边有种眩晕感，她走到栏杆处，倚靠上去，转身迎着阳光，她微微眯起眼睛，一瞬间仿佛看到了十二年前的光景。

沈城的冬天很冷，但家里很暖和。

周末，云边在家睡懒觉，被敲门声吵醒，准确说是砸门声。

"云端，云端，别告诉我你还没起床！"门外的少年对着门叫嚷，"麻溜地，别老让爷等你。"

云边拉过被子盖住头，过了好一会儿发现那敲门声还没停，她意识到家里没人，便走出去打开门。

门打开，冷空气扑面而来，一个穿着黑色长款羽绒服的少年站在门口。

那是云边第一次见到严火。

少年嘴巴微张，有些惊讶，以为自己敲错门了，呆愣半晌。

云边穿着单薄的睡衣，眉头紧皱，语气不善地说道："云端不在家。"

砰的一声，云边把门关上，最后一秒看到的是少年还没缓过神的脸。

被严火吵醒后云边便没了睡意，她打开电视机看节目，看了几分钟后听见云端卧室里有动静。

人在家怎么不出来？

云边走过去敲了敲门，没人应，她推开门，冷空气再次扑面而来。

严火正骑在窗台上，抬头朝云边吹了声口哨，一副登徒子的派头。

"云端这是金屋藏娇啊。"

云边不可思议地看着他："这可是三楼。"

严火跳进屋子里，挑挑眉，炫耀道："六楼我也爬得上去。"

云边不再说话，只是静静地看着他。

"你是谁啊？怎么在云端家？"严火把窗子关上，扭头问云边。

冷风还缠绕在云端的卧室里，云边觉得冷，不想多待，转身回到客厅："这话应该是我问你，你为什么爬到我家？"

"找云端啊，你要让我进门，我至于爬窗户吗？"

严火十分自然地在云端柜子里翻了两袋薯片出来，扔到沙发上，随后开始脱羽绒服："随便吃啊，甭跟哥客气。"

"刚不还是爷的吗？"云边面无表情地瞅着他。

十八岁的严火已经很高大了，坐在沙发上占了一半的位置，他饶有兴趣地对云边笑道："你是云端那个画家妹妹吧，云端没跟你提过我吗？"

当然提过，云端总在电话里说到严火，说他那张扬的个性，风风火火的脾气，以及不知天高地厚的狂妄。

他没自我介绍，但今天的行径已经和"严火"这个名字对上了。

"没有。"云边摇头。

严火瞟了一眼云边冷淡的表情。

十四岁的云边,五官稚嫩清秀,但让人不易接近。

严火突然探身向前,笑得没心没肺。

"头一次见到活的画家,你怎么这么好看?"

云边身上的汗毛瞬间立了起来,脸颊变得滚烫,双手使劲儿推严火。

云端打开家门便看见这一幕,反应不亚于炸毛的云边,他大跨步走到沙发前,一边骂一边把严火拽到自己的卧室。

五分钟后,卧室门打开,严火头发凌乱得不像样子,一看就是被揪掉了不少。

他双手插兜,斜眼看着身侧的云端,说话阴阳怪气的,声调也高,好像故意让云边听到似的。

"夸夸怎么了,看把你给急的,老子肯定负责。"

云端抬脚要踹他:"负个鬼,美得你。"

严火躲过,哼笑一声,抬眼看向正襟危坐的云边,觉得好玩,扬起下巴吹了声口哨,说道:"长得这么好看,以后要嫁给严火哥哥哦。"

好像只有少年时代才会轻易相信别人的话吧。

烟头烫到了手,云边的思绪被拉了回来,她把烟头扔掉,踩灭。

只有孩子才会计较对错,成年人再去计较会显得特别幼稚。

云边自嘲地笑了一下,今天那个和尚说得真对,因为做不到"放空",所以才觉得生活苦。

云边下楼后发现孙晨晨已经走了。孙晨晨今天来是完成前两天没画完的山水画。云边过去,将她的画调整了一下角度,确保不会被阳光晒到。

云边低头的时候发现有几管颜料空了,突然想到前几日丢了的那几管颜料的颜色刚好和今天空的对上,她抬头看看孙晨晨的画,今天的画没用到这几个颜色,不可能会空。

这已经是孙晨晨第三次顺走她的颜料了。云边沉默几秒,把空管扔进垃圾桶。

蓝海湾洗浴中心。

包房里，常焰躺在一张按摩椅上，白色的毛巾搭在他的腰间，男技师在他宽厚的脊背上按摩着。

常焰的肌肉很硬，男技师累得满头大汗。

常焰："没吃饭是吧？"

就在技师生无可恋的时候，栾宇走进包房拯救了他。

"焰哥，有人闹事。"

常焰缓慢抬头，懒洋洋地问："闹什么事？"

"点了个全身按摩，觉得咱们的技师按得不到位，就闹了起来。"

常焰闻言哼笑一声，说道："怎么不到位？"说完朝技师挥了挥手，技师把一旁的衣物递给常焰。

栾宇耸了下肩，给常焰一个眼神。

常焰三两下把浴衣套好，踩着拖鞋，走出包房。

他拐了两道弯，听见女人的哭泣声，随后是男人的叫骂："摸一下手有什么好哭的，你们不就是干这个的吗？装什么装，退钱！"

闹事包房外有几个围观的人。

包房内，技师小曼站在一旁，手紧紧地攥着自己的衣服，泪水不断地往下掉，一旁的秃头男人正怒目圆睁地指着小曼。

看见常焰走进来，秃头自上而下地打量了他一番，豪横地问："你就是经理？"

栾宇往前一步，说："对，这是我们经理，焰哥。"

秃头见常焰比自己高一头，不想输了气势，便叉起腰挺起肚："行，经理来了就解决事吧。你们的技师按得不到位，我要退钱，退十倍，不退我就去举报你们！"

常焰像是听到了什么笑话，笑出了声："举报什么？咱们可是正规洗浴，不搞那些乱七八糟的东西。"

"举报你们欺诈消费者，你们这儿的技师有资格证吗？懂穴位吗？刚刚按了下我脖子，我眼前突然就黑了，幸好马上恢复了，不然你们得赔个几十万！"秃头叫嚣着。

"呸！"栾宇转头看向小曼，"小曼你说，你这衣服怎么破的？"

小曼低头呜咽道:"他……他硬扯的。"

"你别在这儿血口喷人,明明是你差点儿把我按瞎了,我害怕才乱抓,不小心抓到你衣服的。"秃头说着就要去拽小曼。

常焰长臂一伸按住他的肩膀,冷笑道:"我看你是真瞎了,我在这儿你还想对我的人动手。"

他又转头对小曼说:"没你事了。"

小曼点点头,快步跑了出去。

"赶紧给我退钱,你这地方我一分钟都不想待了。"秃头想要挣脱,但常焰力气太大,他怎么都甩不开。

常焰摇摇头:"耍完流氓还想退钱,让你欺负的人不就白被欺负了?"

"你什么意思?"

秃头还没反应过来,常焰的膝盖猛地撞击他的腹部,他本能地弯下腰,只觉全身痛到痉挛,连呼吸都变得困难起来。

秃头喘着粗气,结巴起来:"你……你就这么对待顾客,我要……我要……"

常焰慢悠悠地打断他的话:"外地的吧?一会儿出门打听打听常焰是谁,不要在这里无理取闹。"

随后,他转头朝栾宇扬了扬下巴:"送客。"

看热闹的客人见常焰走出来,纷纷躲避,甚至连头都不敢抬起,生怕和他对上视线一般。

长蓝是个小地方,风云人物也就那么几个,外地人不知道常焰,本地人却鲜少有不知道他的。

蓝海湾只是常焰管理的众多娱乐场所中的一个,长蓝最大的酒吧、饭店、棋牌社,还有一家出租车公司都是他在管理。

在这种有些落后贫瘠的小镇,常焰已是厉害的人物了。

画画的时候,时间总是过得很快,不知不觉三个小时就过去了,楼下传来云端的声音——

"云边,该订餐了,你吃什么?"

云边还沉浸在画中,她眉头紧锁,嘴巴绷成一条直线,胳膊快速地挥动着。她下笔极其用力,像是在戳画布一样。

原本铺就的蓝色天空,此刻像布满了雾霾一样,阴沉沉的,海浪翻涌,仿佛一阵风刮来,浪花就能从画布中冲出,拍打在人身上。

云端等了许久,没听见云边的动静,他摸着楼梯扶手缓慢上楼。他虽然看不见,但能听到画架轻轻颤动的声音以及云边的呼吸声。

闻到空气中一股刺鼻的气味,云端皱了皱眉:"怎么用了松节油?"

云边略微抬了一下眼皮:"怎么了?"

"你松节油过敏,为什么还用?"

云边不吭声。云端摸索着往三楼走,回到卧室,翻出一管治疗过敏的药膏,转身下楼。

"云边。"

云边没回头,还在画,淡淡地"嗯"了一声。

"你吃什么?"

"我不饿,你先吃吧。"

云边在画画的时候特别专注,根本感觉不到时间的流逝。她性格安静,不喜交际,画家这份工作非常适合她,她也做得很好,可也有些极端。

像那幅雪景画,因为难度较高,云边画了半个多月。这半个月来,除了接送云端上下班外,她都是在画室里待着。

在画室里待着指的是在自由的空间内把自己封闭起来,废寝忘食,昼夜不分。

来了客人她也不下楼,任客人随意活动。她一画就是一整天,直到累得不行了才去睡觉。

偶尔深夜,云边会睡在画室的地板上,云端找到她,跌跌撞撞地把她抱回卧室。

外人只看得到云边的天赋,提起她就会说她是个天生会画画的人,但只有身边亲近的人知道她是如何画画的。

从小到大,她把热情与专注都放在了绘画上面。

云边的父母因此担忧过许久,觉得画画毁了她,让她本该热闹的童年过得孤独又枯燥，甚至一度以为她患有孤独症，因此还没收过她的绘画工具，命令她暂时不可以画画，要去交朋友，学会与人沟通。

让人意外的是云边与人沟通做得很好，她没有一丁点儿交流障碍，与各种性格的人都能打成一片。她智商、情商都在线，只是她不想把对绘画的热情放在别的事情上。

自此，云边的父母便任由她去追求自己的梦想，但有个前提条件，不可以把所有的时间都花在绘画上。为了她的身体着想，她隔一段时间就需要休息，不能接触绘画。

云边很听话，这个规矩一直延续至今，所以她的订单从不密集，特别是做完重要的订单后，她都会休息一段时间。

这两天她很反常。

云端的神色有些困惑，他捏着手里的药膏沉默许久，最终还是忍不住抬手摸到她的肩膀，而后缓慢向下，抓住她的手腕。

他的手掌在云边的手臂、手腕、手背上摸索许久，但没有感觉到什么异常，只能问道："起疹子没有？"

松节油能让油画晾干的速度变得更快，除了这个原因，云端想不出云边为什么会用松节油。

"没有。"云边撒谎。

"别画了。"云端显然不信。

"哥！"云边语气有些烦躁，"很快就画完了，你先下楼。"

云端拗不过她，独自下楼，摸到座机电话，给附近的饭店打过去点了外卖，又坐进柜台里"读"起书来。

下午两点云边画完了这幅画，她把画放到晾干区后走到洗手台，打开水龙头，先洗了一把脸，然后洗手，沾到颜料的那处手背皮肤已经很红了，手腕和胳膊上也起了星星点点的红色疹子，但并不密集，用衣袖一遮便看不见了。

云边下楼，她的那份外卖还在柜台上放着。

云端听到声音，把外卖递给她，说："热一热，吃饭吧。"

"嗯。"

"我跟饭店打好招呼了,每天中午会按时送午饭过来,记得吃。"云端嘱咐道。

他怕云边又像前阵子一样,一画上画就顾不得吃饭。

玥玥发廊。

洗头小妹的那句"欢迎光临"喊得脆生生的。常焰扫了一眼洗头小妹的脸,觉得有些面生。

"剪头还是烫头?"

"洗头。"

洗头小妹引着常焰往洗头区走,被理发师大圆拦住:"焰哥来了啊,玥姐没过来呢,您先等会儿。"

"没事,这小妹给我洗就行。"常焰脚步未停。

闻言,洗头小妹扯了两块干毛巾跟了过去。

洗发区在屋子里头,门口挂了半块帘布,遮住了外头的光。常焰掀开帘子,随意地躺在一张洗头椅上,双臂交叉环胸。

"先生是玥姐的朋友吗?"

"嗯,你叫什么名字?"常焰的双眼直直地盯着洗头小妹的脸。

洗头小妹被他盯得有点儿害羞,她微微抿唇,软着声音说道:"我叫杨柳。"

"名字挺好听的,哪儿的人?"

"杨柳人。"

"挺有意思。"常焰笑了笑。

常焰进来之前,杨柳就隔着玻璃窗看见他了。

他双手插兜,微微扭头看着过往的车辆。风吹起额发,他微微眯起眼睛,眼神里透着一股目中无人的倨傲。

他的形象和小说里那种又痞又傲慢的男主形象完美契合。

常焰刚刚有意无意打量她的眼神和唇角散漫的笑意,让她无端生出一种被男主注视的感觉,脸颊也开始微微发烫。

杨柳的手指轻揉着常焰的头皮。他的发际线是很漂亮的 M 形,额头十分饱满,剪寸头的话也很好看。

"多大了?"

"十六。"

"家那么远怎么来这边了?有亲戚在这边?"

"嗯,我有个表哥在这里。"

"是男朋友吧?"常焰调笑道。

杨柳红着脸摇摇头,搓洗完头发之后,用一只手托起常焰的后脑勺,另一只手缓缓伸到他的后颈处,轻轻按摩起来。

常焰摆摆手:"不用按,洗洗就行。"

"老板说必须要按流程来。"

杨柳的技术不是很娴熟,有水滴溅在常焰的脸上,他随意抹了一把,重复道:"不用按。"

"那个……"杨柳有些为难。

"不是告诉你不用按了吗,还在这儿磨蹭什么!"

一个娇媚的声音由远及近,下一刻,帘子被掀开,外头的灯光倏地打在常焰脸上,他微微眯起眼,瞥见了林玥。

杨柳突然有点儿紧张,手僵在常焰的脖颈上。

林玥扭着腰走进来,趾高气扬地看着杨柳,语气不善:"愣着干什么?出去招呼客人。"

"这个……"

"这个是我的客人。"

杨柳低着头站了起来。林玥坐在椅子上,她摘掉镯子、戒指,把手打湿,长长的指甲插入常焰的发间。

杨柳看了看常焰,他正闭着眼,眉头微皱,仿佛一下子心情不畅了。

看了一会儿,杨柳就低着头走出洗头区。

林玥的指甲轻挠着常焰的头皮,打上洗发水又给洗了一遍,抱怨道:"来洗头怎么不跟人家说一声?"

常焰自林玥进来便闭上了眼,闻言笑了一声,说道:"什么时候招的新人?"

"刚招的，怎么了？你关心新人干什么？半个多月不见，见面就问别人，怎么不问我？"林玥娇嗔。

一连串好几个问题，常焰呼出一口气，不耐烦地说道："我告诉过你最近别招新人吧？"

"人手不够当然要招了。"林玥撇嘴，冲掉常焰头上的泡沫，擦干手，伸手去按他的肩膀。

常焰一把扣住了她的手腕："不是说不用按了吗，还在这儿按什么按？"

常焰把她的话还回去，人利索地坐起，拿过一边搭着的干毛巾，胡乱擦了一把湿头发，转身出去。

林玥气得跺了一下脚，追了上去。

常焰找了个空位坐下，对着镜子抓了抓头发。

林玥拿着吹风机走到他身后，问道："要剪吗？"

"不用，吹干就行。"常焰面色平淡。

林玥打开吹风机，呜呜的风声在常焰头顶响起。

"客人再多我也不招人了，大不了我自己待客，这总行了吧？"林玥表情委屈，态度已然放软。

常焰透过镜子看了她一眼："听话就好。"

林玥是那种常焰硬她就软，常焰软她就蹬鼻子上脸的类型。看常焰没有要深究的意思，她便觉得这事就算过去了，笑了笑，声音又柔又媚。

"你总让人家听话，人家听话了，你也不对人家好点儿，那我干吗总听你的话啊？"

"你说绕口令呢？"

林玥瞥了常焰一眼。

常焰口袋里的手机振动一声，他拿出来，是一个陌生号码发来的短信——"取画"。

他盯着那条短信愣了几秒。

林玥察觉到他在出神，歪过头，目光还没落在他的手机上，他就飞快地按了锁屏键。

林玥抬眸，发现镜子里的常焰正盯着自己，她有些慌乱地移开视线。

"我什么都没看到。"

常焰把手机揣回兜里，面色一沉："你手下的那批人，可个个惦记着你的位置。如果你出了什么事，我不会保你，只会找另一个人补你的位置。你想要什么直接开口，别用这种方式来试探我对你的容忍度。"

他在说林玥招新人的事，语气很平静，却句句戳她的心窝。

"还有这个新来的杨柳，走没走过货？"

"还没。"林玥神色逐渐落寞。

"那就开掉吧。"常焰声音冰冷。

"知道了。"林玥不敢再招惹常焰，认真地给他吹头发。

常焰却突然站起身，顶着半干的头发，头也不回地走了。

林玥咬住嘴唇，眼眶发红。

"玥玥发廊"虽然是发廊，但发廊里的人除了给人做头发外还有别的买卖。

这间发廊里的人都是林玥的下线，大多不是本地人，来这里的原因无二，因为爱情。

爱情使人甘愿跨越千里，来到陌生的城市谋生。爱情开始都是甜美的，他们沉浸在专门为他们打造的甜美里面，愿意为之付出一切。

林玥最初也是因为爱情走上了这条不归路。

那时她还在念中学，被父亲家暴，被同学霸凌，她的生活过得苦不堪言。偶然一次网上聊天，她遇到了一个又帅又有钱还愿意倾听她故事的男生，她觉得遇到了自己的白马王子。

白马王子对她展开了猛烈的追求，每日问候，经常打钱，她飞快地陷入爱情的旋涡，并为爱私奔。

她到了白马王子所在的城市，白马王子说要来长蓝谈生意，带上她一起，可到了长蓝后就再没离开过。

白马王子家突然破产，家乡有许多人追债，他们不得不躲在长蓝，并开始寻求谋生之路。

林玥被白马王子介绍到一个名为"星星发廊"的地方上班，就此走上了不归路。

她之后才知道白马王子是许多女人的王子,所谓的富二代破产只不过是一场蓄谋已久的骗局。

那时候的星星发廊还不是常焰管理,但林玥知道常焰也是这条线上的人,不过他管的是其他生意。

后来星星发廊出事了,只剩林玥一个。她了解到常焰需要人,于是选择跟着他干。

常焰也不曾亏待她,干了一段时间之后,给她开了这间"玥玥发廊"。

发廊不大,理发师技术也不佳,但永远有那么一批固定的客人,每月都来洗个头,然后给个几千上万的。

久而久之,外人虽不知道这里面做的什么勾当,但也知道这不是什么好地方。

走了一路,常焰的头发已经被风吹干,他站在气球人"玛丽"旁边,抽完两根烟后才想起来,车还停在玥玥发廊那里。

他郁闷地吐出最后一口烟,抬头看向画室牌匾——Under the Porch。

早就该想到,只有她能起出这么随便的名字。

常焰视线下移,看到坐在柜台里的云边,她低头不知在干什么,长发遮住了半边脸,许久也不抬头。

常焰偏过脸,看见"玛丽"跟他看的是同一个方向。

"好看吗?"常焰问"玛丽"。

"玛丽"没反应。

常焰拍了一下它的头:"有什么好看的。"

云边听见开门的动静,抬起头,看见常焰走进来。他今天穿了黑衬衫、休闲裤,头发有点儿飞扬。

常焰懒散地迈着步子走到柜台前,对上云边略显呆滞的目光。

"没睡醒?"

云边把铅笔和稿纸往桌洞里一推,站起身问道:"你怎么来了?"

常焰定定地看着她:"不是你让我来的?"

云边愣住,微微张了张嘴,又飞快闭上。

"哦,这样。"

常焰移开视线,唇角勾了一下,有些哭笑不得地问道:"你一天就画完了十幅?打印的?"

"嗯?"云边看着他,一副听不懂的样子。

常焰:"……"

"你等一下,我去拿。"云边从柜台里出来,和常焰擦身而过。

常焰见她化了妆,但并不浓。

云边的五官本就精致,皮肤白皙透亮,不化妆也很好看,而且她也没有化妆的习惯,那今天为什么要化妆呢?

常焰下意识地咬了咬嘴唇,跟在云边身后上楼,问道:"你自己拿得了吗?"

云边不说话,上到二楼,径直走到晾画区,拆掉挂绳,把那幅大海画拿了下来。

常焰站在她身后,注意力被旁边那幅大大的雪景画吸引了。

画中的世界,雪花纷飞,村庄藏在厚厚的积雪下,树枝、荒草、碎冰,每一个细节都刻画得完美无瑕,很难不让人心生感叹。

"这是沈城的一个小村庄。"云边说,"你去过吗?"

沈城,已是常焰记忆里很遥远的一部分了,这幅雪景画意外地拉回了一些他对沈城冬天的记忆,但沈城的村庄,他并不熟悉。

"没有。你去过?"

"嗯,这幅画原本的买家是在这个村庄长大的,后来移居国外,年岁高了,又患了重病,回不去家乡了,便想让我画出来,所以我去看了看。"

云边看着那幅画,表情突然有些感伤:"可惜,我还没画完,他就去世了,这幅画现在没有主人了。"

一晃六年,她还是那副样子,眉目清冷,情绪很少外露。可唯独在面对作品的时候,她的神情丰富,仿佛她就是那画里的人,与画悲喜与共。

常焰沉默两秒,收回看她的目光,语气有些漫不经心:"跟我说这些干吗?"

云边看了他一眼,也不再多说什么了,把手里的画递给他:"你的画。"

常焰诧异:"就一幅?"

"嗯。"云边应得理直气壮,"需要给你包起来吗?"

常焰听得好笑:"不是说十幅画一交吗?现在才一幅画,你让我来取个什么?"

云边转身,往画室的另一头走:"你不是很喜欢这种画风吗?我以为你想很快拥有。"

常焰愣了一下,这才低头看画。他喜欢那幅大海画是因为那幅画很大,海的汹涌气势都体现出来了。但此刻手里的这幅缩小版,还没电脑显示屏大呢,大气感都没了,而且……

"这画的什么?乌云?台风?你这海浪,都快把船掀翻了,敷衍我呢?"常焰嫌弃道。

云边打开收纳柜寻找包装纸盒和填充物,说:"不是没掀翻吗?"

常焰低头看着那海上的小帆船,如果里面有人,怕是命不久矣。他摇摇头,再看一眼,又摇摇头。

云边看到他的表情,问道:"不喜欢?"

"啊。"常焰的语气里有着淡淡的委屈。

"那就算赠品吧。"云边把那幅画拿走,给他打包。

常焰倚在柜子边,斜眼看她,不知道她是不是在戏弄自己。

云边蹲在地上,缠着塑料膜:"十幅画送一幅,可以吧?"

听起来像是在弥补,怕他抱怨。常焰沉默不语,直勾勾地看着她。

云边的动作不急不缓,小心翼翼,看得出对自己作品的珍视。

"手怎么了?"常焰忽然问道。

"过敏了。"云边抬手别了一下鬓角散落的头发,衣袖随之滑到手腕处,手背上的红肿暴露在常焰眼前。

她抬起头,又补了一句:"画这幅画的时候不小心沾到了颜料。"

过敏的人能画半辈子画?他又不傻。常焰眉头皱起,看着云边淡然的表情,不由得咬了下后槽牙,觉得自己嘴有点儿损,便没再说话了。

"我还没吃饭,你请我吃饭吧。"云边说。

常焰的手微微握了一下,眉头皱得更紧了。

云边扣上纸盒后站起身，偷偷瞟了他一眼，说："弄好了，我们走吧。"

常焰不动。

云边把画抱在怀里，自顾自地往楼下走，问道："长蓝有什么小吃吗？你平时都喜欢吃什么？有推荐的吗？"

常焰肘部用力地撑了下柜子，直起身后双手插兜缓缓下楼，眉头却迟迟未放松，心里生出些许烦躁。

云边已经站在门口了，她一只手拿着画，一只手拿着门锁。

常焰磨磨蹭蹭地走了出去。

云边锁上门，这才把画递给他："你拿着。"

常焰伸出手，再抬头，云边已经走出了几步。

他看向云边，有种被套路了的感觉，犹豫片刻，还是朝着她走了过去。

常焰自始至终沉默不语，云边也不说话。两个人虽然并肩走着，但中间隔的距离差不多还能站下三四个人。

他们走出巷子，到了一条小吃街。

云边瞥了常焰一眼，只见他下颌紧绷，一副心事重重的样子。

"吃米线怎么样？"云边指向一家小店。

常焰顺着她指的方向看过去，小店人很多，和周边其他冷清的小吃店有着鲜明的对比。

他记得云边最不喜欢的就是热闹。以前出去吃饭，她找的都是环境清幽、安静的地方，就算东西不好吃她也愿意去。

常焰眼神一凛，问道："你吃过这家？"

"吃过啊，很好吃，带你试试。"云边抬腿往小店方向走。

常焰一把抓住她的手臂："换一家。"

他的手掌很大，虽隔了一层布料，但云边还是能感受到他掌心的温度，很热。

"为什么？"云边问。

"去吃麻辣小面。"常焰沉着脸带头往前走。

云边愣了一下，他们两个曾经也总是一起去吃麻辣小面。

绕了两三条街,才到了常焰要去的那家小吃店。

小店干干净净的,老板看起来二十出头,热情地招呼道:"焰哥来了,快坐。"

两人坐下,老板过来擦桌子,问道:"麻辣小面?"

常焰点点头,把油画放到身侧的凳子上,说:"两碗。"

他侧头看了云边一眼,许是走了一路热坏了,她的脸颊有些红,鬓角也湿了。

云边伸手拢了一把头发,露出白皙修长的脖颈。

常焰隐约看见她脖子上长了个疹子,视线下移,锁骨窝处好像也有一个。他若无其事地移开视线,心想:真过敏了?

面很快做好,撒上点儿芝麻和香菜末便被端上了桌。

"再来两瓶矿泉水。"常焰对老板说。

"好嘞!"

矿泉水拿上来,云边拧开。她喝水的时候目光向下,平静地看向常焰。

"老板叫你什么?"放下水瓶,云边问道。

常焰愣了一下,有些漫不经心地问道:"怎么?"

"Yàn。"云边声调很重。

常焰盯着她看了看:"Yán。"

"Yán?"

"嗯,严!"

云边半信半疑。

"他的普通话不标准。"常焰解释道。

云边拿起筷子,开始吃面。

常焰也没有聊天的兴致了,埋头大吃。云边吃得慢条斯理,火红的辣椒油沾在她嘴唇上,红红的。

常焰瞥了云边一眼,她吃饭一点儿声音都没有。他神思一晃,好像一瞬间回到了从前。

老旧的红木桌子,穿着校服的女孩儿低头认真又缓慢地吃着面,坐在对面的他问道:"不辣吗?"

"不辣。"

"那再加一勺！"他舀起一大勺辣椒油添在她的面里。

"你也加一勺。"她有样学样，也给他舀了一勺。

"行啊，说好了的，谁吃得慢谁做马。"他一脸坏笑地看着她。

她抬头，自信又笃定地说道："你输定了。"

"开玩笑！"他不当一回事。

过了一会儿，他脑门上都是汗，她却跟个没事人似的。

他说："吃不了别硬吃啊，可以认输。"

"开玩笑！"她说这句话时一个字一个字地往外蹦。

他见状心道不好，这小丫头认真起来就跟国家运动员似的，竞争意识胜过一切。

于是他又舀了一勺辣椒油放在她碗里，说道："加码！"

她也又给他舀了一勺："梭哈！"

他差点儿笑喷，伸手拍拍她："什么梭哈，跟谁学的？"

"你啊。"她的眼神有些懵懂，"不是放狠话的意思吗？"

那天他被辣得差点儿胃出血，最终还是败了。其实那时候的他根本没想赢比赛，只是想看云边在他面前出个糗，再撒娇认输，这样会很有成就感。

常焰陷在回忆里，倏地嗤笑一声，真是幼稚。

云边闻声抬头，问："你什么时候来的长蓝？"

常焰没回答她的问题，又吃了一大口面，碗见了底，他指了指云边的面："快点儿吃，我还有事。"

言下之意就是别耽误他的时间。

云边平淡地垂眸，挑起一筷子面，不紧不慢地吃了一小口，在嘴里轻轻咀嚼着，再抬头时常焰已经吃完了，正不耐烦地看着她。

"你有事就先走吧。"云边面无表情地说道。

常焰沉默几秒，心底涌起一股子火气，转头喊道："老板，结账。"

老板走出来，笑着摆手："不用不用，两碗面才几块钱，给什么给呀。"

常焰自顾自地掏出零钱，还掏出一包烟和打火机，打火机上印有一行白色的字——蓝海湾洗浴。

他把两张十块钱的纸币塞进了老板的围裙口袋。

老板要往外拿。

常焰声色俱厉地说道:"每次来都搞这一套,不嫌烦?让你收着就收着!"

见状,老板只好收下,又看了云边一眼:"行吧,那你们常来,下回给加小菜。"

常焰摆了摆手:"行了,加什么小菜,都没几个客人,还干赔本买卖。"

云边平淡地看着他,嘴里嚼着面。

"看什么看!"常焰的语气有点儿横。

云边依旧看着他,眼神带着点儿探究。

常焰被她看得有点儿不自在,掸掸衣服,但衣服上什么都没有,也不知道在掸什么。

"怎么还不走?"云边问。

常焰的下颌线突然紧绷了一下,随后踢开凳子,拿着油画走了出去,一路都没回头。

云边又吃了一口面,盯着坐在柜台旁玩手机的老板,一直注视到他抬起头,对上她的视线。

"老板,他叫什么名字?"

第二章　　对峙

云边的画室所在的巷子，前后都是老居民区。而老居民区有一个特点，就是商业区和住宅区划分得不明显。

这条巷子左右都是门市，早些年还算热闹，但近两年新建了几条商业街，巷子里的店家大多搬离了此地，毕竟商业街的位置和环境比这巷子要好上太多。

仅存的几家门店以便民为主，像隔壁的五金店、斜对面的粮油商店和裁缝店。剩下的一些店面要么贴着出租广告，要么用来做仓库。而饭店和一些比较热闹的店，多在后头的一条街上。

居民区的出入口也没设在这条巷子附近，所以这条巷子平时都是冷冷清清的，店家们也都是佛系经营，能坚持到哪天算哪天。

云边的画室，平时也少有客人。在长蓝这种落后的地方，能欣赏她的画作，并愿意高价买的，少之又少。不过无所谓，反正她也不是为了谋生而开的。

装货师傅将包装好的雪景画从画室里抬出，这幅画是要邮回沈城的，云边嘱咐他们运送过程中要小心。

目送货车远去，她垂下眼眸，有种送走了朋友的感觉，不太好受，但画总要有个主人。

"姐姐！"

云边抬眼，看见穿着牛仔外套的董嘉南，他二十出头，有种少年初长成的俊秀。

"今天怎么过来了？"云边问道。

"周末了，我休息呀。"董嘉南笑容灿烂，"你在门口站着，是在等我吗？"

"没有,刚邮走一幅画。"云边笑笑,转身进屋。

"是那幅雪景画吗?"董嘉南跟在她身后进了画室。

"是啊,终于画完了。"云边上楼,"喝茶吗?我去给你煮。"

董嘉南跟上去,说道:"你这儿除了茶就没别的了?"

"有啊。"云边拐了个弯去三楼,"冰可乐、冰啤酒都有,我去拿。"

董嘉南的手臂搭在楼梯扶手上:"端哥不是不让你喝这些饮料吗?"

云边没回答,大声喊道:"冰可乐还是冰啤酒?"

"可乐!"

云边走到厨房,打开冰箱,拿出几捆菜和几瓶调味酱后,才拿到最里头的两瓶可乐。随后又按照原本的顺序将调味酱和菜放回去,关上冰箱门,下了楼。

她下楼的脚步有点儿快,白皙的脸上渗出薄汗,颇有点儿心虚的模样。

云边递给董嘉南一罐:"喏,很冰。"

董嘉南看着她笑,突然把她手里的那罐给抢走了。

"干什么?"云边有点儿急眼。

董嘉南拉开拉环,砰的一声,气体喷出,然后又还给她:"大画家的手怎么能干这么危险的事。"

"这有什么危险的。"云边接过,松了一口气。

两人一前一后地下到一楼,董嘉南在前,说话时一直回头看着云边。

"让端哥发现你偷偷买可乐和啤酒,不唠叨死你。"

云边不以为意:"是给你买的,你不是嫌夏天喝茶太热吗?"

董嘉南诧异道:"真的?没有私心?"

"没有。"云边表情冷淡。

真是表里不一,董嘉南腹诽。他拉过一个高脚凳,坐在了柜台外头。云边坐在里头,喝了一口冰可乐,拿出几本旅游导航地图册翻看起来。

云边大多数时候都是安安静静的,要么画画,要么看画。云端也是,要么看书,要么发呆。两兄妹虽都不喜热闹,但还是有很大区别的,云端对别人很冷漠,云边相较而言要随和一些。

董嘉南正处在爱热闹又好动的年纪,但他在云边这里却坐得住,也静得下来。

每逢周末,他都会往画室跑,不画画也不看画,只是和云边聊聊天,他便觉得舒服极了,工作一周积攒的疲惫也会消失殆尽。

董嘉南转着手里的可乐,缓缓地说:"我下周就去缉毒队报到了。"

云边抬头,问道:"你不是在派出所实习吗?怎么又要去缉毒队?"

董嘉南叹口气:"领导说缉毒队缺人手,哪个实习生愿意过去就多给点儿补助。不过听说缉毒队的工作特别累,案子多,人手不够,每天都要加班,到时候就没有周末了。"

"你又不缺那点儿补助,干吗还去?"

"其他人不想去,我就想去了。"

"这是什么逻辑?"云边轻笑一声。

董嘉南把可乐放在桌上,摸着指头上的水渍:"缉毒队案子多,立功的机会就多,那边缺个副队,说不定没两年我就能升上去了,比在派出所的发展要好。"

云边拿过铅笔,圈出了册子上的几处景点:"为了晋升?"

董嘉南乐呵呵道:"谁工作不是为了这个?别人问你是做什么工作的,'缉毒队副队长',多好听!"

他伸出手指,飞快地拨了一下云边额前的发丝,没碰到她的额头,但他的心跳已然加快。

"你说对不对,大画家?"

云边怔怔地看了他一会儿:"对,但我觉得工作的意义不该只是如此。"

"嗯?"董嘉南露出一个疑惑的表情。

阳光从门外照进来,被董嘉南的身子挡了一半,另一半落在云边的侧脸上。她思索一番,说道:"为了达到某个成果而去努力,和真正热爱而去努力是不一样的,前者在熬,后者是乐在其中。"

被光线分割的脸,一半明媚,一半深邃,董嘉南看着恍了下神。

女人就该这样啊,那些只会撒娇要关爱的小女生有什么意思,温柔又有底蕴的姐姐才有魅力。

"乐在其中。"董嘉南下意识地嘀咕着云边的话,像在揣摩其中的含义。

这四个字有点儿像在形容他的状态——每周放朋友的鸽子,偏要来画室坐上一天,虽枯燥无聊,但"乐在其中"。

半年前,云边要租他家的门店用来做画室,董嘉南的爸爸没空,便叫儿子带着云边看看环境。

见到云边的第一眼,董嘉南便觉得她可好看了,长相淡雅,却让人印象深刻。看到云边的画后,觉得她的画里都是故事;当看见她在画画时,又觉得她这个人,才是故事。

之后董嘉南没事就来画室闲逛,他是个热络性子,朋友也多,装修画室的工人就是他帮着找的。购买家装等东西,也是他帮忙运货,后面又给云端介绍了按摩店的工作。

就连陈香这个客人,也是因为董嘉南跟朋友聊天时讲到云边的画室,口口相传下陈香这才知道有位画家隐于长蓝。于是她来到了画室,看见云边的画后极其喜欢,当天就买走了三幅。

云边感谢董嘉南的各种帮忙,用画来作谢礼,不管他看上什么,都愿相赠。一来二去,他们成了很好的朋友。

董嘉南一直看着她,半晌后,问道:"姐姐,你谈过几个男朋友?"

云边没抬头,还在用铅笔勾画册子,随口答道:"一个。"

"只有一个?"董嘉南很惊讶。

"对啊。"

"二十六了,怎么可能只谈过一个?还是说……"董嘉南猜测,"这一个谈了很多年?"

云边摇摇头,平静地说道:"不到两年吧。"

女人在谈论前任时不带任何情绪,就说明关于那个人的事她已经不在意了。

云边回答的态度更让董嘉南肯定了这一点,于是他觉得多问问也无妨。

"他是什么类型的?"董嘉南一副好奇的模样。

"很阳光。"云边面色如常。

"比你大还是比你小?"

"比我大。"

"大几岁?"

"四岁。"

董嘉南表情有点儿落寞,又问:"那你们为什么分手?"

云边的笔尖停顿了一下,抬起头看向董嘉南,眼神有些茫然:"我也不知道。"

"啊?"董嘉南脸上满是疑惑。

云边轻笑一声,再次摇头:"我不知道为什么,也想不到原因。"

她是真的不知道,并且至今都想不明白,明明是一段甜蜜又顺遂的感情,到底问题出在哪里,导致两人就这样不明不白地分开。

这种感觉就像考试答大题时,她信心满满地写上答案,拿到试卷看见红色的叉,第一反应不是难受,而是思考哪里错了,回头重新答一遍,每一个步骤、每一个小数点既严谨又小心,但得到的依旧是相同的答案。

她拿着这道题问老师,老师反问:"所有步骤都对的话,答案怎么会错呢?你再看看,一定是哪个步骤出错了。"

最后她弄清楚了吗?没有。

因为感情不是算术题,没有标准答案。

也就是因为没有标准答案,才让答题的人始终耿耿于怀,变成了心中的一块疙瘩。

时间越久,疙瘩越大。至于这疙瘩,到底是对过往的不舍,还是落败后的不甘,她也弄不清。

云边突然问道:"如果是你,会因为什么和对方分手?"

"吵架吧。"董嘉南如实说道,"我上大学时谈过一个女朋友,先前挺好的,后来各种吵,一丁点儿芝麻大小的事都能吵得不可开交,最后就分手了。"

"还有呢?"云边追问。

"没了,也只谈了这么一个。"董嘉南歪歪头,又道,"高中时有喜欢的,但后来不喜欢了,也没去追。"

云边好奇地问道:"为什么不喜欢了?"

董嘉南摸了摸下巴,回忆起来:"好像是因为她换了个发型吧。"

他顿了一下，仔细想了想后点点头，肯定了自己的记忆："对，她换了个发型，我觉得没以前的好看。"

"仅此而已？"云边有些不可置信。

董嘉南点头，理所当然地说道："对啊，就是这样。一瞬间喜欢上了，也一瞬间不喜欢了，没有那么多为什么。"

"这样啊。"云边终结了这个话题。

董嘉南看着她那双漆黑的眼睛，莫名有点儿心疼，这么好的女人也会被用。但他觉得这对于云边来说已经是过去式了，谈论前任时，她的脸色都没有太大变化，看起来无悲无喜的。

云边换了个话题，问道："你知道'蓝海湾'吗？"

"蓝海湾洗浴？"

云边点头。

"知道啊，那地儿可大了。"董嘉南伸了个懒腰，打了一个大大的哈欠。

他的视线从墙面移到天花板，又落在外头的"玛丽"脸上，哈欠打完，眼睛里蒙上了一层水汽。真是惬意的时光，他缓缓转过头，看见云边盯着他，似是在等下文。

董嘉南转了转眼珠，继续道来："总共六七层呢，有游泳馆、台球室、桑拿汗蒸房、按摩……好像还有其他的娱乐项目，我只去过一次，记不清了。"

董嘉南以为她想去："你有泡澡蒸桑拿的爱好？"

云边手指摩挲着书页边缘，说道："游泳还可以。"

"你喜欢游泳的话去体育馆呗，蓝海湾最好别去，那地方怎么说……有点儿乱。"董嘉南斟酌着用词。

云边动作顿住，问道："被举报过？"

董嘉南摇头："没有，没听说过有举报的，但我知道经营那里的人不是个善茬。"

"怎么说？"

董嘉南"啧"了一声，表情可谓是一言难尽："说来话长。"

云边起了兴致："说说。"

董嘉南笑了笑："蓝海湾的经营者是一个叫常焰的人。"

云边身子一僵。

"为什么说他不是善茬呢？因为前几年的时候，常焰跟着一个叫大龙的大哥混。这个大龙可不是个小人物，算是称霸长蓝多年的'地头蛇'了。后来大龙因为犯法被判了死刑，常焰算是运气好的，也可能是人家有本事就脱了身。"

云边放下手中的东西，静静听着。

"后来几经周折，常焰又换了个老大，就是蓝海湾背后的老板，一个叫安坤的人。不过最开始，安坤还没有现在的成就，常焰便做了他的'诸葛亮'，帮他开拓'江山'，一路扶持至今。现在长蓝大大小小的娱乐场所，百分之八十都是安坤的，一部分交给了常焰管理，蓝海湾就是其中之一。"

云边扯了扯嘴角："你知道这么多呢。"

"本地人都知道，你就是不爱跟人说话，你要是多跟邻里们闲聊两句，能知道不少事。"

云边心不在焉地摸着册子，问道："你说的是真的吗？"

"当然了，不说安坤，就说大龙的案子，当年可是轰动了整个省。你翻翻以前的新闻就知道他都干过什么了。"

云边莫名觉得脊背有些凉，心跳都变得慢了些，问道："那常焰呢？"

董嘉南挑眉："不是跟你说了吗，他不是什么好人。"

云边忽然心生烦躁："既然他不是好人，你们干吗不抓他？他肯定不是你说的那个样子。"

董嘉南被质疑，拍了下桌子："有可能是他真有本事脱身，也有可能是他在大龙身边没得到过重用，像走私之类的事情，他不够格参与，所以抓捕名单里头没有他。"

"没有证据，还对人家说三道四。"

董嘉南撇嘴："你不信？那我问你，你觉得一个人如果没有学识和技能，靠什么在当今社会上赚到钱？"

"那可多了，谁说没有学识没有技能就赚不了……"云边突然停顿，"你说谁没有学识？"

"常焰啊,连初中都没上过,也没一技之长,是个只会打架的二流子。"

云边的眉头皱起,有些怀疑他们说的是不是一个人。

董嘉南见云边不吭声,以为她是想不出反驳的话了,接着道:"他们这种来路的人,你说是好人会有人信吗?一夜暴富,不烧杀抢掠,我真想不出他们靠什么。"

云边垂下眼睛,不知道在想什么。

"不过,别看他们现在风光,这类人最容易被上头盯住,说不定哪天露出了马脚,就全部玩完。"

云边哆嗦了一下,觉得有点儿冷,可能是刚刚冰可乐喝多了。她把两个空了的易拉罐扔进垃圾袋,系上袋口,拎着走出柜台,走向门口。

店门打开,晌午的暖风迎面吹来,眼前是湛蓝的天空、柔和的阳光、静谧的街道。她走了几步路,把垃圾袋丢进街道边的大垃圾桶里。

她看不到和平安然的小镇里隐藏着什么,她一直觉得罪恶的人和事都离自己很远,但现在突然涌起了一丝不真实的感觉。

这种感觉就像很久不联系的老朋友突然打电话给她,聊起现状,她发现对方变化很大,大到不是原来认识的那个人,她便会觉得自己是不是从未了解过对方。

云边深深地叹了一口气,无奈苦笑,她真的了解常焰吗?

十四岁与他相识,十八岁和他相恋,二十岁分手。近六年的时光,他在她心里留有一个根深蒂固的形象——

阳光、热血,有着超乎常人的正义和善良,对人好时直截了当,一点儿都不会拐弯抹角。

如果非要说他的缺点,倒也不是没有。他脾气很大,动不动就跟人对峙,但眼神总归是干干净净的,打完就忘,第二天依旧和对方称兄道弟,活脱脱一个没心没肺又讲义气的大男孩。

如今,固有的形象全部被打碎。

其实,重逢那天她就觉得他的变化很大,眉眼中无意流露出的锐利,言行举止间那副散漫又吊儿郎当的感觉,沙哑得听不出原本音色的嗓子,都给了她一股异样的感觉。

因为年少时的他就有一股子桀骜和痞气，她以为是时光放大了他性格上的这一点，但显然不是这样。

恍惚间，云边突然意识到了什么，她浑身起了密密麻麻的鸡皮疙瘩，手指尖也变得冰凉。

常焰！但他并不叫这个名字啊。

晚上十一点，常焰开车拐进露天停车场，打开车门，聒噪的声音冲进耳朵。

路边有两个穿着亮片短裙的女人看见他下来，马上抛了个媚眼，扭着身子就要走过来。

常焰冷冷地转过头，关上车门，没理两人，径直往前走。

在他的前方有一块巨大的红蓝色招牌，上面写着"乐岛"两个字。

乐岛也是常焰管理的场子之一，但他很少来这里，主要是因为乐岛有一个比栾宇有能力的二把手，大小事都帮着常焰打点，很少出差错。

常焰穿着白衬衫、黑西裤，头发打理得齐整，踩着被灯光照得色彩缤纷的台阶走了上去。

门口两位迎宾员拉开门，其中一个说道："焰哥，他们在203！"

震耳欲聋的音乐声，还有浓重的烟草、酒精味迎面而来。常焰面色平常，上了二楼，找到203，推门进去。

相较而言，包房比外头安静不少，几个男人聚在一起聊着天。

看见有人进来，有人挥手打招呼，有人站起来微微颔首。

坐在中间的安小哲拍了拍沙发："来呀，焰哥，坐这儿。"

其余几人见状，立马坐到其他地方，或是聊天，或是点歌。

"大晚上的不睡觉叫我干吗？"常焰坐下，伸手拿了一瓶酒，瓶口搭在茶几边上，另一只手用力一拍，瓶盖直接弹了出去。

安小哲是安坤的儿子，他亲生母亲是欧美人，他是个混血儿，轮廓立体，长着一双比琥珀还要绚丽的眼睛。

安小哲笑道："谁这么早睡觉啊？"

桌上都是没开封的酒，安小哲朝身边人摆摆手，示意他把啤酒都打开，常焰对着瓶嘴喝了几口,说道:"我老了,跟你这小孩儿的作息能一样吗?"

安小哲拿着酒瓶跟常焰手里的酒瓶碰了一下,看了一眼他的衣着:"你穿成这样是在家里休息?是晚上约了人吧。"

"刚跟你爸谈事去了,正准备回家。"

常焰有些懒洋洋的,他面无表情地往沙发上一靠,看起来的确像是忙了一天后有些疲惫的状态。

"怎么会累成这样?"

常焰点了点太阳穴,语气淡淡地说道:"我是用脑的,智慧,懂吗?用多了很耗神。"

安小哲笑道:"过两天去临市,你陪我去呗。"

常焰抬眉:"我这儿活多着呢,哪有空。"

"焰哥,我这不是没单独做过买卖吗?害怕。"

常焰奚落道:"尿货。"

安坤吩咐过常焰,让他多带带安小哲。他就算嘴上拒绝,也还是会跟安小哲一起去的。

安小哲递给常焰一根烟,常焰缓缓摇头,没接。

安小哲有点儿疑惑地看着他:"焰哥你怎么每个月都有那么一两天看着特别疲惫呢?你也有'大姨妈'?"

常焰推了一下他的圆脑袋,把人一下子推到地上,但依旧懒得说话。

万斯同刚好在此刻推开包房门,又矮又瘦的小身板没怎么引人注意,但他嗓门极大。

"焰哥来了啊,刚刚我在那头忙,没赶过来安排。"

万斯同便是常焰说的非常得力的二把手,乐岛的大小事宜都是他在打理。

万斯同扫了一圈:"哎?小哲呢?"

安小哲从茶几下伸出脑袋,吊儿郎当地说道:"这儿呢!"

万斯同笑了一声,回头拍了一下手:"进来吧。"

话落,七八个服务生依次走进来,每个人手里都端着盘子,有水果、零食、骰子、扑克,还有高档酒水。

服务生们有条不紊地放下盘子,又鱼贯而出。紧接着一群穿着五颜六色的服装,涂着不同颜色腮红,踩着十多厘米高跟鞋的女孩儿走了进来。

万斯同说:"焰哥,还要什么?"

常焰摆摆手:"没什么事了,你忙你的吧。"

女孩们进屋后,空气中便充斥着一股刺鼻的香水味。

安小哲摸着下巴挨个儿打量了一遍,目光停留在一个笑容很甜的女孩儿身上,看得有些忘我。

"你来。"安小哲朝她招招手,女孩儿笑着坐在他的身边。

其他人看向常焰。常焰正在低头玩手机,瞳孔里映照出手机屏幕的亮光。

安小哲随口说道:"你们挑,焰哥无所谓。"

其他人这才敢挑选起来,最后剩下一个不起眼的女孩儿。

女孩儿挨着常焰坐了下来,看了他一眼。

常焰的气质有多出众不消多说,场子里没有女生不打他主意的,但他对女人很冷淡,这也是众所周知的。他看人的时候总像在说"你不配,离我远点儿"。谁要是不长眼地去碰他,他便会露出一个竭力忍住要呕的表情。

这很难不引人遐想,谁都不配,那配得上的又该是什么样的女人呢?

安小哲看得出常焰兴致不高,问道:"焰哥,让玥玥过来?"

常焰摇了摇头:"不用。"

见状,安小哲便不再管他了,转头看向身边巧笑嫣然的女孩儿,问道:"你叫什么名字?"

女孩儿说话时微微低着头,嘴角带着笑,声音清脆:"孙晨晨。"

常焰身边的女孩儿倾身向前,低声道:"焰哥,我叫小南,平时你不怎么在这儿,可能对我没什么印象。"

常焰没反应,意兴阑珊地看着手机。

安小哲跟孙晨晨倒聊得火热。孙晨晨嘴甜会说,安小哲被她哄得很开心,给她塞了不少小费。

他想带孙晨晨出去吃夜宵,孙晨晨欲拒还迎,没说行,也没说不行,他等孙晨晨想清楚的工夫看了常焰一眼。

小南一直在跟常焰闲聊,嘴巴不停地张合。常焰半天不吭一声,手机虽然收起来了,但始终面色淡淡地看着别人唱歌,洋酒也没喝,像个人形的树洞,安安静静地听着身边的女孩儿倾诉衷肠。

安小哲觉得好笑,对小南喊道:"你得大点儿声跟焰哥说话,他老人家耳朵不好使了。"

这回常焰有反应了,他愣了一秒,侧头看向小南,表情有些困惑,问道:"你说话了?"

小南差点儿没被噎死,嘟了下嘴,不说话了。

安小哲笑得很大声,常焰沉默两秒也倏然笑了,那笑容有种看不起人的轻蔑意味。

孙晨晨虽然刚来没多久,但总能听到姐妹们谈论常焰,说他并不是个性子寡淡的人,只是对这种场地里的女人没兴趣。

孙晨晨有些好奇,小声问安小哲:"玥玥是谁呀?"

安小哲洗着牌,随口答道:"焰哥的女人啊。"

孙晨晨追问:"长得很漂亮吗?"

"还行。"安小哲把牌往桌上一放,"来来来,摸牌。"

那头,常焰已经站起身了,他揉了揉额头,跟安小哲说道:"你们玩,我回去了。"

安小哲点点头:"行,明儿我打电话给你。"

孙晨晨看着常焰离开的背影,突然觉得那背影有丝不易察觉的孤独。

今天云端休息,留在画室看店,云边拎着一包游泳装备去了"蓝海湾"。

在长蓝镇能有这么豪华的洗浴中心实属罕见,"蓝海湾"比城东的百货商城还要大,干干净净的落地窗,正中央挂着巨大的金字招牌,似乎在彰显着背后主人的实力。

云边走进去,在门口脱掉鞋子,服务生递出手牌,伸手做了请的手势。女更衣室入口。

云边往对面看了看,男更衣室门口的沙发上坐着两三个男人。她定定地看了几秒,收回视线,进了更衣室。

她没有直接换泳衣,而是换上浴服,出了更衣室,上了电梯。

一共有七楼,顶楼是游泳馆和健身房,她没有按七楼,而是按了二楼,汗蒸区。

电梯门打开,热空气迎面而来,有点儿闷。

云边走进去,休息区以竹席作毯,用一个个木质小方桌分割出许多区域用来休息,往里头走,还有吊篮等其他供以休息的座位。

人不多,但也不冷清。

她走了半天,到了汗蒸房,那是一个个蒙古包形状的小屋子,门上头有名称和温度。

麦饭石房、火山岩房、黄土房、盐砖房。盐砖房温度最高,90摄氏度。

云边挑眉,90摄氏度,确定不是烤肉房吗?倒让人挺想去试试的。

她在门口脱掉拖鞋,推开盐砖房的门,刹那间就感觉到了从未体验过的炎热,但并不闷,空气里也没有其他味道。

云边摸了摸墙砖,墙面干燥,但地面非常烫,她连忙踩在席子上。

盐砖房内光线很暗,正中央有一根圆柱。云边原以为房内没人,但随着走动看到了柱子后面有一个脑袋,再走两步,能看到一个肩膀很宽的男人。

男人双臂交叉放在胸前,侧躺着,脊背弓起,埋头背对着门口。

云边迈步走到另一片长方形的席子上,调整好木枕的角度后躺下,没想到还挺舒服的。

她静静地躺了一会儿,翻过身侧躺,正好面对男人的脊背。

男人一动不动,看着像是睡着了,他的浴服是深色的,能看到有一处淋湿的地方贴在身上。

轻薄的面料贴在男人的脊背上,可以隐约看到他脊椎骨的线条,不是很清晰,但很好看。

云边静静地盯着他的后背,神思游离,不经意间又想起了令她耿耿于怀的人——

自从云边认识了严火,严火便经常以哥哥朋友的身份适当地关怀云边。

他偶尔来家里找云端的时候会多嘴问一下她的学业,节日的时候会发条短信。

云边高考结束后接到的第一个电话就是严火打来的。

严火问她要报哪个城市的大学,云边说要去最南边的城市。严火问她为什么,她说因为那边暖和。

之后严火就莫名其妙地教育她许久,说沈城的美术学院才是最好的,让她有点儿斗志。云边没搭理严火,只觉得对方很奇怪。

录取通知书下来的时候,严火从云端那里得到了云边去沈美的消息,他打电话给云边,一边气她戏弄自己,一边又笑得合不拢嘴,好不矛盾。

他们三个都是在家乡读的大学,严火和云端是,云边也是。

云边入学的时候,云端和严火一起送的她。严火比云端更像哥哥,帮她整理床铺,购买日常用品,带她熟悉校园。

云边十八岁上的大学,或许大学是一条分界线,也或许成年是一条分界线,将严火对她的感情彻底转化为爱情。

自那以后,严火开始想尽各种办法接近云边,只要有空就来她的学校。他有千百个借口,每个借口都是云端。

"云端让我多照顾你。"严火双手插兜,站得笔直,在炽热的阳光下直勾勾地看着云边。

云边被他看得有些别扭,回避他的视线,看向教学楼台阶旁的石墩子,说道:"我哥为什么自己不来?"

"他懒呗。"严火一双桃花眼似笑非笑,"你不知道我都快成他保姆了,天天给他带饭、洗衣服,就差帮他上厕所了。我想着,这么多事都做了,也不差帮着照顾妹妹了。"

云边心里有气,冷冷地说道:"照顾我,就跟我舍友说你是我男朋友吗?"

严火挠挠鼻头,脚尖踢着空气,不回答。

云边转头就走。

严火拦住她的去路,扬起下巴:"怎么?我做你男朋友不行啊?"

云边笑道:"你问我哥啊。"

"你哥说行,你就行吗?"

"我哥不会说行的。"

严火嘴角抽搐,显然没自信了。

大概是搞不定云端吧,严火再也没说过他是她男朋友之类的话了,但找她的频率依旧不减。

云边自幼便参加各种绘画比赛,去过很多城市,假期时也是在外省跟着名师学习绘画。

这种环境造就了她独立的性格,不太喜欢有人黏着自己,但她并不讨厌严火。

可能是云边的不讨厌,反而助长了严火的攻势。在搞定云边之前,他很快就和她的舍友们搞好了关系。

他在和云边吃饭回来后,会买上好几杯奶茶,刚好对应每个舍友喜好的口味。

他还会打听她舍友的学习进度,再让她们专业的学长给她们补习,因此还撮合成了一对。

种种类似的事情,很容易收获女生们的好感。

心动也是从这时候开始的。具体是哪件事云边不记得了,或许是很多很多事情凑在一起,让她愿意进一步了解严火。

她不再抗拒严火的邀约,被他打扰也不会觉得烦了,而是满怀期待。但严火回回都是点到为止,也不知道是什么意思。

云边有些不解,最后绷不住了。

"你是喜欢我的,对吧?"食堂里,和严火一起吃饭时,云边直截了当地问出这句话。

严火差点儿被饭噎住,他狠狠地捶了几下胸口,脸色通红:"你说什么?"

云边的眼睛又黑又亮,坦坦荡荡地看着他,一点儿羞涩都没有:"你没听到吗?我说……"

严火飞快地摆摆手:"听到了,听到了,我听到了。"

云边看惯了严火厚脸皮的模样，如今他视线闪躲，耳根通红，倒是让人觉得稀奇。

她很淡定地问道："那你回答我。"

严火摸摸桌子摸摸裤腿，支支吾吾地说道："那个……这个……嗯……"

云边疑惑地问道："'嗯'是你的回答吗？是表示喜欢的意思吗？"

严火可能觉得刚刚自己无措的表现有些没面子，于是调整一下状态，挺直腰背，勇敢地直视云边："你想说什么你就说吧。"

云边不知道是他没对上自己的频道，还是自己没对上他的频道："我想说的都说了啊，你不回答我。"

严火莫名紧张起来："你希望我怎么回答你？"

云边被他的话噎住，没好气地说道："用心回答啊，喜欢就告诉我，不喜欢就别做让我觉得你喜欢我的事。"

严火嘟囔道："我不是早说过了吗，我喜欢你啊。"

云边愣了一下，问道："什么时候说的？"

严火有点儿委屈："之前说的啊，你不是让我问你哥吗？都被你拒绝了，我还怎么说？"

云边皱了皱眉："那是好久之前的事了吧。"

严火差点儿飙出脏话："你竟然忘了！"

云边做无辜状："你再说一次。"

"你竟然忘了。"

"我让你……算了，你回答我的问题吧，喜欢还是不喜欢？"

严火静静地看了她一会儿，点点头，又马上开口道："你主动问的，问了再拒绝就有点儿伤人了啊。"

云边疑惑道："我为什么要拒绝？"

严火眨眨眼："反问？考我的阅读理解呢？"

云边抿唇笑道："你是怎么理解这个反问句的？"

严火不太敢确定，思考了半天，觉得云边不是在戏弄她，于是鼓足了勇气，问："你是不是也有点儿喜欢我了？"

云边吃了一口菜，表情平静："为什么不喜欢？"

严火："嗯？"

云边："嗯？"

严火挠挠头，表情有些抓狂，拽住云边的手腕："别吃了，在说天大的事你还在这儿吃饭。"

云边放下筷子："好，不吃了。"

严火目光严肃，平时爱开玩笑的样子收了起来，认真地盯着她的眼睛，问道："你很喜欢用反问来表达肯定吗？"

云边思忖片刻："不一定吧，但我今天是。"

严火沉默了半晌，似乎在消化云边的答案。过了一会儿，他突然笑了，笑得特别开心，亮白的牙齿露出来一排。

他伸手捏了捏云边的脸："小家伙，你是故意吓我的吧？"

云边轻轻摇了摇头："是你自己把自己给吓到了，还以为我要拒绝你。"

严火用更大的笑声掩饰自己刚刚的慌张："怎么会？我早看出来你喜欢我了，没想到你喜欢我喜欢到这个地步，都主动上了。"

云边抬了一下眼皮，不置可否。

严火撩了一下头发，嘚瑟道："我果然是魅力无边啊，不过你藏得挺深，我都看不出来。"

云边的脸有点儿红："哪里藏了，我不喜欢你干吗总跟你在一起？"

"那不是我主动找的你？"

"我……"云边理屈词穷，"谁知道你为什么不跟我表白啊，不知道闹什么别扭。"

幸福来得太突然，严火心跳加剧，耳根泛红："我没闹别扭啊。主要我不知道你在想什么，以为你每次都是不好意思拒绝我的邀约才答应的。我也不敢多说，怕万一把你惹急了，你直接不理我了。我真的可喜欢……可喜欢你了。"

都是第一次谈恋爱，没有经验的两个人总是难以捉摸对方的心意。

云边听完他的话，算是释然了，眉眼含笑："那，我们现在算是在谈恋爱了？"

严火的目光里再也没了克制，情愫直白地展现出来，他笑嘻嘻地说道：

"恋爱！马上就恋爱，现在就恋爱。"

好傻啊，但云边喜欢，她觉得眼前脸庞通红的男人怎么看怎么好看。

她身体里的血液像在灼烧一般，沸腾得冒着泡，神经也处于一种极其兴奋的状态。如果现在让她画一幅画，她可能都会忘记最基本的画画顺序。

她从小待在画室里头，早就学会了如何静心，但此刻难以平静的感觉让她特别陌生，她还从未有过这样的状态。

恋爱才刚刚开始，她就这个样子了，也太不争气了。

严火突然开口问道："你是开心的吧？"

云边愣了愣："是啊，干吗这么问？"

严火直勾勾地盯着她，大笑、收住、大笑、收住，有一种错乱感。

"我确定一下，这不是怕你勉强嘛。"

云边无奈地道："你这个人奇怪得很，我看起来哪里勉强了？"

严火尴尬地揉了揉鼻子："我看不出来啊，你太难懂了。"

云边摸了摸自己的脸，烫得很。

严火的这种质疑，云边一点儿都不意外，从小到大身边的人都说她喜怒不形于色，倒没人说这是个缺点，不过此刻她觉得这好像也并不是个优点。

对比严火的欢喜，她的表达的确太内敛了。

云边抬眸，想用同等的热情去回应严火，不想让他有一丁点儿失落，她认真地说道："我很开心的，不信你感受下我的心跳。"

严火眼睛一亮，缓慢伸出手靠近云边的心口。

云边抓住他的手，转而放在自己的手腕上："你要摸哪里？当然是摸脉搏啊。"

严火尴尬地笑了笑，非常敷衍地摸了一下她的脉搏，随后将她的手攥住，五根手指还有些颤抖。

他手掌的温度烫得她的心又不安稳了。

云边嗫嚅着说道："干吗拉手？"

严火低着头，将羞涩演绎到了极致，回道："五指连心，感受心跳。"

云边笑了笑。和严火有关的回忆，想起来真的没有任何令人悲伤的事，她每每回忆过后都是笑着的。

然而从回忆中抽身出来是极其痛苦的，那种迅速又残忍的惊醒，让人难以释怀。

云边的嘴角又缓缓落下，唇抿成一条直线。她不愿再想，闭上眼睛，静静等待自己情绪的退潮。

常焰慵懒地睁开眼，盐砖房的温度让他浑身都湿漉漉的，疲惫也缓解不少，他抹了一把脸上的汗，准备翻身。

翻到一半他便注意到身旁的人，等翻过去之后他才看见这人的面貌。他的动作停顿了一下，随即放轻。

云边很好认，长相出众，气质卓然，就算是在人群中，他也能一眼就把她找出来，更何况是躺在他的面前。

等调整成舒服的姿势之后，他开始仔细打量起云边来。

云边的头发随意地扎在脑后，被汗水浸湿的碎发也贴在耳后，五官全部展露出来，皮肤白皙，轮廓柔和。

浴服是宽松的款式，领口很大，露出了她的锁骨，以及上面一颗颗若隐若现的小痣子。

常焰深吸一口气，嗅到一股淡雅的香味，他的眸光逐渐变深。

他们曾是再亲密不过的恋人，此刻闻到她身上和从前无异的气息让他有种回到过去的感觉。她也的确还和从前一样，冷清自持，安稳淡然。

常焰的目光黏在她的脸上，看到她的眼角滑下一滴水珠，不知是汗还是泪。

或许是心理作用，自那滴水珠流下后，常焰觉得云边还是有变化的，和记忆里的每一个她都不一样。

清冷也好，沉默也好，但都不像现在，周身包裹着浓浓的哀伤。

常焰挪开视线，眼神恢复清明，起身离开。

云边小憩了十余分钟，最后耐不住高温，出了房间。

大汗淋漓后急需补充水分，她到水吧要了一瓶矿泉水，一口气全喝完了。

三楼是休息大厅，墙壁上的投影幕布里放着电影，躺椅区则黑咕隆咚的，走近才能看到哪个位置是空的。云边随意转了转，又进了电梯。

四楼是娱乐区，有台球、电玩和小型KTV，七楼便是游泳馆。

云边又回了一楼更衣室换上泳衣，然后来到七楼。

总共四条泳道，50米长，水深1.2米至1.8米，每条泳道里都有人。

云边把浴巾放在一旁的藤椅上，开始做热身运动。

她身上的泳衣是连体的短袖短裤，面料贴身，能看出她姣好的身段，白晃晃的腿又细又直，全身上下没有一丝赘肉。

有男人从水里抬起头，远远地望上一眼，随即从最边上的泳道换到中间泳道。

云边的水性还可以，她戴好泳镜，直接入水。下水后她后知后觉地打了个激灵，鸡皮疙瘩冒了出来，水还真是凉啊。

她蹬了几下腿，适应水的温度后放松身体，脑袋浮出水面，吸一口气后再度入水。打腿、摆臂、旋转身体，持续打腿、摆臂、旋转身体。她的速度不算快，但动作柔美。

游到池壁附近，她放缓速度，收腹、屈膝、翻滚，又蹬了下池壁，轻快地在水中滑行，像一条美人鱼。

同一条泳道的是一个穿着比基尼泳衣的女人，两人刚巧一起浮出水面，女人看了云边一眼。

云边浮着歇了一会儿，又入水了。女人回头，也入了水，透过泳镜，女人频频看向云边摆动的双腿。

云边游了几个来回，在中途迎面遇上刚刚的女人，她刚要换气，突然被女人抓住了胳膊。

云边没有防备，身体在水中翻滚了360度，气泡从她的鼻孔成串冒出。她听到咕嘟咕嘟的气泡声，脑袋有点儿涨，气不够了。

云边平静地看了一眼池底，收缩身体的肌肉，抬起双膝，腹部猛地用力，脚蹬了下池底，这才站起身，脑袋也露出水面。

与此同时，喧哗声在她耳边响起。

"你是不是有传染病或者皮肤病？身上为什么都是红点？"女人的声

音十分尖锐。

云边摘下泳镜,皱起眉头,难以理解她的行为:"我没有病,你先放手。"

女人抓着她的手不放,一时间泳池里的人都浮出水面看向她们,安全员也跑了过来。

女人指着安全员,怒气冲冲地大吼道:"叫你们经理过来,这个人有传染病,如果我们被传染了,你们要负责!"

安全员是新来的,没处理过这种事情,飞快跑出去叫领班。

女人死死地抓住云边:"你别想跑!如果我们这几个人有事,你脱不了干系。"

其余几人面面相觑,虽然没有女人这么过激的反应,但也有人迅速出了水面,还有人打量着云边,想找出她有传染病的证据。

云边轻轻地呼出一口气:"我不跑。你说我有传染病,那你这么抓着我不怕被传染吗?"

闻言,女人立马松开了手,手脚并用地爬出了泳池。云边也想上去,但女人挡着不让她上来。

女人狠狠地盯着云边:"上来你就跑了,在水里待着!"

云边无所谓地看她一眼,语气依旧不急不躁:"好,那你就慢慢看着我吧。"

云边远离池壁,回到泳道,戴上泳镜继续游了起来。

其他人都上去了,有的人站在一旁默认了女人的做法,有的人于心不忍,出声道:"就算有传染病,你也让人先上来啊,我们这么多人呢,她也跑不了。"

女人反驳道:"怎么这么多人就我一个害怕的,你们都不怕?传染病那可是治不好的……"

女人在说什么云边听不到了,她在水下尽情地游动着。

泳池的水温不高,在水里游着的时候,因为身体持续运动,所以水带来的寒冷感是缓慢的。但如果从水里出去,身体接触空气,寒冷感便会迅速袭来,几分钟后就会瑟瑟发抖。

站在池边的几人中身体素质较差的,已经开始不停抖动了,咒骂了几句后跑进了更衣室。

安全员出去后先给栾宇打了个电话，栾宇那边有事，说忙完再过来，但半个小时过去了，安全员也没等到栾宇，他站在外头又不想回去，生怕闹事的人揪着自己不放。

云边游累了，手肘搭在泳池边歇息，抬头便看见女人裹着浴巾，哆哆嗦嗦地站在她跟前挡着。

云边轻笑一声，又游动起来。

白色的球飞速滚动，砰的一声撞击蓝球，蓝球轻滚，撞击到粉球，一左一右，蓝球落了洞，粉球停在洞口。

常焰缓缓直起身。

"焰哥，这是怎么了？今天状态不佳啊。"栾宇拿起球杆，笑着俯下身，用杆头瞄准，砰的一声。

常焰眯着眼，看见粉球进了洞，他放下球杆，觉得没意思，跟身边戴着棒球帽的人说道："你们玩吧。"

说完，他转身就要出去，刚到门口，被跑来的安全员撞到胸膛。安全员跟跄几步，站定。

常焰语气不善，呵斥道："什么毛病，要起飞啊？"

安全员微微弓腰，摸了摸脑袋："焰哥，我找宇哥，宇哥在吗？"

常焰扬了扬下巴，喊道："栾宇！"

栾宇回头："什么事？"

常焰微垂着脑袋散漫地往外走，台球厅就在电梯边，他按下按钮，插兜等着。

安全员急匆匆地说道："游泳馆有人闹事，我刚跟你说了。"

栾宇一拍脑袋："哎呀，我给忘了。人还没走呢？这都……"

安全员焦急地跺脚："都三个多小时了，人都等急了，开始摔东西了。"

栾宇扔掉球杆，五官皱在一起："有传染病的哪个会没事找事来游泳馆啊？"

"我觉得也是，那女人只不过身上起了两个疹子，闹事的人偏说她有传染病。"

"走，我下去看看。"

栾宇和安全员走到电梯口，碰巧电梯门即将关闭。

"等我们一下。"

常焰没抬头，假装没听到。

电梯门彻底关上，常焰看着电梯门上映出自己模糊的影子，眼中浮起云边的侧脸，白皙的脖颈和锁骨下方那道弯弯的沟。

希望不是她。但根据墨菲定律，越不希望发生的事越会发生。

常焰还没走到泳池，就听见里面有人在喊："这儿的老板我不敢惹，但还不敢收拾你吗？！你知道我老公是谁吗？"

常焰不由得加快脚步，刚进游泳馆，鞋底就"咯噔"一声响，低头看，是满地的陶瓷碎片。

抬起头，只见一个冻得嘴唇发紫的女人在歇斯底里大喊："你别在那儿装死！不能让我一个人冻着，你给我上来！"

泳池内，云边安静地浮在水面上，像一片树叶。

常焰心里一惊，跑了过去，喊道："云边！"

云边倏地睁开眼睛，动了动脑袋。

常焰直勾勾地盯着云边，自是看见了她的动作，但已来不及收回扑出去的身子，"扑通"一声，掉进水里，溅起一大片水花。

"啊！"紫唇女人尖叫一声。

常焰站起身，抹了一把脸，冷冷地看向云边。

云边在水里待久了，身体冰冷又僵硬，她划了下手臂，钻过分道线，动作缓慢地游到常焰跟前。

离近了，常焰能看到她眼眶周围因为长时间戴泳镜留下的两道红色印子，还有微微颤抖的身体。

常焰目光里的冷淡缓缓退去。

栾宇和安全员赶到了。栾宇看见满地的碎片咧了下嘴，看见水中的常焰后又咧了下嘴。

"什么情况？"栾宇瞪着紫唇女人，"你把我们焰哥推到水里去了？"

"不是我推的！"紫唇女人顿了一下，突然捂住嘴，"焰……焰哥？"

其他人因为太冷都走了，而紫唇女人等得太久，怒气值攒到了顶峰，开始摔东西骂人，给老公打电话，想让老公撑腰。老公一听，告诉她不要在"蓝海湾"惹事，经营者是常焰，他们惹不起。

紫唇女人听后便开始后悔自己摔东西的鲁莽行为，想要一走了之，可她担心自己被染上病，也因为怒气没哪儿撒觉得委屈，就想把云边带走。可云边偏不上来，说这事必须等经理来处理，于是形成了现下的局面。

常焰手臂撑在泳池边缘，一用力便坐了上去，对云边说："上来。"

云边抖得厉害，怎么都上不去。常焰伸出一只手，云边抓住，摸到他手臂上有一道疤痕。

常焰的另一只手握住云边的腋下，用力一提。水的浮力轻松把云边送上去，猝不及防间云边的额头磕在了常焰的下颌上。

常焰微微低头，和云边的视线相撞。她面带笑意，他面色阴沉。

另一边紫唇女人在跟栾宇解释："这事跟你们店里没关系，是这个女人跟我的事。你们把她弄上来，我们马上离开，摔坏了的东西我赔。"

栾宇见她挺识趣的，便没有生气，转而看向云边："行，那你们出去解决吧，什么事都跟我们没关系。"

紫唇女人小鸡啄米似的点头，往云边的方向走。

常焰猛地回头，脸色黑沉："浴巾！"

紫唇女人僵在原地，有些害怕，也有些茫然。

"浴巾！"常焰又喊了一声。

栾宇不明所以，但马上照办，随手拿了一条干净的浴巾，递给常焰。

常焰把浴巾披在云边身上，又马上把手撤离。

紫唇女人这才敢说话："焰……焰哥，我和她还有事情……"

云边小声打断："我不想跟她走。"她看着常焰，像是只说给他听。

常焰表情冷硬，有种生人勿近的威慑力，他先是看了云边一眼，随后盯着她嘴巴，问道："你说什么？"

距离这么近，怎么会没听到，但云边还是重复了一遍。

常焰闷闷地"嗯"了一声，转头，手指点了点紫唇女人，又点了点栾宇，说道:"你解决,看要赔多少钱。"

栾宇不算精明,但对常焰的脾气还是了解的,眼前状况已渐渐明朗,常焰是有意袒护披着浴巾、皮肤雪白的女人。

见状,栾宇懂事地把紫唇女人带走。

"去泡个热水澡。"常焰站起来,水滴滴答答地从他身上滑落。

云边握住他的小腿,隔着冰冷潮湿的布料,她能感觉到裤子里的肌肉瞬间绷起。

云边说:"太冷了,我身体都僵了。"

常焰垂头,黑发上挂着水珠,桃花眼中闪过一丝笑意:"不是想让我抱你吧?"

云边不说话,也不看他,跟座雕塑似的一动不动。

常焰抽走了腿:"我给你拿个拐杖。"

"不用了。"

云边缓慢站起来,膝盖因为寒冷难以伸直,不由踉跄了一下。

常焰的手臂下意识地动了动。

可能是被拒绝后的窘迫让云边保持着高冷的姿态来掩饰自己的真实情绪,她目不斜视,缓慢地走向女浴室。

常焰扯了一下唇角,带着一丝讽刺的味道。人家或许没想让自己抱,自己在这儿想什么呢……

云边在浴室泡了一个多小时,肢体的不适感才逐渐缓解,寒冷退去后,肌肉的疼痛渐渐显现。她游了将近四个小时,后面因为寒冷她还刻意加快了速度,体力和精力都消耗极大。

她换好衣服,走出蓝海湾的时候天都暗了,晚上正是人最多的时候,停车场里停满了车。

云边饥肠辘辘,浑身疲惫,她叹了一口气,看到了站在不远处的某人。

常焰倚靠在车身上,他换了一件蓝黑色的T恤,下身穿着工装裤,双手插兜,百无聊赖地看着街道。

云边嘴角扬了扬,朝着常焰的方向走了过去。

常焰无意间转头时看到了她，又匆匆地移开了视线。

云边非常自然地打开了副驾驶车门，坐了进去，说道："麻烦了。"

常焰骨节分明的手撑在车门上，阻止了她关门的动作："我又没在等你。"

"那在等谁？"

"谁也没等……"

"哦。"云边无视他，大力关门。常焰飞快地抽出手，差点儿被夹到。

云边勾了勾唇角，看着常焰脸色难看地坐上驾驶座。

"砰！"车门被摔得震天响。

云边把包放在脚下，语气平淡，像是在使唤出租车司机一样："回画室，谢谢。"

常焰狠狠地瞥了云边一眼，用"自作多情"四个字形容她真是再合适不过了。

他带着怨气发动汽车，驶出停车场。

云边掏出手机，给云端打了个电话。

"哥，你吃了没？

"你吃过的话我就跟朋友一起吃了，吃完朋友送我回去，你不用担心，早点儿睡吧。"

常焰瞟了她一眼，她表情柔和，说话声音也很轻柔，跟平日里那副清冷的模样截然不同，不知道的还以为她在给男朋友打电话呢。

云边放下电话，对常焰说："你老偷看我做什么？"

"你哪里看见我偷看你了？"常焰觉得搞笑。

"是吗？"云边平淡地笑了一声，语气分明就是不信。

常焰抬手隔空点了点她那头的后视镜，大声说道："我在看它！"

云边脸上依旧带着笑："跟别人说话时声音突然变大，一般都是在掩饰心虚。"

常焰沉默了两秒，认输般地点点头。他打开车窗，手肘搭在上头，手掌下意识地摸着后脑勺："你说的什么都对。"

云边也点点头："嗯。"

常焰"啧"了一声，不说话了。

蓝海湾距离画室有一段距离，大概半小时的路程，途经几个高档小区，到了美食街，有烧烤店、海鲜火锅店、西餐厅、傣味菜馆……一路上各种香味飘进车里。

常焰看了一眼后视镜，余光瞥见云边安然的脸。她一直就是这副样子，喜怒哀乐都看不出来。

常焰的手指轻轻地敲着方向盘："要去吃饭？"

云边刚好也在此刻开口，和他的话重叠在一起："去吃饭呀？"

常焰眨巴两下眼睛，神色不明，云边也愣了愣。

两人又同时说话。

云边："吃什么？"

常焰："跟我？"

两人又愣了愣，沉默两秒，常焰不吭声了，等云边先说。

云边轻咳了一声，说："上次那家小面挺好吃的，我们再去吃？"

常焰脸色微愠："我说过要跟你一起吃饭了吗？"

云边黑亮的眼睛看着他，问道："你不饿吗？"

常焰下意识地想点头，又及时收回动作，语气生硬："不饿。"

云边略带遗憾地叹了口气，转而看向窗外，心头莫名涌现一股感伤。

沉默了几秒后，她说："那就算了，改天再一起吃吧。"

常焰瞥了她一眼："改天我也没空跟你一起吃饭。"

"你肚子都不会饿的吗？"云边盯着他，眼神真挚。

常焰被她看得莫名勾起一股火，没好气道："我会饿，但我没空跟你一起吃，别来找我。"

云边低声道："吃个饭而已，跟我一起吃又怎么了？"

常焰不说话了。

车开出美食街，驶入临河道路，风大了起来。

云边把车窗开大些，深深地吸了一口从河上游吹过来的潮湿空气，抬手缓缓地拿掉扎在头发上的皮筋。

一股清淡的花香冲入常焰的鼻腔，他下意识地看了云边一眼。

云边的头发没有完全干，她五指插入发间，随意地拨弄几下，偏着头，右手从头顶绕过,去摸左侧耳根处的头发。

一缕缕发丝被她抓住,她轻轻一拨,又把长发拢到右肩前侧。

长发招摇,白颈诱人。

常焰无意间一个抬头,刚好在车内后视镜里与云边的目光相撞。云边唇角轻扬,眼波荡漾。

不娇不艳、不纯不烈,那股子女人特有的柔美和温雅被她拿捏得恰到好处。她的每一个动作都能让他的心跳加快。

常焰瞪着她:"你干吗?"

云边有些无辜地说道:"什么干吗?坐车啊。"

"坐车你松什么头发?"

"头发没干,绑着难受。"

装!可劲儿装!常焰咬紧后槽牙。

云边是个站在他审美链顶端的女人。这女人随着年龄的变化,褪去了那份青涩,增添了丝丝妩媚,招惹他的技巧也大有长进。

时隔六年,常焰再次发现,自己根本不是云边的对手。

云边要是真的起了多余的心思,他根本跑不了,会被她拿捏得死死的,心甘情愿,俯首称臣。

常焰把油门踩到底,目不斜视,争分夺秒地往画室开。

云边抓住安全带,疑惑道:"开这么快干什么?"

常焰脸色一沉:"能干什么,不干什么,好得很!"

"莫名其妙。"

车拐进巷子,没有路灯,视线昏暗,常焰打开远光灯,放缓车速。

"谢谢你送我回来,晚安。"

云边的声音很平淡,常焰却怎么听怎么暧昧。

他咳了一声:"以后离我远点儿,别出现在我面前。"

云边看了他几秒,深吸一口气,说道:"你何必对我这个态度?"

车到了画室门口,里面亮着,灯光映了出来。

常焰拉好手刹,嘲讽道:"你希望我什么态度?"

"一天了,你没说一句好听话,我也不知道我哪里惹着你了。"

"没惹我？你当我们俩是陌生人呢？你一举一动我会看不出来是什么意思？在这儿装什么呢。"

常焰的话无理又霸道。

云边的手微微收紧，心脏在胸腔内剧烈跳动，常焰眉眼间的那抹轻蔑让她的胸口闷闷的。

被常焰的话刺痛，她带着愠怒，直截了当道："至少我们以前在一起过吧？就算不喜欢了，再见面就非要剑拔弩张吗？"

常焰干笑道："既然咱俩都记得以前，就别跟我扯这些没用的了。被我伤得体无完肤，然后再装作没事人似的一笑泯恩仇，你觉得自己以德报怨，非常大度，但你知道我会怎么看你吗？"

云边沉默不语，巷子里无风，即便开着窗也有些闷，她鼻头渗出细密的汗水，呼吸变得沉重。

常焰靠在椅背上，掏出一根烟点燃，忽而笑了一下："不记仇的女人，只会让我觉得你活该，活该是什么意思你听得懂吧？"

云边的呼吸顿住。

"都已经分手了，现在还上赶着纠缠我，把自己的尊严都弄没了。这样的女人，你觉得我会喜欢吗？"

云边盯着常焰的侧脸看了几秒，移过视线，眼底湿润。他的话像毒药，令她瞬间肝肠寸断。

常焰继续道："别玩什么旧情复燃的套路……"

云边大声打断他："你够了！"

她极其少见的情绪失控，让常焰的心猛地一痛。

云边呼出一口气："没有哪个女人被深爱过的男人伤害后可以一笑泯恩仇的。如果我真的大度，你该嘲笑的是你自己，说明你根本没有被我深爱过。"

常焰的脸绷得紧紧的，他佯装平静，抽了口烟，透过烟雾，看到云边眼眶里满是泪水。

云边的手微微收紧："我不大度，也没有故意装作没事人，我只是找不到理由解释，为什么一个原本善良有担当的男人会突然变了，没有预兆、没有缘由，变成了一个能说出这么狠毒的话的人。"

"当初是你要分手的,我虽然觉得自己被伤害了,但我从不认为你愧对我什么,至少我们在一起的时候,你没有做过任何背叛我的事。那时的你对生活乐观,待人接物绅士又得体,会帮助别人,会照顾每一个人的感受,细腻又温暖,值得我喜欢。"

常焰咽了咽口水,烟雾进入肺里,呛得他有点儿难受。

云边的眼泪在眼眶里翻滚着,她努力没有让它掉下来。她的声音逐渐恢复平静,说到最后,带着丝丝凉意。

"走了,谢谢你送我,晚安。"云边匆匆下车。

常焰弹飞烟头,垂下视线。

云边从车前走过,常焰向后侧转头;云边进入画室,常焰回头倒车。

全程避免眼神,甚至余光的碰撞。

车缓缓驶出巷子,在拐角处停下,关掉车灯,关闭车窗,常焰低下头。

他以为云边会指责,然而她并没有多说。

常焰猜不透云边的心思,他常常猜不透。从前的云边不需要他猜,她想什么便直截了当地说出来。现在,不袒露心思的云边,让他有种根本就掌控不了的感觉。

他不想掌控她,但他所处的情形,一切掌控不住的因素都会带来危险。

常焰忽然觉得身体不舒服,他弓起腰,趴在方向盘上。

几滴汗珠从他的额头滑至鼻尖,而后顺着下唇滴落。他的身体开始颤抖,从轻轻抖动到剧烈抖动,他掏了掏口袋,除了手机什么都没有。

他有关节痛的毛病,犯病的时候疼痛难耐。不知道是不是云边的话刺激了他,加重了这种疼痛感,除了身体上的,还有心里的。

他趴在方向盘上,安静地等着疼痛过去。

第三章　　名字

　　第二天，常焰和安小哲出发去临市，一同去的还有安坤的干儿子，张隆。

　　张隆是安坤友人的儿子，友人意外去世，死前把八岁的张隆托付给了安坤。安坤便收养了他。

　　安坤当时的妻子不孕，他膝下也没有子女，心里期盼有个儿子，所以对待张隆极好。

　　两年后，安坤离婚另娶，安小哲出生了。安坤对张隆的关爱便少了许多，亲情减少的同时，他也开始挑剔起张隆的毛病来。他觉得张隆为人处世不怎么样，大事躲、小事烦，还有股狂妄的劲儿，因此越来越不待见张隆。

　　后来张隆长大了些，知道自己的处境很尴尬，开始学着收敛，开启了谨小慎微的生活。

　　许是这样的环境造就了他察言观色的本事，知道安坤喜欢什么，他便去做什么。讨好安坤是每天必做的事，除此之外，盯着安小哲也是每天必做的。

　　司机开车，常焰和安小哲坐在后座，张隆非要一起去，把副驾驶的弟兄拽了出去，自己坐了进来。

　　安小哲正处在一个不安分的年龄段，打会儿游戏又和妹子聊聊天。张隆始终扭着身子，谄媚地给安小哲递水递吃的。常焰双臂环胸，闭目养神。

　　路程大概三个小时，几人到安排好的酒店入住，一人一间。

　　常焰走到门口，发现房门虚掩着，眼神警惕起来，轻轻推开门，听见里头哗哗啦啦的水声。

　　进去后，闻见熟悉的香水味，他皱了下眉，随之放松警惕。

　　走到浴室门口，磨砂玻璃透出一个婀娜多姿的人影。常焰叹了一口气，手掌重重地拍了一下玻璃。

　　里面的人吓了一跳。

常焰背过身，问道："谁让你来的？"

林玥听清声音后，松了一口气，拍拍胸口，把浴室门拉开："我自己来的。"

"你从哪儿知道我们住这儿的？又是张隆告诉你的？"

"你不希望我来？"林玥嘟嘴，拿浴巾擦拭身体，答非所问。

常焰坐进沙发里，漫不经心地说道："张隆早晚栽在自己这张大嘴上。"

林玥裹着浴巾，就那么走了出去。

常焰余光瞥见她涂着猩红指甲油的双足陷进厚厚的地毯中，评价道："这颜色不适合你。"

"怎么什么颜色都不适合我？反正在你嘴里就没个好颜色。"林玥走近，要坐在他腿上。

常焰眉头紧皱，把她推开，那厌恶的姿态好像碰都不想碰她一下。

"人不好看，什么颜色都不合适。"

林玥委屈来得很快，她眼泛泪光，哀怨地看着常焰："你以前对我可不是这个样子的，现在连看都不愿看我一眼。"

以前，又一个人跟他提以前。

林玥继续抱怨道："我哪儿不好看了？追我的人一大把，我只跟了你，你还这么冷落我，厌弃了就甩是吧？"

常焰按着眉心："你又想要什么？直说！"他的语气里已经带上了怒意。

"我要你看看我。"

常焰冷哼一声，抬起头照做了，视线从下到上把林玥看了个遍，但脸上未起一丝波澜。

"你……"林玥哽住。

"我对你没兴趣。"常焰套上西服，起身往外走，"我回来的时候别让我再看到你。"

人先到，货后到。

常焰几人去仓库看了看，确定没问题之后接到货物，又安排好放哨的人，这才去吃晚饭。其间，和买家大果通了电话，约定明天见个面。

大果是一个很谨慎的人，不敢在长蓝交易，每回都更换地点，这次选了临市的一个穷县城。

这个县城常焰他们不熟悉,不熟悉的地方就有风险,所以他们很谨慎,需要跟大果见面之后,再敲定最终的交易地点。

吃过晚饭后,几个人要去KTV,常焰拒绝了,安小哲还想劝。

张隆笑得猥琐,对安小哲说道:"林玥来了,常焰怎么敢出去玩呢。"

安小哲疑惑地看着常焰,问道:"她怎么来了?你把行程告诉林玥了?我爸说这事只有我们几个能知道,不能告诉别人,万一出点儿什么事……"

常焰把手里的烟盒一摔:"他告诉的,这两个人现在在我眼皮底下搞猫腻!"

他转而瞪着张隆,怒道:"你俩可真是有意思,分手这么久了还余情未了。你要是还想跟林玥好,直接跟我说,我不介意。我现在巴不得赶紧脱手,一个月几十万地花,这次交易挣的又想全要走!"

他越说越愤怒,踹塌了一旁的空椅子:"好不容易能出来轻松一阵子,又缠上来了。张隆,你有能耐就赶紧把人带走!"

安小哲怜悯地看了常焰一眼:"女人哪有懂事的,反正咱有钱,花点儿没什么,焰哥你别因为这事生气了。"

常焰斜眼冷冷地看着张隆:"头上都是绿光,搁你身上你不生气?"

张隆愣了一下,猛地摆手:"我跟林玥什么都没有,是她天天跟我打听你的行程,怕你出来了找其他女人,这才跟过来的。"

常焰轻笑一声:"她问你什么你都说,你俩没事谁信啊。"

张隆举起一只手,笑得有些讨好:"我发誓,我跟她有事遭雷劈。"

"干这买卖的还怕遭雷劈?"常焰呸了一口。

安小哲打圆场道:"行了行了,不说这个了。焰哥,你要不想去那儿就先回去,我们几个去。"

常焰点点头,没再说话了。

和安小哲他们分开之后,常焰在街上闲逛起来。走到闹市区,他随意钻进一条巷子,小巷僻静,他拨了一串号码。

电话很快接通。

"晚上吃了吗?"常焰问道。

"吃了。"那边是一个粗犷的男声。

常焰皱眉："今天跟大果通电话,虽然约了明天见面,但我感觉他本人不一定过来。"

"你见过大果吗?"

"就见过一次,但认得出。"

"你打算怎么做?"

常焰摸了摸后脑勺,活动了一下颈椎:"如果他本人没来,我这边就以没诚意为由拒绝交易,试着约他本人来。"

"安坤那边?"

常焰自信地说道:"大果总是不露面,安坤也挺在意这个事,觉得不安全,害怕是警方在钓鱼,所以这次安坤的意思也是必须本人收货。"

"好。"

常焰又有点儿犯难:"按照大果的性格,要他本人露面的话,他得兜几个圈子,耗上一段时间,再加上来回更换地点,老回他们就折腾了。"

"你担心他们干什么?这么多年他们都习惯了,你顾好你自己就行,我会把你的话转给老回的,就这样。"

"等会儿。"常焰靠在墙上,"你跟老回说,回长蓝后我得见他一面。"

"有什么情况?"

常焰沉默几秒,抬头看天上的月亮:"私事。"

"私事就不要见了,我也不好安排。"

常焰皱眉:"那我直接去找他。"

"你有什么私事非得见他?"

"终身大事!"常焰一字一句,说得很用力。

五十幅定制画,占据了云边大部分的时间。自接了单,她每天都要画上十三四个小时,这才完成了第一批共十幅的风景画。

凌晨四点,画室里的灯光还亮着。

窗户开着,夜风很冷,云边感到阵阵凉意,她从椅子上起来,才察觉浑身都酸了,尤其是胳膊。

她收拾好材料，关掉画室的灯，轻手轻脚地走到阁楼，打开露台的门。

露台上放着一个小凳子，有一条凳子腿短了几毫米，买的时候没注意，坐的时候才发现不稳，便扔在了露台。

云边吹了吹上头的灰，有一部分灰已经粘在上面吹不掉了，她干脆直接坐了上去。

她从围裙口袋里掏出那盒烟，烟盒皱巴巴的，里面的烟也断了两支。

天光初显，远处浮着一层薄薄的蓝，但四周依旧昏暗，什么景色都看不清。

云边坐在凳子上，双腿并拢，微微弓背，盯着眼前的黑暗发呆。她只穿了一件薄薄的T恤，风吹得她有点儿打战，但她依旧不愿下去，安安静静地跟黑暗与寒冷对峙。

云边是土生土长的北方人，家境优渥，母亲是游泳运动员，父亲是军人，爷爷奶奶也是军人出身。

她生长在一个正直善良的家庭里，教养很好，没有机会去经历人生的风浪，许多贫苦人家的艰难生活她体会不到。

很多人以为在这样的家庭里成长的孩子没有烦恼，生来便是享受的。实则不然，她的父母很严厉，这种严厉并非浮于表面的那种说教鞭策，而是生在骨子里的，他们这类人的责任感。

要自律，要奋进，要做有意义的事，不可以荒废度日，不可以堕落。

她和云端很小就被家人培养各种兴趣爱好，但无论他们选择什么，都要谨记一个理念，就是奉献。

比如云边画画，母亲会报名让她参加许多国际级比赛，拿到奖杯对于母亲来说，除了是荣耀还为国争了光。后来她的画逐渐有了名气，父母为她办画展，获取的利润要求她拿出一半用来做慈善。

云边没有觉得不妥，这是该做的，甚至是一种责任，必须去做，不做便会有负罪感。

唯一令云边觉得头疼的就是父母的竞争意识，不管做什么都要求云边和云端拿第一。失败，一定会受到惩罚。

小时候云边不理解，为什么别人得了第二名、第三名父母会庆祝，但自己的父母却极其苛刻。

后来她明白了，运动员和军人的失败，从不是一个人的失败，他们的背后承载着更多人的期待，所以她的父母才会如此严格地要求他们。

这就是她的家庭，虽然约束感极强，但她很爱她的家庭，爱父亲的刻板，爱母亲的偏执。

直到那一场意外车祸的发生，她失去了父母，云端失去了双眼，这个家也散了。

失明前，云端刚立了一个一等功，还沉浸在荣耀带来的喜悦里，憧憬着自己未来会成为父亲那样优秀的军人。

云端从前很爱笑，笑起来能迷倒一众女孩子，上门找父母谈相亲的人家从未断过。但他们这样的家庭，家族里的每个人都有着一种与生俱来的傲气，要看对方的履历、家教、成就，尤其是人品。

好在云端欣赏的人也是不凡的，是陆军重点培养的女飞行员。

而云边的感情，她喜欢的人也喜欢她，她的家庭也很赞成他们在一起。

严火的家庭条件不好，他的父母很平凡、很普通，父亲工人出身，母亲跟着亲戚出摊赚点家用。

她和严火，从恋爱到见家长速度算快的了。速度快主要是因为云端无意间把他们恋爱的事公之于众了，于是云边父母非要见一见严火。

云边以为严火会躲，但他听说她父母要见他，反而乐开了花。

见过面后，云边的父母知道了严火的家庭情况，在经济条件方面有些顾虑，怕云边的生活习惯和他们不和，但严火人品不错，云边父母便也没明显反对，算是保持着中立态度。

严火因为她父母不肯定也不否定的态度有些郁闷。

夏日晚上的校园，严火仰着脖子咕噜咕噜地喝汽水，喝完了打上一个豪爽的响嗝："你爸妈瞧不上我是不是？"

"你为什么这么觉得？"云边诧异地问。

严火说道："'恋爱归恋爱，结婚可不行'，你爸的原话。"

云边扶额："请问你这个原话是怎么转述的？我爸明明说的是'你们俩还小，以后的发展以后再说'。"

"那不是一个意思吗？"严火坚定自己的想法。

云边无奈地摇摇头："随你吧，而且我爸说得也对，我们不可能现在就结婚啊，我还没到二十呢。"

严火停住脚步，不可思议地看着她："这是什么话！不以结婚为目的，你在这儿跟我干啥呢？"

"干啥呢？"云边假装不懂。

严火掐了一下她的脸颊，恶狠狠地说道："你说干啥呢！都在一起了还惦记跑呢？"

云边也掐住他的脸，看着他说道："下次在我爸面前，你就这么说。"

"行啊！"严火洒脱道，"我就跟你爸说他女儿不想对我负责。"

云边哈哈大笑："那你试试呗。"

严火搂住她的肩膀，收起了那副不正经的样子："不开玩笑了，我是真要娶你的。你就给我透露点儿你爸妈的意思，他们看重什么，我努力去做就是了。我得风风光光地把你娶了，不能让他们觉得自己的女儿吃亏了。"

云边蹙眉想了想："他们也没跟我细说啊，但应该不是特别在意经济条件吧。他们挂在嘴边的就是人品比什么都重要。"

"这太笼统了，人品靠什么证实啊，不得有点儿看得见摸得着的东西？"

"看得见摸得着？"云边咂摸着这句话，眼睛一亮，"那就是奖牌喽，我妈想让我找个运动员，说要能得金牌的那种。"

"就这？"严火一脸轻狂。

云边加重语气："就这？你以为金牌很好得呢？你是没希望了，你念的是军校，走的是我爸和我爷爷奶奶那条路。"

严火轻描淡写地说道："那就勋章呗，都是金牌。"

云边笑道："也对。"

严火玩着她的长发，一副不在意的样子："行！到时候拿金牌牌娶你。"

隔日。

严火跑到自习室，把自家户口本拿到云边的面前，指着自己那页，豪横又霸道地说："写上你名字。"

"啊？"云边觉得有些好笑。

"先预订了，回头攒够了金牌，娶你。"

严火发现云边手里的是铅笔，想换一支，然而云边的笔盒里都是铅笔，他便想找附近同学借一支。

云边拦住了他："不要打扰别人学习，铅笔也行。"

"铅笔一擦就擦掉了。"严火不干。

云边拽了他一下，小声说道："我写重一点儿，就擦不掉了。"

"擦不掉？"

"嗯。"云边一笔一画地把自己的名字写了上去，"写好了。"

"你怎么写空白页上面了，不是让你写我名字旁边吗？"严火皱眉。

云边把户口本推到他面前，吐槽道："幼稚。"

严火垂眸，仔仔细细地看着那方正的"云边"两字，用手抹了一下，能摸到字的纹路。他笑得憨憨的，拿过铅笔，在云边名字的后头，又一笔一画地写上自己的名字，中间再画一颗心。

"预订了！你跑不了了！"严火得意扬扬地说道。

云边问："那要是你跑了呢？"

严火没有丝毫犹豫地说道："我又不傻，才不跑。"

有些回忆就像烙印在骨头里，忘不掉，丢不了。

被回忆侵袭的那一刻是快乐的，但回忆结束的那一刻又是痛苦的。

长蓝镇的高楼很少，云边一眼可以望到很远，远处逐渐显现出灰突突的山头，蜿蜒的河流像一条深不见底的沟壑。

冷冽的风从河岸吹来，世界静谧得让人心里发慌。

没有理由，真的毫无理由，她思考了六年也思考不出来，到底是什么原因让严火突然间就放弃她了。

如果单纯是因为爱情，新鲜感没了，爱上别人了，总该有个预兆吧？对她不再上心了，不想亲近了，等等。可并没有啊。

他的改变是突然间的，让人捉摸不透。

云边觉得胸口很闷，感觉要憋死了。她用拳头狠狠地捶了捶，突然很想见他，想知道他怎么了。

云边猛地站起身,离开阁楼,一路不停地下楼,跑出了巷子。

巷子口的早餐铺子已经出摊,但还没人,摊主在做准备工作,看见云边后疑惑地盯着她。

云边站在巷子口,等了几分钟,拦下一辆出租车。

清晨的蓝海湾没多少人出入,前台值班的女人带着花了的妆,打了个大大的哈欠。

"你好,我找常焰。"云边说。

前台懒洋洋地回道:"经理不在。"

云边转身,但并未离开,而是向里头张望。左边是男更衣室,右边是女更衣室,办公区应该在楼上。

她看了一圈,瞥见楼梯间,就要往那头跑,被服务生拦下。

"小姐,女更衣室在后面。"

云边点点头:"我知道,我找常焰。"

前台皱眉:"不是说了,不在。"

"真的不在吗?"云边半信半疑。

恰巧栾宇从门口进来,前台唤他:"宇哥,这个人说找经理。"

云边回头,栾宇看见她后愣了一下:"我记得你,你找焰哥?"

云边盯着他,点点头。

"焰哥不在。"

"他去哪里了?"

"不知道。"

云边眉头微敛,表情认真:"那他还回来吗?"

栾宇被逗笑:"肯定回来啊,过两天就回来了。你找他什么事?"

云边心头一松,摇摇头:"没什么。"话落,她快步离开蓝海湾。

栾宇看着她的背影,低喃道:"长得真白啊,我怎么就没焰哥的艳福呢。"

常焰他们一行人在临市耗了数日。如他所料,第一次见面大果并未亲自现身,而是安排了其他人。

常焰责备大果没有诚意,要求必须他本人露面才会进行交易。

对峙了几日,安小哲有些着急,大果是老顾客了,以往对方都是让别人收货。他生怕常焰逼得紧了,这单生意没得做了。

常焰却有自己的想法,料定大果这次会亲自过来。

安小哲没什么主见,便去问安坤。安坤也说常焰做得对,并给安小哲讲了为什么非要大果本人来,安小哲这才放下心。

于是他们便跟大果耗起时间来,安小哲和张隆每日花天酒地,到处消遣。常焰偶尔去打打台球,大多数时间都待在酒店。

半个多月后,大果终于愿意露面了,他约好交易时间,地点到时再定。

晚上吃完饭,常焰独自一人回了酒店,打电话给中间人让他把信息转告给老回,紧绷的神经这才得到片刻放松。

他脱掉衬衫和裤子,赤足走进浴室。水从他的头顶冲下,打湿了黑发,他的腹肌线条分明,上面是一道道深浅不一的疤痕。尤其是右腹部处,有一道像是受了严重的伤后留下的不规整又丑陋的疤痕,看起来令人心惊。

他转过身,任水流冲打着脊背,他的肩胛骨到后腰处的皮肤粗糙,由一条条小疤痕交叉错杂形成不规则的纹路,密密麻麻的一大片,像是后期植上去的皮。

常焰洗到一半,那种熟悉的疼痛感又出现了,他匆匆关掉花洒,拿过浴巾围在腰间,急忙往外走。

他才走两步,膝盖一软,结结实实地跪在地上。他抬头看了一眼沙发上的西裤,手指蜷缩,深吸一口气,膝盖向前蹭了一步,反复几次,他已精疲力竭,汗珠滴落在地板上,留下一摊水迹。

余光看见裤脚,他伸手把裤子扯到身下,从左口袋里翻到手机,他又去翻右口袋,终于找到药盒。

电话突然响起,他匆匆一瞥,握着药盒,有些愣怔。回过神,他咬咬牙,从地上坐起,靠在沙发边上,按下了接通键。

过了几秒,传来云边的声音:"你知道我是谁。"

常焰深吸一口气,平稳呼吸:"你是谁?"

"我是云边。"

"嗯。"

云边顿了顿，放轻声音，问道："你在哪里？"

常焰不说话。

"我想见你。"

常焰淡笑一声。

"我想见你，常焰。"云边又说了一遍。

这是她第一次直呼他的名字，常焰不由得身子一僵。

得不到回应，云边继续道："我有话想跟你说。"

"我没话跟你说。"

不等云边出声，常焰直接挂了电话。此刻身体的痛感不再那么强烈了，他闭上眼睛，莫名觉得心很安定。随着呼吸变得平缓，他紧绷的神经也逐渐放松。恍惚间，他仿佛看见了年少时的自己。

认识云边的第二年，他和云端一起考入军校。虽然训练很苦，但正处于热血的年纪，这种身体上的苦反而激发了斗志。

常焰和云端是同届里最优秀的两个学生，每次测试，他们都把战胜对方当作目标。

有一次常焰拿了第一，云端不服，两人选择加赛，比谁做引体向上做得更多。

烈日当头，器材滚烫，手一摸，都会龇一下牙。周围的几个同学帮他们计数，比赛开始了。

两个人表现得非常轻松，匀速又有节奏，一起上一起下，云端甚至开始和常焰聊起天来。

"上周聚会，有个学艺术的学姐跟我打听你，要你的电话号码。"

"漂亮吗？"常焰漫不经心地问道。

"不漂亮我跟你说干吗？是你喜欢的类型。"

常焰撇嘴："我喜欢什么类型，你倒是知道？"

"我当然知道啊。"

常焰不说话了，做了几个引体向上后突然问道："你觉得你妹长大后会不会是个大美女？"

"废……"云端诧异地看向他,"搞什么?你喜欢我妹妹那个类型的?"

常焰撑起身子:"现在太早,我不敢确定。"

云端有些生气,唾沫都喷在他脸上了,吼道:"你拿我妹开玩笑?"

常焰吊儿郎当地笑了一下,刺眼的阳光洒在他满是汗水的脸上,痞味十足。

计数的人声音越来越大,已到了最后阶段,两个人的体力也快耗尽。

常焰嘶吼着撑起身子,喘气道:"给你三年时间。"

"什么三年。"

"这三年第一都让给你,三年后你妹给我。"

云端在杆上狠狠地踹了他一脚。

常焰一副死猪不怕开水烫的模样,嬉皮笑脸道:"尽情骂,我不还口。"

这场比赛没有比出输赢,因为常焰拿云边开玩笑,云端气急,钩住常焰,两人一起落了地,落地后便开始厮打起来。

最后两人都受了处分,挨了批评。大家以为他们会就此绝交,没想到隔天还是勾肩搭背的,好像什么都没发生过似的。

常焰这人一贯嘴损,但人不坏,说归说,他不会真的去做。云端便觉他是在开玩笑,就像他说的三年,一千零九十五个日夜,没见过谁在见不着面的情况下还能一直保持着喜欢。

常焰原本也觉得当时只是玩笑话,但他的脑海里总是不时地浮现出云边的身影,会画画的小仙女,和他少年英雄的形象多么般配啊。

没有太多犹豫,好像连思考都没有,常焰就认定了这件事,并如计划进行。

三年后,云边成年,考入沈美,常焰追求她,到恋爱,一路顺利。

云端知道的时候,云边和常焰已经如胶似漆了,他再生气也毫无办法。

云边和常焰恋爱一年后,常焰面临毕业,特种部队选人,选中了他。

想起那段异地恋的时间常焰就觉得难熬,接受集训,负重跑步,冷水冲泡,三万米跑,这些都不是难熬的点。见不到云边,亲不到、抱不到才是让他最受不了的。

别人都说,梦想只有在得不到的时候才最美,他觉得不是,没得到云边的时候还好,得到了之后他再也忍受不了她不在他身边。

再忍忍吧，云边她爸说过结婚不行，他得立功才行。

他以为去了边防部队，待上几年，拿下几枚勋章，就能回去娶她，和她永远不再分开。

可战友牺牲，他救不出，一个又一个，再一个……

原来这世间有很多普通人看不到的地方，那里满是肮脏、罪恶。

勋章如果需要用命去拿，还要不要拿？在这个问题上，他没有第二个答案。

"严火，这是我最后一次叫你的名字，你以后会有其他身份，'严火'这个名字会有其他人接替，等你归来的时候，你的生活，会原封不动地还给你。

"不能解释，家人、朋友的误解是第一步，这一关你都过不去，下一步怎么走？

"长蓝由于地理环境特殊，是境外毒品进入境内的中转要地。唐骁，是你要接近的目标，他掌握着一个完整的贩毒产业链。

"唐骁虽然落网了，但还有其他人。你在长蓝有基础，除了你没人更适合接近大龙。你仔细想想，如果还是决定放弃，那我会联系沈城那边，去警队还是回特种部队都可以。

"最近有个叫安坤的来了长蓝！"

常焰的脸色苍白，嘴唇干枯，眼睛半合，刚要睡过去时，手机响了，收到一条信息："有时间过来取画。"

他的手指缓缓松开，药盒滚落在地，看着屏幕上的那几个字，他的目光逐渐柔和。

云边像是一个会魔法的人，随随便便几句话，就唤起了他精神深处对生的希望。

以前他不敢想，现在又控制不住去想了。

四季变化，山河长安，如果他归来尚早，是不是还有机会拥她入怀？

两天后，常焰一行人面色凝重地回到长蓝。

车子直接驶入安坤公馆。

公馆虽然不大,但金色的建筑彰显出豪华,一排车停在门口,连串的车门关闭声后是又急又快的脚步声。

安小哲在首,不停地挠头。常焰紧随其后,迈上台阶。

张隆跟在后头的人里面,佯装透明人一般也跟着进去。

人刚在客厅聚集,安坤便从楼梯上走了下来,他穿着一身丝绸材质的休闲装,体态臃肿。

安坤年轻的时候很帅,五官立体,棱角分明,但现今已年近六十,再立体的脸也挂不住下垂的皮肤。

安坤坐在沙发里,手肘搭在扶手上,十指交叠,抬头看向安小哲:"说说吧,怎么回事?"

安小哲愁眉苦脸地说道:"我们已经很谨慎了,问题不出在我们这儿。警察是大果招来的,我们反而差点儿被大果连累,吓死我了。"

安坤冷笑一声,指了指常焰:"你说。"

常焰点点头,面色凝重:"我们交易完,大果带货离开,在出港口时他连人带货被抓,八成是露了怯才被盯上的。所有和大果有关的人,我已经安排下去切断了联系,这条线路短时间内也不能再走。至于损失,有点儿大,这批货大果只付了定金,再加上他每年能要不少货,现今被抓,损失的不止这一笔生意……"

啪的一声,安坤把手边的茶杯摔了出去,眉尾的一根长寿眉似乎抖了抖,他怒道:"废物!你们三个一起都……张隆呢?"

张隆从角落里走出来,脸上堆着笑:"干爸,这次的事真跟我们没关系啊。常焰说得对,是大果太不小心了。不过干爸你放心,损失的我给你补回来。咱们的货质量一向很好,要的人多着呢。我手里有几个有钱的买家,你下批的货多给我分点儿,我可以卖上更高的价格,咱们给大果的价格属实太低,常焰……"

张隆瞥了常焰一眼,又迅速收回视线:"常焰还给降了两成,要我说这客户都被惯出毛病来了,没了就没了,不可惜。"

他短短一段话,非常好地拿捏住各个关键点,用售价过低的由头将客户损失说成了好事,又许下承诺只要安坤多给他些资源,回头就将损失都补上，还将了常焰一军，讽刺他销货利润太低。

安小哲为了赶紧平息安坤的怒火，在一旁猛点头："对对对，不可惜。"

安坤恨铁不成钢地叹了一口气。

张隆继续说："干爸，实在不行，还有林玥那条线呢。"

常焰神色一敛："那条线太危险，需要的人多，不好控制。"

张隆见缝插针："干爸，要不直接让林玥来？"

常焰观察安坤的脸色，抿唇不语。

安坤不傻，听得出这里头的玄机。张隆想借机打压常焰，常焰是实事求是反映问题，安小哲则是什么都不懂，只会抱怨。

他有自己的判断，虽然张隆有私心，但他说的也有对的地方，事情已经发生了，现在要做的就是把损失降到最低。

过了半响，安坤开口道："散了吧，张隆留下，把林玥叫来。"

常焰看了张隆一眼，正巧他也看过来。

两个人目光对视，张隆能清晰地看到常焰眼里的危险气息，他没太在意，假装没事人似的笑了笑。

一辆车停在一间小酒馆门口，常焰从车里下来，推开酒馆的门。

酒馆只在夜间营业，客人没几个，有时一整晚都没人，老板也不关门。

晚上温度低，常焰穿了一件黑色的皮夹克，坐到柜台边的高脚凳上。

老板兼调酒师叫周源，是一个五十多岁的大叔，但身材保养得当，宽肩窄腰，肢体中蕴藏的力量感不输常焰。

周源拿干抹布擦了擦吧台，抬起眼皮看着常焰："章回来了。"

常焰掏烟的动作一顿，问道："真来了？"

"你不是要找他？"周源诧异。

常焰点头，收回刚掏出来的烟，痞里痞气地说："找他们算账。"

"他们？"

常焰不回答，径直绕过吧台，去了酒馆后头周源的卧室。

推开门，一个穿着汗衫，和周源年纪相仿的男人站在窗前抽着烟。

常焰扇了扇屋里浓重的烟雾，皱眉说道："再这么抽下去，迟早得肺癌。"

章回要笑不笑地看着他："半年不见，你小子好像胖了点儿，看来最近生意不错。"

"生意什么时候差过。"常焰哼笑一声，关门坐到床上，"看你这眉开眼笑的模样，大果交代了不少啊。"

"还没审完，但挺顺利的，下线吐出来不少，再审一审，差不多就吐干净了。"章回颇有些自得。

"挺好。"常焰缓缓点头。

"你那儿最近怎么样？安坤有没有怀疑你？"

"看不出。"常焰轻描淡写地说，"怀疑又能怎样，他谁不怀疑？这不影响什么，倒是有件事我觉得发展下去可能会有不可预知的风险。"

"什么事？"

"安坤准备让林玥招新人，把她那条线搞大。"

"安坤想做你也拦不住，刻意去阻挠有可能引他反感。"章回提醒道。

常焰把手肘搭在膝盖上，微微弓腰，盯着地面，思忖道："林玥现在有点儿闹腾，这个女人贪得很，我怕她再能干点儿就不受我的控制了，而且，那条线若搞大了不知道又要有多少人受害。"

章回叹了一口气："我回头多堵他们几回，把渠道堵死，看他们怎么发展。"

常焰抬头看他，道："行，那我多跟林玥套点儿消息给你。"

章回坐到他对面的椅子上，拍拍他肩膀，说道："把你的安全放在第一，不要忽视任何一个地方，即便是你一手提拔起来的林玥也要防备。"

常焰"嗯"了一声："我找你还有别的事。"

章回笑着把手机掏出，递给他："知道知道，每年都得安排上，不然你这小子又撒泼又打滚的。"

常焰接过手机，翻了个白眼，站起身走到窗边，低头输了一串号码，回头看向章回。

章回摊手，无奈道："我没法出去，你放心，我听不着。"

听不着才怪，这家伙用的是老年机，声音还外放，但又没别的办法。

常焰按下拨通键,那边接得很快,估计是刻意抽出了时间等他的电话。

"喂!"

"云顶峰,我是常焰。"

云顶峰回道:"嗯,我知道。"

常焰的手指抠着窗台边脱落的胶条:"她……"

云顶峰打断他的话:"她过得很好,不用担心。"

"好什么!"常焰轻捶了一下窗子,"她人在哪儿呢?"

云顶峰顿了两秒:"能在哪儿,这个点儿应该在家吧。"

话音刚落,常焰的怒火就被勾起来了:"你这个叔叔怎么当的,在家?她在长蓝!长蓝!"

他越说声音越大,章回听得清清楚楚,但依旧假装听不见。

云顶峰惊讶道:"怎么可能,她去那儿干吗?你是不是出现幻觉了啊?"

"我又没病,哪儿来的幻觉!"常焰喊道。

云顶峰"嗯"了一声:"云边说跟云端出去旅行,已经走了大半年。怎么,你们碰到了?"

常焰真想踹人:"人都能给我看丢,就不该信你。行了,她在长蓝的事我告诉你了,挂了。"

云顶峰有些着急:"等下!她的近况都不问,你是不是已经和云边接触了?"

常焰不语。

"你把她怎么了?"云顶峰追问道。

常焰的脸色沉了下来:"这是什么话?你自己没看好人,还问我怎么她了,我敢怎么着?"

云顶峰的语气中也有了怒气:"这可说不准,你最好记住你现在的身份。别一看见人就脑子发热做出出格的事,你不在乎你自己的命,那你的父母呢,你也不想想吗?"

常焰是个驴脾气,吃软不吃硬,云顶峰还跟他呛声,更安抚不好他的情绪。

"你别往我身上推责任,既然知道我什么毛病,就不该让她出现在我面前!我没把她怎么样,但接下来我可保证不了。"

"严火!"云顶峰厉声吼他的真名,"你给我保持清醒!"

常焰讥讽道:"我叫常焰,常焰保持不了,严火我想他也保持不了。"

电话那头的人怒火中烧,常焰按下挂断键,把手机往空中一抛,章回接住。

每次都假装什么都听不到的章回头一次插嘴道:"我有种不好的预感。"

常焰垂着头,往外走:"我没有。"

章回看着常焰倔强的背影,苦笑着摇头。自认识常焰,他就连带着认识了"云边"这个名字。每年,常焰都会要求和云顶峰通话一次。每次,两个人都会因为云边吵起来。

第一年,章回和常焰还不算很熟,他只觉得常焰是个满身正气但有点儿狂妄的大男孩儿。当他第一次看到常焰和云顶峰吵架时,他是相当震惊的,在他的认知范围内,还没人敢跟云顶峰这么说话,所以他记忆犹新——

"云顶峰,不是说好任务结束我就能回去吗?再不回去,云边跟那小子就结婚了。"

起初,云顶峰还是很温和地劝慰道:"什么小子?没听说云边交了男朋友。"

常焰握着手机,一副恨不得钻进手机里的样子,说道:"她没告诉家里?是不是随便谈谈的?那分手没有?"

"我都不知道她有没有男朋友,怎么问分不分手啊?"

"那你赶紧问啊,不问清楚我不干了。"常焰撒泼。

"不对啊,你远在天边,从哪里知道云边谈男朋友了?"

常焰顿了顿,依然理直气壮地说道:"我看到她微博发的照片了,跟一个男的一起。"

云顶峰当下便打开电脑,去看云边的微博:"拿气球的那张照片?"

常焰不耐烦地"嗯"了一声。

"那是我儿子,云边的弟弟,什么男朋友,站在一起拍照就是男朋友了?你很能想啊,让你说得两个人好像马上就要结婚了似的。"

常焰愣了一会儿,笑道:"是你儿子啊,不早说。"

"你除了关心云边还关心过什么？我有儿子你都不知道？"

常焰尴尬地挠头："忘了。"

云顶峰大声斥责："就算云边真找了男朋友，你又能怎么样？好好完成任务才是你现在最该做的，当初你可是信誓旦旦地跟我保证一定完成任务，现在倒好，因为一张照片就跟我说不干了。"

常焰有些羞愧："我会好好干的，但我有条件，你不跟我实时汇报云边的情况我就不干。"

云顶峰怒道："你小子还跟我讨价还价？汇报有什么用！都分手了就早点儿忘了，别影响工作！"

常焰不肯，非要云顶峰给他个保证。云顶峰也不肯，争执不下，常焰最后把章回的老年机给摔碎了。

第二年，新的老年机递给常焰。

电话拨通，他还没开口，云顶峰先骂道："你疯了，给云边打什么电话，要是让唐骁知道你就完了！"

常焰有点儿委屈地说道："我又没说话，只是听听她的声音。"

"你最好知道自己在干什么，被发现很有可能会要了你的命。"

常焰沉默。

云顶峰可能觉得自己的话太重，沉默了一会儿，安抚道："等你完成任务回来，要是还想追云边，你就试试，不成功我再给你介绍别的，好女孩儿多的是。"

"不要，你给我看好她就行，等我回去。"

第三年，常焰身上的正气已经褪得差不多了，整个人看起来有点儿颓废。

"云顶峰，我耳朵聋了一只，到时候云边嫌弃我，我找你算账。"

第四年，常焰依旧和云顶峰争吵，但罕见地云顶峰一句话都没有反驳。

"爸妈全死了？云端真瞎了？那她怎么办？我要回去，说什么我都要回去。你别跟我扯什么大道理，她这个时候需要我，我要回去找她……"

说着说着，常焰蹲在地上，抱头哭了起来。

没有人会怪他，因为没有人知道他遭受着什么。

他扮演着最令人厌恶的角色,把真实的情绪隐藏起来。只有每年在和云顶峰通话的时候,他才能宣泄情感,撒娇耍泼,像个长不大的孩子。

然而宣泄完了,他又甩甩脑袋,趾高气扬地走出去,变回那个目中无人、薄情寡义的"常焰"。

一次次任务结束,又一次次开启新的任务,他那副担当感十足的样子,像个刀枪不入的铁汉子。

吧台的灯光昏暗柔和,周源轻轻晃着身体,用一种优雅的姿态拿起一瓶酒,倒入量杯中,又拿过一个带着麋鹿酒嘴的瓶子,"生命之水"从麋鹿酒嘴里缓缓流出。

冰块擦碰杯壁的声音悦耳,空气中弥漫着酒精味和淡淡的烟草味。

周源把一杯鸡尾酒推到常焰面前:"你的酒好了,它叫'遗忘剂',喝下它会忘记所有的烦恼。"

常焰嗤笑一声:"你现在说话跟念诗似的。"

周源摊手:"我退休了,谁也管不着。"

常焰拿起酒杯,喝了一口,说:"退休了怎么还干这个?"他指的不是开酒馆,不是当调酒师,而是做情报员。

"干习惯了。"

黑胶唱片曲调悠扬,掩盖了两个人说话的声音。

"穿不上军装,干着有什么意思。"常焰淡淡地说。

周源轻笑:"我习惯的不是军装,而是做点儿什么,为别人……"

他微微思忖,继续说:"虽然不知道为什么人,但能做点儿什么就好。"

"习惯付出。"常焰总结。

"你不也是吗?"

常焰没正面回答,而是有些感伤地看着外头静谧的街道:"这习惯不好。"但改不掉。

人类是一种"拧巴"的物种,总喜欢给自己找点儿罪受,用来证明活着的意义。

处在血气方刚的少年时,总想着做点儿什么,想要得到辉煌,受到瞩目。

　　当不再是少年时,这种浮躁的想法便没有了,取而代之的是更深层的,可以没有辉煌,可以不受瞩目,但要能做点儿什么。

　　看见罪恶,便看见罪恶带来的苦难。这东西很折磨人,一旦看到就想去改变。

　　常焰点燃一根烟,烟雾模糊了他周身的轮廓,他的眼眸中闪烁着旁人看不懂的光。

第四章　　真实与虚妄

又到了陪云端去寺庙的日子，祭拜、上香，而后云端去和方丈交流佛学，云边在外头等着。

经历会改变一个人，这话没错，云端以前不信佛，失明之后才开始信的。

云边觉得他不是真信佛祖能保佑人，只是给自己找了个理由能平和地去面对这个世界罢了。

天上飘着毛毛雨，云边站在屋檐下，听见正殿传来的诵经声，她掏出那盒烟，有些出神。

忽觉有人影，云边抬头，看见一个和尚正站在她身侧不远处，他左手举在胸前，手上挂着一串佛珠。

云边把烟盒收起，解释道："我没有要抽烟。"

和尚神态平静，行合掌礼，念道："阿弥陀佛。"

云边仔细看了一眼，发现这个和尚就是上次帮她解签的人。

随即又唤了他一声："师父。"

和尚问道："施主有何事？"

云边顿了顿，摇头："没事。"

和尚再度行合掌礼，嘴里念叨："阿弥陀佛，女施主若是心中有不明之事，不妨向佛祖倾诉。"

云边淡笑，不甚在意地说："佛祖会给我答案吗？"

"有缘之人，自能得到佛祖的指引。"

"佛祖的指引难道就一定是对的吗？"云边问道。

和尚沉默几秒，摇头笑道："看来施主心中已有答案，也知对错，既是如此，跟随自己的心意就好，我佛慈悲，自会普度。"

云边怔了怔，说道："谢谢师父。"

和尚离去,云边看着雨中虔诚祭拜的人,忽而笑了。

每天来求佛的人那么多,到底是为欲望还是愿望,谁又能分得清呢?

回去的路上,他们又经过那座老石拱桥,因为下雨,桥面湿漉漉的,云端撑伞,云边拉着他的手。

河两边的树木,叶子已泛黄,风一吹,有几片飘落下来。不知不觉,已入了秋。

伞有些小,云端怕云边被淋到,松开了她的手,转而搂住她的肩膀。

云边看他一眼,云端表情冷淡,浑身散发着一股疏离感。曾经的云端也是个阳光开朗的人,然而这不幸终究在他身上留下了不可磨灭的痕迹。

云边相信,没人能完全抹去过往。那青葱岁月中,热血和辉煌铸造的前半生,以及心底没有熄灭的信仰,依旧深埋在心底。

只不过别人看不到罢了。看不到云端枕头底下放着的犯罪心理书籍、密密麻麻的盲文笔记,还有他日复一日的力量训练。

有些人外表虽然变了,但内里其实从未改变,云端如此,那么严火是不是也如此呢?

"哥!"云边喊他,"你会常常回想起从前吗?"

云端的脸上滑过一丝不易察觉的波澜,点点头:"偶尔。"

话音刚落,云端没再听到她的声音,动了动耳朵,问道:"你怎么了?"

云边轻声道:"我想家了……"

云端一怔,搂着她肩膀的手紧了紧:"那我们回沈城吧,前两天二叔不是还打电话过来,让我们回去吗?"

"你不觉得二叔让我们回去很奇怪吗?"

"奇怪什么?"

"他以前从不干涉我们的生活。"

云端不觉有异,笑道:"他没有干涉的意思,只是希望我们回去。"

云边捋了一下被风吹乱的头发:"我觉得他可能还会打电话过来。"

云端听出她话里有话,问道:"为什么?"

"感觉。"云边的声音一如往常地平淡,"就看准不准了,"

"二叔怎么做不重要,等你想回去的时候,我们就回去,不想回去,我们就不回去。"云端给了她绝对的理解和支持。

"好。"

云端看不到她,但依旧侧头冲她笑笑。

云边也回应了一个浅浅的笑,即使他看不到。

自上次和常焰通过电话,云边和常焰就再没见过面了,他要的画也没有来取。云边把晾干的五幅新画包装好,和那十幅画放在一起,已经十五幅画了。

她掏出手机,看着短信界面发呆。

"有时间过来取画。"

"回长蓝了吗?"

"如果没时间,我给你送过去。"

发过去的信息没一条有回复。

云边盯着看了一会儿,把手机揣回兜里,一边往柜台走一边解围裙。云端在柜台里读书,她把围裙挂在他身后的挂钩上。

"哥,吃什么?"

"点外卖吧。"

"啊?你最近怎么那么喜欢吃外卖了?"

"你做得有点儿慢,我饿了。"

云边没听出他话里的嫌弃,点点头,掏出手机:"那我看看,点什么……"

门口的铃铛响了,董嘉南推门而入,听见他们的话插嘴道:"点什么?带我一份。"

最近天凉,连董嘉南这种"火力旺"的人都把卫衣穿上了。

云边说:"那还是那家饭店的炒菜吧,我让他们多加一份。"

"好。"

"可以。"

云端和董嘉南一同回道。

云边点好餐,找到煮茶器煮茶,董嘉南帮她拿杯子,云边看到他手腕处有一道红色的伤痕。

她抬头看了看董嘉南，好像人也瘦了点儿，问道："受伤了？缉毒队工作很辛苦吗？"

董嘉南连连点头，自从去了缉毒队，他每天连轴转，今天是第一次休息。

"缉毒队那群人简直是钢铁侠，不需要休息的。案子还多，每天不是出勤就是审犯人，不分昼夜，就这样还有许多案子根本没空管。"

"案子为什么那么多？"

"犯法的人多呗。"

云边把茶叶放好，按下烧水按钮，坐到一旁，问道："是吗？"

董嘉南笑了一下，觉得她没意识到这是什么概念，毕竟这些事情离她太远。

"哎，云边姐，你知道我这段时间抓了多少人吗？"

"多少？"

董嘉南伸出手指，数了好几遍："四十多个。"

云边略微惊讶地看着他："这么多，你才去了几天。"

董嘉南拍了拍桌板："有大案啊，比如群体犯案，一堵就是一窝。"

"这样哦。"云边脑海里没有那个画面，只觉得惊奇。

一直埋头读书的云端抬头，问道："你受伤有没有做检测？吸毒人的血液很危险，有毒品残留。"

董嘉南看了看伤口，不是很在意地说道："我师父看到我受伤吓了一跳，带我做过检测了。没事，我不会那么倒霉的。"

云端没再说什么，只是皱了皱眉头。

"我哥说得对，你还是小心点儿好。"云边认真地说道。

董嘉南不好意思地摸了摸耳朵："好，我知道了姐姐，你不用紧张。"

门口铃铛又响了，孙晨晨走了进来，热情地打招呼："云边姐姐，云端哥哥好呀。"

云边笑了笑，说道："来啦。"

孙晨晨见到董嘉南，多看了几眼，摆摆手笑道："你好呀。"

董嘉南漫不经心地颔首："你好。"

接着他转头继续和云边聊天："姐姐，我前两天跟师父抓了几个犯案的女孩儿，真是开了眼界。"

煮水器烧开了，董嘉南抢先一步把水壶拿下，给三人倒水。

正在上楼的孙晨晨跟跄了一下。

云边倏地回头，问道："怎么了？"

"没事没事。"孙晨晨忙摆手，神色有些慌张，迈着小碎步上楼去了。

董嘉南继续说道："有个女孩儿长得很漂亮，还是在读大学生。被捕后说是第一次做这个，但运输的分量足以判死刑了。"

云边微微张嘴，有些惊讶地问道："大好前途为什么要做这个？"

董嘉南哼笑道："因为爱情。她在网上认识了一个男人，那男人让她帮着运毒。她被抓了，但那个男人跑了，审讯的时候她死活不说出那个男人的下落，还说'死刑就死刑，我爱他，就算为他死也值得'。"

云边吸了一口冷气，觉得不可思议。

董嘉南跷着二郎腿，连连摇头："我师父说很多被抓的女孩儿都是这样，死活不供出对方，但男的就很少这样。哈，可见爱情里受伤的大多是女人啊。"

云边抿了抿唇，意味深长地说："女人要比男人感性，也比男人柔弱，这是生理上的，但在精神上，她们的勇敢不输男人，就比如她为了爱情不怕死。"

一旁看书的云端手指顿住，默默听着。

董嘉南看了看云边："听起来怎么像是在夸她？"

云边愣了一下，随后摇头，坦然地说道："不，我是在讽刺她，她的勇敢用错了地方，但她自认为是高尚的，这是一种无知。"

董嘉南花了几秒咂摸这句话，问道："那姐姐，如果是你，你会选择供出男朋友吗？"

云边不屑地笑了一下："不可能会是我。"

"为什么？"

"爱情的力量无法驱使我去做坏事。"

董嘉南摸着嘴唇，辩驳道："那些女孩儿之前也是这样觉得的，但爱上了就全忘了。"

云边喝了一口茶，握着茶杯，表情认真："你每天接触的都是罪犯，看到的也是极端事件,不能用少部分人来概括大众。

"爱情的开始源于心动,心动会给人带来愉悦的精神体验。但人之所以为人,就是因为人有意志力,有羞耻感,懂得克制,在看到另一个人的真实面貌邪恶丑陋的时候,就该去克制自己的感情,控制自己的言行。

"现在的社会,大部分人都可以得到良好的教育,塑造正确的价值观,很少有人会因为爱情而走上不归路。就算一时迷茫,家人、朋友、老师,以及所处的大环境,也会不停地敲响警钟,让人尽快清醒过来。

"因为我也是这大部分人中的一个,被保护着、鞭策着,我觉得很幸运,我也坚信我不会。"

云边的话句句清晰,见解独到,没有慷慨激昂,只是用一种很平淡的语气徐徐道来。

董嘉南看着云边黑亮的双眸,觉得有一束光照进了心里,温暖且迷人。

"云边,可以约你一起吃饭吗?"

发消息的是陈香,云边和她不熟,仅限于老板和顾客的关系,但对她印象很深。

陈香第一次来画室,云边就觉得这女人长得很美,是那种不需要怎么打扮,单看骨相就很美的女人。

陈香很喜欢云边的画,从她看画时双眸中流露出的光芒就能看出来,当天她就买下了几幅。

云边包画的时候,陈香在画室里随意画了画,看得出她学过油画,但画得非常业余,她也没多大耐性,寥寥几笔就放弃了。

常焰来之前,陈香也给云边打过电话,提出要定制五十幅画的事情。

但云边拒绝了,她不接这样的单,跟开价多少没关系。她不缺钱,钱够花就可以,在保证生活富足的情况下,她更喜欢随心所欲地画画。

云边把玩着手机,陷入沉思,过了一会儿,回复:"好。"

陈香发来了饭店地址,是一家高档的西餐厅。

云边收了手机,翻开衣柜找了条雪纺裙,涂上浅粉色的唇膏,出发了。

陈香比她早到,托腮看着窗外的景色,她衣着精致,唇色红艳,眉毛细弯,黑发如瀑。

"等很久了?"云边在她对面坐下。

陈香看见云边,双眸一亮,笑容很亲切:"没多久。你怎么过来的?"

"打车。"

"我还以为你有车呢,早知道让司机去接你了。"

云边笑道:"我不喜欢开车。"

点好餐之后,陈香从身侧的凳子上拿出一个礼盒。

"送给你的。"

云边不解道:"为什么送我礼物?"

陈香把礼物放到她手边,语气娇柔,说道:"送你就送你。"

云边打开礼盒,项链璀璨,一看便知价格不菲。她合上礼盒,推还过去,说道:"无功不受禄。"

陈香耸起眉毛:"怎么无功了,你不是在帮我画画吗?五十幅要画好久,费神又费力的,这点儿小礼物算什么。"

"我又不是白画,你给了钱的。"

陈香坚持:"给得太少了,八万买你五十幅画,我于心不安啊。"

"那下次我多收一点儿。"云边依旧在婉拒礼物。

陈香不好勉强,毕竟两个人没有那么熟,特别是云边这种性格冷淡的,太热情反而会让她有负担。

陈香只好作罢:"小哲跟我说只要八万的时候,我吓了一跳,还以为他在哄我开心呢。"

云边问道:"小哲是谁?"

"我儿子,就是跟你买画的人啊。"

云边看着她,没反应过来。

陈香笑道:"想不到我有那么大的儿子吧?哈哈,当然是继子了,是我老公的……不知道哪个前妻生的了。"

常焰肯定不是陈香嘴里说的小哲,估计他是小哲的朋友。

云边也未多言,点点头说道:"这样哦。"

服务生上菜,陈香看着她平静的表情,待服务生走后,突然问道:"你会觉得我是那种傍大款的女人吗？"

云边有些讶异，觉得陈香的亲近来得莫名其妙，但仔细想想也说得通，陈香喜欢绘画，因而爱屋及乌，就会亲近画得好的人。此外，云边猜测，陈香应该没什么朋友，从她需要回应的眼神中看得出来。

云边问道："为什么要那样觉得？"

陈香觉得云边不是演出来的，是真的没有用有色眼镜去看她，顿时觉得云边是个很有意思的人。

陈香说道："我老公又老又丑又有钱，我不是傍大款这话说出去都没人信。"

云边笑了，拿过刀叉，切了一块牛排："你要是长得很丑，就没人觉得你傍大款了，别人说你是嫉妒你长得漂亮。"

陈香怔了怔，捂嘴开心地笑道："你说的话怎么这么好听！"

"这是实话。"

陈香笑得合不拢嘴，微微前倾身子，小声说道："可我就是奔着他的钱去的。"

云边挑眉："这么诚实？"

陈香耸肩："我要说爱情别人也不会信啊，就连我老公都不信。我每次说爱他，他就会掏一张卡给我，他知道我是为了钱，他也愿意花这个钱，那我还装什么呢？"

云边认真地点点头："挺有默契。"

陈香拿起酒杯，轻轻碰了一下云边的杯子，问道："为什么我觉得你这么有意思？虽然才见了两面，但好像已经很熟了。"

云边拿过酒杯，抿了一口："可能是因为画吧。"

"怎么说？"

"就像你总看一个演员演的电视剧，自然就会对这个演员有熟悉感。你总看我的画，便会觉得我很熟悉。"

陈香思忖两秒后点头："有道理，甚至我会觉得我了解你。"

"那是错觉。"云边直截了当道，"画可以传递情感，但每个人感受到的不尽相同。"

陈香定定地看着她。

云边问道:"你感受到的是什么?"

陈香咽下嘴里的食物,缓缓说道:"很悲伤,很压抑。感觉画画的人,也就是你,被困在一个笼子里出不去。这种感觉让我很心疼,我想了解你,和你做朋友,去帮助你。"

云边漆黑的眼睛看着她,严肃地说道:"你看到的不是我,是你自己,需要救赎的也不是我,是你自己。"

陈香听完这话,眯起眼睛:"那我解读错了你的画吗?你想传递的又是什么?"

云边摇头:"没有错啊。我想传递什么不重要。当你看到这幅画时,我就不再是画的主人了,你才是。你可以用各种方式去解读它,你读到的意义就是艺术作品的意义,不需要知道作画者在作画时的初衷。"

说得太深奥了,但陈香觉得自己能懂,她有些欣赏地看着云边。

面前的人有一种宽容的气质,不执着于给自己的作品冠上理念,而是大方地给了所有人去定义的权利,这样的心境令人羡慕。

吃过饭后,陈香接到姐妹的电话,说去KTV玩,她有点儿不舍得放云边走,询问了云边的意见,看她并不抗拒便带着她一起去了。

包房内,彩灯流转,香味混杂,两个女人是陈香的中学同学,但看起来有三十好几了。

云边问身边的陈香:"你多大了?"

"三十四岁了啊。"

云边实打实地震惊了:"我还以为你比我小。"

陈香捂嘴娇笑道:"我知道我长得年轻了。"

两个服务生送来果盘,云边叉了一块哈密瓜吃起来,她的眼睛时不时地看向外头的走廊。她听到陈香打电话时说"去常焰管的那家吧,环境好",这才决定跟着过来的。

她来这儿是为了见人,但董嘉南也说过,常焰管理的场子很多,不见得今天就在乐岛,即便在乐岛她也不一定能碰上。

云边觉得自己多此一举,想到这儿,她微微叹了一口气。

突然,包房外头传来此起彼伏的尖叫声,随后是一阵警铃声。

包房内几个人都愣住了,打开门往外看,人群的交谈声也随之入耳。

"搞什么?怎么了?"

"警察突击检查,快收拾东西!"

"后门,跑!"

嘈杂的人声、混乱的脚步声,云边也走出去看热闹,走廊上有人在不停地张望,有人在慌张地奔跑。

两个穿着警服的男人喊道:"别跑,站住!"

云边走到大厅,被堵在门口的警察指着吼道:"回自己的包房,别出来,一会儿挨个儿检查!"

出警的还有董嘉南,听见声音回头,正巧看到云边。

他拉过云边,转头对同事说:"这是我朋友。"

同事点点头,继续忙别的去了。

大厅的音响已经关了,四周的彩灯还在转,人影乱窜,场面非常混乱,警察们艰难地维持着秩序。

董嘉南问道:"你怎么在这儿?"

云边回道:"和朋友来唱歌。"

"哦,我们接到举报说这里有违法事件。这会儿乱,你别回包房了,等一会头儿下来了,我跟他说一声,然后送你出去。"

云边点点头:"好,你先忙你的。"

KTV人太多,秩序一时半会儿难以维持。

云边找了个角落待着,静静地看着眼前这混乱不堪的场面。

警察们凭借经验,在卡座底下、茶几底下翻翻找找,有找到东西的,立马回头质问沙发上的人,一排或坐或躺的男女个个摇头晃脑的。

"不是我的,谁知道是谁的啊!"

人声嘈杂,让人觉得耳根生疼。

云边不经意地转头,看见十米开外楼梯拐角处站着的几个男女。

常焰正在和身边的男人说话,微微摇头,又淡淡一笑。

人群挡住了云边的视线,她往旁边挪了挪,常焰的身形再度出现在她眼前。

他嘴里多了根烟,一个穿着黑色紧身裙、大波浪长发的女人,一只手举着打火机,一只手挡风,给他点火。

常焰低头,下一秒,浓浓的烟雾从他口中吐出。

他眯了眯眼睛,手臂抬起,搭在了点火女人的肩膀上,女人娇媚一笑,他偏头,贴在她脸侧,不知道是在说话,还是在亲吻。

不知是谁的脊背遮住了云边的视线,她挪脚,又被另一个人挡住,她再挪脚。

她的视线穿过人群的缝隙,盯准了常焰的黑色夹克,她拨开人群,飞快地往前走。此刻,除了自己的心跳声,其他的声音她听不真切。她直勾勾地盯着常焰,脚下步子不停。

快到近处时,常焰看到了云边,目光对视间他的表情没有变化半分,反而勾了勾手臂,臂弯中的女人撞在了他的胸膛上。

他勾唇一笑,转身就要走。

云边飞快跑过去,一把抓住常焰的衣角,喊道:"常焰!"

常焰回头,眯起眼睛:"嗯?"

"我有话想跟你说。"

周围的张隆、安小哲,还有刚走近的陈香,以及跟在这群人身后的孙晨晨,皆用异样的眼神看着她。

常焰哼笑一声,笑中的不屑和讽刺分外明显:"我们不熟吧?"说完,他转身离开。

云边沉默,抬脚又要追,手腕突然被人拽住。

董嘉南问道:"云边姐,你干吗?"

云边脸色苍白,盯着常焰离开的方向出神。

董嘉南把她拉出那条走廊。

"你拽我干什么?"云边紧皱眉头。

董嘉南反问道:"你跟常焰认识?"

"认识,我要找他,我有话跟他说。"云边还要过去,董嘉南抓住她不放手。

他的脑海里还停留着刚刚云边拽住常焰的衣角,一副被别人抛弃后苦苦挽留的画面。他摇摇头,努力把那画面摇出脑海。

董嘉南问道:"你们怎么认识……"

云边打断他的话,问道:"你知道他身边的女人是谁吗?"

董嘉南愣了愣,回道:"女朋友吧。"

云边迫切地追问:"他有女朋友?"

"他有没有女朋友跟你有什么关系?"

"他到底有没有?"云边执着地问道。

董嘉南摇摇头:"我不知道,但他那种人,女人会少吗?"

云边抿唇不语,一脸木然地站在原地。

董嘉南松开她的手腕,看到她手腕上一圈红印,忙问道:"拽疼你了吧?"

云边声音微冷:"我想出去。"

董嘉南坐在办公室,表情愣怔。脑海里全是昨晚云边沉默的样子,他心里跟针扎似的疼。

她什么时候跟常焰扯上关系了,还是情感关系。

董嘉南郁闷地挠挠头,摊开手里违法人员的名单。

昨天晚上抓回来几十号人。每次突击检查乐岛,必会抓出来一片,之后重新营业还是会有问题,但常焰总有本事脱身,真是厉害呢。

大家都明白是怎么一回事,但没证据就无法抓人。

董嘉南郁闷地合上本子,给老同学发信息:"晚上聚聚啊,去乐岛。"

"云边,我们分手吧。"

"没什么原因,就是不喜欢了,反正早晚都要分手,不如早分。"

"早晚会分手的意思就是我不想跟你走太久。"

"你年纪还小,失恋了好恢复,说不定睡一觉,明天就把我忘了,对吧,哈哈。

"你不说话我就当你同意了,大好青春好好活,有我没我都一样,拜拜!"

严火的声音犹在耳边,云边盯着面前涂着橙红底色的画布,沉默几秒,突然大手一挥，画架"砰"的一声倒在地上。她的手垂下，指缝流出猩红的血，一滴一滴落在地板上。

这会儿是早上六点，云端原以为云边在睡觉，听见楼下的声音才知道她在画画。

云端走下楼，问道："怎么了？"

云边面无表情，平静地说道："画架不小心碰倒了。"

云端问道："你一晚没睡，一直在画画？"

云边抽出纸巾，擦拭地板上的血迹，撒谎道："没，我刚刚起来。"

吃过早饭，云边送云端上班，到地方后，云边没松开云端的手。

云端回头："怎么了？"

"哥，干完这个月别干了。"

云端笑道："不做这个我做什么呢？"

云边看着他："你不需要用这种方式来证明你是有用的。我的哥哥，在我心里永远是最厉害的。能干的事情有很多，失去了眼睛，不代表就没有资格追求梦想了。"

云端愣怔片刻："怎么突然说起这个？"

云边笑得有些苦涩："就是突然想起你穿军装的样子了，觉得以前哪里都好，现在哪里都不好。"

云端点点头："好，那就听你的，不干了。我努力学习技能，争取早点儿回到从前。"

云边"嗯"了一声，心里五味杂陈。

送完云端，云边心不在焉地往回走，无意间看到有个人鬼鬼祟祟地往旁边的发廊里走。也不知道这间发廊到底是干什么的，云边经常能看到这样的客人。

带着好奇，她停下脚步，打量起发廊来。

客人不多，洗头妹和理发师懒洋洋地坐在椅子上晒太阳。店面不大，有两层，云边抬头，看向上面的几个窗子，似乎是包间，可能还带美容项目吧。

此时，有个女人推开窗子，手肘搭在窗台上。

云边略微怔住，眯起眼睛打量那女人，她大红唇、波浪发，眼睛很大，是昨天常焰搂着的那位。

"玥玥发廊。"云边低喃道。

正看着，女人身后出现了一个男人的身影，云边一愣。

男人挺高，他搂住女人的腰，头埋在她的后颈处，面容因此被遮挡住。

女人娇笑着，回头搂住男人脖颈，热烈地亲吻起来。

云边握紧五指，眼睛瞪得很大。

发廊门被推开，常焰垂着头出来。云边眨眨眼，以为自己看错了，再一抬头，女人还和那个男人抱在一起。她愣怔片刻，突然迈开步子，飞快地往常焰离开的方向追去。

常焰步子大，走路也快，云边小跑几步，张嘴要喊住他。

这时，突然来了电话，是云顶峰打来的，云边接起。

"云边啊，最近怎么样？"

云边一边跟一边回答："挺好的。"

"哦哦……挺好的就好，准备什么时候回沈城啊？"

"过两天吧。"

"过两天？真的啊？那我去接你们。"

云边眼睛一眨不眨地盯着常焰的背影，说道："我回去参加画展而已。"

"嗯？"云顶峰愣了一下，"云端一起吗？"

"不，我自己回去。"

"行，那回来一起吃个饭。"

"好。"

云边挂了电话，看见常焰进了一个小区，小区门口只有一个保安看守，戒备并不严。她跟着前面的业主一起进去，幸亏脚步快，瞥见常焰进了一栋单元楼。

云边迈开步子，一路追赶，没追到人，但看见了电梯数字，在十一楼停下。

没有电梯卡她上不去，只好爬楼梯。十一层，爬得她气喘吁吁。她深呼吸几下，捋起鬓角的碎发，整理好着装，从楼梯间走出来。

一层三户，分别是东南、西南、双南朝向。

云边了解常焰,西南朝向首先可以排除,因为他有钱,也不会是双南朝向,他怕热,所以是东南朝向的这户。

云边又看向三个户门,西南户门外有鞋架,架子上的男士鞋和常焰的尺码不相符,双南户门口地面上有杂物,但常焰爱干净。而东南,什么都没有,门是高级防盗门,没有猫眼,她的猜测应该是对的。

云边走近,抬起手,想了想又放下,耳朵贴在门板上,里面很安静,什么声音也没有。

门可以用密码打开,她犹豫几秒,伸出手。他的生日,不对;他考上军校那天的日期,不对。

不知道密码门输错三次会不会报警,但她管不了那么多了,今天她一定要进去。时间紧迫,她飞快地输入了他以前的银行卡密码、社交账号密码等等。

还是不对,但门锁没有反应,这是还有试的机会?

云边心急如焚,按下自己的生日,不对,死马当活马医,她又按下两个人在一起的日子。

键盘上的红灯转了一圈,咔的一声,门竟然开了!

这一刻,云边的感觉很复杂,密码怎么会是这个?她轻轻握住门把手,就这么打开别人家门好像有点……

但现在她觉得不妥也晚了,刚刚试密码的那一股子冲动就继续下去吧。再说她是输密码打开的,就该理直气壮一点儿。

她这样想着,便抬脚走了进去,还因为心虚下意识地放轻了脚步。

怎么屋里一点儿动静都没有?

云边脚步一顿,而后继续往前走,突然眼前一黑,什么都不知道了。

常焰惊讶地看着倒在地上的云边。他早就察觉到有人在门口鬼鬼祟祟了,不知道想干吗,还不停地按密码。他平时接触的人都没有这么蠢,估计是个新手小偷,于是他漫不经心地等着伏击,却没想到这笨贼竟然是云边。

常焰蹲下,扶起云边的肩膀,看见她人中、嘴唇上都是血。

他抱起云边,把她放在床上,手忙脚乱地去找纸巾,擦掉她脸上的血迹后，又把纸巾拧成一条，塞进她鼻子里。

云边还晕着，常焰叹了口气，拉过薄被盖在她身上，目光若无其事地转向另一边，静坐几秒后，又看了云边一眼。

她还是和以前一样，冷冷清清的，就算醒着的时候也少有情绪波动。

跟着毒贩混久了，常焰发现他们的审美都差不多，喜欢长相好、身材好、放得开还会撒娇的。身边的女人也是竭力往这种方向靠拢，从而得到男人的青睐。

像云边这种，对于那群只懂得享乐的男人来说是最容易失去新鲜感的，因为她无趣。

但常焰不这样觉得，他喜欢观察她寡淡神态中流露的微表情，从她的言语里分析她的个性，了解她的精神世界，陪她安静地待着。

常焰忽地想起那日在车上，云边整理头发浅淡微笑的样子。

云边的美是内敛的，饱满又浓郁的感情都藏在她那双眼睛里，只是一眼，就能把他的心给勾走。

他呼出一口气，这么多年，看见她便理智全无的毛病一点儿没变，岁数真是白长了。

常焰的舌尖勾了下牙齿，怔怔地看着云边，是她自己送上门的。

他深吸一口气，终是克制不住地俯下身，轻轻地吻住了她。她的气息仿若能蛊惑人，双唇一贴上便让他有些失控。

他手掌滑入她的头发中，加深这个吻，他的另一只手轻轻地摩挲着她的面颊、耳朵、脖颈。

云边似乎觉得缺氧，轻轻地皱了皱眉。常焰瞬间清醒，猛地从她身上弹起，看也不看地离开了卧室。

云边醒来的时候天已经黑了，她花了几秒钟时间想起自己身处何地，倏地坐了起来。

卧室很大，但东西不多，显得空荡荡的。

云边出了卧室，看见常焰躺在沙发上，双臂交叉放在胸前，睡着了。

她轻手轻脚地走过去，还没走近，常焰猛地惊醒，目光锐利地看向她。

"是我。"云边以为吓到他了。

常焰揉揉眉心,再睁眼,眼中的警惕已经不在。

云边问道:"我怎么睡在你家?"

常焰"啧"了一声,从沙发上坐起来:"这话问我?"

云边默默地站着不说话。

常焰叹了一口气:"你偷偷潜入我家,把自己摔晕了,我菩萨心肠没把你丢出去,还让你在我的床上睡了一觉,现在你是不是应该谢谢我?"

云边挑了挑眉毛:"我怎么觉得是你把我打晕的?"

"……"

"几点了?"

常焰不耐烦地说道:"你自己不会看?"

云边蹙眉,也不知道他一天天哪来这么大的气性,每次和她说话都是这副不耐烦的样子。

云边想掏手机看时间,口袋空空,转头发现手机在茶几上,她疑惑地看着常焰。

常焰理直气壮地说道:"看什么看?你电话一直响,我就接了。"

云边不用想就能猜到电话是云端打的,这会儿已经九点多了,云端早下班了,云边有些着急地给他回电话。

常焰插话道:"人已经回画室了。"

"怎么回去的?"

"打车啊,我说你有事接不了他,他就自己回去了。"

云边的慌张劲儿依旧没缓和,非得打电话过去确认,直到听见云端的声音她才放心,还不忘啰唆几句

"那你吃饭没有?吃了什么?

"好,嗯……弄脏了先放着,等我回去再洗……"

常焰翻了个白眼,嘀咕道:"又不是小孩儿。"

云边挂了电话,淡淡地瞥他一眼:"参观一下你家。"

"不行。"

这话没用,云边已经自顾自地溜达起来,先从卧室看起,拉开书桌抽屉,

打开衣柜，又在床上翻翻找找。

常焰双手插兜靠在墙上："你要找什么，看我有没有藏臭袜子？还有这癖好？"

云边没搭理他，翻找完卧室后去客房，照例翻了一通，转身又去浴室，连一根女人的头发丝都没找到。

常焰费解地站在她后头，倒也没制止。

云边回头，盯着他的眼睛，语气非常肯定地说道："你没有女朋友。"

常焰乐道："原来你在翻这个。"

云边追问："我说得对吗？"

常焰不看她，从兜里掏出一根烟，叼在嘴里，似笑非笑地说道："我找女人都是在外头找的。"

"……"

"翻不到女人留下的痕迹证明不了什么，又不是所有女人都跟你……"常焰及时收住了话，垂头点烟。

聪慧如云边，她说："不是所有女人都跟我一样，会在你的生活里留下痕迹。"

常焰裹了一口烟，缓缓吐出："所以呢？"

"你心里还有我。"那个密码给了云边前所未有的勇气，她想过或许常焰只是随手设置的，但她愿意存一丝侥幸心理，去努力一次。

常焰抬眸，目光和云边相对，像是听到什么笑话，笑了。

云边说："你可以反驳我。"

"我懒得跟女人计较。"常焰叼起烟。

云边目光灼灼地盯着他，大步走过去，到了跟前还未停步，视线滑到他的嘴唇，直直地往上撞。

烟还在嘴上，常焰怕烫到她，飞快地把烟拿走，因此也没躲开她的吻。

云边双手捧着他的脸，身体贴在他身上。

常焰推她，云边顺势一个转身，常焰被她带着转了半圈，人也被她压在门板上。

她的吻很狂热。

常焰看着云边，她仰头，双眼微闭，表情认真。他扔了烟头，情不自禁地扣住她的腰肢，同样热烈地回吻。

两人吻得激烈，鼻梁相撞，云边鼻头一酸，涌出一股热流，唇齿间弥漫着一股腥气。

常焰身体一僵，睁开眼睛，用力推开她。

温热、黏稠的血滴到了地上。

云边什么都顾不得了，看着他，颤抖着说道："我们和好吧。"

常焰抹了一把唇上沾染的鲜血，说道："好什么好，先把血给止了。"

云边还要说什么，常焰已转身去找纸巾，一巴掌贴到她脸上，许是意识到自己动作太重，他又放轻手上的力道帮她擦拭。

"我们和好吧。"云边还盯着他。

常焰逃避她的视线，把一卷纸塞到她手里，语气不善，说道："自己弄。"

云边像着了魔似的，抓住他手腕，重复道："我们和好。"

常焰一股子火气冲了出来，甩开她的手，说道："我早不喜欢你了。"

"你刚才回应我了……"

常焰打断，厉声说："你自己送上门的！"

云边默默地站在原地，缓慢地擦拭着鼻子流出的血。她面色冷淡，看起来像是什么话都无法刺激她一样，但她心里怎么想的，没人知道。

常焰语气放软了一点儿："你走吧，以后别在我面前晃了。"

鼻血已经被止住了，云边将脸上的血擦干净，把纸巾扔进垃圾桶。

常焰背对她，说："也别说喜欢我什么的，挺烦的。"

云边紧抿着唇，大胆地去求爱不会让她觉得羞耻，但她依然有一种狼狈的感觉，觉得自己过于鲁莽了。那个密码给了她勇气，但这勇气也算是一种冲动，她没想过若是被他拒绝的话该怎么办。

有什么理由让人在被拒绝之后还能继续出现在对方的面前呢？

以前常焰追求她的时候，也遇过这种窘境，他用的方式是死皮赖脸。

她拿来用的话还真有点儿生疏，有些无从下手。

云边站在门边，迟疑地说道："你的画还没取。"

"嗯，这两天有空的话去取。"

"哦。"云边咬了下嘴唇,"那你取的时候告诉我一声。"

常焰背对着她:"行,你走吧。"

云边磨磨蹭蹭地拽开门,抬眼便看见了站在门口的林玥。

林玥应该不是刚到的,可能还听见了他们的对话,不然脸色不会这么差。

林玥上下打量着云边,问道:"你哪儿来的,怎么总缠着焰哥?"

总?她和常焰也没见过几次面。

常焰回头,看到林玥,问道:"你来干吗?"

林玥进门,擦肩而过的时候撞了云边一下:"我来能干吗?又不是第一次来了,当然是想你了。"

这话像是故意说给云边听的,云边想听常焰的回答,可等了一会儿也没听到。

云边想,还是算了,两个女人要是打起来挺难看的。

而且,她知道林玥不是他的女朋友了,至于林玥说不是第一次来,云边并不在意,毕竟屋子里连根头发丝都没有。

至于有没有过肉体关系,云边看了林玥一眼,可能有过吧,可她有什么资格要求常焰不能跟别的女人有关系呢?她什么身份都不是啊。

这样想着,云边觉得很闷,不想再待了,径直走了出去,又回手将房门带上。

云边刚走,林玥的脸就拉了下来,问道:"她是谁啊?"

常焰坐到沙发上,愁眉不展:"跟你无关。"

林玥干笑一声,道:"都把人带到家里来了,你平时都不带我回家的。"

常焰啼笑皆非:"这是我家,又不是你家。"

林玥不甘示弱:"还说什么是送上门的女人,你的意思是送上门的不会拒绝了?"

常焰抬起眼皮,眸中划过一丝危险的气息:"林玥,你这喜欢偷听偷看的毛病,不知道改是吧?"

林玥心里一紧,常焰大多数对她都是敷衍的态度,很少发火,但不代表这人没脾气。只是因为她的事、她的话,他从不挂心而已。不挂心便觉得发火没必要,就如同今天她故意和别人亲热,他也不生气,他不是忍,他是真的不生气。

可他又对她很好，吃穿用度，只要她开口，他从不怠慢。舍得给她花钱的男人，他是头一个，怎么可能一丁点儿爱意都没有，她不信。

林玥在气头上，一时忘了身份，走到常焰跟前："焰哥，我林玥也跟了你几年，我对你的心思自问没人比得上，但为什么我次次送上门，你次次把我推开？她，你为什么就不拒绝？"

常焰的手按在太阳穴处，脑子嗡嗡作响。

林玥刚开始说的时候语气挺冲的，说着说着就开始掉眼泪："外头都知道我是你的人，你也默认了这种说法。名分都给我了，为什么连碰都不碰我一下？我只是想做你真正的女人，又没求你多喜欢我。"

常焰冷淡道："是吗？"

林玥哽了一下，抹抹眼泪，厚脸皮地说："你难道就没有一点想法吗？"

常焰哼笑："我又不是什么人都可以。"

他起身要走，林玥拉住他，眼眶通红："在你眼里我就那么差吗？我不行，刚刚的女人就可以？她是谁？我倒想知道什么样的女人敢跟我抢男人，我让她……"

话还没说完，常焰突然转身，反手就是一巴掌。

林玥被打得摔倒在地，震惊地捂着脸。常焰从来没打过她，他不打女人的。

常焰恶狠狠地揪起她的衣领，字字如刀："同类才有可比性，就你，也配？"

泪水从林玥的脸上掉落，如果说刚刚是演戏，现在则完完全全是真情实感，一方面是痛心，一方面是恐惧。她都不知道常焰为何突然暴怒，她哪句话说错了？

"林玥，别忘了你的位置。"他顿了一下，加重语气，"你只是一颗棋子，用张隆的把柄才换来今日的地位。听话又能干的棋子，我常焰不缺，把心思放在怎么稳固地位上，才是你该干的事。赶紧滚，别把我家地坐脏了。"

常焰松开她，头也不回地进入卧室。

林玥的脸色青一阵白一阵的，她一直都知道自己是剃头挑子一头热。

常焰瞧不上她，最开始便是如此。

她选择跟着常焰，确实不是因为皮囊，她不是那种为了男人样貌就会奋不顾身的人。常焰是迷人，但更让她觉得可以跟的是他的行事作风。

常焰做事讲道义，对兄弟重感情，只要能干可靠，他不会吝啬提携。对不仗义的兄弟，他也不会残忍报复，是一个即使闹掰了也愿意给对方留体面的人。

若是能做他的女人，就算有一天他不要她了，也会留给她很大的体面。

所以林玥费尽心思接近他，用手里的把柄让张隆栽了一道。张隆手中的生意便被常焰接了过去，她也被提携上来。

可他偏偏看不上她，不仅是她，其他女人他也看不上，仿佛是一个无心的男人。

如果他是一个花心的男人，云边的出现倒还好。但他很难接近，那么云边的出现就变得可怕了。

云边带来的强烈危机感，让林玥一时忘了常焰才是她最该忌惮的、不能得罪的人。

云边背了一个双肩包，穿着毛衣、牛仔裤，从画室下来，把钱递给云端。

"哥，这两天嘉南会送你上班，下班他不一定有空，你要自己打车。"

云端把钱揣进口袋："嗯。"

"三餐有饭店送过来，你也不用管。"

"知道了。"

"衣柜里的衣服都是干净的，我搭配好了，你按格子拿，一天一套，脏衣服放一边，等我回来洗。"

云端拉过她的胳膊，摸了摸毛衣："穿件外套，沈城冷。"

"有，在包里，下飞机再穿。"云边想了想，又嘱咐道，"我会经常给你打电话，电话要记得带在身上。"

云端点点头："知道了。"

云边拿上油画，出了门。画是陈香前两天买的，她一直没抽出空来取，今天顺路给送过去。

到了公馆门口,已经有侍者在门外等候了。

一个精壮的男人走上前,笑脸相迎:"是云小姐吧,我带您进去。"他做了个请的手势,随后要帮忙拿油画。

云边微笑婉拒:"不沉,我拿得了。"

公馆很漂亮,但云边并未仔细观赏,她跟着侍者进了客厅。客厅有几个男人在聊天,安坤坐在主位,一眼就看得出来他是这里的主人,陈香的老公。

的确如陈香所说,很老。

陈香从厨房出来,拿着果盘,常焰跟在她身侧,从果盘里抓了一把葡萄,陈香白了他一眼。

云边的脚步顿住。

陈香热情地朝她挥手:"云边你来了!快,沏茶。"

这热情的一嗓子,吸引了所有人的目光,众人望过来。张隆想到这女人那天拉扯常焰的样子,不禁勾起一丝坏笑。

云边今天穿了件白色毛衣,长发盘在脑后,脸蛋素净,黑亮的眼睛怔怔地看着常焰的方向,像一朵不染尘埃的白花。

陈香走到云边身前,把果盘递到她面前:"吃不吃水果?我刚洗的。"

云边微微垂下眼睛:"不用,茶也不用,我一会儿还有事,顺路把画送过来的。"

"很急吗?我还想跟你聊聊天呢。"陈香嘟起嘴。

云边摇头:"不算太急,可以帮你把画挂上,要挂在哪里?"

陈香往旁边一指,云边看了一眼,公馆的大厅极其大,装修偏法式风,画要挂的地方在一处玄关,奶白色的墙,前头放了一个大盆栽。

陈香使唤闲在一边的常焰,让他把盆栽挪走。

常焰没耐性地摇了摇头:"有的是人不使唤,嫌我劲多没地方使啊。"

说虽这么说,他还是上手了,弓起背,双手抓住盆栽两侧,毫不费力地抬了起来。

盆栽下有个托盘,需要一同挪走。云边蹲下想帮忙,只见常焰用脚踢了一下托盘,托盘滑行到目标位置,他把盆栽放了上去。

云边站起身子,脸色有些尴尬。

常焰帮完忙就回沙发上坐着了,安坤组了个饭局,这会儿人还没到齐,几个男人在闲聊。

常焰背对着云边,一个眼神都不给。

云边收回视线,被陈香抓了个正着。

陈香凑过来,低声暧昧地说:"我听小哲说了,画是常焰帮着买的,你们认识?怪不得那天在乐岛闹了那么一出,不过,还挺让人想不到的。"

云边把油画放在地上,蹲下拆外包装,默不作声。

陈香也蹲下:"你满足一下我的八卦心,透露一下怎么回事呗。"

"就是你看到的那么回事。"

"哪回事?你喜欢他?"

"是的。"

这话没半分犹豫,陈香愣了一下:"你也很诚实啊。"

云边苦笑道:"但我搞不定他。"

陈香回头看了常焰一眼,点点头:"他很难搞定的,你搞不定他也很正常,不要因此气馁。看在朋友的分上,我可以给你分享一手情报哦,你想知道什么?"

外包装拆掉后还有一层塑料膜,云边抬头看向陈香:"顺其自然吧。"

陈香恨铁不成钢地拍了她一下:"不是吧,你这么'佛系'吗?"

云边无奈地说道:"看不到希望的事情,放弃不是很正常吗?"

"这么说你是打算放弃了?"

云边没肯定也没否定。

陈香一眼看穿她的想法:"你是觉得有希望,但这希望太小,不足以让你奋不顾身对吧?"

云边站起身,把油画递给一旁的侍者:"可能是这样吧。"

"豁不出去的女人,是得不到想要的男人的。"

云边没吭声,静静地看着那幅画被挂在墙上。

作为一个画者,就算再喜欢自己的作品,也要学会割舍。不然,会活得很沉重。画如此,感情也是如此,那些和严火的曾经是该割舍了。

和常焰同处一个空间,空气都好像变闷了。她要走,陈香把常焰从客厅里拽出来。

"干什么干什么?"常焰没好气地嘟囔着。

陈香瞪了他一眼:"帮我送一下云小姐。"

"没司机了吗?又使唤我,一天天的我不是给你们干苦力就是……"

云边打断他的话:"我去机场,有些远,不麻烦了。"

常焰愣住:"机场?"

云边说:"我打车就好。"

"这儿不太好叫车。"常焰挠挠后脑勺,假装不太愿意,"行了行了,我送你吧。"

云边说:"不方便就算了。"

"方便。"常焰迈步走出去,回头看她,"走啊。"

阳光照在他的脸上,给人一种柔和的感觉。

云边的指甲抠着手指,指尖发疼,一种苦涩的感觉从喉咙直落进心底。

陈香笑了一下,转头发现林玥到了。

林玥站在大门口,神情落寞地看着离开的两个人。

上了车,云边把车窗打开,风吹到身上有些凉,她深深地吸了一口气,心中轻松了一些。

车缓缓驶出小路,上了大路后速度稍有提升。常焰侧头看了云边一眼,她始终看着窗外,好像是上了陌生人的车,沉默又安静。

常焰双手握着方向盘,手背青筋微微凸显。

冷场许久,他开口问道:"回沈城?"

"嗯。"云边嘴都没张,不知道在想什么。

她的回答像是一盆凉水,从常焰的头顶浇下。云边只要回到沈城,云顶峰就会强行把人扣下,他就再也见不到她了。

常焰握着方向盘的手逐渐用力,像是要捏爆什么东西似的,风从外面灌进来,从鼻孔进到肺里,针扎似的疼。

云顶峰可真行,也不提前打声招呼。

常焰问道:"画室生意最近好吗?"

"还行。"云边淡淡地回答。

"画卖得那么贵，没几个人买吧？"

"几个人买就够了。"

常焰想笑一下，却没笑出来，说："也是。你都在网上卖？"

"算是。"云边侧过脸，风吹起她的碎发，扬起一道好看的弧线，她用手把头发别在耳后，"一个社交平台，平时分享些动态，有人想定制画，就会来找我。"

"哦。"

两人目光对上，一时又没话了，随后又同时挪开视线，中间隔着一道刺眼的阳光。

常焰舔了下嘴唇，重拾话题："我不玩这些，不太懂。"

这话有些尬，云边沉默，想着如何接话，末了，开口道："玩微博吗？"

常焰皱了皱眉心，想到曾经两人恋爱时，总喜欢在微博上发合照："老古董了，早不玩那些东西了。"

沉默再度开始蔓延。

车里的气氛沉闷，但他们两个能做到表情镇定地看向前方。

要是在六年前，这种气氛常焰是一秒钟都受不了的，可现在又能怎么办呢？

他也想停下车，把她搂在怀里解释一切误会，他想对她说："我爱你，一直爱着你，你等等我，可不可以等等我，别放弃我？"

然而，做出承诺的前提是能做到。

他能做到吗？连活命的决定权都不在自己手里，又有什么资格去爱别人？他要做的是装作若无其事，把她送到机场，然后不复相见。

常焰眼里的光一点点暗淡下来，窒息感充斥在车内，让人绝望。

一个小时后，车停在航站楼对面的停车位上，常焰把手放在安全带上，等云边的那句"要不要送我进去"，但她没有说。

云边下车，站在车门旁，她没有马上关门。

常焰看过去，眼睛一眨不眨地盯着。这个角度看不到云边的脸，只看得到她白色的毛衣、蓝色的牛仔裤，风从外头灌进来，她的身影纹丝不动。

每一秒钟都像煎熬。常焰的鼻头一酸，突然伸出手。

砰的一声,车门关上,他的手举在半空中,然后以一个绝望的姿态缓缓落下。

眼睁睁地看着人走进航站楼入口,常焰无力地瘫在座位上,看着外头出神。

久远的记忆一瞬间冲入常焰的脑海——

"云边,你看,那是什么?"

"火烧云啊。"

"那是我和你,火和云,严火和云边。"

"这样哦。"

"多般配的名字,这说明咱俩是天造地设的一对。"

"还好吧。"

"还好个啥?你一个搞艺术的,怎么一点儿浪漫气息都没有?你看别人的名字能组成我们这么好听的词吗?火烧云,火烧云,以后看见火烧云你就能想到我。"

"嗯,火边子牛肉也会让人想到你。"

"火边子牛肉是什么玩意儿,这么难听。"

"没见识,非物质文化遗产呢。"

"得得得,好好的名字都让你给吃了。"

…………

"严火,为什么要和我分手?"

"你不是觉得我哪里都好吗,为什么突然不喜欢了?"

"如果我挽留你,你能收回这个决定吗?"

"我不想分手。"

…………

常焰狠狠地捶了一下方向盘,一下不够,又捶了一拳,车笛反复作响,引来周遭人的注目。

他开门下车,脸色阴沉,似乎在车里不够施展拳脚,下车的一瞬间便狠狠地踹了一下车门,车身瞬间凹进去一个坑。

周围人躲得远远的,瞠目结舌地看着这幕场景。

常焰脸色涨红，怒吼道："你还是个男人吗？"

想说的话说不出，想做的事做不了，想爱的女人只能眼睁睁看着她离开，连废物都算不上。

发泄够了，他蹲在地上，从兜里掏出一根烟，叼在嘴里。

他呆呆地望着航站楼入口，风吹得烟雾到处飘，他的双眸微红。

不知过了多久，地上全是烟头，风一拂，烟头的位置随风移动。

云顶峰真行，为什么不告诉他一声，他至少有个心理准备，多看云边几眼也好啊。

分别也要弄得这么仓促，他上辈子是欠云顶峰什么了啊！

手机突然响了，常焰掏出手机，是云边，他想也没想就接听了。

车上的沉默转移到了手机里，那头的人迟迟不说话，只有空姐好听的声音，在嘱咐飞机上的注意事项。

常焰的心提到了嗓子眼，连呼吸都不敢大声。

沉默一直延续，屏幕上的通话时间已经足足三分钟了，再这样下去他的心都快痉挛了。

云边突然开口喊道："常焰！"

"嗯！"常焰马上回道。

云边说："回头见。"

常焰张口，话却哽在喉咙里，哪还有什么回头见。如果幸运，或许几年后可以回见，那时她可能已经嫁人。如果不幸……

"常焰，回头见。"云边又说了一遍，语气竟然有一丝期待，似乎在期待和常焰的再次见面。

常焰的声音沙哑："好，回头见。"

云边握着手机，紧皱许久的眉心缓缓展开，留住他和放下他，她都做不到。

陈香的话是对的，因为希望太小，她不知道这个人还值不值得她奋不顾身，但对于希望的理解，两人的想法略有不同。

她并不在乎他是否还心悦于她，而在乎他到底还是不是曾经的那个严火。

很多人穷极一生都在追名逐利，在对抗平庸的路上日渐迷失，忘了初心。

她爱的从来不是严火带给她的那些浮于表面的浪漫和美好，她更爱他胸膛里那颗火热赤诚的心。见到世间苦难，不愿做作壁上观的局外人，而是真正的敢于担当，像一把火，燃烧热血，驱散黑暗。

那样的严火，即使平凡，也异常耀眼。

第五章　　主动

　　长途飞行让云边有点儿疲惫，下了飞机已经是晚上，从出站口出来，迎面一股冷风，她咳嗽两声，裹紧身上的毛呢外套。

　　身侧的男人为云边打开车门，她钻进副驾驶室。

　　男人绕到驾驶座，上车关门："首长今天事情比较多，说明天你看完画展，他找你吃饭。"

　　云边"嗯"了一声，问道："你叫什么名字？"

　　男人笑道："罗浚。"

　　"哦，谢谢。"

　　云边和他不熟，便窝在座位里小憩，再睁开眼时已经到地方了，她道谢下车。

　　罗浚点点头，并没有离开，而是把车停进一旁的停车位。

　　云边回头看了他一眼，随后上楼。

　　打开家门，一股灰尘的味道，云边把背包放下，简单清理了一下卧室，拿出一套干净的被褥，铺在床上，躺了下去。

　　好久没回来了，她本以为回到故乡会有强烈的归属感，但实际上并没有什么感觉，她的心反而在长蓝，惦记着云端眼盲照顾不好自己，也牵挂着常焰。

　　她掏出手机给云端打了个电话，挂掉电话后她突然想到什么，走到窗边，往下看。

　　罗浚的车还在，车里亮着灯，人肯定也在。

　　云边叹了一口气，回房睡觉。

　　第二天云边从家里出来，罗浚已经等在门口了，他身上的衬衫皱皱巴巴的，面色疲惫，一看就是熬了一宿。

"云小姐是要去看画展？我送你。"

云边若有所思地点点头。

这次的展览为期十天，是知名的油画家容唐老先生举办的收藏特展，近一万平方米的空间，摆放着上百幅名家作品。

容老在油画界声誉极佳，展品又多是画家们没有公开展示过的，自然吸引了诸多人的目光，来参观的人中不乏油画界的知名人士和收藏家。

这些画在展出过后便会进行拍卖，拍卖将全程直播，每一笔成交价是透明的。拍卖结束后将会用拍卖所得的这笔钱成立基金会，专门用于特殊疾病群体医疗救助。

参观的人不少，每件展品都有独立的空间，画作旁还有关于作画者的介绍。

云边沿参观路线走着，最后停在了一幅雪景画前。

光线昏暗的厅堂里，所有的光都集中在这件展品上。

这不是她第一次看自己的画被展出，但在一众知名画家的画作里头还能有如此特殊的位置，她有些惊讶。

有观画者在一旁议论："云边？这个画家不出名吧，怎么和容老的展位一样大？"

"是个小众画家，作品倒是不错，也获过不少奖，但人太年轻了，资历尚浅，作品摆在这个位置的确不太够格。"

"你认识？"

"不熟，只是见过，人比画要漂亮。"

"怪不得，怕不是什么富商的亲眷吧，所以才会有如此厚待。"

"那就不知道了，她背景很神秘，人也比较低调。"

"低调？那更说明问题了，要是干净的话，何必弄得跟见不了人似的，显然是怕被人扒身世呗。"

云边站在他们身后，无视两个人的谈论，安静地观赏着画作。罗浚站在距离她三米远的位置，确保她既在自己的视线范围内，又不会打扰到她。

无论站在阳光之下还是沟壑之中，都逃脱不开人性。人性有善，必然也有恶，但这恶意会对人造成多大的伤害，就要看世界的秩序如何。因为恶不同于善，恶有忌惮，恶是个胆小鬼，世界的规则越健全，它们越偃旗息鼓。

人要消灭的从来都不是恶意，而是恶滋生的环境。

"云边。"

云边看得太专注，过了一会儿才反应过来。

"容老。"她轻轻颔首。

刚刚谈话的两人回过头，看到云边和容唐老先生后皆十分尴尬，连招呼都没打就快步离开了。

容老满头白发，身形消瘦，他穿着褐色的毛衣，外面套着一件马甲，朝云边笑道："你这孩子怎么才来？展览都快结束了。"

"我哥哥那边我总放心不下，就耽搁了几天。"

"云端最近还好？"

"挺好的。"

容老点点头，打量了一下云边，问道："你最近也还好？"

"也挺好的。"

云边的表情没有任何变化，但容老还是觉得她不一样了，眼神比之前明媚了许多，像是困扰好久的事情终于等到了转机，但眉头轻皱着，怕是又有了新的困扰。

云边直接问道："容老，为什么把我的画摆在这个位置？"

容老笑道："你的画好，摆在这儿怎么了？"

"这展厅里的画哪幅不好？你这是明目张胆地给我开后门呢。"

容老皱眉："你这孩子，我不是在提携你吗？眼看着我的年纪越来越大，再不提携，要等到什么时候了。"

云边的眸中滑过一丝感伤："比我有实力的后辈有很多，您把精力放在我的身上，不值当。"

容老爽朗地笑道："值不值当也是我说了算。"

云边哑然。

云边和容老渊源颇深，她曾在容老的手下做过一段时间的小工，意外得到了容老的喜欢，被容老收作了学生。

后来容老因为年纪大精力有限,很少教人,也不怎么接待来访的学生。唯独云边,他每次都会见上一见,交流一下艺术心得,指点她一二。

容老觉得云边的心很静,不像其他后生,浮躁又贪婪。她性子淡然,不争不抢,没有野心,对艺术的热爱是纯粹的。

容老也曾提出让云边长期留在他身边,但云边拒绝了,说她心中有困扰,想去寻求答案,没法安稳地留在他身边。

容老看着云边:"等拍卖会结束,我给你介绍几个人,都是我的老友,人脉广。以后你的画只上展览,不要对外销售了,沉淀几年专心钻研,名声和地位都会上一个台阶。你有这般好的画工,艺术天赋也不凡,不该做个无欲无求的人。"

"无欲无求不好吗?"

容老意味深长地摇摇头:"好是好,但金子不该混在沙土里,应该放在更好的地方。"

云边沉默,挽起容老的胳膊,往旁边走了几步,确定罗浚听不到谈话内容后,才说道:"容老,您真的不必为我费心,我留不了那么久,明天就得走。"

"什么?怎么这么着急?"容老诧异。

云边抿唇,不知该如何解释,只好言简意赅地道:"有些重要的事需要处理。"

"多重要?能比你的前途还重要?"

云边并未拿这两件事去做权衡,但很自然地选择跟随自己的心意。

她看向容老,诚恳地说:"我不知道哪个更重要,但我很清楚,这件事我不去做,人生就会留下遗憾。如果我有机会去改变这个遗憾,但并没有付诸行动,是不是更可悲呢?"

容老愣了一下,叹口气道:"你啊,真不知道心里在想什么。我不知道你的遗憾是什么,但我一个过来人看得比你清楚,是你的早晚是你的,不是你的强求不来啊。你觉得不去改变遗憾很可悲,那为了这个遗憾付出年华,失去机会就不可悲吗?如果结局不如你愿,是不是更可悲?"

云边静静地看着他,沉默半晌,摇摇头,说道:"失去什么,我都不会后悔的。"

容老恨铁不成钢地握了握拳头:"年轻啊,唉。"

"您年轻的时候面临这种选择,也会想跟随自己的心意吧?"

容老怔住,沉思几秒,渐渐平静下来,无奈地说道:"罢了,你想做便去做吧,需要我帮忙的话尽管说。"

云边咬咬嘴唇,垂下头有些不好意思地说道:"还真的有件事想请您帮忙。"

看完画展,罗浚说云顶峰临时有事来不了了,云边不以为意,坐进副驾驶座,选了个饭店让罗浚送她过去。

罗浚发动汽车,看她一眼,尝试搭话:"云小姐这次要在沈城待几天?"

"一周吧。"云边淡淡地说。

"明天有什么安排吗?"

"没有。"

罗浚点点头,朝她笑了一下,又问道:"那是在家里待着,还是出去玩?"

"在家睡觉吧。"

"好。"罗浚得到她的行程安排,不再说话。

罗浚年纪不大,跟云边说话时明显十分羞涩,一看平时就不怎么和女生接触。

云边腹诽,云顶峰真是难为人,这孩子心里肯定是一百个不愿意接这种盯人的活。

到了饭店,云边让罗浚一起吃。罗浚本想拒绝,但看饭店人多眼杂,又有后门,很怕一个不注意云边就没影了,便进去和她一起吃。

云边不善言谈,罗浚也是个"闷葫芦",吃饭时两个人都沉默寡言。

云边埋头挑了一筷子面,看看面条上的辣椒末,不禁想起了长蓝的那家麻辣小面店。那家店的味道和这里的很像。

她也不知道为什么自己这么喜欢吃麻辣小面,每次想吃什么的时候,下意识地便会想到麻辣小面,一段时间没吃,还会想念它的味道。

或许这就是她走不出来那段感情的证据吧。

她有时会排斥某件和从前有关的事物突然将她拉进回忆里的那种感受，但有时也会眷恋被突然拉回去时获得的片刻甜蜜。

人真是矛盾，就比如现在，她又想起了严火，如果对面坐着的人是他，铁定不会安安静静地吃东西。

他一刻都消停不下来，尤其是两个人恋爱之后，他的嘴跟机枪似的，一顿饭的工夫，就能把从早上起来到吃饭前发生的所有事情都说给她听，吵得她耳根生疼。

等他的嘴安静下来，手又不消停起来，不是摸摸她的脑袋就是捏捏她的脸，跟多动症似的。

这么闹腾的一个人怎么可能被忽视呢？他在她记忆里的每一个瞬间，都是最瞩目的那一个。

想到这儿，云边笑了一下。罗浚抬头，一脸蒙地看着她。

吃过饭，罗浚准备送云边回家，电话突然响了，他瞥了一眼云边，下车接电话。

云边感觉这电话是云顶峰打的。

果然，挂了电话后罗浚脸色就有些尴尬，并再次尝试和云边聊天，提出要为她购买生活用品。云边顺从地点点头，罗浚松了一口气。

生活用品买了一大堆，有很多她不一定用得到，但罗浚还是往购物车里塞，结账之后，他拎着两个大袋子，用"东西太沉，我帮你拿上楼"的说辞顺利地进入云边的家里。

到了家，罗浚放下东西后没马上离开，他故意咳了两声，说道："云小姐，你家里的灰尘太多了，要打扫一下，我帮你吧。"

云边有些奇怪地看着他，要不是知道他的身份，云边真觉得这人要对自己图谋不轨。估计是云顶峰安排的，任他去吧。

罗浚收拾一通，和云边打了个招呼后就走了。人走后，云边发现自己包里的证件都没了。

云边嗤笑一声，云顶峰竟然让手底下的兵干起了偷鸡摸狗的事，真是太高估他的品德了。

他还打算干什么?云边想了想,走到门口透过猫眼往外看。

罗浚坐在她家门口的地上。

这是想干什么?

与此同时,长蓝镇,几辆黑色的车停在画室门口,车上下来几个身强体壮的男人,打头的男人拿着撬锁工具,丝毫没有做贼的心虚,大大咧咧地把门撬开。

凌晨两点,罗浚还在,看来云顶峰是要把她扣在沈城,这事肯定跟常焰脱不了干系。

看来她觉得不对劲儿的地方并不是多心。绝情分手,性格突变,改换名字,经历成谜。

答案在云边心里呼之欲出,既然知道了,她也就没什么好犹豫的了。

常焰若还是严火,就值得她奋不顾身。

云边给容老打了个电话,换上一身轻便的衣服,套了一件风衣,打开客厅的落地窗。

干冷的空气扑面而来,她走到阳台,向下看去。二十多层楼的高度,令她不禁吸了一口凉气,就算不恐高,楼层外面也没有任何可以攀爬的地方。

好在隔壁邻居家的阳台和她家的阳台是挨着的,只是中间隔了两米多的距离。

云边退后几步,活动脚腕,盯着对面的阳台深吸一口气,咬咬牙猛地向前冲。每向前一步,她的心跳就快上一分,一步、两步、三步,她突然停下脚步,手掌拍在阳台围墙上,又气又恼地捶了两下。

不行,两米太远了,她做不到。

云边回到屋里找能用的工具,找了一圈,门板、床板长度不够,家里也没有绳子,她四下扫视,看到墙上挂着的一幅字——天道酬勤,无愧于天。

云顶峰喜欢书法,这幅字就是他刚学书法的时候写的,当个宝似的送给了父亲。父亲虽然嫌弃了一通,但还是挂在了书房里。

云边把长方形的框架拆下来,掂量了一下木框的重量,死沉死沉的,承重性应该还不错。

她把木框搭在两个阳台中间,发现木框里头是空心的,很容易被风吹翻过来,她分析了各种姿势,最后选择用滚的。

她找来凳子,踩上去骑在阳台上,手颤抖着握住木框,咽了咽口水,上身趴了上去。

有风从空中涌来,她一狠心,腿也搭了上去。

胸口压在上框,小腿搭在下框,风衣在空中摇曳,她爬上来后才发现根本不可能用滚的姿势。

云边尝试着动了一下腿,一点一点挪过去的话好像没那么难,她用手握住画框,胸口往阳台那边蹭。

但动一下腿,上身的重量会加大,下边的框架便会翘起来。云边咬住嘴唇,俯瞰这骇人的高度,衣摆被风吹得啪啪作响,她的身体都凉透了。

头发在她眼前乱飞,她分出一只手将头发拢住,旋了两个弯,咬在嘴里。

再难都得过去,想得越多越害怕。

云边同手同脚地挪了一下,木框晃动,她肌肉紧绷,等木框稳定后又挪了一下,再挪一下……

马上就快到地方了,云边稳住呼吸,一只手缓缓地抠住阳台的围墙凹槽,就要成功了,她有点儿着急地迈出腿。

大风骤起,木框剧烈晃动,云边惊呼一声,双腿突然悬空,她的双手死死地扣住阳台,指甲上渗出丝丝鲜血。

风很大,云边仰着头,怎么努力都上不去,她的力气快要耗尽,很快就会掉下去。

云边竭力控制住摇摆的下身,她抬头看向漆黑的天空,双眸闪着泪花,张着嘴,声音颤抖又沙哑:"帮帮我,求求你了,我给你上过香的,你帮帮我。"

力气在一点点耗尽,云边的手指感到剧烈的疼痛,她咬着牙,泪水从眼角滑落。

她像在祈求上天,也像在给自己鼓劲儿,低喃道:"他是我整个青春唯一爱过的男人啊!如果这把驱散黑暗的火,一定要用他的生命点燃,我如何冷眼旁观啊。我做不得这个局外人，我要回去，回到他的身边，帮帮我吧！"

云边痛苦地咬紧牙关，喉咙里溢出一丝呜咽，就在她快坚持不住的时候，有一双手突然抓住了她的手臂。

一个戴着绿色睡帽的男人突然出现在她的眼前，龇着牙说道："我的个老天爷啊！这是个什么东西！你是人是鬼？劫财劫色你直说，玩什么刺激游戏啊！"

云边急促地说道："拉我上去，快！"

男人揪着云边用力把她拽了上来。

云边的脚落在地面，她松了一口气，抬头看见男人坐在地上惊恐地看着她，语无伦次地说道："你是隔壁的吧？大晚上的这是在干什么？吓死个人。"

云边突然抱住他："谢谢你，谢谢菩萨！"

"你怎么知道我叫蒲飒？"

云边没工夫跟他多说，扶着他的双臂认真地看着他："镇定，我需要你的帮助。"

蒲飒摇摇头，又点点头，问道："帮什么忙？"

十分钟后。

云边穿着卡通猫款式的睡衣，长发遮住侧脸，依偎在穿着毛毛虫睡衣的蒲飒怀里。

房门打开，罗浚转头，愣了愣。

两个人镇定地出去，在罗浚仿佛见到怪物般的目光下走进电梯。

容老派来的司机已经在小区门口等着了，蒲飒将云边送到车上。

云边回头，又给了他一个拥抱："谢谢你。"

车子离开后，蒲飒才缓过神来，嘟囔道："真是惊心动魄的一夜，没想到我还有机会做好事，拯救了一个被家暴的女人。"

云边坐不了飞机、动车等一系列云顶峰可以拦住她的交通工具。容老安排人开车一路送她，三千多公里，三十多个小时。

二十个小时前，云顶峰打来电话，怒气冲冲地问她在哪里，云端又在哪里。云边不理，挂了电话。

十多个小时后，云边到了董嘉南家楼下，她从车上下来，按了按酸麻的脖颈，回头对司机道谢。

司机说道："容老说不管遇到什么事，你都可以找他帮忙，证件回头补好后再寄给你。"

云边点点头："谢谢你。"

司机笑道："不用这么客气，容老说你的事就是他的事，他还有句话让我转告给你。"说完，递过去一张便笺。

云边接过，愣了愣，鞠了个躬："特别谢谢你，也谢谢容老。"

"不用客气，容老说……"

"什么？"

"他说现在有机会发展就别错过，虽然你有自己的事要做，但他不想你把时间就这么浪费了。人不在沈城，也不是不能跟他学东西，电话、视频，怎么都可以。还有，他让你快点儿折腾，折腾够了就回去找他，老老实实地待在他身边，他的那些资源，人脉、金钱、地位，总得有个人继承。"

云边怔住，内心一瞬间变得沉重，不知该如何回馈这样的情谊。她弯下腰，再一次深深地鞠了个躬。

云边从沈城出逃的那一晚，在画室的云端也遇到了麻烦，有几个人闯进画室要强行将他带走。

云端和他们起了冲突，从交手中察觉出这伙人是军人出身。他们似乎只是想带他走，对于他的攻击只是防守，并不伤人。

但云端太难搞了，这伙人只好实话实说是云顶峰的命令，让他必须回沈城。

他们以为搬出云顶峰，云端肯定会听话，然而云端依然不顺从，趁机从画室逃了出去。

他们没想到一个盲人就这么轻松地溜走了，但云端不仅溜走了，还甩掉了他们。

云端在外面兜了几个圈子之后，去了董嘉南家里避难。

云端是军人出身,明白那几个人肯定是秘密行动,但云顶峰为何要下带他走的命令?

云端有很多疑惑,但他没跟董嘉南如实说,只是随便找了个借口。

董嘉南对云端是非常信任的,没多想便让人住下了。

司机走后,云边上楼,敲响董嘉南家的门。

很快,董嘉南打开了门。

云边问道:"我哥呢?"

"在里头。"

云边进入卧室,看见云端坐在桌边读书,人没有受伤,她松了一口气。

云端放下书,手在空中举着,云边走过去握住他的手。

"哥,你没事吧?"

"没事。"

董嘉南站在他们身后,挠挠头说:"你们遇到什么麻烦了?需要我帮忙的话尽管说。"

云边冲他露出一个轻松的笑容:"有点儿外债,人家追到这里来了,快还清了,不用帮什么忙。"

董嘉南诧异道:"你们会有外债?看着一点儿都不像啊,别是敷衍我吧?"

他停顿两秒,瞟了云边一眼:"我看是跟常焰有关吧?你是把他惹着了还是把他身边的人惹着了?"

云边没想到他会这么说,一时愣住,不知该如何回答。

董嘉南把她的迟疑理解成自己猜对了:"我不知道你们是什么关系,但我劝你趁早跟他撇清关系。你惹到别人,生气了顶多吵个架,惹到他,那可是有生命危险的,而且姐姐你根本不知道他做的是什么生意……"

董嘉南想到前几日他在乐岛发现常焰疑似和人在做非法交易,当时他不敢打草惊蛇,便给章回打电话汇报了此事,本以为自己立了功,没想到章回不仅没有派人去乐岛,还斥责了他一通。

董嘉南有些转不过弯来,这两天冷静下来,还是没想明白。但这事不能泄露给云边,他及时闭上了嘴。

云边问道:"什么生意?"

董嘉南烦躁地甩甩头:"反正不是好生意,我现在没证据,但我肯定会找到证据的。等着吧,乐岛那么多女人还不够,还想来招惹姐姐你,我绝不会让他得手的。"

云端的头微微转动,表情有些困惑。

云边岔开话题:"嘉南,我们先回去了,这两天麻烦你了。"

董嘉南还想再说什么,云边已经拉起云端往外走了。他叹了一口气,心里莫名生起一股火。

回画室的路上,云端突然问道:"你和常焰是怎么回事?"

云边的手下意识一紧,垂眸不语。

云端满头雾水,问道:"当初接那批画就很奇怪,你什么时候接过那种单子了?还有那天我给你打电话,为什么是常焰接的电话?董嘉南刚刚的话又是怎么回事?二叔让我们回去也跟这些事有关对吗?"

一连串的问题,云边不知该如何回答,她深吸一口气,依然不说话。

云端很生气,问道:"为什么要瞒我?都闹到云顶峰派人过来了,你还瞒着我?"

云边看着他,面露愁色,说道:"我没想瞒着你,只是不知道该怎么说。"

云端沉默两秒,然后说:"你以前遇到什么事了都是直截了当地说,现在这副样子,让我觉得这里头很有文章。"

云边的心一抖,咬住牙倔强地沉默着。

等了半天,云端也没等到云边的回应,他既无奈又无力,甩开了云边的手:"你觉得我是个没用的人,所以遇到事情连商量都不跟我商量了是吧?"

云边摇头:"不是的,哥。"

云端突然问:"常焰是谁?"

云边抬眸,目光平静地看着云端,回道:"常焰就是常焰啊。"

云边和常焰之间到底有什么秘密,云端很想知道,但云边死死咬住这些秘密,看来他是问不出了。

他想起云边回沈城的那天，约莫是在她飞机起飞半个小时之后，一个叫栾宇的男人来到了画室，说是帮常焰取画。

二十幅画已经包装好，但那幅赠品还没包装，之前云边晾画的时候云端问过她画的是什么。

以往云端也喜欢问这些问题，他看不见，便喜欢听云边给他讲画。他不想错过云边的画，因为她的画都很美，她讲述起来也很有意境。

然而那天，云边没有正面回答他画的是什么，只说是一幅普通的风景画，包含在订单里头的，给常焰的赠品。

栾宇去搬画，云端摸索着将晾干的那幅赠品画也拿了出来，说道："云边说这幅画是赠品，我包一下，你一起带走吧。"

栾宇答应了，等着他包装。

云端好奇地问道："你帮我看看，这幅画画的是什么。"

云端叹了一口气，语气渐渐平和下来，似是无奈后的妥协："你知道二叔强制让我们回沈城，甚至派了人过来，意味着什么吗？"

云边点点头，平静地说道："知道，意味着我闯祸了，我做错事了。"

云端轻笑一声："认识得这么清楚，为什么还要去做？"

阳光太刺眼，云边抬手遮住眼睛："那你又为什么不听二叔的话，逃走了呢？"

云端哑然。

云边凑过去，拉起他的手："哥，因为你不忍心我做错了事一个人受惩罚，所以陪我一起是不是？"

轻柔的声音，将云端心头的焦躁抚平。

云边继续说道："你就当我做了这么久的乖乖女突然叛逆了吧，看在我没什么前科的份儿上，这次别怪我了。如果你非想我认错的话，我认，但现在我没办法告诉你是为什么。我也不会回头，我想坚持的，没人拦得住。你要是拦我，那我只能把你送回沈城了。"

云端怔住，没想到云边竟然这么决绝。

云边紧握着他的手："你要回沈城还是跟我回画室？"

云端不说话，对于他来说，云边是他生活中最重要的人，重要到两人一旦分开，便会有刮骨一般的痛。

云边不想用亲情去绑架他支持自己，也不想强势地逼迫他做出选择。

"你回沈城的话，我安排人照顾你，你也不用担心我，我只在长蓝待一段时间，不会很久的，等事情结束了我就回去，到时候再也不离开沈城了。"

云端依旧不说话，不知道在想什么。

云边缓缓地垂下头，神色落寞地说道："我送你回沈城。"

云端的五指握紧，扣住云边的手："回画室吧，我饿了。"

云边愣在原地，云端已经迈步。

云边下意识地问道："你想吃什么？"

"鸡蛋面。"

云边挠了挠嘴角："吃得不腻吗？"

"不腻。"

阳光照在云端的眼睛上，他的眼睛一眨不眨的。云边看了他一眼，心里的感觉很复杂。

倏地，云端停下脚步，云边撞在他身上。

云端淡淡地说道："你说自己是乖乖女，是不是太自夸了？"

"嗯？"

"你只是懒得叛逆，把所有的劲头都用在画画上了。没前科是因为家人都是顺从你、支持你的，并不是你在顺从我们。但凡有人反对你画画，你能叛逆得六亲不认。"

云边挑眉道："不至于。"

云端笑了一下："别给自己立乖乖女'人设'，实际上你就是个执拗又'一根筋'的人。"

云边摸摸鼻子，略带尴尬地说道："好吧。"

这天，常焰给玥玥发廊补完货，站在外头吹风，突然看见街头走路的一男一女。

男的拿着手杖在地面上敲敲点点,女的拉着他的手,走在他的斜后方低头看他的手杖。

常焰低下头:什么情况?他们怎么还在长蓝?

云边和云端从马路对面缓缓经过,丝毫没注意到其他人。

两兄妹走路的姿态都很好看,脊背笔直,仪态俱佳。

云边穿着一件奶黄色的紧身针织衫,白皙的脖颈上系了一条同色系的丝巾,整个人看起来格外地优雅。

常焰望着她的身影,闭上眼,转身进入玥玥发廊,他突然很想剪个头发。

云边送云端去了老吴按摩,原路返回,在走到玥玥发廊时停下了脚步,向里张望。

阳光穿过斑驳的树影,落在她乌黑的头发上,让她整个人看起来十分柔和。

常焰面前的镜子照出云边的身影,他出神地看着。理发师椅子一滑,挡住了他的视线,他垂下眼睛,心里有种说不清的感觉。惊讶的同时,还有一种多看一眼就赚一眼的欢喜。

理发师弯腰调整椅子,常焰再次抬眸看向镜子,树下空荡荡的,人已经离开了。

云边去邮局取了快递,一件是刚补好的证件,另一件是她特意托容老帮忙弄的名家收藏画。画很大,她把外包装上的邮寄信息撕掉,贴上一张写着自己名字的,地址填了陈香家,随后又把画寄走了。

这幅画是要送给陈香的,既然决定留在长蓝了,就要活在当下,有个朋友也不错。

回到画室,云边换上工作服,准备做个大扫除,还没开始,手机便响了。

云边掏出手机,愣住了,是常焰打来的。

她走到窗子前,紧张地吸了一口气。

"喂?"

"云边,老吴按摩刚刚着火了,你哥现在在医院,你来一趟。"

云边想也没想,转身就往外跑,她的脚步飞快,经过材料箱子的时候被绊倒,砰的一声摔在地上。

常焰听到动静，心里一惊，喊道："云边？"

云边捡起手机，站起来往外走，问道："我哥怎么样？"

"只是吸了点儿烟雾，现在睡着，你别着急，我把位置发给你。"

云边这才没有那么惊慌了，她挂掉电话，出门打车，下车后一路跑到云端的病房。

常焰穿着一件短袖T恤，裸露在外的皮肤上都是黑灰，躺在病床上的云端也是。常焰拿着湿毛巾，正在给他擦脸。

云边大口地喘着气，视线定格在云端脸上，表情紧张。

常焰看她一眼，再次强调道："没有大事，只是吸了点儿烟雾，一会儿就能醒了。"

云边来的时候太着急，身上穿着宽大的背带裤工作服，背带裤里面只穿了一件薄薄的衬衫。胸前和裤子上沾着不同颜色的颜料，看起来像一个油漆工。

他们两人的穿着和这季节格格不入，常焰看了一眼她露在外面的胳膊，回头又看了看自己被烧得破烂的夹克，没说话。

云边问道："是你救的我哥吗？"

常焰想了想，点点头。

他本想说不是的，但身上的黑灰让他撒不了谎。他在玥玥发廊的时候，听到有人喊老吴按摩着火了，便下意识地冲了出去。拨开重重人群，看见老吴按摩的门口被火势堵住，他跑到另一边，爬进二楼的窗户，跳了进去。

进去的时候云端已经昏迷了，好在晕在了没有火的位置，人也没事。

云边感激地看着他："谢谢你。"

常焰摸着后颈，不自在地点点头。

云边指他的脑袋："你头发怎么了？左边短右边长的。"

常焰干笑道："可能是烧到了吧。"

云边："……"

烧得这么均匀吗？看起来像是理发师技艺不精，剪得长短不一。

两人一时无言，站着尴尬，常焰拿着刚刚给云端擦脸的毛巾往卫生间走,说道:"我去洗一下。"

"哦。"

云边看云端脸上还有黑灰没擦干净,想着再去拿条毛巾给云端也擦擦。病房是单人间,卫生间也在里头。

她站在门口问道:"还有毛巾吗?"

"有啊。"

"那我拿一条。"云边没多想便推开了卫生间的门。

常焰刚把肥皂打到脸上,听到动静,迅速抹了一把脸,扭头看她。

云边站在门口,虽然灯光昏暗,但依旧能看出她脸颊上的两坨红晕。

云边以为常焰只是洗洗脸、擦擦胳膊,没想到他在洗澡,而且还脱光了。

水流从头顶冲下,常焰眯起眼睛,抹了一把脸,镇定地背过身,说道:"拿吧。"

云边轻轻地"嗯"了一声,走进去后十分自然地把门给关上了。

她捡起常焰的衣服,将其展开,一件件地挂好。

常焰扭头看她一眼,觉得她慢悠悠的动作是故意的,他深吸一口气,说道:"看够了吗?"

云边理直气壮地说道:"我没看你。"她的确没看他,只是在挂衣服。

常焰咬了下后槽牙,关上花洒,用毛巾胡乱擦了擦身子,说道:"不用挂了,我洗完了。"

云边:"怎么这么快就洗完了?"

常焰走到她跟前,黑发上滴着水珠,双眸湿润又明亮,直直地盯着她。

云边咽了咽口水,跟他对视,没有半分不自在。

呼吸在不经意间变得沉重,两人对峙着,谁也不愿先把视线挪开。

终究是常焰先动,他皱了下眉,拉开卫生间的门,将云边推了出去。

过了两秒,门又开了一条缝,一只修长的手伸了出来,随后传来常焰的声音。

"拿来。"

云边把手里团成一团的布揣进背带裤胸前的兜里,问道:"什么?"

常焰探出头,声音不急不缓地说道:"我的内裤。"

云边摇头:"我不知道啊。"说完转身就走了。

常焰摔上门,怒道:"你还有这癖好!"

云边充耳不闻,拉过病床边的凳子,静静地坐着。

过了一会儿,常焰从卫生间里出来,拿毛巾擦着头发上的水珠。云边看了他一眼,他擦完后直接把毛巾扔给了她。

"你不是要毛巾吗?给你。"

"我要干净的。"

常焰抬眸,轻嗤一声,说道:"我挺干净的。"

云边:"……"

这时,云端醒了,他咳嗽几声。

"哥。"云边将他扶起,递给他一杯水。

云端喝下,开口发现嗓子哑了:"我没事,让你担心了。"

"醒了就好,我去叫医生。"

云边说完便出去了,屋子里只剩下常焰和云端两人。常焰没说话,安静地看着他。

云端的头微微转动,朝着他的方向喊道:"常焰?"

常焰挑眉:"嗯?"

"刚刚迷迷糊糊听见你和云边说话了,谢谢你救了我。"

常焰沉默几秒:"顺手。"

云边带来医生,给云端检查了一下,除了有些轻微擦伤之外没有其他大碍,不需要住院。

云端抬头对常焰说:"麻烦你送我们回去。"

常焰:"……"

这两兄妹都这么自觉吗?

云边抬头看向常焰,表情同样理所应当。

常焰额角抽动,真是欠他们的:"行,好人做到底。"

常焰本打算把云边和云端送回画室就走人,却在画室门口见到了安小哲的女朋友。

孙晨晨在乐岛没干几天就勾搭上了安小哲。她人长得好看，嘴也甜，安小哲很喜欢她，两人打得火热，迅速成为恋人。

安小哲不够谨慎，孙晨晨很快就从他嘴里知道了他们做的生意，并提出自己也想入伙。安小哲便将孙晨晨介绍给了常焰。

既然是安小哲亲自交代的，常焰也不好拒绝，于是让林玥带着孙晨晨。

此时，常焰隔着车窗看见孙晨晨和云边亲热地打招呼，眉头一皱，从车上下来，说道："帮了半天的忙，你是不是要管顿饭啊？"

孙晨晨看见常焰，下意识地张大了嘴。

云边说道："好，那中午留下一起吃饭吧。"

常焰唇角勾出一抹笑。

进屋后，孙晨晨说道："云边姐，我上去画画了。"

云边点点头，转身对常焰说："我们也上去吧，厨房在三楼，我做饭。"

常焰有些惊讶地说道："你会做饭？"

云边疑惑地问道："你不是吃过？"

这句话一下子把时间拉回了过去，云边第一次下厨，就是为了他，只是味道不怎么样。

但这个话题无意间暴露了两人不寻常的关系。两人同时一怔，默契地看向云端。

云端好像没听见，他面无表情，缓步走到楼梯边，伸手摸到扶手，走了上去。

云边看向常焰，目光相交，两人又错开视线。

云边说："上楼吧。"

常焰默默地跟上。

上到二楼，常焰注意到孙晨晨正在画画，她一副心不在焉的样子，画布上的色彩搭配也极其别扭。

常焰嗤笑一声，就这水平和态度，还妄想考沈美。

到了三楼，云端去洗澡。

云边在衣柜里找了两身干净的衣服，一套放在浴室门口的架子上，一套递给常焰，说道："你也换一身吧，你的衣服太脏了。"

常焰有些嫌弃地看着她手里的那套衣服。

云边说:"干净的,你跟我哥的身高、体重差不多,正合适。"

常焰想了想接过来,发现里头还有条内裤。

他抬头看向云边,两人视线相撞,同时开口。

"内裤是新的。"

"你哥的内裤也是你洗?"

两人都是一愣,又同时回答。

"他自己洗。"

"新的可以。"

云边抿唇瞪了常焰一眼,他轻笑,走进云端的卧室,关上门,嘴里念叨:"自己洗还行,不然真是美的他,我都没有过这待遇。"

云边又走到门口,说道:"洗不是我洗的,但买是我帮我哥买的。"

屋内正换裤子的常焰扭头,恶狠狠地盯着门板,低声道:"真是惯的他。"说完,他重心不稳,单腿蹦了几下,还是摔倒在地。

云边听到砰的一声,轻轻地笑了。

常焰换好衣服出来后,云边已经开始做饭了。他走进厨房,发现云边正在烧水,手里还抓着一把挂面。

"就给我煮面条?"常焰皱起眉头

云边回头,愣了一下。

常焰穿着白色毛衣和黑色休闲裤,他的嘴角挂着一抹淡笑,整个人看起来干净又亲切。

不知道是不是自我催眠,云边觉得他还是那个严火,从未改变。

但又想到他满身的伤疤,云边眼睛一酸,他不是那个严火了,现在的他不知遭受过什么。

"想什么呢?"常焰问。

云边回神,放下手里的挂面,从冰箱里拿出西红柿和鸡蛋,举着两样食材,问道:"还要加别的吗?"

常焰好奇地问道:"还能加什么?"

"香肠,香菜,香干。"

常焰扶额:"哎哟喂,都是香的啊,有肉吗?"

云边认真地想了想:"西红柿鸡蛋面怎么加肉?"

常焰:"……"

他往冰箱里看了看,从里面拿出香干、香菜、香肠,又拉开冷冻室的门,翻出一袋肉,把食材放到云边面前,问道:"这些会搭配吗?"

云边看了看食材,又看了看面,眼神呆愣。

常焰知道她的脑子已经乱了,摆摆手:"出去出去,我来吧。"

云边尴尬地退后几步,常焰把肉解冻后放在菜板上,一边切一边还在唠叨:"也不知道你们俩是怎么活的,一天三顿都吃面?"

"呃……"

"我做客的还得伺候你们,什么事啊。"

"……"

"谁让我人帅心善呢,好人做到底。"

云边默默地走了出去。

"还出去了?也不知道打个下手,真没眼力见儿。"

云边又默默地走了回来,要去洗菜。

常焰把她推开:"行了行了,水凉,大小姐出去待着吧,这种粗活你可做不得。"

到底是要怎样?云边犹豫半晌,还是选择帮忙,从米袋子里舀了两勺米。

常焰看了一眼,讽刺道:"哟,原来会煮饭?我还以为那米袋子是摆设呢。"

云边没有反驳,只是温柔地对他笑笑。

常焰闭嘴腹诽,干吗总是动不动对他笑。

云端闻到厨房饭菜的香味,积极地坐到餐桌边,坐姿笔挺。

常焰很快就炒好了菜,有香干炒肉、炸香肠、咸菜拌香菜根。

云边盛饭,云端饭拿到手就立马吃了起来。

常焰龇牙,一看就没少受到云边厨艺的摧残。

看着他们吃得很香的样子,常焰突然沉默了,他后知后觉地发现今天自己太反常了。

云边和云端对于他来说，在某种程度上是属于舒适区范畴的，他见到他们两个，便下意识地放松了警惕，自然而然地跳出了"常焰"的躯壳，回归了从前的状态。

这样不行。

他放下了筷子："我吃饱了，去抽根烟。"

云边察觉到他情绪的变化，但不知为何。

常焰下楼，看见孙晨晨站在收纳柜前小心翼翼地将柜门关上，一副鬼鬼祟祟的模样，他驻足观察了一会儿。

孙晨晨转身，看到他时吓了一跳，尴尬地朝他笑道："焰哥好。"

常焰眯起眼睛看了看她，突然走到收纳柜前头，打开柜门翻了一通，从最里面拿出一包东西，问道："这是什么？"

孙晨晨下意识地往楼梯那边看去，一副生怕被云边发现的模样："焰哥，我……我这不是帮着玥姐出货吗，你又不是不知道这是什么。"

常焰冷哼一声："你跟人约了在这里交易？"

孙晨晨不在意地点点头。

常焰一把揪住孙晨晨的衣领，将她拽到室外，沉声道："我不管你怎么出货，但别在这里乱来。"

孙晨晨揉着生疼的脖颈，皱眉嘟嘴道："怎么了，我哪里做错了？"

常焰指着她，厉声道："别给我来这套，收拾你的东西给我滚！"

孙晨晨嘟囔道："玥姐让我……"

常焰暴躁起来："滚滚滚！"

孙晨晨瑟缩着退了一步，不敢再说话，转身回去拿包走人。

常焰在外头抽了一根烟，进门见云边从楼上下来了，说道："我走了。"

云边往前一步："我送你。"

"我有车，你送什么？"

云边想了想，还是跟了上去："那我坐你的车送你。"

常焰被她的话逗笑了："然后呢？我再把你送回来？"

"那倒不用。"

常焰看了她一眼，没说话，开门出去。

云边默默地跟上，常焰上车，她也飞快地钻进副驾驶室，系上安全带。

常焰有些无语，刚想开口，云边抢话："好人做到底，你答应我，你就是好人。"

什么跟什么啊。

常焰叹了口气，犹豫半天，还是没把车钥匙插进去："云边，我今天只是顺手救了你哥，不代表……"

云边打断他的话："你还顺手送我们回家，顺手做了饭。"

常焰哑然，要不是看见孙晨晨，他不会进画室的。

云边瞥了他一眼，平淡地说道："你干吗怕跟我相处啊？是觉得我会耽误你的事？"

常焰一愣，看向云边。云边的眼神很平静，他看不出那里头有什么。

云边笑道："我知道你在干什么。"

他不知道云边是在诈他还是真的知道，但她不可能一点儿都不知道，不然她怎么从云顶峰那边脱身的，还是说这是云顶峰默认了的？

常焰脑子里一团糨糊，表情逐渐变得僵硬。

云边突然问道："你为什么希望我回沈城？"

听起来很简单的一句话，却表明云边已经知道云顶峰和他是有联系的。

常焰意识到自己暴露了。他感觉全身的血液开始在血管里冻结，有些慌乱地别过头避开云边的视线。

云边静静地看着他的后脑勺。

时间一分一秒过去，车窗外的"玛丽"看着他笑，仿佛在对他说："投降吧，你永远都逃不过这个女人的眼睛。她会撕破你所有的伪装，看穿你的坚强。她是高高在上的，你能做的只有把真心献给她，绝对地臣服。"

常焰咬了下牙，佯装轻松地说："那你为什么不想回去？"

"你说呢？"

"我怎么知道。"

"我想和你在一起。"

常焰突然抬手摆出禁止的手势："别说了。"

我想和你在一起——多恐怖的一句话啊。就好像阿拉丁神灯对他说——我能实现你的愿望。

爱情近在咫尺，只要他点头。

常焰依旧背对着云边，生怕克制不住的感情从眼里流露而被她看出来。他努力调整情绪，语气生硬地说："我不会跟你和好的，你死了这条心。"

云边面色平静，淡淡地回道："你当初说分手我没同意，这就不算分手，我们还是情侣。"

"结婚的分居两年还自动离婚呢，情侣六年不联系也算自动分手了。"

"不算。"云边语气执拗，"只能算故事告一段落，现在故事可以续上了，我们继续在一起。"

常焰握紧拳头，觉得胸口火烧火燎地疼："云边，六年前我欺负了你一次，这故事要是再续上，就是还要再欺负你一次。你长得好看，家世清白，大好青春别被我给耽误了行不？"

云边想开口，常焰探过身推开车门，轻轻推她："求你了，下去吧。"

云边能清晰地看到常焰脸上抗拒的微表情，她的心蓦地抽疼了一下。

可她还是不想放开他，她直直地看着他。他的睫毛很长，鼻梁高挺，唇峰饱满，下颌线条流畅。

以前这张脸她想怎么看就怎么看，现在想看他一眼，还要费尽心思去找借口。即使有机会接触，他也总是会有意无意地错开她的视线，把头一偏，留给她的只是侧脸。

云边有些无奈，常焰是怕自己会影响到他的任务吧？

其实，云边还有很多不确定的事，比如常焰离开她去执行任务的事，再比如感情方面，分手六年，他也不一定还爱着她。

更何况，她真的很难在常焰的身上去找到他还爱着自己的证据。可能，他对她还有一点儿余情在，但这余情不足以让他同样奋不顾身。

不管为何，既然是他的决定，她也不好强求，况且她已经清楚地表达了自己的意思，她等一等也无妨。

云边扯了扯嘴角："那好吧，我不打扰你了，你自己注意安全。"她解开安全带下车，关好车门。

　　云边温柔地接受了他的拒绝，没有愤怒，没有委屈，很平静。

　　常焰不敢看她，倒车转弯往外开，出巷子的时候他还是没忍住看了一眼后视镜。

　　云边站在原地，就那么远远地望着，不言不语。

第六章　　火烧云

蓝海湾的全体员工最近都如履薄冰，他们也不知道常焰怎么了，平时挺爱说话的一个人，最近一张脸上寒气瘆人，谁也不搭理，一出口就是骂人。

蓝海湾每月有固定的大客户过来取货，以往常焰总会热情招待一番，但这两天他的脸上仿佛写着——我把你当回事的时候你是金主，我不把你当回事的时候你什么都不是。

有几个一直以来非常有优越感的大客户，不知道哪句话惹到了常焰，被他推了出去。这种做法多少还是会影响生意的，有几个便跑到张隆那边去进货了。

众人心中存疑，又不敢多问，这种时候谁也不想当那个出气筒，但总会有人不小心撞上去。

董嘉南一个人去了蓝海湾，亮出证件说要见常焰，前台引他到休息室等候，随后向常焰报告。

整个场子看似并未因董嘉南的到来引起波澜，但所有员工早就收到通知，各部门的主管纷纷走到自己负责的大客户面前，温和礼貌地安排客人有序离开。

常焰来到休息室，他今天穿了一件黑衬衫，领口随意地敞开，袖子挽在小臂处，步子迈得懒散，就算是商务装也让他穿出了一股放荡不羁的味道。

这种人就算用再名贵的衣物包装也是个匪。董嘉南内心嘲讽。

常焰勾脚带上了门，吊儿郎当地问道："有事？"

"常先生，我这次来是有一起贩毒案希望你配合。"

"你叫什么名字？"常焰坐到椅子上，往后一靠，毫无礼貌。

董嘉南吸了一口气，强忍怒意，介绍了一下自己名字和身份，随后切入主题,问道:"最近我们抓了几个毒贩,其中一人交代货源是出自常先生的蓝海湾。我希望常先生解释一下,为什么蓝海湾会有毒品。"

常焰毫不在意地说道:"我为什么要给你解释?"

董嘉南脸色一僵,没想到在警察面前他还这么嚣张:"配合警方调查是公民的义务。"

常焰阴阳怪气地"哦"了一声:"那我不配合,你把我抓走啊。"

董嘉南吃瘪,他是私自行动,自然不能带人回警局,但他的话属实,是犯人亲口交代的。不过犯人刚交代出"蓝海湾",章回就把他支走了。

近来的两次情况让董嘉南觉得章回有问题,所以他没有打报告,自己来了。

常焰点燃一根烟:"小屁孩儿,我要真是罪犯,你这么做不怕打草惊蛇吗?而且你是本地人吧,随便一打听我就能知道你家人的情况。"

董嘉南腰背挺直,气势很足,说道:"你敢威胁我?"

常焰摊手,语气轻浮地说道:"冤枉啊。"

董嘉南被他气到,狠狠地拍了下桌子:"你不要以为你有背景就可以只手遮天!穿上警服的那刻起,我就立过誓,任何危害国家社会安全的人,我都会不遗余力地将其绳之以法。生命算什么,如果怕死,我就不会当警察。"

常焰看了他一眼,嘲讽地笑了。

董嘉南继续说:"还有,不要想着接近云边,她和你身边的那些女人不一样,你这种不干不净的人别妄想吃天鹅肉。"

常焰抬眸,冷冷地看着董嘉南,剑拔弩张的气氛在两人的对视中蔓延。

常焰沉声说道:"听这话,你也想吃天鹅肉?"

董嘉南理直气壮地说道:"跟你比我还是很有资格的。"

常焰站起身:"就你今天这副鲁莽的样子,自己一个人来找我,我要真是个罪犯,我会留你的命?没有脑子还妄想爱情!如果哪天你被自己的愚蠢害死了,老婆怎么办?你要是没想过这一点就别在这儿跟我讨论谁更适合云边。"

董嘉南义愤填膺:"那也比跟着你强,一个为国牺牲的警察,他的妻子是受人敬佩的!"

常焰把烟叼在嘴里，突然挥起拳头打了过去。速度太快，董嘉南被打翻在地。

愤怒在常焰心里爆发，他呵斥道："敬佩有什么用？一个女人想要的是永恒的爱，是实实在在陪在身边的人，而不是虚无缥缈的荣耀！"

董嘉南站起来，咬牙挥拳冲向常焰，凭什么他要被这种人渣教训！常焰这种人作恶多端，肮脏龌龊，早晚有一天他要把常焰绳之以法，即使失去生命也要和这恶势力对抗到底。

常焰闪开他的拳头，踹他下盘。

董嘉南被踹得单膝跪地，这个姿势让他觉得屈辱，他攥紧拳头，再次发起攻击。他惯用右手，每一次都是出右拳，因此也暴露了弱点。

常焰连续攻击董嘉南的左侧，拳头打在他的肋骨上，他痛得满脸涨红，越来越招架不住。

差距太大，董嘉南能感觉到常焰没下重手，有种猫逗耗子的嘲弄感。

董嘉南愤恨地抬头，鼻子和嘴都流了血，斗志却没消减，说道："我不会认输的！"

常焰没受一点儿伤，他拍拍董嘉南的脸，说道："输不丢人，愚蠢地送命才丢人。"

董嘉南还想再打，常焰一脚踹在他的胸膛上，把他踹出好几米远，彻底终结了这次战斗。

看着地上的董嘉南，常焰整理了一下衬衫，开门走了。

晚上，常焰去了周源的酒馆。

小舞台上，有个歌手在唱歌，嗓音充满沧桑感，一首曲调清新的歌硬是让他唱出了一种绝望感。

岛歌，随风飘吧，把我的眼泪也带走吧……

常焰和周源交换了一下眼神，随后径直往里走。

章回已经在等他了，事情紧急，见到常焰立马开口说道："你上次说秦溯要研制新型毒品？"

安坤的货来自境外的大毒枭，也就是章回口中的秦溯。

常焰点点头："怎么了？"

章回严肃地说道："咱们有一位化学教授，去国外参加学术交流会，中途失踪了。后来发现他在东南亚区域出现过，跟一个男人在一起。那个男人戴着墨镜看不清面貌，但我们猜测他可能就是秦溯。"

常焰眉头紧皱："最近听安坤说过，秦溯在组建新的研发团队。"

章回一拍大腿："就是他了，这个浑蛋把主意打到汪教授的身上了。"

"教授姓汪？"

"汪健成。"

"你们有办法营救吗？"

章回揉着太阳穴，表情愁苦："秦溯的大本营在境外，营救很难，如果在境内我们还怕他？"

常焰皱眉："我想办法吧。"

章回抬头："你有什么办法！别瞎搞。"

"我知道，我又不是没脑子，这事得智取。"常焰坐下，"前阵子大果被抓，安坤又找了新客户。客户进货量大，安坤手里没那么多，他准备出境跟秦溯进货。"

"什么时候？"

常焰拍了拍手："估计就这几天。"

"你想去营救汪健成？这行不通，你去过几次，不也没摸清秦溯的大本营吗？万一营救不成功，那就得不偿失了？"

常焰拍拍他的肩膀："我先探探情况再说。"

章回叹了口气："也只能这样了。"

常焰站起身："没别的事我走了，回头等我消息。"

章回喊住他："等等，云顶峰要跟你通话。"

常焰扭头，"啧"了一声，说道："谁要搭理他。"

他要走，章回拽住他，厉声道："你这小子，之前不是还求着要跟云顶峰通话吗？"

常焰叹气："电话给我。"

不用想，他也知道云顶峰要说什么，果然……

"常焰！你把云边给我送回来！"

常焰阴阳怪气地说道："我这儿危机四伏，送她回去这种事让安坤发现还得了？你自己没本事，怨得了谁！"

云顶峰真的很想骂人，但他又不敢再逼云边，怕逼急了，她会更加反抗，到时候影响到了常焰的任务，后果将不堪设想。

云顶峰耐心地跟常焰沟通一番。

常焰听完还是那副爱搭不理的样子："不管。"

云顶峰急了："常焰！"

常焰无动于衷："有我在，不会让她有事的。"

"我知道你会保护好云边，我是怕你出事！你每天走在刀尖上，自觉性怎么还这么差？如果命没了，到时候你就算想跟云边重新开始都没机会了。"

常焰转身面对窗子，仰头看向漆黑的夜空，缓缓道："我又不是没试过赶她走，但她不走。"

云顶峰沉默许久，重重地叹了口气："我就知道会这样，你们俩啊，这么些年真是让我两头为难，头一回一个任务让我有这么强的负罪感。"

常焰从他的话里听出端倪，问道："什么叫这些年让你两头为难？云边哪里为难你了？"

云顶峰呼出一口气："既然你们重逢了，我也就实话告诉你吧。其实云边这些年一直在找你，你被部队'除名'之后，云边打听到你去做体育老师了，她走遍了沈城上百所学校，最后找到了'严火'。"

此严火非彼严火，而是接替严火名字继续生活的人。

常焰呼吸一滞，云顶峰继续说："她觉得这事不对就来找我了，问我你是不是去执行特殊任务了。我又不能明说，只好想了个招敷衍过去了。"

"什么招？"

"我找了一个跟你长得很像的人，安排到一所学校，让云边远远地看了一眼。"

"就这样?"

"还给你安排了个老婆,以云边的性格,看见你跟别人在一起了,是不会上前仔细看的。后来我又让'严火'从学校辞职,云边也找不到了。"

常焰的心像是被一只手攥住,闷疼,追问道:"然后呢?"

"然后就不找了呗,她也没再提过你。我以为云边选择了遗忘,但现在看来,显然并不是这样。"

常焰声音拔高:"你真行啊!当初为什么不告诉我?"

"告诉你有什么用,耽误你任务怎么办?再说了你要是跟她藕断丝连,那不是害了她吗?如果任务顺利,三年五载就回来了,如果不顺利呢?"

常焰沉默,云顶峰说完也沉默了。这道理他们两个人都懂,没有争执的必要。

常焰只是有点儿心酸,他无法要求对方等着自己,也没法放弃任务,就算有千百个不甘,也只能化作对自己的愤怒。

他无奈地垂下头:"算了,你做得对。"挂掉电话,他脸色阴沉地把手机扔给章回。

章回有些担忧他,问道:"你会怎么做?"

"不知道。"

"别犯错。"

常焰笑了一声,语气悲凉地说道:"爱一个人是错事吗?"

章回不是这个意思:"你别较真。"

常焰沉默两秒,摆了摆手:"走了。"

走前,常焰在周源那儿拿了两瓶酒。

回到家,他觉得特别累,明明什么也没干,就是累到站都站不住。

今晚的月亮格外圆,屋子里洒满了月光。

他没有开灯,把酒放在茶几上,看向一旁放着的画,是前几日他让栾宇去取的。他拿起画,撕开包装。

画面上有一大片云,色彩随着云层高低而变化,从红到橘,从橘到金,火烧似的,太阳像个鸡蛋黄,有一半被山遮住。

常焰眼睫微动,嘴角扯出一丝弧度,又渐渐抿直,缓缓下垂。

他颓废地坐在冰凉的地板上,微微调整油画的角度,借着月光看着画上的每一道笔触。

他用指腹轻轻地抚摸着画布,触感微凉,平涂的部分摸起来很细滑,笔触感强的地方摸起来很粗糙。

他的心好像被划开了一道口子,冷风飕飕地往里灌,这画中的景象他太熟悉了。

那段时间他为了接近安坤,不得不碾碎尊严,抛弃良知。无法畅快地对付罪犯,他感到憋屈又无力,这种剧烈的精神刺激让他很想念云边。

有一次他喝多了,觉得街上走过的每一个人都像云边,但每一个都不是她。恍惚之中,他抬头看到了火烧云,云层变幻莫测,他怕下一秒就看不到了,便掏出手机拍了下来。

常焰靠在沙发边,从兜里掏出手机,下载微博,等待下载的时间,他点燃一支烟,神色不明地看着外头的月亮。

微博下载成功,他登录账号,在主页里找到了他发过的唯一一条微博,就是那张火烧云的照片。

这个微博账号没有填写个人资料,昵称是一串数字,之前关注列表里只有云边一人,但后来怕有麻烦就取消关注了。

常焰搜索到云边的微博,点进去,她的微博账号还是当初两人恋爱时注册的,主要分享一些他们恋爱的日常。

其实当时他说完分手后就后悔了,想去找云边解释,想求她不要放弃自己,等他两年。

但分手的第二天,云边便删除了所有和他有关的微博,似乎在向他证明,他说得对,她还年轻,失恋了恢复快,说不定第二天就把他忘了。

很少生气的人一旦生起气来就特别严重,或许会让她格外用力地去遗忘他。

遗忘和等待哪一个更辛苦?后者吧,前者总会走出来,后者则是遥遥无期的煎熬。

然而六年过去了,她并没有做到遗忘,她做什么事都做得很好,怎么偏偏遗忘这件事就做得一点儿也不好呢?

常焰打开一瓶酒,仰头往嘴里灌,喉咙被酒精刺激得有些麻。他放下酒瓶,剧烈地咳了几声,每咳一声,心脏就紧缩一下,火烧火燎地疼。

面对抛弃和欺骗,她为什么不言不语,不吵不闹,连一个责怪的眼神都没有?她真是一个让他心疼的女人,他也真是一个浑蛋。

常焰弯着腰,痛苦地抱住了自己的头,没再发出一点儿声音。

长蓝一个星期内下了两场雨,路面湿漉漉的,气温持续下降,冷空气直往人的衣领里灌。

老吴按摩失火之后,云端就不再去那边工作了,近来都在画室看店。云边也闲了下来,她原本打算去蓝海湾游泳,活动活动筋骨的,但想到上次常焰推她下车的样子,也知道他肯定不想再看到自己。既然如此,她还是别惹他眼烦了。

这天,有一批绘画材料到了邮局,需要自取,在画室待了一周的云边这才出门。

她到了邮局,拿到一箱材料,有点儿沉,准备打车回去。

云边把箱子搬到路边,站在路口张望,五六分钟后看到一辆出租车,她伸出手,车没停,车上似是有人。

一连过去好几辆车都是如此,她干脆不招手了,把吹得冰凉的手揣进口袋。

常焰开着车,老远就看到了云边,她安安静静地站在路边,虽然看不清她的表情,但感觉人在发呆。

他轻踩刹车,以极其缓慢的速度从她面前经过。

云边原本呆呆地看着地面,像是突然感应到什么,抬起头看到了一辆车。

车窗关着,云边看不到里头的人,她愣了两秒,立马看向车牌,随后又仓促地背过身,下意识地朝反方向走,刚迈出一步就被箱子绊倒,人趴在地上,膝盖和手掌着地。

常焰踩下刹车,开始倒车,眼睛始终紧紧地盯着后视镜里云边的身影。

云边从地上站起来,搬起箱子,继续往前走。

常焰心中一滞,打开车窗,把车停在云边的面前,挡住了她的去路。

云边还假装没看到似的要绕开。

常焰喊道:"云边。"

云边避无可避,这才回过头,十分自然地"哎"了一声,一副像是突然发现有人在叫她的表情。

常焰看着她,眼神平静。

"你干吗?"

云边抱着箱子,鼻头被冷风吹得通红,回道:"打车。"

"刚有空车过去,也没见你打车啊。"

云边的脸上闪过一丝尴尬,目光有些躲闪,她窘迫地笑道:"是吗?"

常焰见她只穿了一件牛仔外套,说道:"我送你。"

云边抬头,表情有些茫然,她沉默地站着,有些不相信常焰愿意跟她共处。

常焰下车,走到她的跟前,拿过她手里的箱子,目光掠过她有些泛红的脸,说道:"天冷,上车吧。"

云边盯着他,想看出他的神色里有没有不情愿的味道,发现没有,这才上了车。

常焰不说话,云边也不说,她双手握在一起,有些局促。

常焰看了一眼她冻红的手,说道:"我去发廊,正好顺路。"

云边点点头,问道:"玥玥发廊吗?"

"嗯。"常焰只是找个送她的借口,但说完又想到了什么,抬眸看向云边,"我去玥玥发廊不是找林玥。"

云边轻轻"嗯"了一声。

常焰沉默,虽不知她在想什么,但下意识地解释道:"我和林玥没关系。"

云边转头:"什么?"

常焰认真地说:"我和她没有男女关系,我没碰过她。"

云边"哦"了一声,安静地看着他。

常焰迎上她的视线,四目相对:"我也没碰过别人。"

云边其实不太想知道这些。虽然她心里不认为他们两个人分手了，但那只是她的想法，她没有资格要求对方也如此。

再说，已经过去六年了，常焰跟谁在一起，她都能接受并理解，但她不想知道，知道了就会多想，与其这样，不如什么都不知道。

常焰说他没碰过别人，她信，只是她不明白他为什么突然说这个。

云边没说话。

常焰收回目光，看着面前的路，聊起闲话来，问道："来长蓝还习惯吗？"

云边轻轻地搓着手指："还行。"

"最近天冷了，早晚温差大，你注意保暖。"

"嗯。"

半晌后，云边说："你也是。"

北风吹起，卷走地上的尘土，透过车内后视镜，云边白皙的脸和扬起的嘴角映入常焰的眼中。

没得到过还好，得到过就再也放不下了，他也不想放了。

常焰又问道："箱子里的是什么？买的材料吗？"

"梵高的颜料。"

"梵·高的？"常焰瞥了她一眼，"他不是死了吗？"

云边轻笑，语气也轻松下来："是颜料的品牌名，叫梵高。"

常焰龇牙："我还以为是他用过的颜料呢。"

云边黑亮的眼睛眨了眨，又笑了一声。

常焰的视线落在车内后视镜中她的脸上："我没见识，别笑我。"

"没笑你。"

"那你笑什么呢？"

云边抿唇不语。

车窗外的街景缓缓滑过，路程本就不远，很快就到了目的地。

常焰停好车，云边解开安全带后下车。

从后座把箱子拿下车，云边说道："我走了，今天谢谢你了。"说完，她抱着箱子往画室走。

常焰按下车窗，静静地看着她的身影，却觉得心口越来越闷。

似乎是感受到他的视线，云边回过头。

就是这一眼，让常焰生出了勇气，他半个身子从车窗里探出来，大声喊："云边！"

安静的小巷里回荡着他的声音。

云边站在原地，看着他问道："怎么了？"

"晚上一起吃饭吧。"

云边没说话。

常焰想从车上下来，但太着急，脑袋撞上了车门，他也没管，推开车门，左脚落地。

云边眯了眯眼，喊道："好啊！"

得到回复，常焰坐回驾驶座，笑了起来。

"哥，我回来了！"云边声音轻快，透着一股欢喜。

云端自是听到了外头的喊声，知道她的欢喜来自何处，他没作声。

云边把箱子搬到二楼，拿工具刀拆包装，她的手动来动去，割了好几刀才把胶条割开。

她拿出颜料盒，放到桌子上，心在胸腔里怦怦跳动，怎么也冷静不下来。

忙了一会儿，她想到什么，掏出手机，找到常焰的电话号码，输入信息："晚上几点？"

琢磨半晌，她又把信息删了。能是几点？当然是晚饭时间了。她放下手机，转身去楼上洗澡。

水花四溅，雾气缭绕，云边突然想起常焰那双充满期待的眼睛和他喊的那一声。

这场景和当年一模一样，她有点儿不敢相信，很怕是自己带着过厚的回忆滤镜而产生的错觉。

六年过去了，她对他的感情还保持着炙热，但她不敢奢望他也是如此。

她错过了他六年的人生，许多事情都没能参与，或许两人已经没有共同话题了。

云边有些紧张，洗过澡之后，情绪依旧处于亢奋状态。

放在茶几上的手机响了，她拿起，是常焰发来的信息。

常焰："你晚上都是几点吃饭？"

她迅速回复："七点左右。"

常焰："挺早啊。"

云边盯着屏幕上的字，一时不知该怎么回。

常焰："那我七点去接你。"

云边唇角上扬，内心是抑制不住的欢喜。

常焰："行吗？"

两个字，让云边面红耳赤，她飞快地回复："好。"

云边放下手机，坐在沙发上，呆愣几秒，摸了摸自己滚烫的脸颊，轻声笑了。

晚上六点半，云边给云端煮了面，自己没吃，坐在柜台里，每隔一会儿便抬头看看时钟。临近七点，听见外面有鸣笛声响起，她噌地一下站起身。"哥，我有事出去一趟。"没等云端回话，她就快步走出画室。

常焰站在车门旁，穿着一件黑色的风衣，双手插兜，眼神炙热地看着云边。

云边的心开始慌乱，她抬手把垂落额前的碎发理到耳后，低头向常焰走去。

"晚上好。"云边打招呼。

常焰笑道："晚上好。"

他的目光扫过云边的全身，她穿了一件浅粉色的羊毛连衣裙，腰间挂着一条精致的腰带，耳朵上戴着垂着白色绒球的耳坠，摇摇晃晃的。

"想吃什么？"常焰问。

"都行。"

常焰摸摸耳垂："都行可不好搞啊。"

云边马上说："那就吃面吧，麻辣小面。"

常焰发现她的嘴唇也是浅粉色的，他目光停留两秒，问道："就这么爱吃？"

云边"嗯"了一声。

常焰点头，拍了拍车门，说道："上车吧。"

"走着去吧。"云边说，"也不远。"

常焰看她一眼，说："怕你冷。"

云边摇头："我不冷。"

常焰把风衣脱下，披在她的身上，又把扣子从下至上挨个儿扣好，把她包裹得严严实实，只露出一张脸。

常焰说道："听你的，走吧。"

冷风刮过，云边闻到他身上的味道，没有烟味，是带着点儿冷冽的清香。她抬头看向他，正撞上他炙热的目光。

常焰摸了摸后脑勺："走吧。"

两个人并肩走着，常焰只穿了一件黑T恤，他微微地靠近云边，与她保持同步，问道："最近生意好吗？"

云边轻声回道："没什么生意。"

"没人找你定制画吗？"

"有，但我没接，不是在画你那批吗？"

常焰"嗯"了一声，似不经意地问："我前两天看新闻，你那幅雪景画卖了两百多万。"

他笑了笑："怎么还接我这种订单？感觉你很吃亏啊。"

那种是慈善性质的拍卖，别人掏钱也是为了买个名声。云边唇角上扬，笑容让这寒冷的冬日变得温暖起来："的确很亏。"

常焰看了她一眼，她耳朵上的绒球晃来晃去，让人心痒痒的："那你还接？"

"你说我为什么要接？"云边乌黑的眼睛直直地看着他，里面的意思不言而喻。

说完云边就闭上了嘴，她又有点儿直接了，常焰的态度好不容易有了转变，再被她吓到就不好了。

自从猜到常焰在做什么后，云边反而不敢像之前一样盲目地靠近他了。

她变得小心起来，不想打乱他的任何计划，包括感情上的。如果他还没想好，她也愿意再等一等。

她偷偷看了常焰一眼，发现他并没流露出排斥的情绪。

常焰转过头看她，煞有介事地说道："你的画值多少钱？算好账，回头我给你补上。"

云边垂头，将下巴缩进衣领里："好啊，那你按两百万给。"

"……"

"现在后悔还来得及。"

常焰当真掏出手机，打开计算器，以两百万一幅的价格算了一下，眯眼数着后头的零："个十百千万……"他的声音越来越小。

云边笑得肩膀抖了抖，哈出的雾气在空中散去。

常焰发现今晚云边很开心，她平时都没这么爱笑的。

到了麻辣小面的店铺，六张桌子已经坐满了四张，两人坐到门口的空位置，要了两碗面，老板又要送小菜，这次常焰没拒绝。

云边把风衣脱下来，叠好放在椅子上，怕一会儿吃面的时候汤汁溅到风衣上。

常焰看着云边，她身上这件羊毛裙是小V领设计，把她的脖颈衬得白皙修长，让他有种想伸手摸一摸的冲动。

云边抽出几张纸巾要擦桌子，却被常焰抢先了。他拿着纸巾在桌面上擦了一圈，白色的纸巾沾染上黄色的油污，他又抽出几张，继续擦。

云边看着他的动作，忽然问道："你从哪儿看到的新闻？"

常焰一愣："忘了，偶然看到的。"

云边抿唇笑了笑，这种资讯一般只会在特定的圈子里传播，不主动去搜是看不到的。

面上来了，汤面浮着一层辣椒，常焰似觉得不够，又加了一勺。

云边好奇地问道："你以前不是不能吃辣吗？"

常焰笑了一下，说道："还行吧，这也不辣。"

云边看着他碗里红通通的面，想到上次两人吃面时他也放了很多辣椒，仔细回想起来，他确实要比六年前能吃辣了。

这种细小的变化莫名地让她感到一丝失落，她渴望从他身上看到曾经的影子，似乎只有这样才会让她产生一点儿这个男人在她掌控之中的感觉。

云边的饭量不大，老板给的面又很多，她吃了半碗便吃不下了，抬头看见常焰碗里的面已经见底，他舔了舔嘴唇，似乎还没吃饱。

云边把拌鸡架往他那边推了推，说道："我吃好了。"

常焰抬头，问道："就吃这么点儿？"

云边拿纸巾擦嘴，点点头。

常焰"啊"了一声，非常自然地把她的面拿到自己面前，随后埋头大口吃了起来。吃一口面，配一块鸡架和几筷子猪耳，吧唧吧唧就咽了下去。

云边怔怔地看着他，觉得脸又烫了起来。

他们出店铺时，外面下起了雨，雨丝轻盈，在灯光下泛着光。

云边抬头："下雨了。"

"是雪。"

"嗯？"

常焰眯了眯眼睛，说道："在这里这就算雪。"

云边觉得好笑，问道："为什么？"

常焰指了指对面，云边顺着他手指的方向看去。

一个女孩儿兴奋地对身边的男生喊道："下雪了下雪了，快帮我拍照！"男生拿出手机，非常配合地给她拍起照来。

云边好奇地伸手接了一粒"雪子儿"，她翻来覆去地看，但怎么看都是水珠，没半点儿雪的影子。

常焰看着云边的侧脸，微弱的灯光下，她的脸越发白皙，她乌黑又浓密的发随风摇晃，有一缕发丝滑过眼尾，给她增添了一丝妩媚。

常焰低头呼出一口气，这画面美得他有些扛不住。

路过几家店铺，云边发现自己很喜欢的那家米线店现在变成了一家饭馆。她有些疑惑，那么红火的一家店怎么就不做了呢？

云边看得太过专注，没注意到脚下凹凸不平的路，打滑了一下，眼看着要摔倒，常焰眼明手快地抓住她的手腕。

云边趔趄一下，撞进了他的怀里，嘴唇擦过他的脖颈。

常焰身子僵了一下，喉结动了动："没事吧？"

从头顶传来的声音，既沙哑又有质感，她缓过神，站直，说道："没事。"

常焰松开她，食指和大拇指指腹贴在一起摩挲着，似乎在感受那上头残留的温度。

云边指了指那家饭馆："以前这家是米线店，味道很好，不知道为什么不做了。"

常焰闻言，抬头看了看，目光有些复杂，沉默两秒，说道："他们的汤里加了罂粟壳，所以你才会觉得好吃。"

云边瞪大眼睛问道："真的吗？"

常焰点点头。

云边不禁觉得脊背发凉，忍不住问道："那会让人上瘾吗？"

常焰冷笑一声："你不就总惦记着？"

云边面色有些发白，问道："你怎么知道他们加了罂粟壳？"

常焰斟酌着该如何说，想了一圈发现不知道怎么回答，干脆抿唇不语。

云边没等到常焰的回答，看了他一眼，他下颌紧绷，一副心事重重的样子。

街道冷冷清清的，地面也是湿漉漉的，一时间气氛变得尴尬起来，仿佛这个问题又突然将一切都扯回了现实。

常焰看着昏暗的街道，他现在做的生意、他背后的产业、他们的爱情，都不知该何去何从。

走得再慢，路也有尽头。

到了画室门口，常焰站定，目光黏在云边的脸上，迟迟没有收回。

云边说道："我到了。"

常焰不说话，踩着地上的小石头。云边一动不动，安静地看着他。

巷子里的店铺六七点钟就关门了，此时只有画室的灯还亮着。两个人就是站在原地沉默一夜，也没人会发现。

总得有个人先打破沉默，云边刚张开嘴，常焰突然伸手捂住了她的嘴，轻声说道："别说话,我不能总让你主动。"

有风,涌进巷子里,将地上的落叶吹散。

常焰高大的身躯缓缓靠近云边,他目光深沉,说道:"云边,我有几个问题想问你,但我不知道在听到你的回答后,我还能不能保持冷静。"

云边静静地看着他。

"所以,你只要点头或者摇头就好。"

云边的嘴唇能感受到常焰掌心粗糙的茧子,她轻轻地点头。

常焰深吸一口气:"你找到'严火'的时候,是不是不相信他就是我?"

云边知道他问的是那个云顶峰让她远远看了一眼的人。她缓缓地点头。

常焰眉头皱了皱,问道:"你就那么相信我?"

相信吗?她不知道,原本她只是想得到一个答案,为什么那么喜欢自己的人突然之间就变了?严火在她心里,一直是最干净的存在,所以她抱着那一丝希望,持续地找了他六年。

当她重新见到他的那一刻,她还会对他心动,还是下意识地觉得有安全感,她想去相信他。

她深思几秒,点点头。

常焰深吸一口气,另一只手轻轻地握住云边的手腕。

"来长蓝也是因为我?"

云边笑了一下,继续点头。

常焰的心底像突然地震了一般,轰鸣声不绝于耳,响彻全身。

他无法想象,仅凭一个没有任何个人信息的账号和一张普通的照片,她竟然能找到他。

常焰的手颤抖了一下,他问出最后一个问题。

"云边,你就那么爱我吗?"

云边眼睛一眨不眨地看着他,目光坚定,点了点头。

常焰松开手,一把将云边抱进怀里。他紧绷很久的那根弦突然间断了,这些年的苦难都在这一瞬间灰飞烟灭,凄凉的冬夜也变得温暖起来。

他将云边紧拥在怀,贪婪地闻着她身上的味道。

云边抬手回抱他,感觉到他的身体在微微发抖,问道:"常焰,你还喜欢我,对吗?"

常焰把头从她左肩上抬起:"你说什么?到这边说。"他换了个角度,让云边的脸颊贴在自己的右耳上。

"你还喜欢我,对吗?"云边又问了一遍。

常焰气息紊乱:"喜欢,很喜欢很喜欢,六年来没有一天不想你,但我没办法告诉你,我……"他有满肚子的话,却不知从何说起。

云边轻轻地抚摸他的脊背:"我都懂,你不用说。"

常焰拉过云边的手,让她抚摸自己的脸、眼睛、鼻子、嘴唇:"云边,我没有变过,一点儿也没有。我还是你的严火,你看得到吗?感受得到吗?"

云边仰着头,仔仔细细地看着他,眼泪倏地从眼尾滑落。

她轻声道:"你现在不是严火了,你是常焰,但不管你是严火还是常焰,我都喜欢,你叫什么名字,并不重要。"

即使他披着浑浑噩噩的外壳,身上的泥沼掩盖样貌,她依然能看到他干净的灵魂。

她要去陪伴他,去爱他。

常焰擦掉她的眼泪,吻了吻她的眼睛,说道:"我好怕你认出我,又好怕你认不出我,现在我依然很怕,怕不可知的未来,怕跟我在一起会让你受到伤害。我什么都保证不了,我只想去爱你,用最大的力气去爱你。我知道这样做是错的,可我不想放你走了,你愿意重新接受我吗?"

云边捂住他的嘴,认真地看着他:"我也知道是错的,但我不怕,当一个女人深爱一个男人的时候,她无比勇敢。"

常焰看着她的眼睛,彻底无言。那就一起面对吧,就算未来不可预测,但这一刻,能握住彼此的手就不要松开。

风起,叶飞,对面的"玛丽"摇晃着转过身。

常焰低下头,云边仰起脸,迎上了他的吻。

这个吻是那么熟悉,又那么陌生。他们十指相扣,用最直白的方式将真心全部袒露。

注定会在一起的两个人,没什么东西阻挡得了,爱情擦出的火花只会比六年前更大。

云边被吻得头晕目眩,身体晃动了一下。常焰扶住她的腰,将她稳稳地托住。

常焰睁开眼,眼眶发红,像一头蓄势待发的豹子,逮到猎物便不会放手,问道:"你哥几点睡?"

云边笑了一声,轻轻搂着他的脖颈:"我回去,他就会睡了。"

常压"啧"了一声,调侃道:"你都多大了,他还管得这么严。"

云边无奈道:"这不是家里只有我了吗?我哥自然要把我这个宝贝妹妹看紧点。"

常焰把脑袋抵在她额头上蹭了几下,像在求安慰似的:"要不你回去,等他睡了再出来?"

云边眼含笑意:"我可以出去住的,只要打个招呼就行。"

常焰抬头,直愣愣地看着她,眼里的占有欲十足:"这么说你还出去住过?"

"……"

"跟谁?男的女的?经常夜不归宿?你哥这都不管的?"

这一连串的质问让云边晕乎乎的脑袋一瞬间清醒不少,为了堵住他的嘴,她凑上去轻轻地亲了一下,她太知道常焰吃哪套了。

常焰舔舔嘴唇,果然不说话了,又开始蹭她的脑袋,哼哼唧唧地让她多亲几下。

就在两人准备再次拥吻时,云端突然从画室里走了出来。

他拿着一小包垃圾,缓缓地往前走,路过两人的时候,耳朵灵敏地捕捉到了沉重的呼吸声,他站定,脑袋微微转动。

暧昧的氛围被打破,云边松开常焰:"哥,是我。"

常焰神色一僵,表情复杂地看着云边,似乎在说"没事打什么招呼啊"。

云端点点头,警惕的表情缓缓褪去:"回来了,那快进屋吧,外头冷。"

"好。"云边拉住常焰的手,很自然地要把他领进去。

常焰身子跟树干似的,硬邦邦地立着一动不动。

云边疑惑地转头,常焰使劲儿挥着手,示意他不进去。

云边："……"

常焰做着口型："我不进去，我在外头等你。"

云边做了个瑟缩的动作，做口型："不冷吗？"

常焰用手扇风："不冷，热着呢。"

云边笑了，常焰轻轻推了一下她，随后转身，一步一步地往车那边走去。

云边只好随他去了，等云端扔完垃圾回来，两人一前一后进入画室。云端走在后面，关门的时候突然抬了一下头。

门外的常焰一个激灵，屏住呼吸，眼珠都不敢乱动。

云端停顿了一会儿，这才关上门进屋。

常焰松了一口气，要是被云端知道云边再次被他拐跑了，云端非得使出毕生所学，把他给揍趴下不可。

他倒不是怕云端，但对方毕竟是云边的哥哥，现在云边的父母不在了，云端堪比长辈，以后他们两个结婚，也得征得云端的同意。

常焰回到车里，打开车窗，手肘搭在上面，眼睛一眨不眨地看着画室。

一楼的灯灭了，过了一会儿，三楼的灯亮了，估摸着云端准备睡觉了。

常焰突然想到什么，掏出手机给云边发信息："你平常洗漱都用什么？发给我，我去买。"

他把手机放在腿上，发动汽车。

云边的信息回得很快："我带过去就好。"

常焰："不用，你发过来。"

云边："好吧。"

常焰开到附近的超市，停好车，拿着手机冲了进去，搞得一旁的工作人员神经都紧绷起来。

云边："洗发水、沐浴露。"

常焰到了之后才看手机，以为会有一大堆东西，结果只有两样。

活得这么粗糙了吗？仙女怎么能这样？他把手机揣回兜里，开始自由选择。

他先在生活用品区扫荡一圈，又去了服装区，买了一套女士睡衣、一双拖鞋，回头又买了吹风筒、发绳，卫生巾也拿上了，似还觉得不够，又去买了个软软的枕头。

至于护肤品,超市里没有云边以前常用的品牌,而且六年过去了,她有可能换其他牌子了。

常焰想了想,没有瞎买,云边的皮肤容易过敏。

回到车上,他给云边发信息:"护肤品你带着,别的不用,我都买了。"

他车速很快,不一会儿就到了画室门口。

云边还穿着他那件黑色风衣,双手插兜站在门口,什么都没拿。楼上的灯还亮着,显然云端并没有睡。

常焰刚想下车,手机响了,他直觉不好,掏出一看,是安坤。

云边已经走到车边,笑盈盈地看着他说道:"你怎么这么快?"

常焰表情复杂地看向云边,她也注意到他的手机响了。

"我先接。"

"好。"

常焰接通,安坤简短地说了几句话,他"嗯"了两声,随后挂断,深深地吐出一口气。

云边见状轻声说:"有事你先去忙。"

常焰看着她,心里满是无奈,他真想把安坤踢出地球!

他狠狠地捶了一下方向盘,说道:"那我走了。"

云边点点头,转身要走,常焰突然伸出手,拽住她的胳膊,人从车窗探出来,另一只手扶住她的脑袋,轻轻地吻了上去。

这个吻只持续了五六秒,常焰便收回了身子,他恋恋不舍地摸了摸云边的脸,嘱咐道:"早点儿休息。"

云边退后几步,常焰倒车,车调了个头,云边还站在原地,眼里有着不舍。

常焰挥了挥手:"快进去吧,冷。"

云边点点头,直到车子开出小巷,她还站在风里,双手插兜,表情清冷。

安坤找常焰,是谈出境的事,时间定下来了,后天就走。这次要带上安小哲,也让他见见世面。

常焰知道这是安坤准备把一部分生意交给安小哲的信号。

常焰在安坤那里待到了凌晨才离开。他开着车行驶在深夜的街道上，地面的积雪已经形成了一层薄冰，在街灯的映照下，像被分割成一面面镜子，有点儿梦幻。但这种梦幻只会持续几个小时，待太阳出来后，冰便会融化成积水，积水又被地面吸收，就好像从没下过雪一样。

沈城就不会如此，那里的每一场雪都是令人震撼和难忘的。

车开得不快，常焰突然有些想云边了，他庆幸现在两人离得不远，身处同一个城市，吹着同样的风，她的出现让风都变甜了。

他在心里算着，或许三个月，或许半年，总归不会太久就可以结束任务，说不定那个时候云边还没有完成那五十幅画呢。

云边躺在床上，被子上还盖着一件风衣。她翻了个身，把风衣往上拉了拉，眼睛睁着，毫无睡意。

风衣上冷冽的味道一直弥漫在她的鼻间，有点儿扰她心神，但她不想把风衣拿开，她在这种失而复得的享受中沉沦，又担忧这是自己相思太久而做的一场梦。

这时，手机突然振动，她心里一颤，拿起床头柜上的手机，是常焰发来了信息，她抿唇笑笑。

常焰："到家了。"

云边看了一眼时间，已经很晚了。她不禁想起以前，常焰也是不管多晚，到家或者回宿舍了都会告诉她一声。有时她睡了，他也会发，像是必须汇报行程一样，给她足够的安全感。

云边立马回复："好的。"

常焰："怎么还没睡？"

云边："不困。"

常焰主动交代起来："刚刚去了趟公馆，见了两个男的，没女的。"

云边乐了："知道了。"

常焰又问："你在干吗？"

云边："躺着。"

常焰："躺在被窝里？"

云边想了想，回复："躺在你的衣服里。"

等了两秒，常焰没回，直接打来电话了。

云边接通："喂？"

常焰直截了当地问道："躺在我的衣服里是什么意思？"

云边捂着嘴咯咯笑，刚想说话，听到外头砰的一声，她愣了愣，好像是云端的房间里的声音。

云边果断下床，跑到云端的房间门口，推开门，看见云端蹲在地上，她忙问道："哥，你怎么了？"

云端从地上捡起唢呐，说道："唢呐掉地上了，帮我看看有没有坏。"

不是他受伤就好，云边松了一口气，她拿起唢呐仔仔细细地检查了一遍。

唢呐是爷爷传下来的。爷爷以前在文工团，会很多乐器，尤其是唢呐，吹得特别好，后来便把这个技艺传给了两兄妹，但云边没天赋，云端倒学得挺好，也一直练了下去。

来到长蓝以后，人们总嘲讽吹唢呐不吉利，云端便很少吹了，唢呐也存放了起来。

云边说道："唢呐没坏。你怎么大半夜把这个拿出来了？"

云端珍惜地把唢呐包好，说道："最近没事干，想练练。"

云边知道他闲不住，总得把一天安排得满满当当的才舒服，想了想说："那明天我带你去城东吹吧，那儿有个荒废许久的礼堂，很适合你练习。"

云端闻言，有些喜悦地点点头。

云边检查了一遍云端的卧室，确定没有其他的绊脚物，说道："那我去睡了，你也早点儿睡。"

"好。"

从云端的卧室出来，云边有些口渴，烧了点儿水喝，等回到卧室才想起来被她晾在一边的常焰。

云边拿起手机，看到屏幕还停留在通话界面，她唤了一声："常焰？"

那边没回应，只有均匀又绵长的呼吸声。云边关灯上床，把手机放到耳边，躺进被窝。

四周静悄悄的，只有手机里传过来的呼吸声，让她莫名觉得有些脸红，她把声音调到最大，闭上眼也睡了。

云边昨天睡得晚，早上不是自然醒来的，而是被耳边的嘈杂声给吵醒的。

摩托车的嘀嘀声，卖菜老板的吆喝声，油条下锅的刺啦声，还有常焰跟人对话的声音，但唯独他的声音不清晰，像是特意压低声音说话。

云边揉了揉眼睛，手机因为长时间处于通话状态，已经电量不足了，她从床头柜上找到充电器，给手机充上电，拿起来唤了一声："常焰？"

常焰飞快地回复："醒了？"

云边刚醒，声音有些沙哑："嗯，你在干什么？"

"给你买早点。"

"嗯？"云边愣了一下。

常焰语调轻快："豆腐脑、油条，怎么样？"

云边挑眉："这里的豆腐脑太甜了，不好吃。"

常焰笑道："那是你不知道哪里有卖咸口的。你洗漱吧，我大概半个小时后到你那里。"

他停顿了一会儿，又念叨："筋饼要不要？我知道哪里有卖。"

云边觉得好像一瞬间回到了沈城似的，筋饼、豆腐脑是沈城人最常吃的早餐，她轻笑着点头："行啊，那我挂了，手机先充会儿电。"

"好。"

南方人和北方人的生活习性，是刻在骨子里的不同。

云边和云端在沈城生活二十几年，乍一来长蓝，这里饭菜的口味他们吃不习惯，而云边做饭技艺不精，只会做那么几道菜，每回还不是炒煳了就是咸了淡了。云端是能不让她下厨就不让她下厨，可外面卖的饭菜也不如意，总之里外都不合口，生生地磨掉了他刁钻的口味。

云边起床收拾好自己后，去叫醒云端，给他准备好洗漱用品。

云端洗漱完随口问道："早上吃什么？"

正在煮咖啡的云边愣了愣，斟酌了一下语气，佯装自然地说："常焰一会儿过来，他买了早餐。"

闻言，云端一怔，云边那平静的语气，非常有力地说明了常焰和她的关系不寻常。她一向是个慢热的性子，能这么迅速地发展一段感情倒是少见。

云边表面上镇定地洗咖啡杯，实则呼吸都错乱了，忐忑不安地等着云端的下句话。

她不是故意去试探云端的，但她真的不想再等了，六年太久，她不想浪费和常焰在一起的每一分钟。

云边把咖啡缓缓倒入杯子里，匆匆地瞥了一眼云端。

云端神色平常地说道："好。"

好？云边一恍神，咖啡洒了出来，她慌忙拿过抹布擦桌子，嘴角轻轻上扬。

常焰到了画室并没有进去，发信息让云边出来拿，他看起来吊儿郎当的，其实也是个心细的人。

他知道云端对于云边的重要性，最主要的是现在的情况和六年前不一样。六年前他可以跟云端说自己对云边蓄谋已久，也可以不管云端同不同意都去追求云边，那是因为当时的他肯定自己能给云边一个美好的未来。

但现在，他无法确定自己是否还能给云边一个美好的未来，所以他心虚，既不敢用严火的身份也不敢用现在的身份站在云端面前。

云边拉住常焰的手，执意让他一起上楼。常焰不想辜负她眼中的期盼，悬着一颗心跟着她走上去。

云端已经坐在餐桌边了，一副等待服务的高傲模样。常焰又气又无奈，要是能够坦然相见，他保准把云端从椅子上踹下去。然而，现在的他连头都抬不起来。

常焰买了很多吃的，有油条、筋饼、豆腐脑、咸菜、小笼包等，市面上有的早点他全都买了。云边拿来碗筷，两人把早餐摆好放在桌子上。

两人落座，云边看了常焰一眼，发现他有点儿不自在，和上次来吃饭时那副唠唠叨叨的模样截然相反。

云边说："快吃呀。"

常焰顺从地拿起筷子，安安静静地吃了起来。

气氛好沉重啊，云边深吸一口气，埋头吃饭。

这顿饭吃得很安静，谁也没谈论一句好不好吃，三个人心思各异，各有担忧。

云边觉得心里闷得慌，常焰也是眉头紧皱，只有云端吃得津津有味。

终于吃完了，云端回到卧室，常焰端起碗进了厨房，打开水龙头，拿起洗碗巾，熟练地洗起碗来。

云边在一旁等着接他洗过的碗去冲第二遍水，问道："你平时也会做饭吗？"

常焰放下手里的碗，手指轻轻搭在云边的手腕上，将人从左侧拽到右侧："站这边，我比较顺手。"

等他洗完了一个碗，才回道："你说晚饭是吗？我晚上有事，没办法来找你。"

云边愣了一下，扭头撞上常焰的目光，说不清那目光里有什么，像是很多种情绪杂糅在一起，有沉重，有对她的眷恋和不舍，还有一丝恐惧。

她笑了笑，点头说道："没关系的，我知道你比较忙。"

这个笑融化了常焰担心自己听错话的恐惧。

洗碗台有点儿低，常焰微弓着腰，敞开的夹克碰到了水台。云边见状擦干手，弯腰帮他把夹克拉上。

常焰自觉地抬起手，转了个圈，面向云边。

云边把夹克拉链拉好，抬起头看向他。

四目相对，常焰此时的目光不含任何情绪，安安静静地看着她。

云边缓缓靠近他，双手搂住他的腰。常焰回抱云边，低下头，蹭着她的鼻尖。

两人像是有着某种默契，谁也不想放过任何一个可以温存的机会。他们心中更是有许多说不完的话，似乎只能用近到不能再近的距离来暂时抵消种种苦楚。

常焰声音轻柔："我明天要出门一趟，过两天回来。"

云边眸中闪过一丝担忧，问道："危险吗？"

常焰摇摇头，嘴角带笑："没危险，放心。"

云边不说话，抬手揉了揉他的头发。常焰不动，任她揉。

柔软的发丝在指间缠绕，云边的眼眶逐渐泛红，她别过脸，靠在常焰的肩头，不让他看到自己湿润的眼睛。知道他在做什么后，她就特别心疼他。

常焰的脸贴在云边的头顶，嗅着她的发香，干笑道："这么喜欢我呢？几天看不到就难过成这样。"

云边抿着唇，不让情绪外露："喜欢你还不好吗？"

常焰调皮地咬了一下她的耳朵，笑容有些坏坏的："巴不得你喜欢我呢，再多喜欢一点儿我也受得了。"

云边抬起头，认真地说道："好，未来很长，我每天都会多喜欢你一点儿的。"这话像在发誓，也像许愿。

常焰收起散漫的笑，同样认真地点头："那我努力让我的喜欢比你的再多一点儿。"

云边笑了，眼中似闪着璀璨的星光。

许是那笑容太过晃眼，常焰的心怦怦直跳，他用嘴唇蹭了蹭云边的额头，又蹭了蹭她的眼睛，最后缓缓地蹭到嘴唇。

云边迎接着他的吻。

这时，云端突然从卧室出来，手里拿着水杯，缓缓地走进厨房："顺便帮我把杯子洗了吧。"

常焰瞪了他一眼，低声骂道："该死！"

云端一边眉毛轻轻挑起："我听得到。"

常焰："……"

云端上午要去礼堂练习唢呐，云边准备送他过去，却临时接到了容老的电话，没有什么紧要的事，是上次在沈城没谈完的话题，关于她未来专注收藏画的发展方向。

常焰要去蓝海湾，想等云边讲完电话后打声招呼再走。

云端拿上手杖和唢呐盒，突然对常焰说："要不你送我过去？"

常焰："什么？"

云端强调道："我很急。"

常焰："……"

云端皱起眉头："送不送？"

这嚣张又霸道的语气，常焰在内心衡量了一下两人的身份地位——高高在上的大哥和有"前科"且披着"狼皮"的妹夫。

他点点头："送。"

云边还没打完电话，常焰过去低声在她耳边交代了一声，便带着云端走了。

出了画室，常焰走在前头，云端闻声缓慢跟上。

常焰上了驾驶座，忽然想到云端看不见，下车要给他开车门，但他做了一个制止的手势："我自己可以。"

常焰便坐视不理了。

云端说完目的地，两人便不说话了。

常焰开车间隙瞥了云端一眼，虽然他眼睛看不见了，但他的双眸还是和以前一样，坚定又充满力量，像是能穿透人心，直击人性的弱点。

眼盲心不盲，落魄但志不短，如同他永远挺直的脊梁一样，任何挫折和困难都不会打败他，也不会让他失去信仰。

北风执拗地往同一个方向吹着，刮来了关于沈城的久远记忆。

流不尽的汗，挥洒不完的热血，一同仰望梦想的兄弟。

如果没有失明，云端现在一定是穿着军装的。

命运多舛，兜兜转转，谁也想不到在这种境地下两人能再次重逢，一个失了双眼，一个弯了脊背，两种不同的不幸。

或许有朝一日命运垂怜，他们还能共同站在这片被星光照耀的土地上回看过往，只是不知道那时，他们会变成什么样。

一路无言，很快到了目的地。云端没来过这地方，需要有人带领。常焰下车默默地走在前头，让云端听着脚步声跟着他走。

礼堂破旧，里头的东西基本被搬空了，只剩下几张镶在地上拿不走的椅子，周围都是灰。

"你自己待着行吗？"

"可以。"

常焰"嗯"了一声，检查了一下四周，地上有些零碎的弹珠和卡片，墙角有几把扇子，估计平时有些大爷大妈或者孩子来这儿做活动。

他把可能阻碍云端行走的东西踢到一边，说道："那我先走了，云边一会儿就过来。"

"等一下，我有东西要给你。"

常焰挑眉，看到云端从呢子大衣口袋中掏出了一个被红布包裹的东西，伸手递给他。

常焰接过，打开包着的红布，里面是一串血红的菩提子。

常焰不解地问道："给我这个干什么？"

云端的皮肤在冷冬里显得有些苍白，他面无表情，声音懒散："保平安。"

常焰僵了一下，探究地看着云端的眼睛，看了一会儿，发现什么也看不出来，云端就像云边一样，不想让他察觉到的心理活动，任他再努力也看不出来。

他以为自己的表演天衣无缝，但这两兄妹早就把一切都看透彻了。

常焰哂笑了一声，把菩提子放回云端的口袋。他有许多话想说，但想来云端并不需要他多言，一串菩提子已经能传达一切情谊了。

常焰心领神会："这东西金贵，我平时大大咧咧习惯了，会弄坏。你帮我收着吧，心意领了。"

常焰拍拍他的肩膀，转身离开。

第七章　　暗网

缉毒大队，章回手拿一沓材料，放在会议桌上，打开投影仪，幕布上映出一张人脸。

众人纷纷抬头。

章回说道："这个人叫杨发任，港洲人，是某地产公司的经理，近来会到长蓝进购一批工程材料。据可靠消息，此人这次来会在进购的工程材料里夹带一批毒品……"

董嘉南面色阴沉地坐在会议桌旁，翻看着笔记本，港州人、辖阳人、桓城人……

最近行动都是抓外地的毒贩，本地的只抓些小鱼小虾，人倒是抓了不少，没一个详细审问的，他心里憋闷，不爽地把笔记本扣上。

章回看向他，没说什么。

会议结束的时候，董嘉南还是忍不住怒道："我说章队，这么多外地的都来长蓝是为什么？还不是因为毒源在这里！"

章回笑了一下，似早有预料："你想说什么？"

董嘉南站起来："铲除毒品源头不比抓那些小鱼小虾要有用得多？自己的地盘都管不好，还配合外地警察行动呢，真招人笑话。"

众人齐齐吸了一口凉气，有眼色的人赶忙拉着其他同事出了会议室。

门关上，屋里只剩下章回和董嘉南两人。

章回为人老练，面对下属的挑衅并不生气，平静地说道："最近怨气很重啊，是对我还是对你身上的这身警服不满？"

"自然不是对这身警服。"

章回看着他，不怒自威，淡淡道："那就是对我了。"

董嘉南不甘处于下风，深呼吸了两次，然后质问道："为什么我要查常焰你不让我查？所有跟蓝海湾有关的案件你都不给我看，你是不是在袒护他？"

"我为什么要袒护他？"

董嘉南咬咬牙，不是不敢说原因，而是他没有证据，穿着这身警服就要对说出口的每句话负责，而且他内心还是抱着一丝希望，希望不是他所想的那般。

"那你要怎么解释你的行为？"

章回笑道："你用什么身份来问我要个解释？你是我的领导吗？"

董嘉南噎住，他早就知道什么都问不出来，还会蹭一鼻子灰，但只要一想到章回和罪犯会暗通款曲，就觉得他们现在做的一切都很讽刺。

章回看穿了董嘉南的心理活动，但这件事不是一两句话就能解释清楚的，常焰的身份知道的人越少越好。

他俯视着董嘉南，语气平静地说道："最近的行动你都不用参与了。你这种状态就是去了我也不放心，回去休息两天，好好想想你要不要干这份工作，想好了再来找我。"

董嘉南愣了一下，又惊又气地瞪向章回："你要开除我？"

"我让你回去想想。"

董嘉南急了："有什么好想的！我没有错，为什么要反思？"

章回无奈地摇摇头，不再理他，转身就出去了。

晚上，董嘉南坐在画室一楼的柜台边，双臂交叉放在台面上，脑袋埋在臂弯里。

云端在柜台里看书，云边给董嘉南倒了一杯茶，安慰道："别委屈了，停薪留职也不见得是件坏事。你前阵子受的伤不是还没好，刚好这段时间养养身体。"

董嘉南抬起头，脸色阴沉，咬牙切齿地说道："我知道他给我停薪留职是想让我反思什么了。"

云边好奇地看向他。

董嘉南握紧拳头，愤愤地说："他想让我意识到和他们对抗会丢了工作，让我反思清楚，是要前途还是坚持正义。"

云边有些惊讶，董嘉南前阵子还张口师父、闭口队长的，就差把章回视为偶像了，这才过了多久，怎么发生了如此大的心理变化？

云端突然问道："那你想要什么？"

董嘉南沉默，他看向云边，想到了她曾说过的话——为了取得某个成果而去努力，和真正热爱而去努力是不一样的，前者在熬，后者是乐在其中。

在缉毒大队的这段时间，他白日黑夜连轴转，最开始他受不了这样的工作强度，但看到所有人都是如此，他不想叫苦，便这样坚持下来了，慢慢地对这份工作产生了一种敬畏心。

在一次追捕行动中，他和章回分别开车去围堵犯罪嫌疑人。章回开着车想都没想就往犯罪嫌疑人开的那辆车上撞，两辆车同时翻了，董嘉南吓坏了，下车就要去救人，却见章回灵活地从车里钻了出来，一刻也没有停歇地继续跑去抓人。

那个时候他才明白，不是真正的热爱是做不了这份工作的。这种热爱是对生命的敬畏，对罪恶的痛恨。

放在以前，董嘉南可能会犹豫，但现在他非常坚定地说道："我要正义，我要这世上没有罪犯。可能这个梦想太难实现，但我愿意用我一辈子的时间为之奋斗。"

云边目光笔直地看着他，恍惚间像是看到了许多熟悉的人——爷爷、父亲、叔叔、哥哥，还有严火。

董嘉南喝口水，仍在埋怨："我因为两个人明白了这个道理，可这两个人，在教完我道理之后，都变了。"

他说的这两个人，一个是章回，一个是云边。

董嘉南看向云边，眼里的情绪很复杂，问道："姐姐，你还记得你对我说过什么吗？"

云边听出了董嘉南的言外之意，她沉默不语。

董嘉南有些失望地笑了一下："你说你能明辨是非，你会克制，你说你不会爱上一个邪恶丑陋的人。那昨天晚上，你为什么会跟常焰在一起？"

云边愣了一下，问道："你怎么知道？"

"我说过我会找到常焰的犯罪证据,我当然要盯着他。"

云边深深地吸了一口气,后背渗出一层冷汗,她握着茶杯,抿唇不语。

董嘉南的目光毫不退缩,像是一定要看进人心里去,说道:"你还说,如果克制不住,一时迷茫,身边的人和环境会不停地敲响警钟,让你清醒过来。"

他的手搭在云边的手腕上,微微用力,希望她能听进自己的话:"姐姐,我现在给你敲响警钟。你不醒过来,我还会再提醒,你别再执迷不悟了,行吗?"

云边垂下头,头一次觉得无法直视董嘉南的目光,不是因为别的,而是她无法跟他解释这一切,所以不敢看他失望的神情。

"别让我瞧不起你,姐姐。"

云边如坐针毡,云端感受到了她的不适,打断了董嘉南的逼问:"云边,我想喝咖啡了,你帮我煮一杯。"

云边慌忙地抽出自己的手:"好。"她果断地跑上楼。

董嘉南无法理解地看了云端一眼,冷笑道:"你是她哥啊,你都不拦着她?"

云端不理他。董嘉南感到失望,也不再说什么,径自离开画室。

等脚步声彻底消失之后,云端喊道:"云边,下来吧。"

云边没上三楼,她知道云端晚上不喝咖啡,只是给她一个逃避的借口,听到云端喊她,便下来了。

董嘉南让她意识到,云端或许对她也是不解和失望,而她沉溺在重获爱情的喜悦里,全然忽视了云端的心情。

云边有些无措,但云端并未像董嘉南那样追问,反而来安慰她。

"愤怒有时会控制住一个人,他陷在自己的假设里,所以什么事情都会往坏的方面去想。这和你,和他的队长都无关。"

云端的这番话让云边突然惊醒,她跑出画室给常焰打了个电话。

电话响了几声才接通,那边声音嘈杂。

"喂?"

"你在忙吗?"

常焰正在谈事,他从办公室出来,边说边往门口走:"没,你说。"

云边听到电话那头人声消退,只剩风声,便把董嘉南的事说了,又问道:"他盯着你,会不会有危险?"

常焰笑道:"你问我还是他?"

云边停顿一会儿,实话实说:"都有。"

常焰不开心了:"他是你朋友?关系很好吗?你关心他干吗?"

云边皱起眉头,背着风:"常焰,我说正经事呢。"

常焰低头踢着石子:"我也说正经事呢。"

云边叹了一口气,妥协道:"挺好的朋友,而且,他是个好人。"

常焰嘟嘴:"那我呢?"

"你?"云边愣了会儿神,"也是好人。"

"云边!"常焰又气又觉得好笑,"我问的是,我是你的什么人。"

云边"哦"了一声,摸着嘴唇,轻声答道:"男朋友?"

常焰又不开心了,嘟囔道:"还疑问句?这么不愿意给我名分?"

云边摇头:"不是,我怕会影响你。"

常焰故意曲解她的意思:"有什么好影响的?我不当备胎,就要当你的正牌男友。"

云边笑了,风吹得她有些冷,但她的心口发热,低声道:"知道了,男朋友。"

常焰摸了摸耳垂,笑道:"这还差不多。"

"那董嘉南的事?"

"别在电话里说,我知道你的意思,我会解决好的,放心。"

云边"嗯"了一声,又惊呼道:"那我刚刚说了那么多,有没有关系?"

常焰装模作样地想了一会儿:"你亲我一下,就没关系了。"

云边:"……"

"亲不亲?"

败给他了,云边红着脸对着手机亲了一下。

"哈哈!满足。"常焰乐开花了。

董嘉南离开画室后又去盯常焰了，发现对方深夜带着行李开车去了安坤家，他立马跟上。他在外头守了一夜，早上看见几辆车前后驶出，他悄悄地跟上，一路跟到了出境的口岸。

他没有带护照，当下不能出境，慌忙跑回家收拾一番，带上证件，办理出境事项，五六个小时之后才到了境外。

根据推断，他猜测常焰一行人是去了南国，长蓝的大部分毒品都来自那里。

董嘉南给自己伪装了一下，戴了个半遮面的假发，穿上破洞铆钉裤，胳膊上贴上文身贴，又搭了一辆摩的，去了金夜公馆。

金夜公馆是南国有名的销金窟，是不法分子的聚集地，很多非法活动都是在这里进行的。

董嘉南猜测常焰一行人会来公馆，到了地方后就在外头等着。

冬夜寒风萧瑟，干等着能冻死人，他便找了家大排档，点了一碗馄饨狼吞虎咽地吃着，还不时地往公馆那边张望。

金夜公馆占地面积约有上万平方米，金碧辉煌，比电视剧上海滩里最大的歌舞厅还要气派，公馆那头吹过来的风似乎都带着钱的味道，腥臭，但很诱人。

董嘉南囫囵几口把馄饨吞下肚，举起碗，咕嘟咕嘟地把汤也喝干净了。

吃完，他又去了旁边的小商店，买了一件棉大衣、一双棉鞋垫、一包压缩饼干和一瓶白酒。

把东西都揣进棉大衣兜里，他继续闲逛，逛了几圈发现一批穿着破旧但目光如鹰的人，他们四下观察着过往人群，像是在寻找客户一般。

董嘉南和其中一人对视上，那人主动凑到董嘉南面前，笑嘻嘻地问道："东国人？"

董嘉南懒洋洋地"嗯"了一声。

"想找人？"

董嘉南愣了一下，快速在脑海里过了一遍自己的行为举止，有露馅的地方吗？

男人自信地说道："像你这样来找人的，每天不下十个，想找什么人，我都能帮你找到。"

董嘉南眯起眼睛,思忖几秒,明白了对方是什么意思,他若有所思地点点头,问道:"怎么收费?"

男人笑道:"看你要找的是什么人了。"

董嘉南掏出烟,递给男人一根,他担心太过急切会惹人怀疑,和这人闲聊了几句便去公馆后头晃悠了,碰到其他"包打听"的,他都随便聊了聊,从破碎的信息里拼凑出有用的。

在这些人嘴里,他们不知道常焰,倒是都知道安坤,而安坤也确实是这里的常客。提到安坤,就不得不说到他的得力干将,虽然只是只言片语,但董嘉南也对得上号,这个得力干将绝对是常焰。

果然,他没有来错地方,等他带着一箩筐的证据回去,看章回和云边还能说什么。

安坤一行人到了南国后直接去了秦溯的大本营。

秦溯的营地建在半山腰上,防守森严。进入营地前,众人先被搜了身,收走了武器和通信设备。

晚饭的时候,安坤问起了汪健成。

秦溯略微皱起眉头,烦躁地说:"那个该死的老家伙,说什么都不肯研制。"

安坤笑道:"看来秦公子搞不定啊,我还以为这次能拿到'新药'呢。"

"新药"是市面上新推出的毒品。秦溯手下的研发团队目前技术欠缺,所以把主意打到了化学教授的身上。

秦溯举起酒杯,冷哼一声:"不是我搞不定,主要是那老头子太金贵,我没舍得用大刑,要是真用上了,他一定立马求饶。"

安坤毫不在意地说道:"不同意就把他的家人抓来,总能让他屈服。"

秦溯挑了挑眉:"老头子丢了,东国的警方肯定会把他的家人监控起来。我离得这么远,不知道具体情形,还是得你们帮忙。你们离得近,动手也方便。"

安坤喝了一口红酒,并未马上回答,而是看了常焰一眼。

眼神对视间，常焰明白了安坤的意思。

他插话道："坤哥，这抓人可不是件容易的事，更何况是在警方的监控下……"

常焰话没说完，安坤就拍了一下桌子，呵斥道："哪那么多事？都是一家人，秦公子赚钱我才能赚到钱，双赢的事，哪有不帮的道理！"

他们两个一个唱红脸，一个唱白脸，演给秦溯看。

三个人就这事讨论了几个来回，常焰虽然被安坤一次又一次地呵斥，但还是把中间的难处给说清楚了。秦溯也是个机灵鬼，半推半就地往下谈。

一旁胡吃海喝的安小哲看不出里头的门道，笑呵呵地插话："焰哥，我爸都说了没事，肯定没事，你办不了我来办。"他拍拍胸脯，自信地看着他们。

安坤："……"

秦溯双手一拍："好，小哲越大越能干了，明天哥带你去金夜公馆玩，你还没去过那里吧？"

安小哲连连点头："好啊好啊。"

常焰突然说："秦公子，不如让我去见见那位教授。"

秦溯不在意地说道："行啊，你去见见，要是有办法搞定他那就再好不过了，但不能伤到人啊。"

常焰点头："放心放心。"

安坤疑惑地看向常焰，不知他为什么突然想见汪健成，但转而一想，常焰点子多，说不定有什么主意，便没有制止他。

饭后，秦溯让手下带着常焰过去，其余几人没兴趣看老头子，到娱乐室看节目去了。

常焰跟着对方来到了囚禁区，一路上到处是看守，每隔一段路都有监控，很难把人给营救出来。

一行人进入地下室，来到关押汪健成的那间屋子。墙面上装着一块巨大的玻璃，可以清楚地看到里头的情况——十多平方米的空间，一张床、一个马桶，再无他物。

汪健成安安静静地躺在床上，他面色苍白，不知是不是温度太低，盖着被子也掩不住身体的颤抖。

老人家已经七十高龄了，满头白发，身子瘦弱，裸露在外的皮肤皱皱巴巴的。

房间里的灯非常亮，像是为了方便看守的人随时观察里面的情况，也像是刻意不让汪健成舒舒服服地睡觉。

常焰眉头皱起，又迅速松开，神色自然地问道："他是病了吗？"

看守的人面色冷酷，回道："不知道。"

"我进去看看。"

对方打开囚禁室的门，常焰走进去，发现里面的温度果然很低，空气中还散发着一股霉味。

汪健成察觉到有人进来了，身子动了一下。

常焰走到汪健成身边，摸了摸被子，很薄。他掀开被子，老人身上的衣物已经脏得不成样子了，好在身上没有受伤的痕迹。

他接着往下掀，被子彻底掀开之后才发现，伤都在下肢。

老人的双脚满是伤口。

常焰咬住后槽牙，竭力平稳呼吸。

他的余光扫了一眼外头的看守，手指轻轻地捅了一下汪健成，嫌弃地说道："都快臭了，还睡得着？"

汪健成眼睛睁开了一条缝，模糊中看见一个眼眶发红的年轻人站在自己面前。

过了一会儿，看守的人朝里看。

只见常焰蹲下身，像逗小狗一样地朝汪健成吹了个口哨，发现对方不给反应，似是没有兴趣一般，把被子随意地给他搭上，转身走了。

囚禁室重归寂静，汪健成的手里多了张小纸条，他蠕动了一下身体，颤颤巍巍将被子拽到身上，把脑袋也盖住了。

透过薄薄的被子，还能看到光亮，汪健成冻僵了的手缓缓地打开纸条——先活下去。

他确认纸条上只有这四个字后，将纸条放进嘴里，吞了下去。

董嘉南在金夜公馆外守了一天一夜，终于等到了常焰，和他同行的还有一群人，他们有说有笑地进了公馆。

董嘉南数数兜里的现金，想了想，又取下脖子上的金项链，这是过世的奶奶留给他的，他把项链握在手里，咬咬牙进了公馆。他在里面转了两圈后，终于在人群中看到了常焰。

常焰面前放着一堆筹码，荷官还在不停地给他拨过去新的。

待他对面的赌客离开后，董嘉南抢到了座位，把筹码放在台子上："来一把。"

常焰叼着烟，抬起头，当下没认出来对面是谁，定睛看了半天才发现是董嘉南。

他似笑非笑地说道："好啊。"

荷官是个美艳的女人，手脚麻利，快速地分发着纸牌。

很快，牌局进入白热化阶段。

常焰面前的筹码越堆越多，董嘉南面前的最后一摞筹码已经被荷官推走了。

董嘉南紧绷着脸，把项链拿了出来，豪气地说："再来！"

不出意外，一把牌过去，项链再次被荷官推走。

董嘉南却突然伸出手，按住项链。

常焰轻轻地"啧"了一声，扬了扬嘴角，像是在笑。

旁边的看客说道："愿赌服输。"

董嘉南冷哼一声，大吼道："他出老千！"

有人说他玩不起，有人疑惑地看向常焰。

常焰沉默几秒，突然站起身，把所有的筹码都推回董嘉南的位置，玩世不恭地说："既然玩不起，还你吧。"

董嘉南怔住，他本想找点儿事方便把常焰带出公馆，却没想到对方会是这个反应。

常焰趁他愣住，撤离现场，往楼上走。

董嘉南迟疑几秒，把项链揣回兜里，追了上去。

常焰走得不快，和董嘉南保持着不远不近的距离，既能让他看得到自己,又让他追不上,溜了他几圈后,拐进卫生间。

董嘉南跟了进去,每个隔间都找了一遍,却没看到常焰。他心一惊,转头看见窗户是开着的,窗户底下有人影闪过。

他想也没想就从二楼窗口跳了下去,看见了跑在前头的常焰。

常焰跑得很快,专往没人没灯的角落跑,董嘉南凭着一股劲儿追了上去。直到灯光越来越昏暗,他才意识到自己已经跑很远了,此刻也不知身在何处。

这时,常焰停住了,董嘉南提高警惕,缓步走上前。

常焰面带微笑,仿佛一切都尽在掌控中。

董嘉南倏地冲过去。常焰一个侧身,左手抓住他的右手腕,一脚踹在他的胸口处。

董嘉南被踹得退后几步,又挥出拳头,不由分说地朝常焰打了过去。

常焰握住他的拳头,脚踹他的膝盖。

董嘉南被踹倒在地,常焰用腿压住他的身体,把他的外套撕裂,扯下几根布条,用布条把他的双脚和双手绑在一起,随后又拽了些荒草,团成一团塞进他的嘴里。

董嘉南瞪着他,发出阵阵吼声。

常焰喘了一口气,从他的衣服口袋里翻出手机:"借电话一用。"随后站起身,缓慢地拖着董嘉南往前走。

常焰拨出号码,待电话接通后,说道:"能不能让我没有后顾之忧?定位这个手机。"

电话挂了,他把手机放回董嘉南的口袋,又掏出自己的手机拨了个电话。

他的声音温柔,回荡在空旷的荒野中:"在干吗?有没有想我?"

"我啊,"常焰笑了一声,"遛狗呢。"

董嘉南的胸膛在荒草地上摩擦着,他喘不上气,体力也到了极限。

他蹬了下腿,常焰没搭理他,继续说道:"晚上凉,睡觉的时候盖好被子。这两天我有点儿不方便,没法总联系你,你别担心。"

"很晚了,你早点儿睡。"

电话挂了，常焰顿了几秒，低头嘟囔道："忘说晚安了。"

董嘉南感觉自己被拖行了几百米后终于停下了。随后他听到车门打开的声音，接着他又被常焰拎起，扔进车后座里。

他愤怒地发出一些模糊的声音。常焰不搭理他，直接发动汽车。

透过车窗，董嘉南看到了漆黑的天空，然后看到了路灯。他心里忐忑不安，不知道车要开去哪里，常焰又会用什么方式解决自己，是水淹还是土埋？也可能把他扔到森林里，让野兽啃食他的身体。

此刻，愤怒不在了，恐惧涌上他的心头。他后悔了，他太鲁莽了，如果就这样不明不白地死了，不是在工作中，也不是在战场上，而是死于私自行动，这种死因实在太屈辱了。

他想说话，不管跟什么人说，哪怕只是随便几句废话也行，他呜呜地叫了几声，但常焰还是没搭理他，一直沉默地开着车。

车开了一个多小时，终于停下了，常焰下了车。

外面漆黑一片，董嘉南以为这儿是抛尸地，可常焰并没有打开车门，他的脚步声越来越远，直到听不见。

天光显现，董嘉南一夜未眠，他的眼睛通红，手脚都被勒出血了。不得不说，常焰很厉害，只用一件衣服就把他困在了车里，他的五根手指都被布条缠绕着，别说解开捆绑，就连动动手指都很费力。

车是锁住的，车窗留了一道缝，董嘉南虽出不去，但也不会被闷死。

他用头去撞车窗，但丝毫没有用，体力也到了极限，加之寒冷，他已是奄奄一息。

就在他觉得要被冻死的时候，车门打开了，驾驶座上来一个男人。

他以为是常焰，但抬头一看，后脑勺光溜溜的，非常熟悉。

董嘉南瞪大了眼睛，难以置信。

章回回过头，和他四目相对，静默半晌，长长地叹了一口气："看你把自己搞成什么样了，真给我丢脸。"说完，章回帮他解开了束缚。

董嘉南又震惊又疲惫，而章回那带着心疼的眼神给了他一丝慰藉和安全感，在身体放松的瞬间，他昏睡了过去。

短暂的休息之后，他终于回过了神。

好像有很多不对劲儿也说不通的地方，但若是一个他从未想过的假设，所有的事情便都合理了。

常焰是卧底。想到这里，董嘉南起了一身的鸡皮疙瘩，汗毛也竖了起来。

章回以为他冷，把身上的棉大衣脱下来给他披上。

大半天的车程，二人终于回了长蓝。到了董嘉南家楼下，章回回头，发现他已经醒了，就是那模样，实在狼狈。

董嘉南头发杂乱，跟鸡窝似的，上头不是泥巴就是草屑，下巴上的胡楂沾着黑色的血迹，还有那眼神，呆愣愣的，毫无生气。

董嘉南如同行尸走肉般下了车，他抬头看了一眼湛蓝的天空，转头对章回说："章队，对不起。"

章回无奈地笑笑，拍了拍他的肩膀："休息两天，伤好了就赶紧回来上班，这两天少了一个干活的人，要累死队里的老家伙了。"

董嘉南点点头。

章回还想说什么，但看到他那副罪犯般的打扮，感觉牙疼，推了他一把："再看你一眼我都想把你抓进去，赶紧回去。"

章回驾车扬长而去，董嘉南想掏手机看看时间，却在口袋里摸到了那条金项链。

金色的项链在阳光的照耀下有些晃眼，他倏地想起了常焰那张扬又戏谑的脸。

其实，常焰长得挺帅的。

这天，孙晨晨来到画室。她面色蜡黄，神情倦怠，眼神也飘忽不定，她穿着一件又厚又长的羽绒服，还觉得冷似的，时不时地打激灵。

云边给她倒了一杯水，她点头道谢，开始整理画布，准备画画。

云边坐在另一边画，时不时地瞥孙晨晨一眼，感觉她有些不对劲儿。

孙晨晨突然回头，和云边的视线相撞。

云边也没觉得尴尬，问道："你今天怎么了，是不是不舒服？"

孙晨晨的眼眶突然就红了，随后哭了起来。

云边很少见到这种场面，一时有些无措，不知该安慰还是就让她安安静静地哭。

孙晨晨哽咽着说道："姐姐，我可能去不了沈美了。"

云边看了看她的画，说道："也不一定啊，不是还有时间吗，你努把力，争取一下。"

孙晨晨摇头："不是这个原因。"

云边不解。

孙晨晨闭了闭眼："都是因为我的父母不够有钱，都是他们的错，所以我才……"她支支吾吾半天，最后还是摇头。

云边感受得到她的失落和委屈："不如你卖画赚钱，我可以介绍一些平台给你，你尝试下投稿，画一些简单的。"

孙晨晨抬头："那我的画可以卖多少钱？"

云边想了想，说："新手最开始的价格不会太高，你的画差不多三位数。你可以参加一些绘画比赛，要是能拿到名次，画的价格就可以上一个档次……"

孙晨晨打断她的话："才这么点儿钱，那我得画多少啊。"

她眼含泪花，楚楚可怜地望着云边："姐姐，不然你给我介绍几个大客户？你平时供稿都供不过来，还不如把客户资源分我一点儿。"

云边尽量委婉地说道："他们都比较挑剔，对成品满意才会付尾款。"

孙晨晨的脸一下子垮了下来，带着一丝怨气："都是你介绍的人了，怎么还好意思对我挑剔啊，姐姐你就是小气。"

云边沉默了一会儿，平静地笑笑，不再说话。

她不否认孙晨晨的说法，但她的确不愿意提供这种帮助。介绍客户过去，如果画得好，她算做了件好事，如果画得不好，会砸掉自己的口碑。孙晨晨的画工无疑是达不到客户要求的。

孙晨晨在画室待了一下午，她的状态很不好，一直说冷，云边把暖气开到最大，她还是觉得冷。

一直到晚上八点多，画室要关门了，孙晨晨才离开。云边看她走路的姿势很奇怪，摇摇晃晃的，像随时就要晕倒。

她有点儿不放心，跟云端说了一声，披上大衣出门了。

孙晨晨走了有一会儿，但云边知道她家在哪里，便按照她回去的路线追上去。

她走出巷子,途经几栋废弃的老居民楼,拐进一条胡同。

云边走得快,没一会儿就看到孙晨晨了,有一个男人在跟她说话,男人打扮得流里流气的,脑袋和眼睛都很小,两颊饱满,长得有点儿像松鼠。

"松鼠男"说着说着就上手了,搂住站都站不稳的孙晨晨,往胡同深处走。

孙晨晨的状态很虚弱,让云边看不出她是不是自愿的。云边从地上捡了一块拳头大小的石头,跑了过去。

胡同昏暗,孙晨晨靠在墙上,"松鼠男"蹲着在脱她的衣服。

云边飞快地跑过去,一石头砸在"松鼠男"的脑袋上,趁"松鼠男"倒地之际,她拽起孙晨晨就要跑。孙晨晨却一把推开她,扑向地上的"松鼠男"。

云边不知道她要干什么,只想赶紧带着她离开,急声道:"快走啊!我们打不过他!"

孙晨晨又一次推开她:"你别管我,我跟他认识。"

认识?云边一瞬间蒙了。

孙晨晨的手颤抖得厉害,脸色也极其不好,她焦急地去掏"松鼠男"的口袋,好像在找什么。

"松鼠男"扶着脑袋龇牙咧嘴地站起来,把孙晨晨在找的东西扔给她,转而看向云边,问道:"这是你朋友?"

孙晨晨没搭理"松鼠男",她的注意力都集中在这东西上。

云边这下终于明白了,这两个人不仅认识,还在进行着某种交易。

她感到恐惧,往后退了几步,对孙晨晨说道:"你疯了吗?你这样会彻底失去你的梦想!"

灯光昏暗,孙晨晨的手在不停地打战,听见云边的话,她愣住,脊背抽搐两下,像是在哭,随后又表情狰狞地看向云边,眼神中带着恨意:"你要是愿意帮我,我还会失去梦想吗?"

"松鼠男"不明所以地看着她们,这两个人不像是朋友。

云边轻轻地叹了一口气,这事她管不了,她不再浪费口舌,拔腿就跑。

孙晨晨突然开口对"松鼠男"喊道:"她认识警察,别让她跑了,抓住她!"

"松鼠男"人一愣,暴躁地吐了口唾沫,怒道:"不早说!"随后像屁股着了火似的去追云边。

孙晨晨仰起头,看着黑暗的天空,喃喃自语:"只有我一个人失去梦想,多不公平。"

冷空气灌入气管,云边感觉从喉咙到肺都疼得厉害,"松鼠男"在后头追,两人的距离不断缩小。

眼看着就要跑出胡同了,运气好的话,出去或许就能看到路人。

这时,胡同口出现一个身影,是个身形健壮的男人。

云边心里一喜,朝着男人跑过去,张口要喊。

后头追着的"松鼠男"先一步喊道:"大刚,抓住那个女人!"

云边已经收不住速度了,惯性让她冲到了那个叫大刚的男人怀里,她的运气实在不好,被逮个正着。

云边被绑上车,左边是手舞足蹈的孙晨晨,右边是大刚,她的手脚被捆住,嘴巴也被贴上胶布。

大刚用力地搂住她,不让她动弹。

云边生无可恋地看着前方,缓慢地平稳着呼吸,打不过也沟通不了,这下有点儿难搞了。

大刚凑到云边的脖子处猥琐地嗅了嗅:"耗子,这女人长得好看啊。"

耗子烦躁地砸了一下方向盘,怒道:"什么时候了你还有心情看女人,现在该怎么弄啊?!"

大刚随口回道:"现在焰哥和小哲都不在,我们只能找隆哥。"

耗子点点头:"也只能这样了,挨骂总比出事强。"

焰哥?小哲?他们是常焰那一伙的吗?

耗子又问道:"隆哥在哪儿呢?"

大刚还在闻云边,回道:"林玥那儿。"

耗子打了下方向盘,骂道:"他俩怎么又搞到一起了?焰哥头顶都绿得冒光了。"

大刚边掏手机边说："焰哥愿意，咱们管那么多干吗。"

"你拿手机干吗？先别给隆哥打电话。"

"怎么？"

耗子支吾了半天："我怕他说不管。"

大刚干笑道："那直接把人送过去，不骂死我们？"

耗子扶额，想了半天，勉强想到个比较好的借口："就说送个女人给他，隆哥喜欢她这种类型的，等他见到人了，咱再说事。"

大刚想了想，把手机揣回兜里，说道："行吧，挨骂总比计我们动手强。"

耗子心情沉重地开着车，孙晨晨披头散发，手舞足蹈，不停地喊叫。大刚蠢蠢欲动，掐住云边的腰，用力一提，把她放在自己的腿上。

难闻的气味充斥在云边的鼻腔，她下意识地作呕。

耗子看了一眼后视镜，喊道："你没见过女人啊？"

大刚的头贴在云边的脖子上，喘着粗气道："没见过这么好看的。"

云边难受极了，借着车身晃动，她动了下腿，膝盖狠狠地撞击大刚的档部。

大刚痛得叫了一声。

云边从大刚的腿上下来，坐回座位上，想离他远一点儿，没料他愤怒地抬起头，一巴掌扇在云边的侧脸上，"砰"的一声，云边的头撞在了玻璃上。

大刚还想继续往云边身上凑，被耗子制止："你可给我安分点儿吧，马上就到地方了。"

大刚这才作罢，又愤愤地踹了云边一脚。

孙晨晨在一旁笑得颠三倒四，倒到了大刚身上。

大刚厌烦地推开她，说道："这女的真烦人，坤哥不是不让咱们这些人碰那玩意儿吗，小哲怎么还让你给她？"

"小哲喜欢她，她要什么就给什么，美女在怀，谁还听爸妈的话啊。"

云边静静地听着两人的对话，她额头上都是汗，脑子飞快运转。记得陈香说过，安小哲是她儿子，常焰跟安小哲、安坤都交好，想必他的地位非常高了。

林玥是常焰的人,她也见过,上次林玥眼神中对自己的敌意她记得很清楚,如果一会儿碰到林玥,她可能会更惨。

如果提常焰的名字,不知是会起到正面效果还是反面效果,如果提安坤的老婆陈香呢?

车到了玥玥发廊,大刚扛着云边,耗子在后头跟着,几人上了二楼。

包房门都开着,一间屋子里亮着灯,有几个人在里头打牌。

耗子敲了敲门,规矩地站在门口,按照计划好的说辞对张隆说道:"隆哥,你们玩着呢?那个什么,我和大刚给你送个女人。"

太突兀了,云边都替他尴尬。

屋里的几个人哄笑出声,林玥也抬起头,挑眉看着他们。

张隆抽了口烟:"你们什么时候有这个觉悟,知道照顾我的私生活了?"

又是一阵哄笑。

包房里头宽敞,桌椅、床铺、沙发都有,耗子和大刚硬着头皮走了进去。大刚把云边往床上一摔,拨开她的长发,挑起她的下巴,让张隆看。

"隆哥你看,喜不喜欢?"

张隆随便扫了一眼,复又看牌,停顿两秒,抬头认真地看了看云边。

黑胶带将云边的嘴粘得严严实实,张隆没认出来她是谁,但这样貌着实吸引了他。

女人皮肤白皙,眉眼冷清,长发如瀑,双眸湿润动人,此刻神色平静地和他对视,眼中的情绪让人看不透彻。

张隆打量着她的眉眼,心想若是她戴上一副眼镜,会有一种温雅的书卷气。

他放下手里的牌,笑道:"你们俩行啊,知道我好这口。"

众人皆打量起云边,林玥眼尖,认出了她,当下脸就黑了。

耗子和大刚对视一眼,耗子把刚刚发生的事交代出来。

林玥讽刺地笑道:"你俩这是送个麻烦过来啊。"

张隆摆摆手表示不计较:"这点儿小事,哥能解决。"

耗子心里的石头总算落地了。

张隆走到云边身旁,摸着她的脸颊,仔细看的时候才发现有点儿面熟,他刚想出声询问，一旁的林玥马上把牌收了起来，吆喝道："走走走，去下面玩，别耽误了隆哥的好事。"

众人轻笑，在林玥的催促下鱼贯而出。

屋里只剩下张隆和云边两人，地上都是烟头，房间里烟雾缭绕。

张隆撕开云边嘴上的胶布，眯眼仔细看了看她："你不是上次拉扯常焰的那个女人吗？"

云边轻轻地眨了眨眼，试探性地点点头："我是他的女朋友。"

张隆瞬间笑出了声，左手在她纤长的脖颈上微微游移："傻女人，怕不是被他骗了吧，他心里只有林玥一个。"

云边一阵慌乱，没想到这个说辞没有一点儿说服力，她神色平静，脑海中继续想着其他说辞。

张隆伸手将云边推倒在床上。云边的双手被捆在身后，毫无反抗的能力，一双眼睛镇定地看着张隆。

张隆玩味地看着她的反应，觉得她很有意思，既然她不反抗，那他也不会用暴力，伸手去解她的大衣扣子。

大衣被解开，张隆开始解毛衣扣子，解了几颗，似没了耐心，一把扯开了毛衣，又露出了里面的保暖内衣，他扶额，这是穿了多少件？

他懒得脱了，俯身去吻云边。

云边狠狠地咬住唇，不让这种恶心的感觉打扰她的思绪。她看到门开了一条小缝，外头很黑，不知道是风吹开的还是有人推开的。

云边的心跳得很快，她面色苍白，但语气平稳，镇定地说道："我想，你不该这样对我，我不喜欢被这样对待。还有，常焰很喜欢我。"

张隆头也没抬，嗤笑一声。

云边不在意，她要的不是张隆的反应，而是门外人的反应。果然，门缝又大了一些。

云边继续说道："今天的事情，常焰肯定会知道，因为陈香会告诉他的。"

送画那天，她在安坤公馆里见过张隆和林玥，所以他们应该知道，自己和陈香是朋友。

张隆抬起头，非常不耐烦地说道："我不喜欢在这个时候听女人说话，你乖点儿，我就不打你。"

云边无所畏惧地看着他："是香姐让我盯着孙晨晨的，我在这之前已经给她打过电话了。"

张隆听得烦躁，抬手给了云边一巴掌，力道不轻，云边的脸倏地变红。

她嘴角渗出血迹，依旧一副无所畏惧的样子，继续道："所以我不见了，香姐过不了多久就会知道是你们干的，这事她会告诉常焰，到时候常焰……"

张隆彻底没了耐心，又是一巴掌扇过去，怒道："给我闭嘴！唠唠叨叨地念故事呢？我还怕常焰吗？"

他一把将云边翻了个身，用力去扯她的裤子。

云边垂下眼睫，一字一句地说道："你不怕，有人怕，我有点儿什么事，玥玥发廊的所有人都要死。常焰非常非常喜欢我。"

突然，门被大力推开，林玥冲了进来，一把将张隆推开，她的胸口上下起伏着，情绪很激动："别碰她！"

张隆郁闷地抬头，问道："搞什么？"

林玥吼道："我说别碰她！给我滚出去，滚出去，滚！"

她像发了疯似的，这种激动是毫无理智的，更像是受了某种刺激。

张隆指着她，怒气也被勾了起来，骂道："你有病吧？！"

林玥拿起烟灰缸就往张隆身上砸："滚！"

张隆真想揍她，但她背后有常焰，他多少还是有些忌惮，竭力压下怒火后，甩门离开。

云边松了一口气，差点儿哭出来，但事情还没结束，她不能露怯。

林玥浑身颤抖，把云边身上的绳子解开。

云边看她一眼，发现她眼里满是泪水。

林玥咬牙切齿地说道："今天是我救的你。"

云边点头，系上毛衣扣子："我会跟常焰说的，他不会迁怒于你。"

林玥的心情，就如同刚刚张隆的心情一样，很生气，但不得不忌惮。她清楚地知道，常焰不爱她，但他对云边是不一样的。

云边的话，也让林玥想到上次自己被常焰打，她瞬间不寒而栗。玥玥发廊的人都会死,这可能不是一句玩笑话,更何况,云边说得如此自信。

林玥此刻的大脑被恐惧占领,看见云边一只脚光着,她去找了双鞋,甚至蹲下身要帮云边穿上。

云边没理她,脱掉另一只鞋,直接站在了瓷砖地面上,她的脚很白,脚背上的青色血管清晰可见,脚指甲上没有涂指甲油。

原来常焰不喜欢涂指甲油的女人。

云边站直身子,穿好大衣,拍了拍身上的灰,镇定地昂起头:"不用了,谢谢。"

这是林玥第二次觉得自己的尊严被人踩在脚下,上一次是常焰打她的时候。这种感觉,让她非常不争气地掉了几颗泪珠。

林玥说道:"我送你。"

云边淡淡地笑了一下:"帮我打个车就好。"

云边转身离开,林玥跟在她身后,像仆人一样卑躬屈膝。

云边的脚心有伤口,地面留下了血痕。林玥低头看着那猩红的痕迹,觉得那脚印都和别人不一样,透着股高高在上的疏离感。

除了张隆,其余人都还在,他们目瞪口呆地看着云边姿态优雅地下了楼,一步一步,走得非常淡定。明明一点儿都不张扬,但这种气场让许多人下意识地噤声。

云边走出发廊,众人回过神,面面相觑,觉得刚刚的一切都太奇怪了,林玥奇怪,他们自己也奇怪。

林玥送走了云边,她看着黑暗中的出租车渐渐远去,恐惧还是不得消停,掏出手机,想了想还是给陈香打电话。

这事还是得汇报一声,万一云边转头陷害自己就完了,她得让所有人都知道,是她救的云边。

电话那头的陈香对林玥所说的事毫不知情,林玥不好多问,脑子跟糨糊似的挂断了电话。她站在原地呆愣许久,终于反应过来,她刚刚是被利用了。

林玥回了发廊,沉默地上楼,进了包房,她身子一软,瘫倒在地,眼泪终是抑制不住地大颗大颗地往下掉。她真的被利用了,原本今天的事只要在场的人不说，没人会知道。

可她偏偏被云边那几句似是而非的话给吓到了。这个女人明明已经落入这种境地了，还能保持着镇定，真是可怕！

此刻，林玥十分悔恨，恨自己不够冷静，轻轻松松就被云边给拿捏住了。

第二天，陈香约云边出去吃饭。

两人去了一家火锅店，她们点了一小壶黄酒，温热之后，配着新鲜的牛肉和沙茶酱，边吃边喝边聊天。

陈香本就是个聪明人，昨晚林玥的那通电话，她稍微一想就大概知道是怎么一回事了。

云边今天戴了条丝巾，隐约能看到脖子上的掐痕，她的手腕上也有一圈红色的勒痕，看着就疼。

云边往火锅里放牛肉和菜："抱歉，昨天实在不得已才提了你的名字。"

陈香捏着酒杯："这有什么，差点儿都要死了，还说抱歉呢，你心可真大。"

火锅店内很热，窗户上满是水汽，云边浅笑，没有接话。

陈香是真喜欢她这副不卑不亢、云淡风轻的样子，说道："以后你有什么事尽管找我，常焰那家伙不顶用，我来罩着你。"

云边睫毛轻扇，微微向前倾了一下身子，问道："你没有告诉常焰吧？"

"他忙，我昨天打电话他没接。"

云边放心地点点头，随后又表情认真地说道："你不要告诉他。"

陈香笑道："难怪你拿不下常焰，这是个多好的机会啊，装装柔弱，掉几滴眼泪，心再硬的男人也能被你融化。那个林玥就非常会用这套，要不常焰这么多年能只宠着她吗？"

云边挠了挠脸颊，略微有些窘迫。这表情落在陈香眼里，更像是她在为爱苦恼。

陈香决定提点一下她："我有预感，你马上就能拿下常焰了。"

云边不明所以地看着她。

陈香娇羞一笑："林玥对你的态度，就是常焰对你的态度。昨天晚上她打电话给我的时候可慌了,这还不能说明问题?"

云边微微张了下嘴,有些迷茫地看着她。

陈香恨铁不成钢地用手指戳了一下她的脑门:"瞧你笨的,你就放宽心吧。常焰现在可能是顾忌林玥,才没跟你走太近,但在你身上沦陷是早晚的事。

"再说林玥如此忌惮你,你要是稍微使点儿劲儿,那还能有她什么事。"

云边勾了勾唇角,像是得到了鼓励一般:"那我加油。"

陈香用筷子敲了一下云边的碗:"我早就说了,我能给你提供第一手情报,你要学会利用我。"

云边脸颊微红,问道:"那你给我讲讲。"

"想听什么?"

云边想了想,问道:"他为什么这么厉害?他是怎么走到今天这个位置的?"

经历过昨天的事,想必云边对他们做的生意也已经了解了,陈香便不再遮遮掩掩,表情轻松地打开了话匣子。

"他厉害得很,第一次来找坤哥的时候就要了不少的货,说一周之内销出去。当时大家都觉得他在说大话,没想到一周之后他拿着钱回来了,这事让坤哥对他刮目相看。不过坤哥这个人多疑,光能卖货不行,还得看靠不靠得住。于是各种卖命的活就都让常焰去干,想看他够不够忠心。"

云边专注地看着陈香,筷子上夹着肉片,肉都凉了,她还保持着一个姿势,问道:"都是什么活?"

陈香龇了下牙:"太血腥了,说这个咱们该吃不下饭了。总之,没人比他更忠心,我觉得啊,就连小哲都比不上他。"

陈香抬起筷子在空气里点了点,加重语气,说道:"常焰有点儿像动物护主,这种忠心出于本能,可能是之前跟着大龙干的时候训练出来的吧。"

云边扯了扯嘴角,笑容有些勉强。

那不是大龙训练出来的,是部队训练出来的,他也不是护哪个主子,而是艰难的任务让他不得不为。

他身上的疤都是这样来的吧,云边端起一杯酒,一口灌下。

晚上，画室关门后，云边穿上常焰的风衣，抱了个暖水袋，跑到露台上坐着。

风从身后涌来，她面向南方，看着那条蜿蜒的边境河，默默地等着她所爱之人归来。

电话响了，云边还没看到是谁打来的，嘴角已经带了笑。

"喂？"

常焰的声音低沉，带着一丝薄怒："受伤了没？"

云边愣了一下，摸着脖颈，问道："你怎么知道的？"

"林玥告诉我的。"

云边"嗯"了一声："她的胆子真小，还要跟你汇报。"

"你别管她胆子是大是小了，告诉我你有没有受伤。"

云边刚想说没有，常焰又接着道："别跟我说谎。"

云边吸了口气，说道："小伤。"

常焰瞬间暴跳如雷："我就知道林玥没说实话！到底是怎么回事，你告诉我。"

云边坐在小凳子上，双臂抱膝，把事情的前因后果都如实说了。

常焰沉默。

云边轻轻地笑了一声，嗓音慵懒："担心我？"

常焰靠在墙角，看着北方，烦躁地呼出一口气："能不担心吗？"

云边右手捏住风衣的领口，凑到鼻尖嗅着，声音轻柔地说道："那等你回来，你保护我啊。"

常焰的心跳好像突然漏了一拍。

喜不喜欢一个人，真的太容易证实了。他的喜怒哀乐都被一根弦控制着，她随手一拨，他的世界便会掀起惊涛骇浪，为她心动，为她喜忧。

常焰声音沙哑："好。"再不会有这样的事情发生了，他对自己发誓。

"云边，"常焰停顿两秒，"我好想你。"

云边抿唇，心头像有蚂蚁在爬一样，痒得慌："我也想你。"

常焰的唇角上扬，语气又轻又柔，说道："我过两天就回去了。"

"我等你。"

常焰"嗯"了一声,看了看院子里巡逻的守卫。

今天下午,汪健成终于答应帮秦溯了。秦溯给他安排医生,让他搬到了舒适温暖的房间,常焰也不用再担心他的身体状况会继续变差。

常焰很想把这些天发生的事情都汇报给云边,但他不能说,只能不情不愿地告别。

"晚安。"

"晚安。"

第八章　　左耳

这天，孙晨晨又来画室了，她带了一盒点心送给云边。

"姐姐，那天晚上我不太清醒，什么都不知道。后来听他们说了才知道你差点儿出事，都怪我，才会闹出这么大的误会。"孙晨晨皱着眉头，愧意十足地望着云边。

云边冷漠地看着她，心中十分不解，恶人做了坏事后又来道歉，意义何在？

孙晨晨亲热地挽着云边的手臂摇晃，撒娇道："姐姐，你就原谅我吧，好不好呀？"

云端刚好从楼上下来，听到孙晨晨的声音，表情冷淡地呵斥道："这里不欢迎你，以后别过来了。"

那天晚上，云边很晚才回来，他急得不行，差点儿就要报警了。

云边回来后说是因为送孙晨晨回家才耽搁了时间，但云端知道，事情肯定不是这样，不管是因为什么，总之跟孙晨晨脱不了干系。

云边默不作声。

孙晨晨努努嘴，落寞地松开云边的胳膊，看起来像被他们欺负了一样，说道："那等姐姐消气了我再来。"

孙晨晨出了画室，看到外头停了一辆车，里面坐着的人她认识，是常焰的小弟栾宇，他正直勾勾地盯着自己，眼神中透着一股危险的气息。

估计是常焰让他来保护云边的。

孙晨晨朝他笑了笑，转过身的一瞬间笑容消失，嘟囔道："有什么好傲的，不就是搭上个有本事的男人吗。"

孙晨晨离开后，云端下楼摸到柜台上的点心，直接扔进垃圾桶，随后把手机递给云边："把常焰的电话号码存到我手机里。"

云边以为云端生气了，正想着如何解释。

云端又说道："以后你出事了，我总得知道该找谁吧？"

云边抬眸，端详他的脸色，迟疑两秒，接过手机。

云端走进柜台坐下，神色冷淡："你现在的脾气怎么这么好了？"

云边低头输号码，随口答道："还行吧。"

云端叹了一口气，就算云边极力掩饰，他也能感觉到那晚她是带着伤回来的。

而云边最近行事也和以往不同，不管是主动和陈香接触，还是刚刚面对孙晨晨时没有半点儿生气的样子，都不符合她的个性。自己的妹妹自己了解，云边肯定有事瞒着他。

云边把手机还给他，说道："常焰的快捷键是2，董嘉南的换成了3。"

云端愣了一下，有些无奈地笑道："地位上升得很快啊。"

云边毫不在意地说道："你不愿意自己改回来。"

云端："……"

回到长蓝，安坤一行人带着货直接去了仓库。仓库平时是张隆在管，货物也是分开放的，看守十分严密，除了安坤和张隆，没人知道仓库的所有分布点。

将货物放进大仓后，众人又去了安坤家里吃饭。饭桌上，常焰时不时地看张隆一眼，眼神里的寒意很明显。

张隆有些摸不着头脑，不知道哪里惹到常焰了，不过这几年他和常焰各种明争暗抢，常焰对他也总是这样不冷不热的，所以他也没在意。

饭局结束已是凌晨，常焰一副赶着回家的样子，第一个开车离开了。

云边刚睡下，突然听到窗外有响动，她抬起头，看见外头有个黑影。她吓了一跳，下意识地拽紧身上的被子，盯着那黑影看了一会儿，觉得身形有些熟悉。

常焰的脑袋贴在窗子上，动来动去，他在尝试开窗。

云边连忙下床，走过去，拔开插销，将窗子轻轻打开。

常焰看见窗子动了，愣愣地抬起头。

风灌进窗子里,拂开云边的长发,露出她的美人尖,在皎洁的月光下,她的皮肤莹白无瑕。

云边低着头,惊讶之后马上弯腰抓住常焰的手臂:"这是三楼!"

常焰手攀在窗台上,脚用力地踩了下墙面,轻松地坐在窗台上。他揉了揉云边的发顶,笑得张扬:"真巧,还是三楼。"

云边愣了一下,他们第一次见面就是这种场景,此刻她不禁有些错乱的感觉。她静静地看着他,目光充满了温柔。

常焰从窗台上跳下来,挑眉炫耀道:"你男人还是年轻力壮的。"

云边耳根一热,转身去关窗,她的白色睡衣被风吹动,像波光粼粼的海面。

常焰把手伸了过来,搂住云边的腰,他的脸贴在她的头发上,深深地吸了一口气。

云边心头轻颤,后脑勺开始发麻。

常焰问道:"头发怎么是湿的?"

云边的手搭在他的手背上,回道:"洗了澡,还没干。"

常焰用手做梳,轻轻抓挠她的头发,脸颊贴在她的耳边,声音里带着笑意:"刚洗了澡?"

滚烫的热气喷洒在云边的耳朵上,她耳根一红,轻声道:"嗯,刚洗了澡。"

常焰在她的肩膀落下一吻:"我也刚洗过澡。"

云边的呼吸变得紊乱,她的后背贴在常焰的身上,又热又痒。她转过身面对着他,脸颊绯红:"闻到了,很香。"

常焰低头看着她:"去拿吹风机吹一下头发。"

云边迎上他的目光:"太晚了,会吵醒我哥。"

常焰弯了下唇角:"那不吹了?"

云边抬手搂住他的脖颈:"不吹了。"

常焰笑意加深,歪头吻了上去。

清澈的月光洒在两人的身上,绘就一幅美好的画面。

清晨的阳光倾泻而下，照在鹅黄色的床单上，云边陷在被子中，像一朵柔软的云。

搂着她的臂膀松开，云边感觉到温暖的撤退，动了动。常焰给她盖好被子，俯身盯着她看了一会儿，随后在她的额头上落下一吻。

他找到裤子穿上，系好腰带，从卧室出去。脑袋还没完全清醒，但尿意忍不住了，他挠着乱糟糟的头发，径直走向洗手间。

推开门，云端正站在洗手台前，怔怔地"看"着他。

常焰被吓得一个激灵，和云端对视两秒后，若无其事地走了进去，站在云端身侧。

云端手里拿着牙膏，刚拧开盖子，另一只手在摸索着找牙刷。

牙刷杯有两个，一黑一白，里头的牙刷也是，常焰伸手抽出黑色的牙刷，侧身拿走云端手里的牙膏，挤了一条上去，再递给云端。

云端沉默两秒，将牙刷塞进嘴巴里。

常焰走到马桶前面，拉开拉链，回头瞥了云端一眼。云端似有察觉，表情无奈地咬了咬牙刷，摸到门，转身出去，将门给常焰关好。

云边醒后，从卧室里出来，看见云端端正地坐在餐桌边，桌上空无一物。

常焰从厨房里探出脑袋，歪嘴一笑："醒了，快洗脸刷牙，马上吃饭。"

云边看了云端一眼，他的手指头敲着膝盖，时不时地从喉咙里发出声音。

美食果然可以收买人心。

云边洗漱完，桌上已经摆上了虾仁拌面和煮鸡蛋，而常焰叉腰站在煤气灶前，看着锅里的汤。

云边走近，搂住他的腰，脸贴在他的脊背上，问道："煮的什么？"

常焰大手盖住她的手，亲昵地说道："奶香玉米蘑菇汤。"

云边问道："这几个可以放在一起煮？"

"可以，很好喝。"常焰拿木勺舀了半勺汤，扭头看她，"尝尝？"

"好啊。"

常焰吹了吹，抿了一口汤，感觉不烫才递给她。

云边扶着他手里的勺子，尝了尝，汤汁浓郁，奶香四溢，她眉头微挑，竖了个大拇指,夸赞道:"好喝。"

常焰温柔地笑道:"甜度够吗?"

云边点头,问道:"怎么做的?能教我吗?"

常焰"啧"了一声,毫不掩饰对她的宠爱:"学做饭干吗?这些粗活以后我来做。"

云边摇头,拿过木勺在锅里搅了搅,似乎想看出里头都放了什么:"技多不压身,我学会了的话也可以做给你吃啊。"

常焰拿筷子夹了块蘑菇递到她嘴边:"尝尝蘑菇。"

云边张嘴,咀嚼着蘑菇,连连点头:"你也喝一口。"

餐桌边的云端默默地叹了一口气:"可以把汤端上来一起喝吗?"

云边:"……"

常焰瞪了云端一眼,心想:有你什么事啊!

汤端上桌,几人刚准备吃,常焰的手机响了,他走到一边接电话,几分钟后急匆匆地去卧室拿衣服。

云边站起身问道:"不吃饭吗?"

常焰边穿衣服边说:"你们吃,我有点儿事要忙,回头电话联系你。"

他抬手拢住云边的脖颈,仓促地吻了一下她的额头,转身走了。

云边回到餐桌旁,云端用筷子敲了敲她的碗,说道:"你应该给他拿个鸡蛋的。"

"一个鸡蛋也吃不饱啊。"

云端额角抽了抽:"但他会很开心。"

"嗯?"

"男人都吃这套。"

云边:"……"

常焰赶到乐岛,万斯同焦急地把他迎进来:"焰哥,你可来了,小哲不知道受了什么刺激,在发疯呢。"

乐岛白天不营业,这会儿只有工作人员在收拾场地。

常焰健步如飞地往楼上走,问道:"耗子呢?"

万斯同叹了口气,有些无奈地说道:"人已经送去抢救了。"

常焰脚步一顿,眼神凌厉地看向他。

万斯同攥起拳头捶胸,愤愤地道:"孙晨晨变成这样不都是小哲带的?现在反倒成我们的不是了,哪有这样的道理?"

常焰没接话,沉默着继续往前走。

包房里,孙晨晨和另一个男人跪在安小哲的面前,两个人脸上都带着血。

孙晨晨的眼泪一串串地往下掉,冲刷着脸上的血迹,她哀求道:"我再也不敢了,不敢了,我发誓!"

男人也是一边哀号一边委屈地道:"哲哥,我们错了,当时要不是你说能给,我们哪敢给啊!"

安小哲一脚踹上去,表情瘆人,怒道:"谁说的?我什么时候说过这话?我看你也想像耗子一样。"

又是一阵拳打脚踢,谁也不敢再多说一句话。

常焰推开包房门,往里看了一眼,没制止安小哲,而是退出去把门关好,回头对万斯同说道:"今天他想闹就闹吧,把这事给烂在肚子里,别传出去。"

万斯同虽然不知道这命令的含义,但还是顺从地点点头:"焰哥,你放心。"

常焰靠在走廊的墙上,略带疲惫地呼出一口气。

孙晨晨的事估计是闹到安坤那里去了,安小哲在安坤那里受了气没地儿发泄,所以才闹出了这么一出。

安小哲就是这样的脾气,只要出了错,准是别人的问题。常焰都习惯了,帮他擦屁股是常焰的工作之一。

听着里头孙晨晨的哭声,常焰觉得耳朵嗡嗡的,吵得人心烦。

这事十有八九是陈香告诉安坤的,肯定添油加醋了不少,不然在安坤那里,这不过只是微不足道的小事。

但谁会喜欢老公和前妻生的孩子呢?当然也没几个儿子喜欢后妈的。

这些人的生活就是这样,躺在物欲之上,每个人都在为自己的前途布局,一个个棋盘交织在一起,在自己的棋盘里是将军,在别人的棋盘里都是棋子。

下午,云边来到了蓝海湾,进门的时候刚好碰到栾宇。

栾宇愣了一下,主动走上前问道:"你找焰哥?他在忙呢。"

"我不找他,我来游泳。"云边说完朝他笑笑。

栾宇看着她走进女更衣室,挠挠脑袋,琢磨几秒后掏出手机,把这事告诉了常焰。

挂了电话,他才觉得自己在没事找事。

在云边换好衣服之前,游泳区里的顾客就被栾宇清空了,他端着刚打好的果汁站在女浴出口,像个仆人似的等着云边。

云边出来,一脸莫名其妙地看着他。

"焰哥说他一会儿忙完过来,你有什么事找我就行。"

云边点点头,接过果汁:"谢谢。"

"我叫栾宇。"他觉得有必要自我介绍一下,看样子估计两个人以后会经常见面。

云边温柔地朝他笑道:"好的。"

她放下果汁,摸了摸水,活动身体,用优美的姿态轻轻入水。

水花轻溅,栾宇盯着看了一会儿,眼神中带着不解。

云边的确很美,皮肤雪白,长相清雅,但常焰这些年只留林玥在身边,从没正眼看过其他女人,对林玥是绝对宠爱,为什么就突然移情别恋了呢?

不止栾宇,其他人都觉得常焰很爱林玥。林玥要多少钱常焰给多少钱,她想怎么作就怎么作,即便她给常焰戴了绿帽子,常焰也是痴情又隐忍。

云边似乎得到了常焰的另一种喜欢,常焰没有用大把的钱去"砸"她,而是惦记她的安全,甚至安排栾宇去保护她。对林玥,常焰从来没有这样过。

常焰来到游泳区,没搭理栾宇,径直走到水池边。

云边换气的时候看见了他,嘴角下意识地扬起,随后又吸了一口气扎进水里,再露头的时候,已经到了池边。

她摘下泳镜,笑容灿烂,问道:"忙完了?"

常焰蹲下身，摸摸她的脸颊，声音轻柔："还没，过来看看你。"

云边的脸一红，双手撑着泳池边，轻轻用力，像只海豚一样，半身蹲起，飞快地啄了一下常焰的嘴唇，又落回水里。

常焰的眼里是藏也藏不住的欢喜，他伸出手拢住云边的脖颈，弯下身子，对云边亲了又亲。

常焰说道："你游完了跟我说一声，我送你回去。"

云边弯弯唇，笑道："好。"

栾宇坐在一边，将两人的亲昵都看在眼里，突然觉得自己低估了常焰对云边的喜欢。

常焰看着云边的时候，眼里都是温柔，语气轻轻的，爱意比泳池里的水都多，快要溢出来了。

喜欢这种事就怕有对比，只要一对比，必然真相大白。

栾宇不自觉地笑了一下，怕是常焰压根就没爱过林玥吧。

栾宇起身，准备去拿点心，心里估摸着换嫂子的事情不久就会发生，现在没换，八成是云边在找最好的上位时机呢。

识时务者为俊杰，他要先站好队，新嫂子的旗帜，他得第一个扛。

夕阳西下，整个街道笼在一片橘红的暖意中。

常焰把身上的风衣脱下，罩在云边身上，把风衣领子竖起，给她扣好扣子。

云边抬起头笑道："你这件衣服送我得了。"

常焰微微一笑，目光闪烁："不送，穿完要还给我。"

云边拉过他的手，挠挠他的掌心，撒娇道："小气。"

常焰握住她不老实的手，轻轻一拽，把她拉到自己的右边："走吧，送你回家。"

栾宇开着车，缓慢地跟在两人的后头。这大冬天的，非得轧马路送人，很浪漫吗？

霞光夹带着微弱的温度，滑落在人身上，却无法抵消冬天的寒意。光芒刺眼，云边抬手遮了一下，却又贪恋夕阳美景，打开指缝，让霞光溜进来一些,看到指缝中的天空,火烧云在翻腾,恍若一幅色彩浓重的油画。

云边轻抿嘴角:"这就是你那张照片里的光景。"

常焰抬眸,半天都收不回目光,就是这样的景象给了两人重逢的机会。

常焰握紧她的手,低头问道:"这几年,你是怎么过来的?"

云边看他一眼,眼神悠远,回道:"就那么过来的呗。"

越是轻描淡写,常焰的心越紧,问道:"那么过来是怎么过来的?"

晚霞落在云边的脸上,给她白皙的脸庞添上一分橘红的暖意,她淡淡地说道:"我过得挺好的。"

常焰笑容有些苦涩:"挺好的地方不用说,说说不好的地方。"

云边沉默,不好的地方太多了,这六年以来,她就没感受过什么是快乐。

六年的时间,她一直在找他。他的家人、朋友,所有认识他的人都说他去做体育老师了。她觉得全世界的人都在骗她,她找到了所谓的体育老师,才知道是他骗了全世界。

"严火"还在,但真正的严火彻底消失了。

她不想放弃,没人理解,她便默默地找,但她越找越绝望。感情上的绝望还不够,老天还要给她更多的绝望,父母突然间逝世,云端双目失明,她的世界轰然倒塌。

浓密的睫毛盖住云边的眼睛,让人看不到那里头的光。常焰心神晃动了一下,有些担忧地抬起手,摸了摸她的眼睛。

云边抬头,表情困惑地问道:"干什么?"

常焰看到她神色平静才放松了些,说道:"我以为你要哭。"

云边摇摇头:"不会。"

常焰的拇指指肚来回抚摸她的手背:"对不起,在你最难过的时候没能陪在你身边。"

他的声音干涩:"你有没有怨过我?"

云边静静地看着他,诚实地点点头:"爸妈刚走那会儿挺怨的,不光怨你,谁都怨。"

常焰抬臂搂住她的肩膀,眸光深邃地看着她。

云边说道:"其实怨的不是别人,是怨自己的无能。"

常焰不免蹙了眉,这种感觉,他能感同身受。

他摇头说道:"不是这样的,云边,我们决定不了别人的命运,能让自己活好就很棒了,你活得很好,真的。"

云边紧紧地盯着他:"那你呢,这些年是怎么过来的?"

常焰与她对视,目光深沉,很快便移开了,轻声道:"我也很好。"

云边没有追问,转身去拥抱他,纤细的手臂缠绕在他的腰上,温柔地说道:"常焰,你也活得很好。"

常焰很想在她面前做一个坚强的男人,但不知为何,她总能戳中他心里最脆弱的部分。他低头,把脸埋在她的脖颈上,一股酸楚爬上心头,突然就什么话都说不出来了。

云边感受到他情绪的变化,轻轻地抚摸着他的脊背,想抚平他身上的伤疤。

云边说道:"生活教会了我许多,我痛苦过,也绝望过,但回头看看才发现,它们都是生命赠予我的珍贵之物。"

冷风萧瑟,霞光漫天,云边的眼眶湿润了。

她继续说道:"没有人逃得过七情六欲,如果不幸被痛苦包围,那就接受吧,把痛苦当作朋友。没有人陪着我们的时候,都是痛苦陪着我们的,它其实也很孤独,就是因为太孤独,才找到了我们,我们却天天想着如何赶走它。"

也只有她会把苦难说得这么幽默,常焰苦涩地笑了一下,把她搂得更紧:"你的朋友还有谁?"

"还有快乐啊,只不过它太贪玩,出去玩了很久,最近才回来。"

常焰闷声唤道:"云边。"

"嗯?"

"跟我在一起,你真的觉得快乐吗?张隆的事……"常焰吸了一口气,沉默了一会儿,平复心情,"我没有帮你出头,甚至连一句解释都没有,我是个没用的男人。"

云边侧过脸看他,缓缓一笑:"我知道的,你不用解释。"

我知道你曾经的样子,热烈冲动,意气风发,是一点儿委屈都不会让我受的男人。

我知道你有更重要的事情要做，知道让桀骜的你忍下这一切是多么辛苦。

我知道你不能解释，知道你假装不在意，却拼命克制住满眼的心疼。

我全都知道。

云边眼眶微红："来找你，坚持和你在一起，这一切都是我自己的选择，你不需要有任何的愧疚，我会对自己的人生负责。"

常焰看着云边，她的眼睛在霞光下像一盏温暖的灯，散发着坚韧的力量，撑起了他的天地。

栾宇的车停在他们后头，远远望去，霞光之下相拥的人影，还真是挺浪漫的。

近来，常焰发现总有人跟着他。

这人他很熟悉，前一阵也是天天盯着他，但很小心，最近则不同，大大咧咧地跟踪起来了。

常焰开着车，拐了几个弯，到一处偏僻的地方停下车，后头跟着的车也停下了。

常焰下车，朝那辆车走去，他啪地一下拍在车的前盖上，说道："下车。"

董嘉南从车上下来，尴尬地笑了两声。

常焰指了指他："伤刚好又想找揍，你是不是闲的？"

董嘉南摇摇头，还是笑，那双眸子比黑宝石还干净剔透，一眨不眨地盯着常焰。

常焰冷哼一声："有问题就问，问完就滚，以后别再跟着我了。"

董嘉南挠挠头："我没要问的问题，哥。"

常焰歪头瞅着他，淡淡地道："谁是你哥？"

董嘉南笑了一下："这不是尊称吗？你要不喜欢，我叫你别的也行。"

常焰觉得董嘉南是不是有点儿什么毛病。

董嘉南靠近他，压低声音："我只是担心你，你的工作环境危机四伏，万一有点儿什么事来不及联系章队，有我时刻关注你的动向，对你来说也是个保障。你不用担心我会暴露，我很小心的，而且我跟踪你也是合理的。"

常焰挑挑眼皮："合理？"

董嘉南点点头："我之前跟着你是因为什么，现在还是因为什么，我们是敌对关系，我恨你，要想尽办法除掉你。"

"敌对……"常焰轻嗤一声，眯起眼睛，咂摸着这句话，"情敌？"

董嘉南愣了一下，有些害羞地低下头："这么说也行。"

"行什么啊！"常焰一巴掌拍在他的后脑勺上，"癞蛤蟆还想吃天鹅肉？"

董嘉南揉了揉后脑勺，委屈巴巴地说道："我怎么就癞蛤蟆了？我是为人民服务的警察。而且，我没说现在是情敌，我只是说以前是。"

常焰抬脚，踩在车前盖上："现在不是了？"

董嘉南沉默几秒，摇头道："不是了，我不配跟你争。"

这句话很真诚。其实一直以来他对云边更多的是欣赏，没有想过追求，也没计划过未来，更谈不上有多深沉的爱。这段时间，他冷静地反省了一下，觉得自己有很多缺点，鲁莽冲动，感情用事，而常焰才是个真正的男人，铁骨铮铮，不畏艰难，为国为民。

要是他还不值得云边去爱，那谁值得呢？

常焰眼神锐利地看向他："不要低估别人，也别高估自己。在金夜公馆时，你看我的那个眼神，够把我们两人都拉入十八层地狱了。"

董嘉南明白常焰的意思，他坚定地表达了自己的意志："我不怕，不管发生什么我都不会怕。"

常焰嘲讽地笑道："没见过地狱的人都和你一样无畏。"

董嘉南突然问道："那云边姐呢？你们俩在一起就不会有危险吗？"

常焰看着地上干枯的树枝，这是一个难解的问题。他当然怕，所以想送她离开，但她拼了命地要留下，她把未来交给了他，他也只好舍命相陪了。

常焰呼出一口气："你小瞧云边了。"

董嘉南还有疑问，但常焰懒得废话了，上车，绝尘而去。

这天，孙晨晨又来画室了。

原本有着如同星辰般明眸的女孩儿，自从沾了毒品，双眼变得无神且呆滞，尽管她努力展示着笑容，但干枯的嘴唇和眼眶下的黑眼圈让她变得很是沧桑。

她反复求和的态度令云边有些费解，但云边没冷眼对她，而是像什么都没发生过一样，允许她继续在画室画画。

云边觉得对敌人了解得越多，越能获得有用的信息。

对于孙晨晨来说，云边的这种态度就说明她愿意原谅自己了。

孙晨晨准备好画画的材料，开始动笔。云边依旧坐在平时的位置画画，偶尔瞥一眼孙晨晨的画布。

一幅本该清新的风景画，孙晨晨却画得有些暗沉，但她自己并无察觉，或者说，她的心思压根不在作画上面，她时不时地回头跟云边闲聊几句。

云边观察了一会儿，对于孙晨晨为何会希望得到自己的原谅有了猜测。

孙晨晨画了一会儿就没耐心了，起身去看云边的画。以前每次看的时候，她都会感叹几句，现在不会了，对于她来说，画画这件事已经不再重要。

"云边姐姐，你画的是新的订单吗？"

"是常焰之前的订单，要画五十幅风景画。"云边边画边说，"给小哲的宾馆做装饰。"

"我说上次在宾馆看到的挂画怎么那么眼熟呢。"孙晨晨眼珠乱转，"姐姐，你跟常焰哥就是这样认识的啊，你们现在是在一起了吗？"

云边神态自然地点点头："是啊。"

孙晨晨的目光缓缓地落在她的脸上，端详许久。毫无疑问，云边和林玥站在一起，常焰会选择云边是很正常的。

只是，凭什么云边单靠容貌就能获得常焰这种男人的青睐？她也长得很漂亮啊，但她在安小哲面前就像一条狗一样摇尾乞怜。

说到底还是因为她不够幸运，如果当初她的目标是常焰而不是安小哲，她也不至于沦落至此。

仿佛有针扎到了眼皮，孙晨晨睫毛轻轻颤动，问道："云边姐，焰哥对你好不好？"

云边淡淡地回道："还行吧。"

"他给你花过钱吗？"

"没有。"

孙晨晨眉头微挑："他都不给你花钱的？算什么对你好啊！"

云边的嘴角浮现一丝轻淡的笑意，漫不经心地说道："他长得那么帅，不花钱我也喜欢。"

"云边姐，你原来是外貌协会的啊。"

云边轻笑道："长得好看的谁不喜欢？常焰这样的男人，不知道多少人想碰都碰不到，你说对吧？"

孙晨晨抿唇冲她微微一笑。

"要学会知足，想要的太多，反而有可能什么都得不到。"

孙晨晨耸着肩说道："趁着现在他喜欢你，还是能多捞点儿就多捞点儿好。你看林玥，跟着焰哥的时候可是捞了不少钱，就算现在被焰哥甩了，人家也不亏啊。"

云边的脸稍显紧绷，孙晨晨见状接着说道："我看焰哥好像没有要甩掉林玥的意思，前两天我还看见他们在一起呢。云边姐，你得小心啊。"

云边停下动作，眉头微皱，看向孙晨晨，问道："在一起做什么？"

孙晨晨做了一个暧昧的表情："能干吗？一起回家了呗。"

云边有些落寞地垂下眼帘。

"云边姐，你别不开心哦。"孙晨晨一副很为她着想的样子，"男人不都是这样，越有本事的男人越不嫌女人多，也不怕女人跑。林玥就是非常明白这个道理，与其吵闹过后落得个人财两空的下场，不如大方一点儿，焰哥反而会觉得她识大体，更欣赏她呢。"

云边轻轻地叹了一口气。

"云边姐，你太单纯了，是斗不过林玥的，与其这样，不如跟她和谐相处。"

云边看她一眼，若有所思地说道："你的意思是？"

"学林玥呀，你也别闹，不然把焰哥惹得不开心了怎么办？"

云边有些明白过来，恍然大悟般地点点头，但还是有些难过地垂下眼皮。

孙晨晨看着云边一脸忧愁的模样，心中的怨怒逐渐平复下来，唇角微微一扬。

等孙晨晨离开后，云端从楼上下来，语气平静地对云边说道："小孩子的心思，真是让人一眼就看透。"

云边神态恢复自然："是啊。"

孙晨晨的目的云边猜得八九不离十了，她是为林玥而来的。

林玥想要自保，借由孙晨晨来探个口风，最好是能当个说客，缓和一下两人的关系，免得云边在常焰这头说她的小话。

云端缓缓走到云边身边，将水杯递给她。

云边接过，放在桌上，拿起烧水壶接了一壶水，去给他煮茶，随口问道："哥，你都听到了？"

"嗯。"

云边偏头看他一眼，解释道："常焰不是那种人。"

"我知道。"

话音刚落，两个人都沉默了，水壶在嘟嘟地响着，云边站在一旁纹丝不动。

丝丝白雾顺着水壶盖飘出，云边垂眸问道："你知道什么？"

云端站在画架前，背对着云边："你从来不画火烧云的，但那次，你不仅画了，还送给了他。他是谁不言而喻。"

可能是兄妹间的默契，云端比任何人都了解云边，知道她一直没放下曾经的感情，又怎么会突然间爱上另一个人呢。

也可能是挚友间的默契，云端同样了解严火，即便对方声音变了、身份变了，但他依旧觉得常焰似曾相识。

种种疑问，最后是那张画揭晓了答案。

水壶发出嗡鸣声，云边拿过茶杯，放进去一小撮茶叶，倒上热水，茶叶翻滚起伏，水面浮出淡淡的绿。

以云端的聪明，猜到常焰的身份是早晚的事。云边心情很平静："我以为你会阻拦我。"她在解释之前没有坦诚相告的原因。

云端说道："如果道理能说服人，那生活就太容易了。你说服自己六年都没成功,我更没有自信能阻拦你。"

云边伸出食指,指腹轻轻抹了一下杯壁上的水珠:"但你肯定会劝我等一等,等他任务结束再在一起。可我不想等,我现在就想跟他在一起,这种心情是迫不及待的,一秒钟都等不了的。"

云端走到她身边,伸出手,云边将水杯放在他的手里。

"说不过你。"云端叹口气,"既然已经在一起了,就别想那么多,你现在要想的是接下来应该怎么做。你想帮他,对吧?"

云边抿唇不语,林玥、陈香、张隆,还有孙晨晨,她不过刚接触这张"暗网"的一角,就发现每一个人都很危险,看起来风平浪静,实则暗流涌动。而常焰,他面对的不仅是安坤,更有各种错综复杂的人际关系。

云端握着茶杯,他能感觉到云边此刻的情绪,他认真地说道:"保护好你自己,我只有这一个要求。"

晚上,常焰来到画室,买了一些菜和鲜肉,把兄妹俩的冰箱塞得满满当当。

云边和云端已经吃过饭了,常焰还没吃,他给自己下了碗面,云边看他的面太素,又给他煎了两个蛋。

常焰埋头大口吃面,云端举着哑铃练力量,云边在画室画画。说不清为什么,这里总给常焰一种安全感,他可以卸下伪装,做回原本的自己,心里是许久未感受过的愉悦与放松。

吃完面,常焰把碗筷洗干净,下了楼。

画室的灯光是偏暖的色调,云边坐在画架前,低着头,用画笔在调色板上蘸取颜料,她鬓角的发丝垂下来,悬在脸颊旁,有一种温婉美。

云边察觉到他的目光,抬头看向他,微微一笑:"看什么?"

常焰歪头笑了笑,拉过一把椅子,放在她背后,坐上去后双手搂住她的腰,下巴搭在她的肩膀上,问道:"在画什么?"

他的气息喷在云边的肩头,有些痒痒的,云边缩了缩脖子:"一会儿你就知道了。"

画布上只铺了底色,是大面积的棕,现在什么都看不出来,常焰懒洋洋地问道："是给我的赠品？"

云边点头："对啊，十幅送一幅，之前说好的。"

常焰抬头看了一眼画室，发现墙角立着一排包装好的油画，数了数，正好十幅。

"你画得这么快，是不是随便画的？"

云边闻言，看他一眼："画得快说明我效率高，再说一幅画两百万呢，我怎么会糊弄？"

常焰低头，在她脖子上蹭了蹭，蹭乱了她的头发："要了老命了，这辈子都还不起那么多钱。"

云边笑得浑身颤抖："慢慢还吧。"

常焰哼了几声，随后呼吸变得越来越缓慢，头轻轻一歪，枕在了云边的肩膀上。

云边稍稍侧头，发现他像是睡着了，这么累吗？

常焰的手还环在云边的腰间，上身的重量逐渐压了下来。

有点儿沉，但云边不忍心叫醒他，轻轻地动了动身体，让自己坐得端正一些，她手臂略微抬高，保证常焰不会从肩膀上滑下去。

负着重，她开始画出轮廓。

常焰没有睡太久，很快就醒了，但云边身上的味道太好闻，他贪恋这种气息，依旧闭着眼赖在她身上。

等他睁眼，入目是云边的黑发，灯光笼在她的皮肤上，让她看起来很温暖。

常焰轻轻地抬头，吻了一下她的下颌。

云边动了动，垂下眼眸，和常焰那双桃花眼相撞，她轻声道："醒了？"

常焰"嗯"了一声，余光瞥向画布。这幅画的轮廓已经画出来了，简单明了，一个男人的侧脸。

眉眼和口鼻的线条画得很简单，唯独男人的耳朵，轮廓清晰，明暗对比强烈，色彩的饱和度也非常高。

耳轮、耳郭，甚至连耳朵上的小结节都画了出来。

常焰下意识地摸了摸自己的左耳。

一只耳朵失聪对他的生活并没有造成特别大的影响，他刻在骨子里的机警和敏锐可以克服掉这一生理缺陷，如果不是特意告知，不知道的人是看不出来的。

　　常焰表情很平静，只是胸口处泛起一种难以言喻的感觉，像是有一根弦勒住了他的心脏，让他有些呼吸不过来。

　　云边这么聪明的人，他果然是骗不过的，更何况，云边带给他的那种安全感，时常会让他忘记伪装。

　　云边目光转向画布，温柔地说道："画出来才发现，你的耳朵很好看。"

　　常焰干涩地笑道："你什么时候看出来的？"

　　"最近吧。"

　　常焰搂着她的臂膀微微收紧了一些，脸贴着她的侧脸："以后还是有可能治好的。"

　　云边轻笑："怎么，怕我嫌弃你啊？"

　　常焰闷闷地"嗯"了一声。

　　云边笑道："我要是嫌弃你的话，你就苦肉计外加死缠烂打呗。我最受不了这一套，保准被你拿捏得死死的。"

　　云边的干脆让常焰哑然。

　　最开始追云边的时候，常焰就看出她除了醉心于自己感兴趣的事物，对其他的事都漠不关心。这种人，往往将爱情看得很淡，有则有，无则无。

　　许是少年人都有一颗炽热的心，常焰觉得这样也无妨，大不了就他一个人热乎，反正他有用不完的热情。

　　但和云边确定恋爱关系后，常焰才发现她真正的样子，她对待感情并不冷淡，反而是火热赤诚的，只不过她的表达方式是平静的。

　　她不会疯狂地笑，不会声嘶力竭地大哭，她只会用那双带着笑意的眼睛看着他，聊天似的说出对爱情的承诺。

　　常焰搂紧她，嘴巴轻轻地贴在云边的耳朵上，说道："我的耳朵，如果治不好的话也许就没法做这行了，只能换个工作，真的去当体育老师了。"

　　"体育老师怎么了？不也挺好的吗？"

　　"怕养不起你。"

云边好笑地看着他，说道："我有钱啊，多画几幅好画，就够我们花一辈子的了。"

常焰愣愣地重复道："一辈子？"

"两辈子也够花。"

常焰靠近她，鼻尖抵在她的鼻尖上："你想一辈子跟我在一起？"

"你不想吗？"云边的呼吸萦绕在他的唇边。

"当然想，你再说一遍，我想听。"

常焰把左耳侧过去，闭上眼睛，集中注意力。

云边的嘴唇轻轻地贴在他的耳朵上，气息蹭着他的耳郭。

"……焰，我……辈……一起。"

常焰突然垂下头，抱住了她的腰，伏在她怀中，闻着她身上的味道。

"你的耳朵能听到吗？"

常焰声音沙哑："听到了。"尽管那声音传到他耳朵里是破碎的，但不妨碍那是世上最好听的声音。

狭小的单人床上，云边躺在常焰的怀里，头微微仰着，看着天花板。

常焰搂着她，轻柔地拍着。

云边眼睛闭了闭，又睁开，眉头轻皱，手指头挠了挠常焰的下巴。

常焰偏过头看她，问道："睡不着？"

云边调整姿势，往他怀里拱了拱，突然问道："孙晨晨，她还有救吗？"

"你指的什么？"

云边轻轻叹了口气："她刚刚成年，如果现在自首……"

常焰打断她的话："她不会自首的，她很贪心，就算现在有人愿意拉她一把，她也不觉得别人是在帮她。你不要起帮她的心思，免得连累自己。"

云边的眉心稍稍一动："我知道分寸的，在这里心软会害了自己。我只是觉得，如果还有救，我们能救的话……"

常焰再次打断她的话："救不了了。"

云边沉默。

常焰把她的心思看得透透的:"你觉得她是个小孩子,可她做的事可一点儿都不小啊。"

云边觉得有些冷,往前拱了拱,抱住他的手臂:"我知道了。"

常焰突然想起一件重要的事,昨天晚上,周源传消息说林玥在调查云边的背景。

关于云边的背景常焰倒不担心,自从她执意留下后,云顶峰便做好了所有的安排。

常焰把这件事说了一下,云边细心地听着,记下了需要注意的地方。

云边问道:"林玥那么讨厌我,但因为怕你又不敢对我做什么,她为什么那么怕你?是因为很喜欢你吗?"

常焰双眸深邃,似笑非笑地问道:"你在吃醋吗?"

云边动了动眼睛,说道:"吃醋也不是没有了,但我不是在计较这个。"

常焰看着她微红的脸,忍不住弯了弯唇角,捧着她的脸:"那你是什么意思?"

"我就是想知道,她为什么那么怕你。"

常焰想了想,说道:"林玥很现实,因为我能给她想要的,所以她才愿意为我做事,并不是因为感情。她现在不会背叛我,也是因为这个,但她不是个忠心又老实的人,小手段很多,处处都在为自己打算,就比如她暗中去调查你,还有很多背着我的交易,都是在为自己的前途铺路。"

"这样哦。"

"真的不是在吃醋?"

云边窝在被子里浅笑了一下:"还是有点儿的。这些年,她能陪在你身边,我很嫉妒。"

常焰粗糙的手掌搭她的肩膀上:"这有什么可嫉妒的?"

"她每天都能看见你,能和你说话,知道这些年你是怎么过来的,我超级嫉妒。"

常焰思考片刻,慢慢地说道:"不用嫉妒,我从来没把她放在眼里过,我厌恶她,只是为了得到张隆的把柄才把她放在身边。后来,所有人都相信我们在一起了,我便将错就错,不然安小哲老给我塞女人,有了林玥,我还有个借口可以拒绝。"

常焰伸手把自己的裤子拽过来，从里头翻出烟，点了一根。

云边好奇地问道："你一点儿都不介意别人说她给你戴绿帽子吗？"

常焰无所谓地笑了一下："有什么介意的？我又不喜欢她，她爱跟谁跟谁呗。"

云边摸着他下巴上的胡楂，说道："挺大度的呀。"

常焰挑眉："大度？我可不大度，你要是给我来这个，后果很严重哦。"

云边学着他的口气，重复道："后果很严重哦！"

"对。"常焰弹了一下她的脑门，"暧昧或者眉来眼去都不行。"

"什么叫眉来眼去？"

常焰想了想，说道："你现在这个样子就是和我在眉来眼去。"

云边的表情有点儿迷茫："我什么都没做啊。"

"你看我了。"

"这就是了？"

常焰蛮横地点头："盯着我看超过三秒，我就会觉得你想亲我。"

"并没有。"

"我觉得你有。"

"你不讲理。"

常焰唇角上扬："男人都这样，特别是对你有意思的。你多看他一眼，他就会觉得你想干点儿什么。"

"真是自作多情。"云边努嘴。

常焰继续道："所以你不准这样看别的男人。"

云边坐起来，用被子遮住身体，伸出一只手，手心朝上，说道："给我一根。"

常焰讶异，问道："你会抽烟了？"

"嗯。"云边点头，"给不给？"

常焰掐掉自己的烟，抽出一根新的，递给她："敢不给吗？"

云边将烟叼在嘴里，常焰恭敬地给她点燃。

云边半闭着眼睛，吸了一小口，觉得有点儿呛，皱了皱眉。

常焰似笑非笑地说道:"原来才学会的啊。"

"这都看得出来?"

常焰不语,盯着她看。

云边皮肤雪白,纤长的手指夹着烟嘴,烟雾将她的脸庞笼罩起来,有种朦胧神秘的美。

常焰凑过去,轻吻了一下她的嘴唇:"少抽,对嗓子不好。"

云边"嗯"了一声,问道:"你的嗓子是抽烟抽坏的吗?"

"哑了是吧?"

云边点头:"和以前的声音不一样了,我哥也听不出来是你。"

他的嗓子,在和云边分手第二天就这样了,那是一个不眠夜,他抽了很多烟。

常焰笑了笑,聊回刚刚的话题:"你还没答应我,不许盯着别的男人看。"

"好。"

"也不许在别的男人面前抽烟。"

云边瞧他一眼:"射手座不是没有占有欲的吗?为什么你的占有欲这么强?"

"谁说射手座没有占有欲的?"

"讲星座的书上这么说的。"

常焰笑得胸膛直颤,拽过她的胳膊,将她圈在怀里,抢走她手上的烟,自己抽了一口。

"星座书上都是怎么说射手座的?"

"放荡不羁爱自由。"

常焰乐道:"我不爱自由,我喜欢被你管着,一日三餐,事无巨细,全都归你管,但可惜啊。"

云边挠挠眉头:"可惜什么?"

"以前无论怎么培养你,你都不爱管着我。"

云边愣了会儿神,说道:"你每天跟我汇报行程,絮絮叨叨的,原来是在培养我去管你?"

"对啊,我每天都汇报,就是等着哪一天我不汇报了,你能觉得哪儿不对劲儿,然后跟我发脾气,问我去哪儿了。"

云边:"……"

常焰边叹气边摇头:"然而你从不跟我发脾气,也不查岗,我的设想都被你无情地打破了。"

云边无奈地看着他:"你真无聊……"

第九章　　营救

汪健成的研制工作前期很顺利，却在最后的用量上出了问题。

秦溯还没发火，汪健成就已经被打击得要崩溃了。他整个人处在一种极其焦虑的状态，不眠不休，每天都在实验室里挠头，实验室的地上到处都是他的头发。

他人也变得有些精神错乱，每次实验失败后，总是喃喃自语道："如果是钱晋的话，就不会出现这样的问题……"

这种极其自责的状态，反而减轻了秦溯的怒气，眼下解决问题才是最重要的，于是秦溯又把主意打到了钱晋身上。

秦溯查了一下钱晋这个人，他也是东国知名的化学家，和汪健成渊源颇深。两人是同学，也是非常好的朋友，还曾一同工作过。两相比较，钱晋的建树要比汪健成的多，算得上天才一般的人物。

秦溯看着手中的资料，敛眸沉思，怪不得汪健成经常念叨钱晋，看来这个钱晋要比汪健成更值钱，而且汪健成现在疯疯癫癫的，说不准什么时候就归天了，到时候垄断东南亚市场的计划也会受到影响。

秦溯当下决定把钱晋也弄到手，等两个老家伙把"新药"研发成功，他拿到配方就开始组建新的团队。两个老家伙要是能继续为他工作，他便暂时留着他们的命，要是干不动了，就给他们一个痛快。

不过钱晋人在东国，秦溯也不知道对方究竟在东国的哪里，只能从汪健成身上下手。

秦溯找到汪健成，希望他能想想办法，把钱晋给骗过来，毕竟两个人是好友，有钱为什么不一起赚。

汪健成听了秦溯的提议，非常抗拒，一副自己已经跳入火坑，绝不能再把朋友给拉进来的模样。秦溯有些恼怒，又将汪健成囚禁起来。

这次，汪健成差点儿没扛过去，他不得不向秦溯妥协，骗钱晋过来可以，但不是那么容易，他得当面劝说才能让钱晋心甘情愿地跟着过来。

见汪健成终于乖乖听话，秦溯也不再关着他了，把他从囚禁室里放了出来。

汪健成坐在轮椅里，被人从囚禁室里推出来，准备回起居室。

寒风从山脉中穿梭而过，呜呜咽咽地嘶吼着，像一声声沉重的叹息。汪健成抬起苍老的面庞，看了一眼灰蒙蒙的天空，脑海中浮现出一个年轻男人的脸。

他见过那个年轻男人两次，但不知道男人叫什么，第一次见，男人告诉他要活下去，第二次见，男人想要带他走。

但他不能走啊，他一个快入土的人了，怎么能让一个年轻的生命来换自己？这万万不能答应。最后男人无奈地告诉他，如果能做到，就想办法回国。

凉飕飕的风往身子里钻，汪健成面色忧愁地摸了摸自己的腿。他想的这个办法也不知道有没有用，演的这一出戏也不知道有没有成功。

与此同时，张隆这两天也不得消停。

他交易的时候出了事，钱和货一并被警方收走，好在他命大，从警方的追捕中逃了出来。刚回到安坤那里，他又收到了一个坏消息，他管理的一个小仓库被警方找到了，损失了不少货。

安坤因此大怒，将张隆管理的仓库都收了回来，给了安小哲管。

事实上，整件事是常焰和章回做的局，目的是削弱张隆的力量。虽然仓库管理权没有给到常焰，但给到安小哲，也比攥在张隆手里强。以安小哲对常焰的信任，常焰只要下点儿功夫，就能从他嘴里套出仓库的位置。

安小哲这边，最近又和孙晨晨恢复了热恋时的状态，往她身上砸了不少钱，但吸毒这件事依旧是严厉禁止的。

孙晨晨表面上戒毒，实际和林玥暗通款曲，给林玥传递云边的消息，从而换来毒品。

常焰和云边知道此事后，选择静观其变。

最焦虑的人当属林玥。自从上次常焰打了她之后,她手底下的人越来越不服管了,大概是感觉到林玥大势已去了吧。

林玥也只能在孙晨晨那里打听云边和常焰的进展。她听说云边和常焰现在如胶似漆。

这让她感到愤怒和屈辱,这种愤怒再次盖过了对常焰的恐惧,她起了坏心思,想让孙晨晨把云边哄到乐岛玩。

这天,常焰和安小哲在大仓外头面对面地站着。

安小哲抱怨道:"这两天累死我了,隆哥那群人都一个德行,没一个好管的。"

常焰往墙上一靠,也不管那上头干不干净,散漫地说道:"张隆还在你爸那儿呢?"

"嗯,这两天没少挨打,我爸怀疑他手底下有'鬼'。"

"没发现他手底下谁有问题啊。"

安小哲撇嘴:"我爸说,没人有问题,就说明隆哥是那个问题。"

常焰勾了勾唇,笑了一下。

口袋里手机响了一声,他掏出来看,是云边发的信息:"孙晨晨约我晚上去乐岛,我去不去?"

常焰盯着短信思忖了一会儿,转头对安小哲扬了扬下巴:"我打个电话。"

他走出几步,给云边拨了电话,聊几句后,嘱咐她一定要小心。

晚上,云边如约去了乐岛,进了包房才发现,里头除了林玥,还有七八个女人。

看来真如常焰所料,这不是个普通的邀约。

孙晨晨热情地跑到云边身边,她今天的妆化得很好看,眼影是浅粉色的,霓虹灯打在她的眼睛上,有星星点点的光亮。

孙晨晨给云边介绍在场的女人们,大多是玥玥发廊的。

女人们都化着明艳的妆容,衣着暴露。只有云边,一身素净,和她们格格不入。

孙晨晨拉着云边到沙发上落座，左边坐着的是林玥。

"好久不见，云边妹妹又漂亮了。"云边刚坐下，林玥就抛出客套话。

云边笑笑："我应该比你大。"

话只是随口说的，但听者有心，林玥的脸紧绷了一下，内心暗道：谁管你是不是比我大，姐妹不过只是一个称呼。论先来后到，也是我先跟的常焰，自然是姐姐，再论身份地位，我在这个圈子里有一众手下，而你就是朵路边的野花，要是喊你一声姐，那我的脸往哪儿放？！

云边全然不知林玥的想法，茫然地看着她。

林玥给她倒了一杯酒，说道："怎么会啊，妹妹看着这么年轻，可别说比我大。"

林玥的声音太腻了，云边觉着头皮有点儿发麻，摆摆手道："我不喝酒。"

"不喝酒？"林玥问道，"从来没喝过还是不喜欢喝？"

"酒量不好。"云边言简意赅。

林玥听闻，嗲着声音笑了笑，倒了一杯果酒："那尝尝这个，酒精含量很低，口感也好。"

云边没再拒绝，点点头接过来喝了一口。

孙晨晨凑过来，问道："云边姐姐唱不唱歌？"

"好啊。"云边随和地答应着。

云边报了个歌名，孙晨晨帮她点好，直接切歌，把话筒递给她。云边接过，神色自如地唱了一首，大家拍着手给她伴奏，林玥时不时地夸赞两句，仿佛这就是姐妹间的普通聚会一般。

一曲过后，孙晨晨和林玥交流了一波眼神，两个人你一句我一句地扯着闲话。

女人们的闲话扯起来就会没完没了，夸夸衣服聊聊美容，再吐槽一下男朋友。

云边听着，时不时地参与进去聊几句，她待人虽不热络，但看起来很好相处。

音乐动听，伴随着酒杯的碰撞，不知谁点了根烟，抽了起来。

一根烟递到云边面前，云边摇头拒绝道："我不抽烟。"

林玥替她接过，夹在手里转着圈："不爱喝酒不会抽烟，妹妹你真是无趣，要不今天姐姐教你抽？"

云边有些迟疑，林玥直接把烟塞到了她手里："试试吧，这烟不浓。"

孙晨晨递过来打着的火机，云边把烟含在嘴里，正要凑过去。

这时，包房门突然被人踢开了。

众人抬头，只见常焰一身戾气地走了进来，一把夺走云边嘴里的烟，砸在了林玥的脸上。

林玥当下僵住了，紧张地拿过烟，死死地攥在手里："焰哥，你怎么来了？"

云边也茫然地站起身："是啊，你怎么过来了？不是在忙吗？"

常焰拉住云边的手腕，把她拽到自己身边，眼睛盯着她上下看了一遍，问道："没事吧？"

云边摇头："我没事啊。"

林玥的脸色变得非常糟糕，常焰眼里的担忧和平时对自己那副不耐烦的样子截然不同。而且，现在这么多人看到了常焰对云边的维护，她的脸丢大了！

林玥慌忙解释道："焰哥，你是不是误会什么了？云边妹妹怎么会有事呢？我们这不是玩得挺好的吗？"

听到林玥的声音，常焰冷哼一声，看也没看她一眼，拿起酒杯和果盘往林玥身上砸。

酒水洒了林玥满身，此刻，她整个人狼狈极了。

在场的其他女人皆瑟瑟发抖，不自觉地往后退，她们还是第一次见到常焰这么暴戾。

常焰的怒气还没消散，他薅着林玥的头发，一巴掌扇上去，吼道："我是不是警告过你，别打云边的主意？！"

林玥被打得浑身颤抖，哆哆嗦嗦地说道："焰哥，我没有，我真的没有。"

常焰的眼睛在沙发上扫视了一圈，那根烟已经不知去向。他暴躁地又砸了一瓶酒在林玥身上，指着她恶狠狠地说道："没有是吧！那我再说一遍，所有人都给我听好了！"

众人纷纷规矩地站好,低着头不敢出声。

常焰目光凌厉,一字一句地说道:"林玥在我这儿是过去式了,我身边的女人以后只会有云边这一个,给我拎清自己的身份!跟谁做姐妹呢?你们也配?"

众人纷纷摇头,回道:"我们不配。"

常焰居高临下地俯视着林玥:"至于林玥的位置,你们谁觉得自己有本事,就尽管去争去抢,不用看我的面子。"

林玥怔怔地看着他,好几次想说话,又默默地咽了回去。她听懂了常焰话里的意思,如果再去招惹云边,她的事业就完了。

常焰到底还是手下留情了。但为什么这样的男人不能爱上自己呢?为什么她从未得到过他看云边时的那种眼神呢?

常焰拿起云边的外套,拉着她的手走了出去,开门上车,车门被他关得震天响。

看着常焰还处在愤怒的状态,云边拉过他的手,挠挠他的手心:"你怎么了,还没出戏?"

常焰发动汽车,偏头看她。云边的表情很平静,带着些茫然。

常焰没由得更加烦躁了:"你说我怎么了!干吗拿那根烟?"

云边有些委屈地眨眨眼:"不是我们计划好的吗?让她露出马脚。"

常焰气得想捶墙,却又不舍得对她发火,努力平稳住自己的呼吸:"露出马脚不是说让你真上套。那根烟里掺了不好的东西,你知道如果你吸了会发生什么吗?"

云边没有任何惊讶的表情,反而十分镇定地说道:"我知道有你在啊,你会保护我的。"

常焰愣了一下,转而沉默,过了好半晌才说道:"如果我晚一秒进去呢?"

云边摇头,坚定地说道:"不会的,你跟我说过,让我相信你。"

云边的话萦绕在常焰的耳朵里,轻轻软软的,莫名就压住了他内心的烦躁。

今天会发生什么他已经预料到了,什么时候出现,要怎么给到林玥危机感,他都和云边计划好了。

有些事情既然防不住,还不如干脆把一切都挑明。一方面常焰想借此事来表明云边对自己的重要性,避免其他人有伤害云边的想法;另一方面也是借机打压一下林玥,近来她的野心膨胀得太大了。

虽然刚刚发生的一切事情都在他的计划中,但在手机监控里看到云边的那一刻,他还是避免不了担心。云边和那些女人每说一句话,他的心就咯噔一下,生怕她遭遇到什么伤害。这种恐惧感只在他最开始做卧底的时候有过,而今天再次被云边勾了出来。

常焰揉了揉她的头发,笑不出来。

云边握着他的手,靠在椅背上,问道:"你刚刚怎么动手了?平时都是这么凶的吗?"

常焰苦笑着摇头,动手打林玥并不在计划里,当时真是气急了。

他嘱咐道:"以后别人递给你什么,你都不要接,不管是不是我们的计划,知不知道?"

云边点点头,沉默几秒,拍了拍常焰的肩膀。

常焰看向她,发现她的目光有些呆滞。

"那个果酒有问题吗?我怎么感觉有点儿晕呢?"

常焰盯着她看了一会儿,轻呼一口气,回道:"果酒没问题,是你醉了。"

云边眨了眨眼睛,晃晃脑袋:"这样哦。"

常焰将中央扶手抬上去,伸手搂住她的腰,将人抱到自己怀里,动了动肩膀,示意云边靠在他身上。

云边顺从地将脑袋靠了上去,搂住他的腰,依偎在他的怀里。

"困了就睡。"

"我不困。"

常焰看她一眼,认真地说道:"云边,以后别那么相信我。"

云边微笑着回道:"行啊,你说什么是什么。"

常焰有些好笑地摇摇头:"这么乖?"

云边在他脖颈处蹭了蹭:"你现在是我的长官,我当然要服从命令。"

常焰不说话,只是搂紧了她。

云边不知又想到了什么，笑道："还挺喜新厌旧的。"

常焰微怔，问道："喜新厌旧？"

云边不答，自顾自地在那儿笑。

常焰愣了一会儿才反应过来，明白了她话里的意思："我可从来没喜新厌旧过，新人是你，旧人也是你。"

云边故意阴阳怪气地说道："谁知道呢？"

常焰捏住云边的脸，认真地说道："我没碰过别人，心里也没喜欢过别人。"

云边没回答，定定地看了他一会儿，身子突然软趴趴地往下一沉，倒在了常焰的怀里。

常焰拍了拍她的脊背，喊了一声："云边？"

云边不说话，只传来均匀的呼吸声。

常焰笑了一下，动作轻柔地把云边放在了副驾驶座上，发动车子，带她回自己家。

第二天一早。

云边舒服地在床上翻了个身，被子里、枕头上都是常焰的味道，让她迟迟不愿起来。

常焰看了一眼时间，松开搂住云边的手，轻轻亲了一下她的眼睛，说道："困就多睡会儿，我去买早餐，顺便给你哥也送一份。"

云边"嗯"了一声，继续赖床。

再次醒来已经是上午十点了，云边发现自己身上穿着新的睡衣，面料舒服，尺码刚刚好。

她拿过床头的手机，看见有一条常焰的信息："我去上班了，桌上有早点，醒来记得吃。"

云边下床，看了一圈常焰的卧室，和之前来的时候一样，但多了一幅画，是上次画给他的那幅火烧云。

去洗手间洗漱时，她发现里面多了许多女人用的东西，从护肤品到卫生用品一应俱全，都是新的，牌子也是她常用的。

云边抬头,看着镜子中的自己,嘴角带着淡淡的笑。洗漱完毕,她吃了早餐,打车回画室了。

夜里,常焰和安小哲站在大仓外头,看着弟兄们将货装上车,栾宇在交代注意事项。

常焰看了一眼腕表,对安小哲说道:"这次押货我不露面,你一个人交易,没问题吧?"

安小哲不甚在意地挥挥手,说道:"能有什么问题?不用担心。"

常焰漫不经心地看着前方,脑子里却乱成了一锅粥。两个小时前,他去安坤公馆汇报情况时见到了汪健成。

汪健成出现在公馆,这令常焰感到很意外。

据安坤说,是秦溯委托他帮忙找个人,叫钱晋,是汪健成的朋友,人在南城。

安坤准备晚上带着汪健成一起去南城,先由汪健成劝说钱晋,如果不成,那就来硬的。

这件事太过突然,常焰根本来不及跟章回汇报,但汪健成能回国,已是非常不容易,他不能错过这次营救机会。

货准备好,安小哲和几个人上了装货的那辆车,剩下的人上了另外一辆车。

常焰开自己的车,他坐进驾驶座,扣上安全带。

栾宇坐进副驾驶座,常焰看了他一眼,发动汽车,缓慢地开着,逐渐和前头两辆车拉远距离,但又保证能看到前头的车。

红灯亮起,常焰踩下刹车,修长的手指有一下没一下地轻叩着方向盘,随意地扫了栾宇一眼。

栾宇正非常认真地盯着外头过往的车辆,脑袋动来动去。

常焰伸手拉手刹,无意间碰掉了一旁的充电器,滚落在了栾宇的脚下。

常焰拍拍他的腿,说道:"帮我捡一下。"

栾宇闻言弯腰,常焰迅速地从储物盒里拿出一件东西藏在袖子里。

栾宇捡起了充电器,常焰指了指安全带:"系好。"

栾宇听话地将安全带系上。

绿灯亮起,常焰舔了舔牙根,放下手刹,漫不经心地看着后视镜。

过了红绿灯,车子继续缓慢地行驶着,等前后都看不见车辆和行人后,常焰突然打了一下方向盘,猛地踩下油门。

车身摇晃,蹭到路旁的树,常焰佯装慌乱,将方向盘往回打,脚却不离油门,持续加大力度。

栾宇不知所措,惊呼道:"焰哥,小心!别往后打,刹车,刹……"

这时,车子突然冲上路边的石墩,下面是一个大斜坡,坡上都是荒草,再往下是河岸。车子七扭八扭地冲下斜坡,眼看着要撞上护栏。

栾宇惊慌失措,突然看见常焰的手臂挥到他的身前,下一秒,一把匕首瞬间插入他的胸膛。

砰的一声,剧烈的撞击让车前盖弹开,车子的后轮也高高抬起,安全带紧紧地将两个人的身体捆住。

栾宇捂着不断喷血的胸口,在座位上抽搐。

常焰的手臂挡在气囊之上,护住了头,但还是被巨大的冲击撞得有些晕,他没时间缓冲,用匕首割断自己的安全带,打开车门。

车子还在不停地向下滑动,再次撞击到护栏上,直直地冲下坡。

常焰在车身冲下去的瞬间跳了出来,安全落地后,他静静地看着自己的车逐渐下沉,直至河面恢复平静。

在夜色的掩盖下,附近没有人注意到这一幕的发生,常焰沿着河岸往南边跑。

安坤要带汪健成去南城,必然要避开设关卡的道路,那就只能从一条乡间小路走。

他边跑边打电话给周源。

周源听到对面呼啸的风声和剧烈的喘息声,急忙说道:"你别冒险,我马上联系老回。"

"来不及了,出长蓝后我就不知道他们走什么路了。"

常焰果断地挂了电话,冷风吹得他浑身冰凉,他脱掉外套,加快奔跑速度,像是在和风赛跑。

此时此刻，常焰无法去衡量他和汪健成谁更重要，他只知道，如果今天不去冒险，汪健成要么被杀，要么继续被逼迫研制毒品，无论是哪一种，都不是好的结果。既然现在有机会去营救汪健成，那他一定要去试试。

常焰在冷风里奔跑着。突然，寂静的小路上冲出一辆车，横在他的面前，他差点儿撞了上去，一抬头，看见董嘉南从车上下来。

"哥！"董嘉南喊道。

这个傻子，竟然一直跟着他。常焰看了一眼董嘉南，他戴着棒球帽，穿着厚实的卫衣。

常焰拍了拍车门："上车再说。"

董嘉南听话地上了车，又问道："哥，你是遇到事了吗？需要我的帮助吗？"

常焰坐在副驾驶座里喘着气，边脱衣服边说道："把你的衣服给我。"

董嘉南看了他一眼，他赤裸的上身满是伤疤，令人触目惊心。

两人互换衣服后，常焰指了指前方："开车，快！"

一股使命感油然而生，董嘉南狠狠地点了一下头，照着常焰指的方向开了过去。

过了一会儿，他又问道："哥，我还能做什么，你说。"

"一会儿把车牌拆下来，找东西遮住自己的脸。对了，你有没有带枪？"

董嘉南摇头："下班了不能带枪出来。"

他顿了顿，突然眼睛一亮："我有弹弓，在后备厢呢，那玩意儿用起来也很给力。"

常焰勾唇一笑，将棒球帽戴好。

云边今晚有些失眠，便下楼画画打发时间。

她手持调色盘，颜料的味道萦绕在鼻间，多年来都是这种味道陪伴着她度过了一段段愉悦或悲伤的时光。

上次常焰跟她说，等这五十幅画画完，估摸着他的任务也就结束了，现在还剩二十幅，很快了。

虽然心里明白绘画速度并不会影响常焰的任务进度，但她还是带着某种幼稚的期盼，想要尽快完成这些画作。

时间匆忙，日月交替，一切都是那么寻常，若是带着希望就不一样了，每度过一天，就离胜利近一步。或许，她担忧的那些暗藏的危险都来不及发生，一切便会在不知不觉中结束。

罪恶的人会受到惩罚，善良的人可以回到阳光下。到时候，她得带着常焰好好去检查检查身体，要健健康康的才行。

朝晨簇新的阳光、深巷的青瓦梅花、星辰之下的篝火、微波荡漾的青川湖畔，她画过的景色有很多，希望未来可以和常焰一起走进这些画里，去看看世界，好好爱这个人间。

云边这样想着，脸颊上出现一个小小的梨涡。

砰砰砰！一阵砸门声惊扰了云边，她一个哆嗦，画笔在画布上画出了一道红痕。

砸门声不停，云边飞快地跑下楼，打开一楼的灯。灯光映在窗外的人身上，能清晰地看到几人的身形面貌。

董嘉南背着一个老人，常焰趴在玻璃门上，双眼紧闭，垂着脑袋，玻璃门缝处有鲜血缓缓地流进来。

云边的心脏仿佛被一双大手紧紧攥住，她急忙打开了门。

浓重的血腥味弥漫在卧室里，淡蓝色的床单染上了大片血迹，躺在床上的常焰眉头紧皱，脸色惨白。云边手里拿着一把剪刀，满头是汗，将他的衣服剪开。

汪健成拿着纱布，压住伤口进行止血。

云端站在他们身边，手里举着正在视频通话的手机，那边的男人指挥道："镜头向上一点儿，好，就这里。先把血止住，教授，你把手里所有能代替医用设备的东西都给我看看。"

汪健成把刀子、针线、酒精灯等能找到的都摆在一起，他扶了扶云端手里的手机，说道："现在就这样的条件，人命放在这儿，你有没有把握？"

"患者清醒吗？"

云边轻轻地拍了拍常焰的脸颊，喊道："常焰，你能听到我说话吗？"

常焰的睫毛颤动，他努力睁开眼睛，声音虚弱地回道："可以。"

云边用湿毛巾给他擦脸，继续问道："你现在感觉怎么样？"

常焰呼吸沉重，他忍着剧痛，握住了云边的手，安慰道："我没事的，别担心。"他转而看向汪健成，"教授，来吧，我相信你。"

汪健成点点头，对视频里的男人说道："到底行不行？"

"不行也得行。"

汪健成看了云边一眼，云边点点头，帮他把器具消毒。

董嘉南在楼下清理血迹，好在已是深夜，没人看到他们进来。

一个小时前，董嘉南和常焰赶上了安坤的车队。常焰用弹弓袭击了他们的司机，车队被打散，他趁机开车冲上去，将汪健成救了出来。

安坤为了抢人，甚至开了枪，几轮射击后抢人不得，担心动静太大会引来警察，只能带人撤离现场。

救出了人，常焰捂着腹部爬上车，董嘉南这才发现他中了枪。

但以常焰现在的身份是不能去医院的，医院人多眼杂，消息转瞬间就会传到安坤的耳朵里。

一旁的汪健成说他有认识的外科医生，可以让医生远程指导他进行手术，于是他们就来到了画室。

常焰的伤口血肉模糊、狰狞可怖，他每呼吸一次，就有血水往外冒，云边的心也跟着他的呼吸忽上忽下。

东西有限，云边拧开酒精瓶，把酒精浇在伤口上消毒。常焰咬牙，一身精壮的肌肉上渗出细密的冷汗。

汪健成拿着小刀在酒精灯上两面炙烤，在医生的指导下，他精准地找到了开刀处，刀尖刺入血肉，鲜血直往外冒。

常焰面无表情，嘴唇紧抿，额角的青筋暴起。

叮的一声，子弹掉在了地上，汪健成立马把事先准备好的药粉撒在伤处。

云边匆匆地瞥了常焰一眼，发现他正盯着自己，眼里带着笑意。她不敢分神，一边帮他擦拭血迹，一边给汪健成递东西。

常焰忽然抬起手,碰了碰云边的胳膊:"把我的手机给我。"

云边赶忙把手机递给常焰,他看了一眼时间,安小哲那头应该已经交易完了。

常焰找到安小哲的号码,还没拨出,那头先打过来了。

几个人皆警惕地抬起头。

常焰镇定地说道:"不要说话。"

众人皆安静下来。

常焰接通电话,安小哲的声音回荡在安静的卧室内。

"焰哥,你在哪儿呢?"

常焰深吸一口气,佯装平常的语气,散漫地说道:"在你后头呢。"

血差不多止住了,汪健成要开始进行缝合,视频那头的医生不敢说话,便找了张纸将话写在上头。云边看一眼,凑到汪健成耳边,小声告诉他。

汪健成点头,拿起镊子和针线。

安小哲问道:"一会儿去玩不?"

常焰咬了下牙,勉强维持着平稳的呼吸:"不去了,我还有点儿事,你们玩吧。"

"你最近怎么天天晚上都有事?每次找你你都不出来。"

常焰笑道:"这不是有人在家等我吗?"

安小哲像是听到什么好笑的事,嘎嘎大笑:"以前没发现焰哥你原来这么恋家啊。"

常焰干笑一声:"滚。"

"好好好,那你回去吧。哪天把嫂子带出来一起玩啊?别老藏在家里头。"

常焰的气息紊乱,他"嗯"了一声:"改天再说。"

电话挂断,他呼出一口气,连手机都拿不起来了,只好对云边说道:"帮我关机。"

一直没有说话的云端问道:"教授丢了,安坤找不到你,会不会心生怀疑?"

常焰回道:"怀疑不怀疑不知道,但他要是打电话过来,我就必须过去。

我现在这样,根本不能出现在他面前。先这样吧,混过一晚是一晚,明天再说。"

云端微微蹙眉,心中担忧。

董嘉南进来卧室:"哥,章队到了。"

常焰点点头,看向汪健成,说道:"教授,你跟他们走。"

汪健成头也不抬地回道:"还没缝好。"

"让云边来。"

云边"嗯"了一声,从汪健成手里接过东西。

董嘉南说道:"不行,都得一起走。章队说了,让你撤离。"

常焰抬起眼皮:"撤离?任务不管了?都干了这么久,说开除我就开除我?"

董嘉南急道:"今天这事,一旦让安坤察觉出什么,你的命就没了!章队说就算任务失败,也不能让你有危险。"

常焰笑得吊儿郎当:"我的命没那么值钱,都到这时候了还让我撤离,开玩笑呢。"

董嘉南低声道:"哥……"

常焰摆了摆手,说道:"不用说了,我不会走。"

云边仿佛什么也听不见,直勾勾地盯着伤口,手上的动作认真仔细。

云端面无表情地说道:"我和云边也不会走,你们快走吧,别耽误时间。"

汪健成皱着眉心看向常焰,想劝他,但最终还是摇了摇头:"年轻人,能告诉我你真正的名字吗?你是我的救命恩人。"

常焰淡淡地说道:"我只有这一个名字,常焰。"

汪健成若有所思,沉默了一会儿,点点头,说道:"好,常焰,一定要活下去。"

常焰轻轻地点点头,合上了眼,他累极了,实在撑不住了。

董嘉南将汪健成背在身上,嘱咐道:"焰哥,章队说在河岸并没发现栾宇的尸体,他还在派人找,如果有人问你栾宇的事,你找个借口先应付过去。"

常焰像是睡着了,没有说话。云边轻抬眼皮:"知道了。"

见状，董嘉南背着汪健成离开了。

视频通话更换至云边的手机上，她问医生："他睡着了，要叫醒他吗？"

医生还没说话，闭着眼睛的常焰开口，声音很虚弱："真是个狠心的女人啊，睡觉都不让我睡。"

医生笑道："不用了，让他睡吧，多关注他的状态就行。"

"哦。"云边将线系结、剪断，消毒，上药，随后拿起纱布，一圈一圈地缠在常焰的腰腹上。

医生嘱咐了注意事项和需要购买的药物后就挂断了视频通话。

云边放下手机，松了一口气。

她看到常焰的衣服又脏又湿，想给他换一身，刚站起身，常焰就拉住了她的手腕："哪儿也别去，陪着我。"

云边转头看向云端："哥。"

云端颔首："我去吧。"

云端拿来一套衣服，云边小心地避开常焰的腹部，给他换上，又收走染满鲜血的床单。弄好后，云端拿走了他的枪："我晚上在楼下盯着。"

云边担心地问道："你觉得安坤会来找他？"

云端摇摇头，回道："应该不会，但以防万一。"

云边呼出一口气："好吧。"

常焰睡得很沉，云边关了灯，躺在他身边，时刻注意着他的状态。

夜里，常焰有些发烧，云边打了些凉水，给他冷敷。看到他紧皱的眉心，她用手指轻轻抚平，随后又亲了一下。

常焰感觉到云边在身边，放松下来，半晌过后，又傻笑了一声。

云边的心里涌起一股酸楚，说不清楚是什么滋味，她抚摸着他身上一道又一道伤疤，这些伤疤错综交叠在一起，看起来十分可怖。这六年来，如同今日一般的场面，想必他已经经历过很多次了。

每次受伤的时候，他都是怎么熬过来的？在身边没有人照顾，也无人陪伴的情况下，他敢踏踏实实地睡吗？

云边越想越难受，小心翼翼地搂住了常焰，脸埋在他的脖颈间，眼泪滴落在他的肩头。

早上，窗外天光大亮。常焰睁开眼，他的身体虚弱又无力，他转过头，和云边四目相对。

云边的眼睛睁得很大，密密麻麻的红血丝爬满了眼球，她眉毛动了动，盯着常焰看了一会儿，问道："醒了？"

常焰吻了一下她的脸颊："早上好。"

云边摸摸他的额头，已经退烧了。她起身下床，脚落地的瞬间，突然眼前一黑，身子晃了晃，往前倒去。

常焰猛地坐起，一把抱住了她："你太累了，需要休息。"

云边摇了摇头，清醒了些许，立马去看他的伤口。

常焰起身的动作太猛，伤口渗出了血，云边吸了一口冷气，急声道："你起身干吗？！"

"总不能看着你摔倒。"常焰无所谓地笑笑。

云边把枕头放在床头，双手从他的腋下穿过："别用力，我抱你。"

常焰"嗯"了一声。

云边使出了吃奶的劲儿才把他抱到床头位置，让他靠在枕头上歇着。

常焰的目光停留在她的脸上，视线下移，看向她的嘴唇。

云边遮住他的眼睛，有点儿恼，说道："常焰，收回你的眼神。"

常焰笑道："你是我的，我爱怎么看就怎么看。"

云边有些无语，拿过床头柜上放着的保温饭盒和碗筷，一边将里头的粥倒出来，一边说道："等你好了，想怎么看就怎么看，现在先吃饭，吃完饭得吃药。"

常焰打了个哈欠，揉揉眼睛："还没刷牙洗脸呢。"

云边："吃完再说。"

饭和药是董嘉南送过来的，云边拿勺子搅拌着粥，递到常焰的手里，催促道："快吃吧。"

常焰顺从地接过，在云边的注视下，一口一口地喝着。

云边说道："嘉南说教授被连夜送回了老家，已经安排住院了。他是在国外被掳走的，涉及国际关系问题，媒体很关注，各方面压力都很大……"

云边还没说完，常焰就料到了："所以教授获救的消息会被公开。"

公开的话，毫无疑问就是在告诉安坤，昨晚救汪健成的是警方的人。

云边垂眸，心情有些不畅快："我给二叔打了电话。"

常焰摇摇头："你二叔也没办法，这件事已经不是咱们能控制的了。"

云边咬住嘴唇。的确是这样，云顶峰原本想要对外公布教授已遇害，把营救事件定义为"黑吃黑"，这样能最大程度上保住常焰的身份，等任务结束了，再把真相公开。但复杂的国际关系以及媒体舆论的影响，导致事情变得不可控起来。

有些事，没法太天真，也没法太较真。

云边不语，给常焰夹了肉丝放在勺子里。

常焰轻松地笑笑："是不是害怕了？"

云边坦诚地点点头。

"没事，这有什么？你男人我有的是办法，用不了多久，他们都会被我送上刑场。"

云边的表情有些复杂："一颗枪子的惩罚，对他们来说太轻了，那些被他们毁掉的家庭，依旧被悲痛笼罩，还有你这一身的伤，又不会因为他们认罪而恢复如初。"

云边眨了眨眼睛，眼眶湿润。

常焰用拇指蹭了一下她的眼角，一时间无话可说。

这些人犯下的罪行，的确不是一颗枪子就能偿还的，他也恨，但将他们绳之以法已是最好的做法。

常焰看着云边："我一会儿得去安坤那里，昨晚他肯定给我打电话了，但没找过来就说明他不知道是我救的人。我不能一直关机，我的车……"

云边接话："嘉南说章队都处理好了，新车就停在外头。"

常焰唇角微扬，黑眸中有寒霜被融化："老回办事还是利索的。"

云边鼻头一酸，险些哭出来，多么容易感到满足的男人啊！

吃过早餐，云边给常焰换上药和新的纱布，特意多缠了几圈绷带，避免伤口渗血被人看出来。

常焰换上一件宽松的黑T恤，又套了一件黑毛衣，看了看腰腹，觉得没什么问题。

云边害怕,又递给他一件外套:"冬天穿得多很正常。"

此刻,常焰直直地站着,身形姿态看起来和平常无异,但脸色苍白。

云边想了想:"你等一下。"她从梳妆台里拿了腮红和唇膏。

常焰扶额:"哪有男人化妆的?"

云边用粉扑蘸了点儿腮红,在手背上打匀:"看不出来的,就用一点点。"

常焰无奈地叹口气,任由云边在他脸上倒腾。云边仰着头,力道轻柔,表情认真。

常焰搂住她的腰:"在我脸上画画呢?"

云边弄好后,把他拉到镜子前:"是不是一点儿都看不出来?"

常焰打量着镜中的自己,还真是。他转过身,再度抱住云边,说道:"云边,这段时间你可能得经常跟在我身边了,我知道你不喜欢那些人,但暂时需要和他们相处。"

云边明白他的意思,应道:"行啊,需要怎么演,我做就是了。"

常焰伸出手盖在她的嘴唇上:"你笑一个给我看看。"

云边笑了一下。

常焰的目光在她的眼睛上停留了几秒,虽然云边在笑,但她的眼里是看不到笑意的。她的眼神温柔又凉薄,充斥着与生俱来的疏离感。

"你知道吗,你有一双别人看不透的眼睛,所以做你自己就好。"

云边望着他:"那你看得透吗?"

"我研究你这么多年了,再看不透,那我多没用啊。"

常焰到了安坤公馆,刚进门就听见瓷器碎裂的声音。

安坤扭头看见他,眸中满是怒火,厉声道:"你干什么去了?!给你打多少电话了!"

常焰扫视了一眼客厅,张隆被放出来了,跟安小哲一起听训。他摸了摸后颈,不明所以地说道:"怎么了坤哥?出什么事了,发这么大的火?"

安坤脸上的肉在颤动，震怒道："我看你真是被外头的女人迷了心窍，哪天我死了你都不知道！"

常焰尴尬地动了动嘴角。

安小哲凑过来，低声说道："汪健成丢了，我也是回来后才知道的，给你打电话也关机了。"

常焰拿出手机，窘迫地说道："昨天没电了，我去那边忘带充电器了。"

安小哲无语地瞪了他一眼。

安坤坐在椅子上，怒气未消，说话也失了往日的冷静："这老头子丢了，我该怎么跟秦溯交代？你们说说看，是哪里走漏了风声让那头的人知道了。"

安坤锐利的眼睛盯着几人，他心里再清楚不过，能发生这种事，必然是家里头"闹鬼"了。

张隆听懂了安坤的意思，直接点破："肯定是有'鬼'，那头的人才会知道。"

常焰默不作声，跟安小哲一起坐在沙发上。

安坤笑得有些瘆人，眼睛直勾勾地盯着张隆，说道："那你说，'鬼'是谁？"

那目光看得张隆头皮发麻，他下意识地搓了搓手，回道："肯定不是我，干爸你最近一直把我关着，我连汪健成回国的事都不知道。"

安坤的目光依旧没挪动，继续道："那你丢了那么多次货又该怎么解释？"

张隆打了个寒战，站起身，慌忙地说道："干爸，真不是我啊！我自小就跟着您，您还信不过我吗？"

安坤冷笑一声，突然抬眸看向常焰，问道："你觉得呢？"

常焰顿了顿，面无表情地回道："不知道。"

安坤笑道："不知道？"

常焰摊开手，神态自然地说道："我几分钟前才知道这件事，总得给我点儿时间想想。现在谁都有嫌疑，但总要拿出证据不是吗？"

安小哲张着嘴看向常焰，都啥时候了还慢悠悠地跟他爸说话，这不是找揍？

安坤果然被这句话气着了，他抓起一个花瓶就往常焰身上砸。常焰伸手挡住，花瓶瞬间落在地上碎裂。

"找不出这个内鬼，你们也别想活！"安坤指着常焰，"大龙是怎么被捕的你再清楚不过，虽然你运气好侥幸脱了身，但那些人有多恐怖你也知道。要是我出事了，你可不一定会再有那么好的运气！"

挨了打骂，常焰收起了散漫的态度，乖顺地低着头。

安小哲劝慰道："爸，不可能是他们两个，昨晚隆哥在你那儿，焰哥在我这儿，内鬼肯定是其他人。"

安坤沉默不语，背手站着,注视着玄关处的那幅油画，不知道在想什么。其他人也不敢再说话，一时间大厅内安静得落针可闻。

突然，安坤回过头，眼神幽深："行了，你们先散了吧。"

安小哲惊讶地说道："散了？那这件事怎么办？"

张隆眼睛转转："干爸说散了咱们就先散了吧，回去谁也别提这件事。"

安小哲还想说什么，安坤制止他："行了，现在主要想办法跟秦溯那边解释。你们先散了，我给秦溯打个电话。"说罢，他就去了书房。

剩下的三人眼神交流一波，张隆率先离开公馆。汪健成的事反而将他的嫌疑洗干净了，他也因祸得福，被放了出来。

随后，常焰也离开了公馆。他心里有种不好的预感，安坤精明又多疑，除了安小哲之外，谁都不信任。现下没有确切的证据来洗脱他的嫌疑，这之后的每一天他都是处于危险境地的。

而现在，有个最大的隐患就是消失的栾宇。

秦溯和安坤的关系很复杂。秦溯的父亲和安坤是非常好的兄弟，秦溯小时候也没少被安坤照顾过。除这层感情关系外，还有利益纠缠，安坤很能销货，为了维持之后的合作，秦溯就不能把两人间的关系弄僵。

对于弄丢汪健成的事，秦溯很恼火，但也只能把这个亏咽下。

安坤挂了电话之后，喊来了安小哲，问道："常焰昨晚去哪儿了？"

安小哲随口答道："押完货就去他女人那儿了。"

"林玥?"

"不是,新找了个女人。"安小哲指了指玄关处的那幅油画,"就是画这幅画的人。"

安坤蹙眉回忆了一下:"跟阿香关系不错的那个啊。那林玥呢?"

"被甩了呗,最近她的心思都扑在工作上呢,生怕焰哥赶尽杀绝。"

安坤乐道:"爱恨情仇还挺多的,那个新女人……"

安小哲接话:"叫云边。"

安坤抬头再次看向那幅画,若有所思地说道:"查过背景吗?"

安小哲回道:"没呢,怎么了?你要查的话,我这就安排人。"

安坤点点头。

安小哲盯着安坤的脸看了几秒,问道:"爸,你怀疑他女人?不会的,焰哥很懂分寸的,跟隆哥不一样,不会透露咱们的事。还是说你怀疑焰哥?他也不可能有问题啊,咱不是早就证实过了?"

安坤在画前踱步,摸着下巴,表情看似平静,眼神却十分可怖,说道:"那他昨晚为什么关机呢?"

安小哲挠挠头:"可能是巧合吧,昨天焰哥一直跟我在一起呢。"

"你们一直在一起?"

安小哲点点头:"嗯。"

"中间就没有分开的时候?"

"那倒不是,他一直在我后头跟着,押货的人也不需要露面啊。"

安坤神色一冷:"你的意思是昨晚交易的时候你就没看见过他?"

安小哲如实把昨晚的交易过程讲给了安坤。

安坤听完,恨铁不成钢地用力拍了一下他的头:"连车都没看着你还说他一直跟你在一起。把栾宇给我叫来。"

安小哲脑子笨,虽然不觉得这里头有什么不对劲儿,但还是听话地掏出手机给栾宇打电话。

"关机。"安小哲茫然地看着安坤。

安坤吸了一口气,扭了下脖子,骨头嘎嘎作响:"去找人。"

这边,常焰回到蓝海湾后,想了想还是给安小哲打了个电话。栾宇不见的事得主动说,不能找借口,谎撒得越多越难圆过来。"

安小哲听完常焰的话,并没太惊讶,支吾了一会儿,说道:"那我跟我爸说一声。"

常焰挂断电话,攥着手机,点燃一根烟,安小哲的反应说明安坤已经开始怀疑他了。

第十章　　鸿门宴

张隆被关了一周，总算放出来了，刚回到家他就开始翻箱倒柜找之前藏好的货，没一会儿就晕乎起来。

砰砰砰！　突然有人敲门。

张隆立马将东西藏好，这才慢悠悠地开门。

门口的孙晨晨飞快地蹿进来，又立马把门关上，一副生怕被人看到的慌张样子。

"怎么是你？"张隆皱眉道。

孙晨晨的脸色非常不好，她的身子在轻微抖动，标准的瘾君子状态。

张隆好笑地看着她，问道："你找我有事？"

孙晨晨勉强维持平静，客套道："这不是听说隆哥被放出来了吗，我来看看你。"

张隆转身，坐到沙发上："看我怎么空手来的？再说咱俩什么时候有这交情了？有事说事。"

孙晨晨的眼珠乱转，在张隆屋里扫视了一圈，颤颤巍巍地走到他面前，盯着他看了一会儿。

突然，她跪在了地上："隆哥，你知道我找你是干吗的，求求你了，我真没办法了，我需要那东西。"

张隆弯腰，手肘搭在膝盖上，讥诮道："我这儿可没有你想要的东西。"

孙晨晨急声道："怎么可能！你不会没有。"

她跪着爬到张隆跟前，抓着他的大腿，哀求道："隆哥求求你，只要你愿意给我，让我做什么都行。"

张隆挑眉，笑得暧昧，说道："是吗？"

安坤公馆,安坤和陈香正在吃饭,安小哲从外头回来。

见他面色凝重,安坤对陈香说道:"你先回屋待着,我有事跟小哲说。"

陈香皱了下眉:"我刚吃上,你就让我回屋,不能等吃完再说吗?"

安坤温柔地对她笑道:"乖,别耍脾气。"

陈香还想说什么,但安坤的眼神立马变冷,她只好不情不愿地起身回屋。

安小哲脱掉外套落座,安坤让人拿了一副碗筷给他,随后问道:"一天了,还没找到人?"

安小哲点点头:"消失得无影无踪,昨天晚上我们出货之后就再没人见过他。"

他想了想,又改口道:"不,应该说跟着焰哥上车之后,除了焰哥就没人见过他了。"

安坤夹了块牛肉,细细地咀嚼着。

安小哲没心情吃,满脑子问号,问道:"这事会不会是栾宇做的?"

安坤摇摇头,语气笃定:"不会,时间不对。那个时间,栾宇是跟常焰在一起的,他怎么做?"

安小哲又问道:"难道是栾宇跟焰哥一起做的?"

安坤的指关节叩了叩桌子:"吃饭,边吃边说。"

"我哪吃得下去啊!我现在头都要炸了!真是他们俩吗?为什么啊?"安小哲五官皱在一起,一副难以置信的样子。

安坤不急不缓地说道:"要沉得住气才能做大事。"

安小哲听不进去,但也不敢多说什么。

安坤慢条斯理地吃着饭,表情并没多少变化,只是眉头轻轻皱着,像是在思考什么。

过了一会儿,他平静地说道:"昨天晚上,劫走汪健成的是两个人。有一个人始终弓着身子,没有露头。他的身手凶狠,倒是和常焰有几分相像。"

安小哲抬头问道:"另一个呢?"

"另一个比栾宇要高一些,身形和手法也不像咱们的人,至少我不认识。"

安小哲说道："你说像焰哥的那个，不一定就是焰哥吧？张隆的身手也不赖啊。除了身手、身形和身高，还有其他特征吗？"

安坤眯着眼睛，呼出一口气，晚上太黑了，那人特别小心，又刻意躲着他的视线，他根本看不到对方的面貌。

安坤摇了摇头，转而说道："张隆昨天晚上在我这儿。"

安小哲又问道："你怎么确定他一直在公馆里？有人一直和他在一起吗？"

安小哲说得不无道理，但如果那人是张隆的话，公馆里必然会有个能配合他出去的人，例如陈香。

安坤嘴角动了动，看来，应该是这两个人中的一个了。

画室三楼，常焰上身赤裸，胯部靠在岛台上，拿着一杯冰水，喝了一口，几滴水珠顺着杯壁往下滑，落在他的人鱼线上。

他的伤口有轻微感染，云边垂着脑袋，在给他换药。

嘀嘀嘀！岛台上的手机响了。

常焰拿起手机看了一眼短信，眉尾挑了挑，说道："这个孙晨晨，真是作死啊。"

云边抬头问道："怎么了？"

"她跟张隆搞到一起去了。"

"啊？"云边有些惊讶，"你怎么知道的？"

"张隆那儿有我的人。"

"你的人是？"跟常焰一样身份的人吗？

常焰听懂她的意思，摇头道："不是，只是想给自己留后路的兄弟。这些年我和张隆面上和气，但暗地里你争我抢的。有些人选择站队，有些人则是两头讨好，这样不管最后谁胜了，他们都能活下去。"

云边问道："那你身边也有在讨好张隆的人吗？"

常焰淡嗤一声："有啊，比如林玥。当初被张隆甩的时候她可是很惨的，但人家照样能装作什么事情都没发生过，时不时和张隆维系一下感情，为的就是给自己留条后路。"

云边弯下腰，继续给常焰清理伤口，问道："安坤怀疑你没？"

常焰轻描淡写地说道："他谁都怀疑，估计也会怀疑张隆。"

"那他为什么把张隆给放出来了？"

"关着没意义了，不放出来张隆又怎么能露出马脚呢？"

云边直起身子："你的意思是他更怀疑张隆？"

常焰笑了笑，没有回答，额头冒出一层冷汗。

云边有些心疼，放轻手上的力道，吹了吹他的伤口。常焰眉头逐渐舒展，似乎没那么疼了。

"你稍微往后仰一点儿，我给你撒药。"

常焰十分配合地往后仰，云边拧开药瓶，将药粉撒上去一些，贴上纱布。

常焰的手机又响了，这次是安小哲打来的，让他晚上带着云边一起去安坤家。

挂了电话，常焰看向云边。

云边继续给他缠纱布，过了一会儿才问道："是鸿门宴吧？"

常焰轻轻地笑了一下："放心，我会找到转机的。"

"转机有用吗？"

"能暂时保住命。"

"暂时……"云边重复这两个字，心里不知道在想什么。

云边缠好纱布，直起腰和他相对，问道："你是不是根本没有把握能洗清嫌疑？"

常焰沉默。

"说实话。"

常焰静静地站着，额头上还有未散去的虚汗，他沉思几秒，说道："我让老回安排你和云端离开。"

云边忽地瞪向他。常焰挪开视线，微微低头，不敢看她。

云边说道："告诉我你的计划。"

常焰抿紧了嘴唇，实话实说："没有计划。"

这是个死局，他的身份暴露只是时间问题。安坤现在没有证据，但对安坤来说，没有证据同样可以定罪。虽然安坤现在没有对他做什么，但肯定安排了不少人在暗中盯着他。

而安坤对张隆的怀疑，全然是因为他个性本就多疑。在他心里，毫无疑问更怀疑的人是常焰，因为栾宇失踪是最大的疑点。

章回的人在河里打捞了两天都没有发现栾宇的尸体，河水湍急，流经好几个城市，要想找到的确是件难事。如果尸体被其他人发现，再传到安坤的耳朵里，对于常焰来说绝对是一个潜在危险。

常焰说道："就算怀疑我也没关系，老回那边已经准备行动了。"

云边看得透彻，冷笑一声："既然安坤很快就会被逮捕，为什么还要送我离开？"

常焰自知骗不过云边，头越来越低。

"为什么要骗我？明明还不能行动。你现在的处境这么危险，章队还能让你继续任务，你肯定也没有跟他说实话。"

云边一句话撕开他的伪装。

的确还不能行动，一是大仓库的位置还没有找到，二是秦溯还没有进入境内。

常焰沉默不语，云边盯着他，许久过后，拉起他的手往卧室里走。

常焰顺从地跟着她。

云边说道："睡一会儿吧，你需要休息，我也有点儿困。"

常焰愣愣地看着她。

云边没理他，自顾自地躺在床上，侧身背对着他。

常焰知道云边不会走，她把自己的命和他的命拴在了一起。他上床抱住她的腰，脑袋埋在她的后颈处，贪婪地闻着她身上的味道。

晚上，常焰和云边、陈香和安坤，四个人围坐在餐桌边。

晚饭是烤肉，用人将烤肉和配菜端上桌，引燃炭火，安坤摆摆手，他们便退下了。

陈香接过烤肉的工作，先在烤盆上刷了层红油，将肉片均匀铺开，煎炸声随之而起。她又给四人倒上了酒，常焰先举起酒杯，云边见状也举起来。

这是习惯，只要喝酒，都会先敬安坤一杯。

安坤点点头，两人一饮而尽。安坤却没喝，他目不转睛地看着烤盘上吱吱作响的肉片。

等肉片熟了，陈香夹起蘸上甜醋汁，放在安坤的碗里。

安坤将肉塞进嘴里，细细地品尝着。

陈香又给云边夹了一块，笑眯眯地说道："尝尝我烤的肉。"

云边笑笑，尝了一口，冲她点点头："好吃。"

肉片接二连三地熟了，陈香却不给常焰夹。

常焰看着她，陈香翻了个白眼："要吃自己夹，没有手啊？"

常焰叹了一口气，摇头道："待遇是越来越差了。"

陈香晃了晃脑袋，和同龄的常焰、云边在一起时，她下意识地觉得很放松。

安坤看了陈香一眼，问道："听说云小姐和我家阿香关系很好啊？"

云边神态自然地回道："嗯，和香姐蛮聊得来的。"

"云小姐是沈城人？没什么口音啊。"

"坤哥叫我云边就好。以前被人嘲笑过讲话有口音，之后说话的时候就会注意一些，不知不觉，就没家乡口音了。"

"怎么来长蓝了？"

云边看向他，神色平静地说道："家里没别人了，只有长蓝这边有个舅舅，我和我哥就过来了。"

安坤又问道："舅舅干什么的？"

"以前在铁路工作，现在退休了。"

陈香好奇地瞄了安坤一眼："哎呀，你这么好奇人家里事干吗啊？"

"关心一下。"安坤的笑容有点儿冰冷，突然又问道，"云边知道我们是做什么的吗？"

闻言，云边连睫毛都没有颤动一下，回道："知道啊。"

"常焰告诉你的？"

常焰抬眸，神色冷静，倒是陈香有些慌张，手里的筷子突然掉了一根。

安坤见状明白了："你紧张什么，都是自家人。"

陈香捡起筷子，勉强地扯出一个笑脸。

云边淡定地解释道："是孙晨晨吸毒被我撞见了，我才知道的。"

陈香松了一口气："是啊，不是我说的。"虽然这事没多要紧，但谁知道安坤那怪脾气会不会突然间就翻脸。

常焰只顾埋头吃肉，一副没觉得哪里不对劲儿的样子。

安坤看了他一眼，问道："栾宇还没找到呢？"

常焰听到这个，眉头马上皱了起来："没，能找的地方都找了，就跟蒸发了似的。"

"那你觉得他能去哪儿呢？"

常焰咽下食物，喝了口酒，摇摇头："猜不准，或许是跑了，不想干这个了，也或许是惹到什么事被仇家杀了。"

安坤淡漠地看着他："是吗？"

常焰神情如常："我一定会找到他的，坤哥你再给我点儿时间。"

"给你多长的时间？"

常焰摊开手，又握拳，敲了下桌面，回道："三天吧，我非得把他找出来不可。"

"找不到的话呢？"

常焰心微微一沉，面上却不显露："坤哥你说怎么办就怎么办。"

"我看你是想要用三天时间编个故事出来吧。"

常焰嘴角抽动，问道："坤哥，你什么意思？"

陈香察觉到气氛不对，放下手里的筷子。

安坤的手指轻轻地点着桌面，声音很小，却能叩到人心里去。

他淡淡地说道："你要救汪健成，但又没办法支开栾宇，所以干脆将他杀了是不是？"

常焰佯装惊讶又委屈的样子，眼睛瞪大："坤哥你怀疑我？我怎么可能干这种事？"

安坤冷笑，拍着桌子站起身："那你告诉我是谁干的？除了你，谁有那么大本事能把人从我身边劫走？"

常焰觉得好笑，无所畏惧地站起身，和他对视，镇定地说道："我本事大还成坏事了,这是什么道理?"

云边茫然地左看看右看看,又看向陈香。

陈香也不明所以,试探性地摸了摸安坤的手臂,问道:"怎么吃着吃着就吵起来了呢?"

安坤大手一挥,甩开陈香,吼道:"女人懂个什么!"

他突然掀翻了桌子,陈香和云边惊呼着躲开。烤盘倒向云边,常焰慌忙把云边拽到身边,问道:"没事吧?"

云边刚想说话,安坤突然大步走到他们面前,一脚踹在常焰的腹部,力气很大,毫不留情。

常焰摔倒在地,腹部的伤口猛然作痛,他咬着牙,睫毛微微颤动。云边跑过去扶住他,生怕他身上的伤被安坤发现。

安坤怒吼:"为他们卖命有什么好处?有我给你的钱多吗?既然好日子不过非得作死,那我就成全你。"说完,他掏出枪指着常焰。

常焰的眼里没有半分害怕,他扶着云边的肩膀缓缓站起来,双眸中充满了失望。

"坤哥,我一直以为你把我当自己人,没想过你还是一出事就怀疑我,三年前……"

常焰的呼吸紊乱,他深吸一口气,说:"你找了几个兄弟假扮警察把我劫走,诱导我说自己是警方的卧底,我说我不是,你不信。"

他抬手,指了指后背,继续说道:"你让人用开水浇在我的后背上,一次又一次。"

云边蓦地捂住嘴,看着常焰的后背,眼眶湿润。

"最后你确认我不是卧底,说你错怪我了,以后绝不会再怀疑我,还说我永远是你最信任的人。那一刻我告诉自己,我有归宿了,我有家人了,我愿意为你做任何事。"

安坤不为所动,拉开枪的保险。

常焰冷笑一声,一副真心错付的失望模样:"我对你是绝对的坦诚,可你呢?原来在你心里,我从来没有被信任过。既然被你如此误会,还不如杀了我。"

常焰走到枪口前，目光直直地看着安坤，一脸绝望。

安坤沉默地看着他。

突然间，安坤的电话响了，陈香接通。

电话那头的人大喊："坤哥，小哲和张隆打起来了，小哲说张隆是叛徒！"

安坤一走，常焰和云边就离开了公馆。

常焰强忍着疼痛走到车边，说道："你来开吧。"

云边点点头，把他扶到副驾驶座后，掀他的衣服："我看看。"

伤口渗出了血，纱布被染红了一大片，云边眉头紧皱。

她迅速坐进驾驶座里，系好安全带，握住手刹，抬头看看眼前的道路，呼吸变得紊乱。

云边犹豫了几秒，又检查了一遍安全带，再次握住手刹，深吸一口气。

常焰看她的神情不对，问道："你是不是不敢开？因为你哥……"

云边回过神，摇头说道："没事，你不用管我。"

她放下手刹，启动车子。她的确对开车有些心理障碍，摸到方向盘时脑海中会下意识地浮现出爸妈死去的惨状。那天，爸妈是去机场接她的，却在路上遇到了车祸。她赶到医院的时候，他们的身体还是温热的，但已经没了气息。

云边拼命集中注意力，让自己不要去想以前的事，她打开车灯，小心翼翼地看着眼前的道路，车子开得平稳。

常焰半眯着眼睛，静静地看着云边。她没跟他说过在父母去世、云端眼盲的那段日子里她是怎么过来的，但他能想象到，那会是多么绝望的一段时间。

云边感受到常焰的视线，匆匆地瞥了他一眼，问道："睡不着吗？"

常焰摇摇头："睡不着，陪我说说话。"

"现在吗……"车已经驶离了公馆区域，开上大路，云边换到慢车道，放缓车速，"好啊，那就说说话。"

常焰也不知道该聊什么，就是不想看见云边眉头紧皱的样子："你起个话头。"

深冬季节,草木凋零,举目望去,四处一片荒凉。云边沉默几秒,突然掉下了一滴泪,她的声音有些干涩:"那家麻辣小面的味道和沈城的一模一样。"

常焰无力地笑笑,说道:"是我教那个老板怎么做的。"

云边诧异地说道:"我就说这里的人口味都很怪,做不出那么好吃的味道。这么说的话,那家店也是你开的?"

"不是,虽然开店的钱是我拿的,但老板说以后有钱了再还我。"

云边当下就猜到了,问道:"老板是你的人啊?也是卧底吗?"

"不是,他之前犯过事,服完刑出来后找不到工作,也没有钱,但他改造得很好,差点儿要饿死也没有干回老本行,我就想帮一帮他,偶尔他也帮我做点儿事。"

云边点点头,将车停在红绿灯路口,拉起手刹:"这里吃的住的,我一直都不太习惯,你呢?"

"我也不习惯,但我会做饭,想家乡的味道了就自己做点儿吃。"

云边撇了下嘴,喃喃道:"我也会做,但做得不好吃,不知道为什么。"

常焰沉默地看着她:"没事啊,以后我做饭呗。"

云边干笑了一下:"那我负责赚钱养你。"

常焰感叹一声,颇为得意地说道:"我这命真好啊。"

扯家常一样的话题,若是只听声音,会觉得这是情侣间的平淡对话,但若是看到两个人的状态和模样,只会让人难受得心里发堵。

脸色惨白的两个人,一个眼角的泪水不停地流,却努力扯出笑容;另一个狼狈地半躺着,用尽全身力气去忍受伤口的疼痛,就像一个弥留之际的病人。

云边嘴唇颤抖,再也维持不住笑容了,轻声问道:"你后背的伤原来是这么回事啊。"

常焰静静地看着她,安慰道:"不疼。"

"别的伤呢?又怎么来的?"

绿灯亮起,云边打开转向灯,缓缓松开刹车。

"不记得了。"

"这样哦。"云边手掌收紧,几滴泪水蓦地砸在方向盘上。

"嗯。"

一时间又没话说了,沉默在车里蔓延,气氛有些压抑。

云边再度开口,平静地说道:"上午你问我要不要离开,我现在后悔了,我讨厌这里,我想回去了。"

常焰的心一沉,眼眶瞬间红了,他迅速别过脸,强忍泪水,克制地说道:"挺好,那就走吧。"离开长蓝,离开我,走得远远的。

他心里很清楚这是最好的结局。只是他的心真的很痛,他不想放手,他知道是他太过自私了。她坚持留下的时候,他默许了,所以现在才会让她流着泪,无奈地决定给这段关系画上句号。

云边声音颤抖地说道:"我要带着你一起走,回沈城,回家。"

"嗯?"常焰没明白。

"那里是我们生活了二十多年的地方,吃得习惯,睡得习惯,城市繁华,四季分明。冬天还有雪,雪花是六角形的,落在地上也不会立马就化。"

常焰突然觉得有些不对,他微微撑起身子,发现车子并没有往画室的方向开,问道:"你往哪儿开?"

云边沉默,踩着油门的脚突然加重力道,车速逐渐上升,她平静地说道:"长蓝太小了,抬头看见的都是山,天空就像一个井口,闷得很,还有那条河,到了晚上就黑洞洞的,像是要把人吞噬掉一样。这里哪儿都不好,我不喜欢。"

常焰握住她的手,重复道:"云边,你往哪儿开?"

云边不答,目光直直地看着前路,像什么都听不见似的。

她不想再次被迫接受生命中重要的人突然离去,她想逃,逃出这片茫茫的黑夜。

长蓝很小,也很少堵车,离开这里只需要十几分钟。

一直往前开就是高速公路的入口,常焰此刻也明白了:"你不要云端了?"

"有我二叔呢,要走的话马上有人带着他离开。"云边声音带着些许冷意。

常焰握着她手腕的力道加重,沉声道:"云边,你理智点!这不是游戏,说走就能走的。我还有很多事没做,如果我走了,那些人仍旧会逍遥法外,继续纵容他们的话,会害更多的人。"

云边甩开他的手,目光冷淡:"我宁愿这是场游戏,你要是死了还可以复活。"

常焰微微垂头,抿紧嘴唇。

云边轻呼一口气,平静地宣泄着怒意:"为什么必须是你?为什么一定要是你?我们只是普通人,肉体凡胎,你的身体还能扛住几次子弹?!"

常焰看到她的身体在微微颤抖,他深深地呼出一口气:"对不起。"

云边的身子猛地僵了一下:"我不要听对不起,你别说这句话,我讨厌这句话!我后悔了,我不要你善良,我不要你伟大,我想要你自私一点,哪怕变得卑劣也好,我只想要你的人,活生生的人!"

车子即将驶向岔路口,若是离开,便再难回来。

"云边,我不是普通人。"常焰语气沉重,像是带着跨越山海的疲倦。从背负使命的那一天起,他就不再是一个普通人了,他肩负着许多人的期待。

云边不是不懂,她明白这份使命有多么沉重,可她不明白肩负使命的人为什么非要是他?他身上的那一道道伤疤,让她心如刀割。

云边突然刹车,车子停在路中央,冷风打了个弯,拍在车窗上。她满眼泪水,呆呆地看着路口。

两人皆沉默,车内空气几乎凝滞。

常焰握住云边的手,她的手指冰凉,掌心潮湿。他想说些什么,张开嘴却发现无话可说。道理两个人都懂,可情感难以自控。

有些事总得有人去做,安稳家园的背后,缺不了守护者。

云边无力地趴在方向盘上,常焰紧紧地抱住她。

寂静的车厢内,只听得见心脏的跳动声。

安坤以为安小哲是发现了张隆不对劲儿的地方,赶到后才发现,这不过是一场捉奸闹剧。

安小哲听别人说孙晨晨和张隆搞到一起去了,就过来捉奸,当看见他们两个滚在床上时,他瞬间失去了理智,和张隆厮打起来。

两个人打得很凶,安坤到的时候,张隆的一条腿已经被打骨折了,安小哲也好不到哪儿去,胳膊脱臼,脸上都是血。

孙晨晨跪在一边,用被单遮住自己的身体。

安坤怒火冲天,甩了安小哲一个巴掌。

安小哲委屈地说道:"又不是我的错,你干吗打我?"

"一个个的正经事不做,就知道扯女人的事!"

跪在地上的孙晨晨瑟瑟发抖,安坤盯着她说道:"只会惹事的女人,把她给我处理掉。"

话音刚落,两个男人便把孙晨晨围了起来。孙晨晨想要求饶,却被男人扇了一个巴掌,随即用胶布把她的嘴粘上,架着她走了出去。

安小哲看了安坤一眼:"爸,你不收拾张隆?"

安坤踹他一脚,骂道:"别跟我说话,给我滚回家去!"

安小哲走后,安坤接到一个电话,是盯着常焰的人打来的,汇报了两个人有离开长蓝的迹象,但最终并没有走。

安坤挂了电话,看了一眼张隆。

张隆面露惧色,哀求道:"干爸,我知道错了,我不该碰小哲的女人,他都打断我的一条腿了,你就饶了我吧。"

安坤抬手动了动手指,身后的几个人瞬间将张隆的手脚抓住,把他按在地上。

"小哲说你是叛徒,这话怎么说?"安坤语气平淡地问道。

张隆猛烈地摇头,否认道:"小哲是愤怒之下说的话,不能当真啊!我从小跟着您,怎么可能是叛徒?叛徒是常焰,是常焰啊!"

安坤冷哼一声:"我觉得常焰不像是叛徒,而且,他有机会跑却没有跑,如果他是叛徒,在被我戳穿身份的情况下,为什么还要留下呢?"

张隆一怔,心下慌乱,说道:"那就是别人,一定不是我!"

安坤朝前走了几步,一脚落在张隆那条骨折的腿上,慢慢加大力度,张隆随即发出痛苦的哀号声。

安坤冷冷地说道:"你这么爱碰别人的女人,都碰过谁?林玥?"

张隆摇头,喘着气说道:"那是以前,现在没有了,干爸。"

安坤嗤笑一声,一字一句道:"那陈香呢?"

"我哪来的胆子敢碰干爸你的女人啊!"

"我看你胆子挺大的。"

张隆欲哭无泪。

安坤又突然问道:"你是怎么从公馆跑出去救汪健成的呢?"

张隆瞳孔一颤,急忙道:"坤哥,我对天发誓,这事真不是我干的!如果是我,我不得好死!"

安坤平静地盯着他,沉默不语。张隆被盯得浑身发毛,镇定不下来。

半晌过后,安坤让弟兄们松开了张隆,他拍了拍张隆的肩膀,安抚道:"我当然信得过你,你和小哲一样,都是我的儿子,但现在小哲说你是叛徒,你就得为自己洗清嫌疑。"

张隆使劲儿地点头。

安坤皮笑肉不笑地说道:"把常焰是'鬼'的证据找出来,我得让他死得好看一点儿。"

张隆压根猜不透安坤心里在想什么,只觉得他太恐怖了。

孙晨晨被带到河边的偏僻之地,几个男人把她捆住,塞进尼龙布袋里,绑上石头,准备把她扔到河里去。

几人正欲上船之时,四周突然亮起刺眼的灯光,随即响起急促的警笛声。

五个小时之后,孙晨晨坐在审讯室里,云边和董嘉南坐在她对面。

警方想让孙晨晨交代出一些关于安小哲的事情,好立刻对安小哲的生意进行阻击。这样既能暂时扰乱当下的局面,也会让安坤觉得孙晨晨可能和警方有联系,从而减轻一些他对常焰的怀疑。

但孙晨晨迟迟不交代,不得已的情况下,警方只好让云边冒险来了一趟。

云边看着这个曾经一心想要考进沈美的女孩儿，问道："为什么不交代？"

孙晨晨缓缓地抬起头，问道："交代又有什么用？还是说，我交代了你们会放了我？"

董嘉南说道："怎么量刑是法庭的事。"

孙晨晨嗤笑一声："既然什么好处都没有，我干吗要交代？"

董嘉南叹了口气。

云边看着孙晨晨，她身上的衣服十分宽大，衬得她越发瘦小可怜，她时不时地吸一下鼻子，挠挠胳膊，毫无精气神可言。

云边恍然想起第一次见到孙晨晨的时候，她还是个灵动可爱的少女。

孙晨晨动了动脑袋，抬头看看四周，目光又落到云边身上，问道："没想到你是干这个的，那画画是兼职了？"

云边摇头："我不是做这个的，我是以朋友的身份来见你。"

孙晨晨像是听到了什么好笑的话，吼道："朋友？你把我当过朋友吗？"

"为什么你觉得没有？"云边淡定地反问。

"朋友间不应该互相帮助吗？你帮过我什么？我想去沈美，你不肯教我画画，也不愿意介绍资源给我。你那么有能力，但凡帮我一点儿，我也不至于走到今天这个地步！"孙晨晨说得很委屈。

云边平静地说道："你说的一半对一半不对吧。我尝试过去帮你，所以让你来画室免费画画。"

孙晨晨摸了下鼻子，扭过脸不去看她，嘴硬道："就这点儿帮助算什么。"

云边的神情平静又从容，继续道："后来我也想过，如果你能考上沈美的话，我可以资助你。"

孙晨晨嘲讽道："马后炮，谁不会说好听话啊，你一直以来就是对我有偏见！我家境不好，你看不起我；我画工不好，你觉得我想考沈美很可笑，干吗不承认呢？你们这种人就喜欢把自己扮演得如同圣者一般，好像多善良多博爱似的，其实你骨子里就是看不起不如你的人！嘴上说着公平看待，实际上还是把人分成三六九等。"

孙晨晨又看了看董嘉南，冷冷地说道："今天抓我的人，没有一个对我有最基本的尊重，你们看我的眼神就像是在看垃圾。我是犯了罪，但大家都是人，你们凭什么摆出一副高傲的姿态？"

云边轻轻点头，似乎是在对她的话表示赞同："你希望别人尊重你，我给过你想要的，但你觉得我并没有，反而觉得自己是下等人，把我看成上等人，这不也是一种偏见吗？

"尊重是要靠自己去赢得的，你碰到愿意去尊重你、帮助你的人，是你运气好，但当大部分人都不愿尊重你的时候，你是否反思过是自己的问题呢？"

孙晨晨顿时哑口无言。

云边继续说道："你做了什么才会让别人瞧不起你，你不会到现在都不清楚吧？"

孙晨晨张口，却发现满腔的怒火无法转化为有力的语言。

云边顿了顿，接着说道："我不会帮助一个在我心底已经被判定为不配的人，更不会去尊重一个不值得尊重的人。你可以说我清高，骂我虚伪，然而我并不在意你的看法。在我的观念里，你做了害人的事，就该受到别人的唾弃，难不成还要把你高高地捧起吗？那么犯罪的人是不是太幸福了点儿？"

孙晨晨彻底被激怒，她手脚乱动，想要挣脱手腕上的铐子，怒道："你有什么资格这么说我？你从小就能学习画画，去参加各种世界级的比赛，还能得到良好的教育，轻轻松松地就过上了我梦寐以求的生活。你得到的这一切，还不是因为你家里有钱？！"

她尖叫一声，头发甩来甩去，歇斯底里地吼道："我呢？我爸妈都是穷人，动不动就打骂我，这样的成长环境，我能不去犯罪吗？有什么样的父母就会培养出什么样的孩子，这不是我的错！"

云边倏地站起身，董嘉南握住她的胳膊，劝慰道："别冲动，好好说。"

云边摇摇头："我不打她，不骂她，你可以放心。"

董嘉南看了一眼监控。

章回在耳机里对董嘉南说："出了事我担着，让云边折腾吧。"

董嘉南这才放开云边的手。

审讯最重要的就是攻破犯罪嫌疑人的心理防线，在云边和孙晨晨的交谈中，孙晨晨已经暴露了自己的薄弱处，她觉得命运不公，渴望被人尊重和理解。

此时外面天光大亮，清晨的阳光透过玻璃照进来，云边站在光线最强处，脊背挺直，背后的光芒刺目。

云边继续说道："我的父母有钱，对我非常好，我还有爱我的哥哥和男朋友，他们都在无微不至地照顾我。你说的成长环境不好就会犯罪的道理，我无法理解，因为我没有生活在不好的环境之中。

"你也不必解释你犯罪的原因，我一点儿都不想和你共情。我们两个从生下来开始，中间便隔着巨大的差距，云泥之别，相互无法比较，我只会俯视你。"

云边轻蔑地笑了笑："我们这种人，的确如你所说，想做个圣者，毕竟钱有了，成就有了，不装装好人做点儿好事就太可惜了。

"你知道你现在仅剩的价值是什么吗？就是让我们这样的人看到你的经历，感叹一声教育真是重要啊，从而激发恻隐之心，为国家的教育贡献微薄的力量，让这世上少些像你一样的人。"

孙晨晨突然安静下来，抬起眼眸怨毒地看着云边。

云边高昂着头，极其轻蔑地看着她说道："你刚刚问，如果交代会有什么好处，我明确地告诉你，你不配谈条件，但我可以告诉你，你不交代的后果。"

董嘉南倒吸一口冷气，直觉不妙。

云边语气平静地说道："我会好好利用你仅存的价值，将你的故事做成绘本，在全国各地传阅。你的名字将家喻户晓，你的父母将会以你为耻，你的同学、老师会用你做反面教材，所有人都会理所当然地说一句'孙晨晨死不足惜'。"

云边微微弯腰，手掌放在桌面上，语气咄咄逼人："你运毒，为了吸毒给安小哲下跪磕头，和张隆纠缠不清，我觉得这些都不够屈辱，达不到戏剧性的效果，想让故事精彩一些，必须添油加醋……"

董嘉南浑身的汗毛都竖起来了,他慌忙看向监控,耳机里却传来章回懒洋洋的声音:"哎,晚上吃什么呢?烧烤?火锅?吃烧烤就摇摇头,火锅就点点头。"

董嘉南无语,不点头也不摇头。

孙晨晨和云边四目相对,云边的目光如同锋利的刀子,恨不得要将孙晨晨凌迟了一般。

孙晨晨咬着唇,心理防线彻底被击溃,声音颤抖着说道:"你们警察不可以这样做。"

云边轻笑一声:"我不是警察,怎么不能这么做呢?"

孙晨晨瑟缩着,表情惶恐。

云边说道:"我不想让你痛痛快快地死去,我想亲眼看你遭到报应,把你曝光在大庭广众之下。人们的唾沫沾在你的发顶,等你死了,也别想安安静静的,你的墓碑会被人砸得稀烂……"

孙晨晨尖叫一声,吼道:"你为什么这么做?我跟你无冤无仇!"

"无冤无仇?"云边挑眉,"你想害我的时候,怎么不问问自己这句话?孙晨晨,你讨厌我讨厌得毫无道理。什么偏见和瞧不起,不过是你找的借口,用来隐藏你内心的自卑。真正瞧不起你的是你自己,你恨你的父母没有钱,给不了你优渥的生活,你恨自己的成绩不好考不上好大学,你改变不了这一切,所以比你优秀的便都是你的敌人。"

云边的话揭开孙晨晨的伤疤,直击她的灵魂,她暴怒地用手砸椅子扶手。

云边看着她愤怒的神色,淡淡道:"你这个人太别扭了,自己瞧不起自己可以,却受不了别人瞧不起你。我呢,也很别扭,偏偏要让所有人都瞧不起你。"

孙晨晨打了个激灵,逐渐安静下来,眸光死气沉沉。

董嘉南抓住时机,说道:"现在还有机会,交代吧。"

孙晨晨低下头,轻声哭泣:"不要这么对我,我求你们了。"

耳机里传来章回的笑声:"看来晚上得喝点儿酒。"

董嘉南扶额,点点头。

审讯一直进行到中午,云边腰酸背痛地走出审讯室,被秘密护送走。

董嘉南开着车,看了一眼副驾驶座上的云边,说道:"姐姐,我一会儿给你送到商场,有人接应你,然后你再回画室。"

云边点点头,靠在椅子上,神情冷漠地看着外头的阳光。

阳光温暖,枯枝摇晃。

董嘉南开了会儿车,忍不住开口问道:"姐姐,我感觉你变了,以前从没见过你这样。"

云边笑了一声:"我以前是什么样?"

"挺温和的,也很善良。"

"你觉得我不善良了?"

"那倒不是。"董嘉南想了想,"对他们这些人,没必要善良,只是我以为你会以德报怨。"

云边缓缓地转过头看向他:"以德报怨,难道就不看对象?"

董嘉南哑然。

云边感叹一声:"我真的很恨,恨不得杀了孙晨晨。"

董嘉南握着方向盘的手轻轻一晃,诧异地看向她,问道:"你和孙晨晨有那么大的仇吗?"

云边的眼神冰冷:"她吸毒,也贩毒,我便没办法再正视她。"

"姐姐,我们一定会把这些犯罪的人绳之以法的,你要相信我们。"

云边点点头,闭上眼睛。

她心中有恨意在翻滚,自从知道常焰身上的伤疤是怎么来的后,这种恨意就翻滚得越来越强烈。她真的做不到用平常心去看待毒贩,她想让他们马上受到报应。

她知道即使这些毒贩受到惩罚,也改变不了常焰所遭受的一切,所以她觉得很委屈,替常焰感到委屈。

安坤在得知孙晨晨被警方救走后,已经有些坐不住了,他让安小哲如实交代都跟孙晨晨说过什么。

安小哲因为害怕被他责备而没有实话实说,只说出了透露给孙晨晨的两三个下线,抱着侥幸心理觉得她掀不起多大的风浪。

随后,安坤又让常焰带着云边一起来公馆。常焰了解安坤,在他摆脱嫌疑之前,他和云边都将被严密监控。

常焰没带云边一起,而是一个人走出画室。

隔壁的铺子最近刚租出去了,用来做烟酒商店,老板在外头伸着懒腰,视线若无其事地移到常焰脸上。两人眼神交流一会儿,老板轻轻点点头,进了画室。

老板是章回的人,是来保护他们几人的安全。

常焰坐进驾驶座,隔着门玻璃,望了一眼云边的身影。

回不去了,那些所有美好的过往,都将定格在他的记忆里,但他不觉得遗憾,反而觉得幸运。云边带给他的,比这世上的一切都要珍贵。

孙晨晨把知道的事情交代完后,章回立马带人端了两个仓库,以及下线的几个毒贩。

也有扑空的,就是安小哲对安坤交代的那两三个下线,对方有所准备,以至于行动失败。

因为毒贩的警觉性和反侦查能力强,缉毒是相当困难的事情,再加上警力有限,所以更多的精力还是放在关键人物上。

因此,找到毒品源头至关重要。没有了毒源,无货可销,毒贩自然就少了。这也是常焰蛰伏多年的原因。

只要没有将秦溯的大本营一击捣毁的把握,那么常焰就必须留在安坤身边,行动也要遵守两大原则:一是不能伤到安坤这个诱饵,二是尽量保证能持续被安坤信任。

现在常焰失去了安坤的信任,任务变得艰难起来。

仓库被端,安坤处在暴怒之中,凡是在场的人无一不是他发泄怒火的对象。

"不是告诉你带云边一起过来吗?她人呢?"安坤问道。

常焰微微耸肩:"昨天晚上跟我吵架了,收拾行李非要回老家。"

安坤眉毛微挑,仿佛听了一个笑话:"现在的借口是越来越拙劣了。"

常焰避重就轻:"没有啊坤哥,你也不是不知道,女人的脾气一旦上来了也真是没办法。"

安坤冷哼一声:"我看你对林玥就很有办法。"

常焰叹了口气,坐在椅子上,有些颓废:"她跟林玥不一样,不认钱也不怕打,犟得跟头牛似的,我也没辙啊。"

安坤一脚踹翻他的椅子,吼道:"谁让你坐下了!"

常焰跌倒在地,一言不发地站起来,安坤又踹向他的膝盖窝,他砰的一声跪在了地上。

安坤怒道:"你给我跪着!"

随后又对手下发号施令:"你们去把云边给我带来。常焰,要是让我查出来内鬼是你,云边就是第一个要完的人!你不是心疼她吗?不舍得打不舍得骂的,我看你到时候心疼不心疼。"

常焰跪在地上垂头不语。

一旁的安小哲和张隆对站无言,气氛十分凝重,安小哲时不时地剜张隆一眼。张隆避着他的视线,脸绷得紧紧的,挂着拐杖隔一会儿便挪远几厘米。

安坤看在眼里,吐了口唾沫,骂道:"一群废物,出事了谁也指望不上。"他抽出一根雪茄,走到别墅大门处点燃。

冬天的风像个醉汉,东倒西歪不知要往哪个方向刮,干巴巴的树枝在寒风中战栗着,不时地发出咔嚓咔嚓的声音。

不知是不是年纪上来了,安坤突然觉得有些疲惫,他捞了一辈子的钱,花也花不完,选择继续干下去也不过是为了给子孙后代铺路而已。

常焰和张隆之间的明争暗斗,他制衡得了,但换作是安小哲,绝对制衡不了。

如果要保证安小哲未来无忧无虑,常焰和张隆只得留一个。他心里是有偏袒的,常焰在各个方面都碾压张隆,况且张隆有野心,即使藏在"龟壳"里,他也看得出来。

原本他打算留下常焰,然而这次的内鬼事件,让他不得不再慎重考量到底留下谁。

安坤在烟雾中眯了眯眼睛，扭头看了常焰一眼。

常焰不是心狠手辣之人，他重情重义，办事滴水不漏，洞察力敏锐，身上流露的那股子自信，是极具侵略性的。

这些特质在很大程度上弥补了他不够毒辣的缺点，是个比安小哲不知好上多少的苗子，而安小哲除了毒辣，一无所有。

想到这些，安坤轻轻地吐出一口烟雾。

第十一章　　破局

　　夜里两点，缉毒大队在盘山公路上设卡，准备拦截一辆微型客车。这辆客车从长蓝出发，六个小时的路程，跨越了两座城镇。

　　如果想拦截，在刚出长蓝镇的时候是最佳伏击时间，但章回没有在那时候下达命令，而是在三四个小时之后，和队员一路奔波才赶在客车前头，选在客车必经之路设置路障。

　　闻着浓重的汽油味和难闻的体味，林玥昏昏欲睡，客车的座椅极其不舒服，她的头随着车身颠簸，撞在了一旁的玻璃窗上。

　　林玥睁开眼，客车行驶在盘山路上，车身的高度让她看不到地面，只觉得车子像悬在半空中，底下是深不见底的悬崖。

　　她们几个姐妹分开坐着，每个人的打扮皆不相同。林玥穿着厚厚的军大衣，头上戴着毛线帽，脖颈间的围巾掩住口鼻。

　　她靠在车窗玻璃上，车身的振动让她的耳朵发痒，心情也烦躁起来。

　　今天是她二十五岁的生日，这个年纪对于普通女人来说不算老，但对于她来说，很老了。

　　没有学历，没有好的家境，也没有一技之长，这些年来，她只能通过犯罪来获取金钱。

　　她后悔吗？倒也不后悔。如果当初不是张隆引她走了这条路，她也体验不了这几年的辉煌。她虽然恨张隆，但也庆幸遇到了他。

　　感情对于她来说，比不上铜臭味更吸引人。她有时想不通那些自命清高的女人端着架子有什么用，只要有钱，让她做什么都无所谓。

　　常焰对她很好，给她钱花，惯着她。她以为常焰只是对待感情慢热，而不是心里没有她，觉得只要一直待在他身边，总有一天能焐热他，他也会爱上她，给她数不尽的金钱和充满安全感的未来。

但这一切在云边出现之后就全部破裂,常焰给了她梦想,又亲手摧毁了她的梦想。

她好恨啊!别给她机会,一旦给她机会,她一定会报复回去!

车辆颠簸,轮胎碾飞的小石子打在车窗上,一阵噼里啪啦过后,车速缓缓放慢。

林玥回神,看到前方有车灯亮起,她下意识地绷起身子。

客车停下,有警员上车和司机交涉,询问着要开去哪里,车上有多少人,途经哪里,等等。

乘客们议论纷纷,林玥双手紧握,手心渗出一层细密的汗水。

她的手伸到衣服里头,摸了摸微微隆起的小腹,暗自咬牙,回头和几个姐妹对视一番,示意不要轻举妄动。

司机解开安全带下了车,几名警察陆续上车,首位进来的警察出声安抚道:"大家都在座位上坐好,临时路检。"

他又对后面的几人说道:"查一下人数。"

一位警察随口说道:"这是黑客车啊,你们坐这样的车,安全问题就没法保障。这大山路多危险啊,万一出点儿什么事怎么办?"

有乘客回道:"警官,我是着急回家,买不到正规票了,不得已才坐这种车的,你们不要抓我啊。"

董嘉南站在林玥附近,苦口婆心地说道:"抓倒不至于,但是你们得知道这行为是错误的,再说你们这票价也跟正规票价是一样的吧?"

两辆警车挡在客车前,蓝红光交替闪烁着,林玥透过车窗看见客车后头不知什么时候也停了一辆警车,前后夹击,这架势不太像是临时路检。

林玥觉得不安,一颗心七上八下的,她扭头想看看其他姐妹,然而站着的警察挡住了她的视线。

又有乘客回道:"价格是一样的,我们不是为了贪小便宜坐这车的。"

其他乘客附和道:"是啊是啊,我老婆生孩子,我和那哥们一样都是因为着急回家。"

董嘉南笑笑,转身对林玥身旁的乘客说道:"你是哪儿的人?身份证我看看。"

林玥心里一惊，微微别过头，身旁的乘客掏出身份证，递给董嘉南。

董嘉南伸手，没有接身份证，而是一把拽住乘客的胳膊，将人从座位上拉了出去。

与此同时，所有警察同时发起进攻。

林玥猛地回头，视线里是董嘉南的蓝色制服，她还没反应过来，后颈就被董嘉南一把按住，被迫弯下腰。

尖叫声四起，乘客们不明所以。

"不是不抓人吗？"

"怎么回事？不是路检吗？"

"抓的都是女人。"

林玥的手腕上一凉，银色的手铐扣住了她的双手，抬头一看，其他姐妹都和她一样，猝不及防间就被铐住了。

警察们也没了刚刚的和颜悦色，全都换了一张脸，严肃又冷峻，时刻提防着有人反抗。

逼仄的车厢里，警察们押着几个女人下车。

她们这批人全部被抓，毫无疑问，有人泄露了人员信息。林玥微微偏头，朝姐妹们示意了一下。

突然，一个女人发起了反抗，众人的视线都被吸引过去，与此同时，另一个女人也作势要逃，一时间，警察的注意力都放在制服这两个女人上面。

混乱中，又跳出来一个女人，她摇晃着身体，大声尖叫道："我身上有炸弹，你们谁也别靠近我！"

几名警察迅速举枪，对准那个声称自己身上绑有炸弹的女人。女人的腹部有些臃肿，她穿得太厚，无法辨认是否真的绑有炸弹，但能清楚地看到有一条线顺着袖口被她捏在手上。

她的手被铐在身后，手指摸在腰间，如果是遥控装备，那只要轻轻一按，炸弹就会被引爆。

一名警员迅速带着司机上了车，司机配合地坐到驾驶座上，将车缓缓往后退，带着乘客们撤出会被炸弹波及的范围。

女人紧跟着客车，高声喊道："别走！让我们上车！"

她想要借着炸弹脱身，客车就是唯一的脱身工具，章回飞快地思索着。

林玥观察着此时的情形，悄悄退后几步，趁董嘉南不注意，猛地一脚踹在他的膝盖上，转身钻入了山林里，其余女人也是如此，都想要往山林里跑。

见此情形，章回果断做出判断，炸弹是假的。常焰之前说过，如果遇到危险，她们常常会选择抛弃一颗棋子，来保全其余人。

声称绑有炸弹的女人被按在地上，其余警察迅速控制住想要逃跑的女人，但还是逃了两个，其中一个就是林玥。

章回急声说道："千万不能让林玥给跑了！"

董嘉南几人钻进山林，章回把被抓的女人们押上车之后，也钻了进去。

他们对这片区域不熟悉，所以追击很困难，然而林玥不是，对于她来说，如何逃跑是必须学会的。

山路崎岖，树木茂盛，风吹动树叶唰唰作响，掩盖住了奔跑的声音。

一束束灯光照在树干之间，林玥闪身跳到一个小山坡之下。她在地上摸来摸去，找到一根细且坚硬的树枝，随后她将手弯曲，在手铐上不断摸索着，额头上都是汗。

咔的一声，手铐被打开。当初为了练习这个技能，她的手伤了三四回，如果打不开，那真是白练了。

安坤公馆，清冷的月光洒进大厅，常焰保持着跪坐的姿势，垂头看着地砖。

他又用这种独断的方式结束了两个人的感情，不知道云边会不会怨他。常焰仰着头，长吁了一口气。

恍惚中，他好像看见云边从门外进来，她穿着自己那件风衣，白皙的脸冻得通红，鼻头也是红的，像是刚刚哭过。

忽然，大厅的灯亮了，常焰眨了眨干巴巴的眼睛，愣愣地看着云边朝他走了过来。她被安坤找到了？章回是怎么办事的？！

常焰的心猛地一跳，眼睛直勾勾地盯着云边，但也只能强行压抑自己的情绪，不让脸上关心的神情泄露半分。

　　穿着睡衣的安坤走下楼，静静地看着两人。陈香也下了楼，她睡眼惺忪，有关云边的事，她很想看看热闹。

　　云边的脚步没有半分停顿，径直走到常焰面前，她神情哀怨，眼睛里满是泪水。

　　她使劲儿捶了一下常焰的肩膀，又生气又委屈地说道："我走了你也不知道追我，你是不是根本就不爱我？"

　　安坤冷漠地看着两人，一言不发。

　　带云边过来的男人凑到安坤的耳边，说道："不是我们找到的，是她自己回来的。她拿着行李箱去车站转了一圈，估计只是做做样子给焰哥看。她哥一直在画室，回去后兄妹俩还吵了个架。"

　　安坤眉毛微挑，若有所思。

　　常焰还跪着，云边站在他面前。她低着头，他仰着头，好像一个犯了错的男人在祈求原谅一般。

　　常焰还没回答，云边又捶了他一下，力道不重，撒娇道："你有没有想过如果我真走了呢？你是不是不在乎我？你说话啊，说话啊！"

　　云边气得直哭，常焰回过神，捏了捏眉头，烦躁地说道："说什么？我对你怎么样你还不清楚吗？为了你都把林玥给甩了，你还想怎么样？"

　　常焰想站起来，但跪得太久，起身的时候都快感觉不到腿的存在了，他扶着旁边的椅子，刚站起来一条腿，才后知后觉地看了安坤一眼。

　　安坤的大拇指和食指摩挲着，不知道在想什么。

　　常焰顿了顿，还是站了起来，弓着腰揉膝盖。

　　云边的眼泪已经掉下来了，她用手抹了一把，喋喋不休地说道："甩了林玥你还觉得可惜是吗？那你跟她复合啊。"

　　常焰冷哼一声，旋即笑了出来："你可别后悔。"

　　看热闹的陈香吸了一口气，缓缓摇头，除了那张脸，常焰真是哪里都不招女人待见啊。

　　云边果然被这句话惊住了，她咬着嘴唇，委屈一瞬间冲到头顶，化作怒气，抬手就甩了常焰一个巴掌。

"我以为我回来了你会开心，没想到你是这种反应，我真是看错人了，跟我在一起的时候说得那么好听，现在……"

她话还没说完，一股掌风刮过，比刚刚更大的巴掌声响彻在大厅里。

云边摔倒在地，一边脸瞬间就红了，她震惊地抬起头。

安坤放下手，毫不客气地说道："轮不到你在这儿叫唤！"

云边张口想说话，但一句也不敢说，眼眶红得像个兔子。

安坤看向常焰："女人就得打才听话，你看，这不就消停了？"

常焰藏在袖子中的双手暗暗地握紧，指甲陷入掌心，他点点头："我知道了。"

安坤转身，往楼梯上走："行了，你也早点儿休息吧，上头有客房。"

常焰回道："好。"

安坤上楼后，陈香没跟着上去，而是扶起云边："疼不疼啊？我给你找冰袋敷一下。"

云边不说话，目光停在常焰的脸上，怨气颇深。

常焰沉默不语。

陈香摇摇头，对常焰说道："赶紧哄哄，我去拿冰袋。"

常焰匆匆瞥了云边一眼，似是放不下脸面，迟迟不愿低头。

云边抽泣两声，气愤地往门外走，外头的人伸出手臂，挡在她面前："坤哥让你们在这儿休息。"

陈香把冰袋递给常焰，推他一下："赶紧去哄哄，别再闹了，一会儿把坤哥闹下来就不是一巴掌的事了。女人你看不明白，坤哥你总看得明白吧，让你去休息就是不用跪着了，这事缓和了。"

常焰挠挠后脑勺，闷闷地"嗯"了一声，拿着冰袋走到云边身后，轻轻地拽了一下她的胳膊："走吧，去休息吧，我腿跪得死疼，你给我揉揉。"

陈香："……"

云边不动，陈香只好再去调和，拉着她的胳膊往楼上走。

陈香边上楼边说道："你们俩的事回头再说，现在真不是闹的时候，坤哥正疑心常焰呢，你闹不就是在给他添乱吗？"

云边思忖几秒，不情不愿地点点头："我也不是不识大体的人，但他太让人生气了。"

陈香回头瞪了常焰一眼。常焰无视她，扶着扶手专注地上楼。

上了楼，陈香把云边和常焰推进客房里头，说道："你俩消停点儿，不准再吵了，知不知道？"

云边点点头，常焰"嗯"了一声，把门关上。

屋内的灯还没开，只有月光照在地面上，常焰的手按在门板上，他的头一点点垂下，各种情绪在心头翻涌，无法用言语诉说。

他不知道云边为什么会回来，但能猜到一点，她回来是章回默许的。他暂时没法和章回联系，更不知道他们是为何达成了这种默许。

但他不能直接问，这间屋子，整个公馆，只要他们在这里头，就必须戴着面具。安坤那么多疑的人，他不敢在对方眼皮子底下跟云边坦诚相处。

云边看着常焰的背影，他的身躯高大健壮，像一座山，然而这山峰并不挺拔，反而是弯曲和脆弱的，别人看不到，只有她看得到。

云边走过去，双手搂住他的腰。

常焰身子一僵，手掌微微收紧："跑都跑了，干吗还回来？"

云边轻声道："你说呢？"

常焰转过身，挑起她的下巴，把冰袋轻轻地放在她的脸上，额头抵着她的额头。

心头的刺痛提醒着常焰，他必须保持平静，但两个人的呼吸交错在一起，把不能表达的情绪都表达了出来。

常焰叹了一口气："就这么想跟我在一起啊？"

云边抿抿唇，回道："是啊，从来都没有改变过这个想法，反而是你，对我们的感情一点儿都不坚定。"

云边抬起手，揉了揉常焰的头发。

这个动作是在安抚，常焰无奈地笑了笑。

摸完头发，云边的手缓缓下移，停在他的腰间，点了点他伤口的位置。

常焰拉着她的手走进浴室，打开浴室的灯："做我们这行的你也知道，有今天没明天的，何必那么想不开呢，你又不像林玥，你事业有成，缺我给你的这点儿钱？"

灯光亮起，常焰看到云边的侧脸已经肿了，但她的眼神很平静，刚刚在大厅里头那些外露的情绪此刻消散得干干净净。

云边脱掉外套，从衣服口袋里拿出来一瓶药和纱布："不缺钱，缺人。"

常焰把毛衣脱掉，掀起T恤下摆，黑T恤半边都是湿的，摸上一把，手心就能印上一片红。

云边垂头不语，默默地将被血染红的纱布拆开，紧贴伤口的纱布已经和血凝在一起了，撕开时，常焰腹部的肌肉紧紧一绷。

他微笑着打开水龙头："人也不一定能陪你一辈子啊。"

"如果你的下场注定惨烈，那就抓紧时间在一起吧，我不想余生都去后悔错过你活着的时光。"

云边的声音很轻，又被水流声掩盖，但常焰却听得非常清楚。他举着冰袋，帮云边敷脸，而云边帮他上药。

常焰目光灼灼地盯着她："你哥不是不喜欢我们在一起吗？你不怕他？"

他话里藏话，嘴上说的是云边的哥哥，实际指的是章回，他迫切地想知道章回为何默许云边回来，他们一定是有某种计划。

云边帮他换好新的纱布，抚摸着他的胸膛，神色平静地说道："我谁也不怕，谁也别想阻拦我们在一起。"

常焰盯着她看，不明所以。

云边垂眸，思忖了片刻，用手指在他的心口一笔一画写下了一个名字。

与此同时，董嘉南在丛林里搜索着。

突然，山林里传出一声枪响。

董嘉南立马循着枪声传来的方向飞奔过去。

脚下的土地坑坑洼洼，两侧的树影阴森瘆人，董嘉南越跑越快，心里的不安也越发强烈。

这时，他听到了呻吟声，心也提到了嗓子眼，下一瞬，看到了坐在地上的章回。

董嘉南用手电筒照了一下，章回脸色惨白，手紧紧地捂着大腿，鲜血顺着指缝不断地流出。

董嘉南跑过去，惊道："章队！你中枪了？"

章回没有时间跟他多说，抓着他的胳膊指了指前方，说道："快追，千万不能让林玥跑了。她跑了，常焰就完了！"

闻言，董嘉南立马往前追去。

章回坐在地上，仰头靠着树桩。今天的运气有点儿背，一脚踩空掉了枪，躲在树后的林玥趁机抢走，并朝他开了一枪。他避开的速度如果慢上一秒，子弹就会直接打中他的肺。

他有点儿事没关系，但如果让林玥逃脱，连累常焰就完了。

在常焰去了安坤公馆后，章回立马来了画室，原本要强制将云边和云端送走的，但云边说明了真实的情况，他才知道常焰这次很可能有去无回。

章回想救常焰出来，然而云边却阻止了他。

云边知道常焰是不会听从命令的，他的眼里只有任务，只要任务能完成，就算是跪在安坤面前，他也无所谓。

他有着不屈的灵魂和精神，心头始终有一团火，火焰如同初升的太阳，不管发生什么，都无法阻挡光芒向四面八方射出，烧毁所有的黑暗。

"让他放弃，就如同熄灭他心里的火。生命很重要，但对于常焰来说，没有把命用在该用的地方，那这条命就不重要。"云边如此说道。

想起云边的话，章回不由得叹了口气，希望董嘉南能顺利抓到林玥。

林玥的体力不断下降，她除了对地形的了解胜过警方之外，毫无其他优势。但只要逃进山林深处，警方多半会终止这次追击。

头上的树叶越来越茂密，能见度也越来越低，周围变得异常安静。就在这时，林玥背后突然传来树叶被踩踏的声音。她举着枪回头，树影摇晃，什么都没看到，确定无人之后，这才放下枪。

枪口擦过裤子边缘的那一刻，一个黑影从天而降，林玥来不及惊呼，就被一股巨大的力量压趴在地，枪也从手中脱落。

她没有回头，心底涌起不甘，问道："常焰是卧底，对吧？"

正在绑她的董嘉南没有回答。

林玥冷笑一声："我刚刚给坤哥打了电话,已经告诉他了。"

董嘉南一怔,迅速伸手去掏林玥的口袋。

林玥发癫似的哈哈大笑起来："真是他啊!别找了,打完电话手机就被我扔了。"

董嘉南咬牙切齿地将她翻过来,问道："扔到哪儿了?"

"忘了,你们找吧,但找到了又有什么用呢?坤哥已经知道了。"

董嘉南管不了那么多,一拳打在她的脸上,吼道:"你快说,手机在哪儿?!"

林玥张着染满鲜血的嘴,笑道:"都去死吧!"

安坤公馆。

天光初显,常焰搂着云边还在睡觉。

楼下突然传来一阵呼喊声。

"坤哥!林玥出事了!"

五分钟后,所有人在大厅集合,安坤命人把货转移到别处,且立马切断和旧处的联系。

安小哲觉得安坤有些小题大做,试探着说道:"林玥不会交代出什么的,她懂规矩,知道一旦说出什么,家人都会跟着遭殃。"

安坤反手一个巴掌扇在安小哲的脸上,骂道:"你懂什么!"

常焰走上前,将安小哲往后拉了拉,打圆场道:"坤哥是怕林玥发疯,她和家里人的关系一直不好,这几年也没有什么联系,不一定会顾及家人。"

张隆插话道:"万一警方那边用刑呢?林玥可是个怕死的家伙,说不定就吐出点儿什么东西,小心还是没错的。"

常焰接着道:"应该不会马上交代,因为她清楚不管交不交代都难逃一死,就算交代,也是一点一点挤药膏似的往外吐。"

安坤略微赞同地点点头:"林玥知道得太多了。"

林玥和孙晨晨不同,林玥在安坤这里仅次于常焰、张隆,她知道得多,对接的客户也多。损失一个林玥,会连带着损失不少生意。

安小哲这才意识到事情的严重性，他捂着脸错开安坤的视线，似乎在为自己的愚蠢而感到丢脸。

安坤的目光又停在了常焰的脸上："林玥为什么会被捕？"

常焰镇定地回道："我不知道她今天会出货。"

安小哲插话道："是啊，焰哥的手机在我这儿呢。"

安坤冷冷地扫了他一眼："用得着你多嘴吗？"

在常焰来到公馆后，他的手机就被收走了，林玥带一批人出货也是直接汇报给安坤的，在这点上，常焰的确没有嫌疑。

安坤抽出一根雪茄，夹在手上："事已至此，就想办法把损失降到最小吧。"

张隆随口问道："干爸，怎么降到最小？"

安小哲跟着附和道："是啊，咱们怎么办？"

安坤的眼里是藏也藏不住的恨意："把林玥弄死，她就什么都吐不出来了。"

张隆脸色一变："弄死？可她在警方手里呢。"

安坤冷笑道："警察也是人，都是父母生出来的，不是石头缝里蹦出来的。"

张隆和常焰机灵，当下就明白了安坤话里的意思。张隆扫了常焰和安小哲一眼，微不可察地后退了几步，生怕安坤把这个活安排到自己身上。

安坤闻了闻雪茄，脸色如常，但目光有些可怖，说道："我想办法去打听消息，至于林玥……"

他停顿了一下，看向常焰："就你来办吧。"

这句话说完，张隆和安小哲都松了一口气。

安坤的决定能清晰地传递出一个消息，他最怀疑的对象自始至终都是常焰。

假设内鬼就是常焰，在无法和警方取得联系的情况下，让他去暗杀林玥，无异于把他放在了警方的对立面。那么杀了林玥后，他又该如何跟警方交代呢？警方会不会怀疑常焰已经被策反了？

安坤故意把常焰逼到如此境地，就是想看看他会怎么做。

常焰沉默几秒,面无表情地说道:"好。"

凌晨,警局失火,火势较大,浓烟呛人,为了局里犯人的生命安全着想,不得不把他们都移送至最近的看守所。

林玥作为重大贩毒案件的关键犯罪嫌疑人,被单独带上了一辆警车,要带往总队,继续进行审讯。

董嘉南坐到副驾驶座上,扭头往后看,隔着小窗子看见林玥一脸颓废地坐在座位上,身侧是两名持枪的警察。

警局对面,有个看热闹的路人掏出手机,给安坤发了条信息。

与此同时,常焰也坐在一辆车上,车上的四人里,只有他没做面容遮挡。常焰非常清楚,安坤这局,就是明摆着让他露脸。

十分钟后,两辆车行驶在同一条马路上。

常焰看着前面的车,松了松领口,深吸一口气,说道:"截住!"

刺耳的刹车声打破了夜的宁静,紧接着,枪声四起。

一个小时后,安坤公馆。

"坤哥,焰哥中枪了。"两个男人搀着常焰走进公馆。

云边疯了似的跑过去:"怎么流这么多血?伤到哪里了?"

常焰满是鲜血的手握住云边,从她的手心里摸到一个冰凉的小东西攥在自己手里,安慰道:"没伤到要害。"

云边惊慌失措地说道:"真的没事吗?你的脸都白了!"

安坤缓缓地走到常焰面前,掀开他的衣服看了一下,伤口处血肉模糊。

"我找个医生过来。"安坤淡淡地说道。

常焰摇头:"不用,我自己能处理,又不是第一次受伤,找医生来反而不安全,就不给坤哥添麻烦了。"

安坤眉心轻轻一皱:"先上楼吧。"

常焰躺在床上,手下拿来急救用品。

云边接过:"你们这些男人,手又笨又重的,还是我来吧。"

手下看了常焰一眼,常焰点点头,他们退后两步。

常焰撑起身子,靠近云边,用身体挡住了后头人的视线。

后头的人张望了一眼,看见常焰把镊子当刀用,鲜血顺着腰腹往下流,他龇牙,不敢再看。

过了一会儿,叮的一声,带着鲜血的子弹掉在了地上。

常焰把后脑勺抵在墙上,缓慢地做了两个深呼吸,说道:"你看,我说没什么事吧,瞧你哭的。"

安坤和张隆在书房听手下汇报常焰的情况。安坤点点头,双臂环胸,手摸着下巴,若有所思。

张隆的腿好了一些,不再拄拐杖,他瘸着腿走到安坤跟前,说道:"干爸,这也不能证明常焰就不是内鬼。"

安坤没有说话。

张隆继续道:"这事这么顺利,你不觉得中间有问题吗?常焰说不定用我们不知道的方法和警方取得了联系,相互配合演了一场戏。"

安坤也有这种感觉,但这话从张隆嘴里说出来就有些不对味儿了。

他看了张隆一眼:"除了推测,你抓到他什么证据了吗?"

张隆哑然,微微垂头:"常焰做事一向滴水不漏,想找到他是内鬼的证据太难了,与其这样,不如直接杀了他。"

安坤微微挑眉,轻嗤一声:"你好像比我还想让他死。"

张隆没听出他话里的意思,脱口而出:"当然!留着他就是个祸害,他就像颗炸弹,说不定哪天就炸了。我不能让干爸你处在危险之中。"

安坤揉了揉鼻子,沉声道:"你就没有一点儿私心?"

"什么私心?"

"常焰要是被我处理了,他的生意自然就会落到你手里。"

张隆眸光闪了闪:"没有,我从没想过这点,我想的都是干爸和小哲,你们的安全对于我来说比生意重要得多。"

安坤没搭理他的话:"或者说你才是内鬼,除掉常焰能为你铲平道路。"

张隆脸色瞬间刷白,扶着瘸腿跪了下去:"干爸,真的不是我。我是你的亲人啊,怎么可能背叛你?要不是你收养了我,我哪有今天的好日子过？"

意料之中的反应，安坤摆摆手，懒得跟张隆说了。

张隆离开后，安坤去看了常焰，略微关心了几句。

截车的那伙人逃走后，两辆警车和两辆救护车来到了案发地点。

救护车上跳下几名医护人员，协助董嘉南将三具"尸体"抬上车，刑侦队的人员留下勘查现场。

护士将救护车的窗帘拉上，两具警察"尸体"瞬间坐了起来。

"我去，太疼了。"

"我感觉真打到我了，一身的血都分辨不出来是不是受伤了，快给我检查一下。"

坐在角落的章回开口道："好好给特警兄弟检查一下，帮我们办案可不能受伤。"

特警笑了笑，拍了一下那个自己吓自己的同伴，说道："要是真打到你了，估计也被你那腱子肉给夹住了。"

两个人脱掉外套，查看身上的防弹服，子弹都被防弹服接住了。

章回笑道："多亏了你们。"

"客气客气。"

董嘉南始终垂头不语。

章回问道："你没事吧？"

董嘉南点了点头，他的大脑现在有点儿乱。章回见状也没再多说什么。

另一辆车上，护士给林玥检查了一下，她没有受伤，昏迷的原因是被注射了麻醉剂。

救护车一路畅通，开到了医院，两名警察躺下继续装"尸体"，章回和董嘉南换另一辆车回警局。

章回最近只能坐轮椅，但他不愿错过这次行动。

路上，他接了个电话，"嗯"了几声后对董嘉南说道："最近人手不够用，林玥的审讯工作我抽不出身，交给上头的人审了。"

上头的人？董嘉南略微诧异。他也没听谁说过安坤的案子设立了专案组,那么章回所说的人会是谁呢?

不过有比章回级别更高的人参与了这个案子,证明常焰还是很重要的。如果他是常焰,潜伏在敌人内部,朝不保夕,能被组织重视,便觉得一切都值了。

董嘉南不知道常焰是不是像他这么幼稚,不过他想应该不会,常焰很强大,就算背后无人,也能坚定地走下去,孤独又勇敢。

今天的行动,他要完成射击常焰的任务。虽然枪支和子弹都是特制的,不会造成致命的伤害,但看见常焰身上鲜红的血迹时,他还是心惊肉跳的。

为了演好这一出戏,真正的子弹已经提前让云边带在身上了,到时候假装从常焰的身体里取出一颗子弹。

章回看董嘉南的表情紧绷,拍拍他的肩膀,安慰道:"常焰不会有事的。"

董嘉南抿唇:"我知道,但没想到我的第一枪是打在同伴的身上。"

章回说道:"这一枪是在救他,不然他身上的伤能藏多久?"

他沉默了一会儿,突然说道:"对了,林玥的手机找到了,那通打给安坤的电话没有拨出去。"

"嗯?"

章回轻松地一笑:"没有信号,哈哈!"

董嘉南怒上心头:"那她为什么说打了?"

"可能就这么被抓了觉得不甘心,想吓唬吓唬我们。"

"有病吧?"

章回摇摇头,咯咯直笑。

董嘉南靠在车窗上,有些颓废地看着天空,头顶已经看不到星星了,稀薄的雾在飘荡,逐渐隐去的月光像被打碎了一般,散得到处都是。

他到底是经历得太少,对待案件总是难以控制好情绪。他应该强大起来,学会处理这些情绪,像章回一般轻描淡写地总结任务,像常焰一般能放下所有的骄傲和自尊,隐忍又倔强地保持着自我,还有云边,无所畏惧,看似柔弱却充满力量。

因为内心不安定，常焰猛地从睡梦中惊醒，他瞳孔放大，捏着被子的指节有些泛白。

云边睡得也不安稳，感受到常焰的动静，握住了他的手，说道："做噩梦了？"

常焰深吸了一口气，翻过身将头埋在云边的胸口，搂着她的腰，呼吸紊乱，身上冒汗，难以平静。

他的声音很低，身体抑制不住地轻颤："云边，我杀人了。"两位同伴因为他而死。

因为时间过于紧迫，此次计划，章回和云边只讨论了个大概，在细节上，只能随机应变。所以，云边也不知道具体情况。

常焰的话让云边深深地叹了一口气，她搂住他，脸颊紧贴在他的发顶上，说不出话来。如果有人因为这次计划而牺牲，她真不知道该如何偿还。

云边轻声道："我们没有退路，坚定地走下去吧。"

两个人紧紧地抱在一起，仿佛置身黑暗中的大海，望着那遥不可及的一丝微光，坚定信念，竭尽全力，朝着光亮游去。

自从林玥"死"了之后，安坤对常焰的态度有了细微的变化，不知是因为这件事减少了他对常焰的怀疑，还是他对自己设的局感到骄傲。

林玥没了，安坤计划重新培养一批人来接手林玥的工作，这事依然落到了常焰的头上。

书房里，常焰略微惊讶地看向安坤。

安坤笑得和蔼："我不管之前你是怎么回事，以后就安心为我办事，不要想那些有的没的。"

常焰抿唇，神色低落："坤哥，说到底你还是觉得之前的事是我做的。"

安坤摆摆手，一副不计前嫌的样子："是或不是还重要吗？你杀了警方的人，他们也不会再信任你了吧？"

突如其来的坦白局让常焰一时不知该如何招架，他想了想，觉得安坤此刻已经不在乎他的反应了，倒也不必费心想对策，便沉默不语。

安坤自顾自地说道："我不知道警方给了你什么好处，能让你背叛我，但他们能给你的,我能给十倍百倍,还是说你在乎的不是钱,是……"

他停顿两秒:"尊严?或者其他玩意儿?那都是虚的,哪有钱有用啊。再说你就算为他们办事,他们能把你的过往都抹去吗?但我可以啊,你想清清白白地生活,以后换个地方不就行了?没人会知道你是谁。"

常焰平静地看着安坤,他真的以为自己只是半路背叛,而不是一开始就蓄谋已久的吗?

常焰说道:"我什么都没想过,现在这样挺好的。"

安坤笑了一声:"这就对了,你还年轻,等我不干了,这天下就是你和小哲的了,财富、女人,取之不竭。"

这话是不是真的常焰不知道,但以他对安坤的了解,安坤绝不是一个大度之人,不会这么轻易地就把之前的事情画上句号。

从书房出来,常焰眉头紧皱,总觉得哪里不对劲儿。

一周之后,他终于知道不对劲儿的地方在哪里了。

安坤每天都会安排人走货,几乎没有停歇的时候。大量销货,又不进货,之前交代给常焰重建林玥那条线的事情,他现在也不是很关心。

这让常焰猜测,安坤可能想离开长蓝回南国了。那么这段时间他的行为就是想要暂时稳住常焰,不起冲突,方便他能毫发无伤地离开长蓝。

撤退的事不会马上进行,等安坤把一切都打点好,最起码也得几个月之后了。

常焰得想办法尽快重建两人间的信任,跟着安坤走,不然让秦溯落网就遥遥无期了。

画室,云端依旧雷打不动地立在柜台里看书,他的手指在书上摸着,神情认真又专注。

常焰站在边上,问道:"读什么呢?"

"《神秘岛》。"

常焰心不在焉地"嗯"了一声。

云端没再说话,他修长的手指摸到一句话,因为没能马上读懂,又摸了一遍——历史喜爱英勇豪迈的事迹,同时也谴责这种事迹所造成的后果。

云端沉默半晌，把书合上，说道："还记得以前，你每次等云边的时候都是现在这副样子。"

"什么样子？"

"望眼欲穿。"

常焰笑了笑，说道："你又看不到，别在这儿瞎猜。"

"看不到但我感受得到，你的声音里都是焦急。"

常焰沉默，隔一会儿，说道："学起心理学了？"

云端"嗯"了一声："不然我还能靠什么回去呢？"

常焰沉声道："像我们这样的人，他们会安排文职的，不一定非得靠技能。"

云端皱了皱眉："被人保护起来，不是我们想要的生活。"

常焰轻嗤一声："如果你二叔在，肯定会说'任何岗位都有它的价值，不要轻视'。"

云端闻言，笑道："不这么说他还能说什么？"

常焰抽出一根烟，将烟点燃的间隙看了云端一眼。他脊背挺直，没有了当年的朝气，更多的是沉淀之后的平静。

以前，他们的心里都燃着一团火，张扬而热烈。

时过境迁，他仍能看到云端心里的那团火，只不过无力的人生将火苗压制住了，就像一只雄鹰，突然失去了翅膀，无法飞翔。

而他刚好相反，他心里的火烧过头了，把他的血肉都烧焦了，就像一只飞了十万八千里的雄鹰，只想找个地儿落下歇一会儿。

云边从外头回来，刚进门，常焰就走上前问道："怎么样？"

云边摇摇头："都没事。"

常焰心里一直惦记着那天被射杀的两名警察，从安坤那儿脱身后，第一件事就是去打听这个。但他现在的境况太敏感了，就算和周源联系也是危险的，只能让云边想办法问问董嘉南。

听到没事，常焰悬着的一颗心终于落了地。接下来，他该专心琢磨怎么能让安坤再度信任他了。

云边和常焰上了楼。

云边看起来有点儿累，常焰把她的外套挂好，转头问道："昨晚没睡好？"

"还行，但不知道怎么，就是觉得困。"

常焰把睡衣递给她："睡一会儿吧，换上睡衣睡，舒服一些。"

云边接过，一边换衣服一边说道："今天嘉南又提章队让你撤退的事了。"

"又开始提，真是没完没了了。"

"章队觉得这次不一样，安坤不计较，说明他对你是不是内鬼已经不在意了，反正他已经把你后路都给断了。说白了，在他心里你现在是两头的弃子，杀一个弃子，只是时间问题。"

常焰躺下，拉过云边，一把将她搂上床，说道："我看老回也想弃了我，觉着我得不到安坤的信任就没用了。"

"那就把你的价值证明给他看。"

"怎么证明？"

"你想想啊。"云边趴在他胸膛上，低头看他。

常焰盯着她的眼睛看了一会儿，说道："张隆和安小哲现在水火不容，对于我来说倒是个好机会……你笑什么？"

"我也这么觉得。"云边的目光带着笑意。

常焰掐一下她的脸："那我先听听你的鬼主意。"

云边凑到常焰的耳边，小声说了几句。

常焰皱眉："云边啊，你真够心狠手辣的，我怎么没早点儿发现？"

云边坦荡地说道："我就这样，你要后悔吗？"

常焰故作胆怯地摇摇头。

云边嗤笑一声，头在他身上拱了拱，手指摸着他的手指。

常焰的指尖一凉，他缓缓低头，看见自己的无名指上被戴了一枚银色的戒指，尺寸刚好。阳光透过窗户洒进来，照射在戒指上，有些耀眼。

常焰的脑子"嗡"的一声，他用力眨眨眼："干……干什么？"

云边冲他微微一笑："等事情结束了，我们就结婚。"

一瞬间，常焰被震撼到，来来回回地把戒指看了好几遍，确定自己没听错话，幸福感如气泡般从心底冒出。

常焰竭力让自己平静："哪有女人求婚的？"

"我不是在求婚。"

"嗯？"

"我是在逼婚。"云边似笑非笑地看着他。

阳光下，云边美得不像话。常焰拽过她的手，发现她的手上也戴了一枚戒指，和自己的是同一款。

这枚戒指，没有镶钻石，简单朴素，做工也不精美，她可能是仓促间买的，也可能是随便看到买的，但这不重要，重要的是她想跟他过一辈子的心。

常焰双臂环住云边："逼婚，那就是我没的逃喽？"

云边嗔道："你觉得你逃得掉？"

常焰笑了一下，逃哪儿去呢？她就是他心之所向、他的未来、他多年的梦想。

常焰猛地一个翻身，将云边压在身下，眼睛一眨不眨地盯着她看："我想看你穿秀禾服。"

云边红着脸问道："你喜欢中式婚礼？"

"嗯，你呢？"

"我都行啊。"

常焰轻咬着她的嘴唇："什么叫都行？就结一次婚，不能重视一点儿吗？"

云边忍不住笑起来："能跟你结婚就挺满足了。"

常焰轻吻着她的下颌："你要是随便，到时候就都由我来安排了。"

云边"嗯"了一声。

"让你哥吹个唢呐。"

"行啊。"

常焰笑道："把你的嘴巴画得红红的。"

"行啊。"

常焰头埋在她的胸口，瓮声瓮气地说："你这么白，穿红色肯定特好看。"

云边唇角上扬:"我没穿过红色吗?"

"只见过一次。"

云边微微抬头:"记得这么清楚啊。"

常焰看着她,记忆飘回到十二年前的那个冬天。

他去找云端,像往常一样砸门。门打开,他随意一抬头,看见一个穿着红色睡衣的女孩儿。

冷风灌入门内,红色睡衣的下摆晃了晃,女孩儿白皙的小脸一瞬间皱了起来,打了个哆嗦。

女孩儿说了句什么,他没听到,准确地说是大脑都被眼前的女孩儿给惊艳到了。

多好看的女孩儿啊,盛颜仙姿,月里嫦娥。

近来有一笔交易,交易地点在临市,涉及的金额很大,安坤不放心安小哲一个人去,于是让张隆跟着。

两个人因为孙晨晨的事关系僵到现在,互相看不顺眼。但张隆会把这种看不顺眼藏起来,任凭安小哲如何给他脸色,他都能笑呵呵地咽到肚子里去。

安小哲心眼小,又记仇,张隆和孙晨晨的事,他不可能容忍。

张隆内心懊悔,他一时没控制住自己,导致事情发展到现在这个地步。干儿子终究比不过亲儿子,安小哲日复一日地跟安坤说他的坏话,早晚有一天安坤会听进去的,那他也就不好过了。

临市不是第一次去了,他们还是很熟悉的,谨慎又有条理地完成了这次交易。

原本以为一切会很顺利,然而在交易当天,还是发生了意外。

寒风凛冽,在漆黑的夜里呼啸穿行,云彩隐在如墨般的夜色里,从山的这头飘向山的那头。

一辆中型客车里坐着十余人,个个装备齐全,除了缉毒队的几人之外,还有特勤大队的人。

章回打开手电筒照着地图，说道："分三组行动，一组盯人，一组查货，剩下的一组机动，随时支援。"

他在地图上点了一下，接着说道："行动要快，货不能丢，注意安全，每个人都得安全回来。"

特勤队的小队长点头说道："放心，我们几个身经百战，绝对能完成任务。"

客车开入林中，一众人对表、试麦、下车，用伪装网把车隐藏在树林中。

董嘉南和章回以及另外两个人是一组，负责盯人。

他们趴在山腰上的灌木丛里，章回拿出望远镜，下头漆黑一片，便换了两个灌木丛，终于寻到了光点。

安小哲站在车前，张隆在他侧后方，车灯将两个人的影子拉得很长。

四辆车，十多个人零散地站在车附近，雾气在车灯的映照下，缭绕不散。

试货的人蹲在地上，检查货品，风吹过，空气中有一股难闻的酸味，几秒钟后，试货的人点点头。

收货、交钱，安静又迅速。

然而正义不允许这世界安静下来，要惊心动魄，要战斗，要将这罪恶揭露出来，撕烂魔鬼的嘴！

不该有动静的地方，突然射出子弹。

匍匐的正义站了起来，杀气腾腾；站立的魔鬼趴了下去，狼狈不堪。

车辆的轰鸣声响起，有人想逃。

董嘉南趴在灌木丛里头，目标都在他的视线中："车，三点钟方向，安小哲上去了。"

话音刚落，子弹便集中打在安小哲上的那辆车上，轮胎漏气，车身打转，安小哲从里头滚了出来。

"张隆要跑。"

子弹又从四面八方打在张隆的脚下，刚好有一辆停着的车，张隆趁机钻了上去。

刚上车，后车门被人打开，张隆立马回头，看见是安小哲后松了一口气："快上车。"

董嘉南对着麦说道："再放一个人上车就可以了，章队。"

回荡在山林中的枪声，奏响"魔鬼"人生的最终章。

地上蹲着的、趴着的，还有自觉高举双手的，刺眼的灯让他们无法睁开眼睛。

"全部铐上。"特勤队队长下达命令，而章回和几名缉毒队的成员已经悄无声息地消失了。

除了张隆和安小哲，还有一个人也在车身掩护下上了车。这个人叫李耀，是安小哲的好兄弟。

嘈杂声逐渐消失，车内三人越发觉得安全，尽管道路崎岖，但在他们眼里，这是充满了生之希望的路。

然而他们还不能放松警惕，按照以往的经验，跑了三个人，警方一定会布下天罗地网，一旦他们出现在监控范围内，被捕是分分钟的事。

他们开着车，目标明显，不能上大道，走小路的话，车轮行过必定会留下痕迹。

最后他们决定弃车，把车开到一处小河边，打着引擎，让车驶入河里，做出几人坠河的假象，为逃跑争取时间。

弃车之后，几人避开村庄，进了山。

这一带山路复杂，他们只知道回长蓝要跨过几座山，却不清楚具体的路线，但此时也顾不得那么多了，闷头钻进山林里。

连续不停地跑跑走走，几人口干舌燥，走错了几条路后，安小哲烦躁地往石头上一坐，说道："我不走了。"

张隆的体力比他好多了，就算拖着一条没好全的腿，也看不出来有多累。

"不走在这儿等死吗？"

安小哲扯开领口："都过去六七个小时了，你看哪有人追上来，用得着这么玩命吗？给我爸打个电话，让他来接我们。"

李耀插话道："交易的时候手机都放车里头了，上哪儿打电话啊？再说现在在什么地方都说不准。"

安小哲暴躁起来，吼道："逃的时候不知道选那辆放手机的车！还有，交易进行得好好的，怎么又被警方知道了？"

张隆闻声，目光一冷。

安小哲对着张隆说道："我看你就是那个内鬼！"

李耀噤声，看向张隆。

张隆咬了咬牙："我要是内鬼，现在就把你崩了，为什么还带你往回逃？我有病吗？"

安小哲嗤笑一声："谁知道你存的什么心思，你要不是内鬼，就把你的枪给我。"

张隆沉默地站在原地，眼神意味不明。

安小哲重复道："把枪给我！"

张隆依旧没作声，转身往前走。

李耀劝道："哲哥，趁现在天还亮着，咱们还是赶紧走吧，天黑之前再走不出去，就得在山里头过夜了。"

安小哲往地上吐了一口唾沫，扶着李耀站起身，怒道："等回去让我爸弄死他！"

爬第三座山的时候，天已经黑了下来，夜里温度下降得厉害，长时间不停歇地走路，加上没有摄入热量，三人冻得直发抖。

张隆体力再好，此时也迈不动腿了，后头的两人更是如此。

他们找了一处避风的山洞，进去后用杂草掩盖四周。

安小哲和李耀瘫在地上，几乎是着地的瞬间就睡过去了。

张隆无奈地抬头看了一眼月亮，月儿半圆，光线微弱，纵使只有一点点光，他还是想要躲避，只有藏在黑暗里才是安全的。

张隆想去找些水喝，但腿太疼了，他坐在地上，掀起裤腿看了一眼，脚踝肿得老高，照这样下去，这条腿怕是要废了。

他用另一条腿踹醒了李耀："去找点儿水喝。"

李耀撑着身体坐起来，疲倦地眨了眨眼。

张隆将自己的外套脱下来扔给他："不远处有个村子，我记得那村子里有个池塘，把上头的薄冰敲碎，再把外套浸湿拿回来，不喝水我们都得死。"

李耀有些不情愿。

张隆指了指自己的腿:"我实在起不来,不然也不会麻烦你。"

话都这么说了,李耀不去也不是那么一回事,再加上他也很渴,于是拎着张隆的外套跳下山坡去找水源。

山上长满了杂乱交错的树,许多树的叶子都掉光了,光秃秃的,在微弱的月光之下,看着有些凄凉。

冷风一吹,李耀打了个哆嗦,觉得有些瘆人,不由得加快了脚步。

二十分钟后,李耀拎着浸湿了的外套往回走。没有任何能吃的东西,他喝了一肚子带着冰碴的水,现在觉得很冷,只想快点儿回去。

等李耀回到那个山洞,里头黑漆漆的,什么都看不到。不得不说,这里果然是个藏身的好地方。他边爬边举起外套,喊道:"隆哥。"

没有人回应他,他以为张隆睡着了,但进去之后才发现张隆不见了,只有安小哲安静地躺在地上。

李耀挠挠头,蹲下身拍了拍安小哲:"哲哥,起来喝点儿水。"

安小哲没动静。

李耀以为他睡得太沉,使劲儿推了推,这一推,手里沾上了黏糊糊的液体,还带着温度。

"哲哥?"

黑暗里,李耀看不出手上沾的是什么,鼻子凑过去闻了闻,心下一惊——是血!

安小哲一行人被伏击后的第二天,安坤便派出一批人去打听消息,却始终没有找到人,当下他心急如焚。

常焰说道:"坤哥,他们估计是躲起来了,我带人去找吧,肯定把小哲给带回来。"

陈香在一旁焦急地搓着手:"会不会出事了呀?"

安坤心思烦躁,朝常焰挥挥手:"快去,小哲回不来你也别回来。"

常焰点点头,疾步从公馆往外走,在门口撞到了李耀。

李耀被他一撞,虚弱的身体瞬间倒在了地上,焦急地喊道:"焰哥,出事了！"

常焰皱眉道："我知道出事了，但怎么就你一个人回来了？小哲和张隆呢？"

安坤和陈香听见动静，慌忙走了出来。

李耀看见安坤就哭了："哲哥……哲哥死了！"

随后李耀把这两天发生的事一五一十地交代出来。

交代完他又说道："哲哥肯定是张隆杀的，哲哥说他是内鬼，让他交枪他不交。张隆肯定是怕被人听到枪声，才用匕首杀的哲哥。"

大厅里头，站着数十号人。

陈香扶着安坤坐在沙发上。安坤的手一直捂在心口，面部肌肉紧绷。

他的手颤抖不已，怒道："给我把张隆找回来！我要亲手杀了他！不，我要让他生不如死！"

常焰闻言点头，整理了一下衣摆，咬着牙说道："坤哥你放心，他就算跑到境外，我也把他抓回来。"

安坤抬起手："等等。"

常焰停下脚步，看向安坤。

安坤痛苦地吸了几口气，说道："让他们去找张隆，你帮我把小哲带回来，大冬天的，他在外头……"

他鼻翼收缩，嘴唇颤抖地说道："会冷的。"

第十二章　　危机四伏

两天后，张隆终于回来了。

安坤坐在沙发上，面色阴沉地看着张隆。

张隆一条腿脚踝到小腿部位，已经肿得不成样子了，他跪在地上，手撑着地，说道："干爸，是我没有保护好小哲，被警方的人伏击了，我一定会为他报仇！"

安坤盯着他，冷哼一声："那你是怎么逃出来的？"

张隆回道："我当时没跟小哲在一起，他说太冷了，让我去拾点儿干树枝取暖，我就出去了，回来的时候发现他已经死了。我猜测警方的人就在附近，于是换了一个地方躲着，等天亮了我才出来，之后马不停蹄地往回赶。我想着得赶紧给你报信，这次交易肯定有人泄露消息了，抓住内鬼，让他给小哲偿命。"

他说得绘声绘色，激愤和痛苦的神情在脸上来回交替。

安坤牙齿咬得咯咯作响："你不当演员真是可惜了，是警察杀了小哲？"

他又讽刺地笑了两声，接着说道："你就在附近还听不到动静？编故事也编得完美一点儿，你当我是傻子吗？"

张隆心里一惊，急声道："干爸，我说的都是真的！"

安坤一脚踹在他的胸膛上，怒道："别叫我干爸，我只有小哲这一个儿子！"

这一脚踹得极狠，张隆捂着胸膛，疼得喘不上气："我真的没有骗你，我说的没有一个字是假的。干爸你想想啊，如果我有问题，我怎么还敢回来？

"常焰，绝对是常焰，小哲和他关系太好了，他想从小哲嘴里套出信息轻而易举。干爸，必须杀了常焰！"

安坤拿起茶几上的杯子摔了出去:"都这个时候了,还想往常焰身上扯。"

张隆的脑门瞬间被砸出一个包,他意识到安坤对自己已经不信任了,此刻满心想着把常焰拉下水,好成为他的救命稻草。

"栾宇失踪,林玥被捕,这些都不可能是我做的啊,是常焰!"

安坤挑眉:"林玥?你不说我真忘了,你们两个可是老情人啊。林玥跟了常焰之后,你还跟她纠缠不清,所以常焰把她甩了,于是你找到了机会跟她重修旧好,打听到了出货消息,告诉警方的吧?"

张隆激动地往前爬了两下,急声道:"不是我,不是我!"

安坤微微弯腰,攥着他的头发:"至于汪健成被救,你是联合了谁?是不是陈香配合你出入公馆的?"

突然,楼梯拐角处传出一声响动,安坤抬头,大喝一声:"出来!"

陈香畏畏缩缩地下楼,解释道:"我不是故意偷听的,我和张隆什么关系都没有,平时连话都没说过几句。"

安坤轻嗤一声:"所以你是在刻意避嫌?"

陈香哆嗦了一下,看了一眼张隆,带着哭腔道:"你是不是有病啊,自己有问题为什么要扯上我啊?我就是个什么都不懂的女人而已,不参与你们的事,也没打听过,怀疑谁也别怀疑到我头上啊。"

安坤眼神深邃:"孙晨晨的事,是你在我这儿小题大做的,想要挑拨小哲和我的关系,你当我不知道你的心思?"

陈香咬了下嘴唇,神色紧张:"我……我什么心思?"

"怕我死得早,没人保你未来的荣华富贵,所以张隆是你的退路?"

陈香摆手,眼泪掉了出来。她不是没有这个心思,但她想找的后路是常焰,所以一直以来她和常焰的关系弄得不错。

不过安坤现在身体健康,大权在手,她是不可能去跟其他人谋划什么的。

但现在她又无法解释自己的退路其实是常焰,她只恨自己以前小女人的心思作祟,总挑拨安小哲和安坤的关系。

张隆也怕安坤误会,急忙解释道:"不是陈香。"

安坤闻言笑道:"那就是别人了,谁有这么大的本事能跟你里应外合?"

张隆慌忙道:"不是别人,谁也不是,我没有里应外合的人。"

安坤:"单兵作战?"

越描越黑,张隆此刻感到十分绝望。

安坤拍着张隆的脸:"我不会杀你,但你也别想好好活着,我等你亲口招出来你是怎么杀了小哲的。"

安坤让人带走张隆,他冷冷地看了一眼陈香:"我没有儿子了,你给我生一个吧。"

常焰将安小哲的尸体带了回来,和李耀所说一致,死于刀伤。

之后,公馆里的气氛越来越紧张,没事谁也不敢出现在安坤眼前,能躲则躲,躲不了就尽量少说话。

张隆被关在了外面的厂房里,手脚被铁链拴住,受尽折磨。

夜里,云边的电话响了,她从常焰的怀里抬起头,拿过手机。

"云边,我受不了了,安坤每天都打我!"陈香的声音不大,带着哭腔。

云边坐起身,转头看见常焰也睁开了眼睛,她问道:"怎么回事?"

陈香说道:"他现在就是个疯子,除了折磨我就没有别的事干!他非让我给他生个儿子,但他都多大岁数了,是他生不出来又不是我不行,你说我该怎么办啊?"

云边看了一眼常焰,常焰下床,拿过两人的衣物。

云边说道:"你现在在哪儿呢?安全吗?"

陈香点点头:"我在公馆呢。他睡着了。"

"我们过去看看你。"

挂了电话,常焰和云边开车去往安坤公馆。

路上,云边的表情有一些惆怅。

常焰握住她的手:"心疼她了?"

云边诚实地点头:"可能……觉得她很可怜吧。"

她的心口像压了一块石头,常焰受伤的时候,她很痛恨那些罪犯,然而陈香的痛楚又让她生出一丝怜悯。她觉得这怜悯是一种讽刺,她不该去怜悯这些人的。"

云边看向常焰,问道:"其实,当我提出陷害张隆的建议时,你也有些心疼安小哲吧?"

常焰无奈地说道:"有一点儿,他把我当哥哥,毫无防备,全心相待,只是他没有正常人的道德感。就算他是我的亲弟弟,他既然犯了罪,我也不会饶过他。"

云边脸色发白,像是在说别扭话:"我没把陈香当朋友,我也没心疼她,这一切都是她咎由自取。"

常焰看了云边一眼:"你不必为心疼她而有任何的罪恶感,陈香本质不坏,也没害过什么人,生意上的事她知道得不多。她这个人,就是价值观有些扭曲,为了钱而跟安坤在一起的。"

云边生出一丝希望:"那说明她还有救,是吗?"

常焰点点头:"走错了路,愿意悔改,还是有救的。"

云边生出恻隐之心,沉默了一会儿,摇了摇头:"还是等你任务完成之后再说吧,别影响了你的任务。"

常焰和云边到了公馆,陈香浑身是伤,在云边的怀里哭泣。

"他以前没有这么凶的,现在打我都是下了死手,昨天晚上还把我掐晕过去了。我感觉再这样下去,不知道哪天我就被他给打死了。"

云边轻抚着她的后背,常焰在大厅里溜达。

陈香絮絮叨叨地诉苦:"还有张隆,他现在被关起来了,听说神志都不清醒了,有人接近就咬。你说这人要是疯了,会不会说些什么没谱的话啊?万一乱说是我和他里应外合的,我该怎么办啊?"

常焰回头:"真跟你没关系就不要怕。"

陈香忐忑不安地说道:"可我怕他乱说,坤哥本就怀疑我跟他有什么关系,肯定天天逼问他,他万一随口说有关系了呢?"

安坤将张隆关起来折磨,常焰当然明白他的意图,就是想找出跟张隆打配合的那个人是谁,要么张隆扛不住自己招,要么那个人去救张隆从而露出马脚。

然而，根本没有那个人。

张隆这次是必死局，这个局从他和孙晨扯到一起的时候便开始了。常焰不断激化他和安小哲的矛盾，加上云边的献计和章回的支持，这个局越加完善，从而让常焰渡过了眼下的困境。

三人在楼下的动静，惊动了本就没睡实的安坤，他睡眼惺忪地来到一楼。

陈香躲在一边，常焰和云边恭敬地跟他打招呼："坤哥。"

安坤点点头，语气很平和："大晚上的，你们怎么来了？有事找我？"

一楼没开空调，见安坤穿着单薄的睡衣，常焰走上前，将自己的外套脱下披到了他的身上："没事，就来看看你。"

安坤的余光看见了常焰无名指上的戒指，略微惊讶地问道："你和云边要结婚了？"

"嗯，过一阵吧，现在事多，不适合办喜事。"

安坤拍了拍常焰的肩膀："等忙完这一阵，坤哥给你们操办。"

常焰点头："行。"

"你跟我去书房，我正好有事跟你商量。"安坤说完便转身上楼，常焰跟在他身后。

走廊灯光昏暗，两个人的影子一前一后。

安坤说道："林玥跟你那么长时间，你也没给个正经的名分，跟云边才好了多久，就要结婚了。可见啊，女人还是漂亮最顶用。"

常焰笑道："香姐也漂亮啊，不然你也不会那么宠她。"

安坤闻声一愣，摇了摇头："我知道是她叫你们来的，在那儿哭哭啼啼的，诉了不少苦吧，女人就是事多。"

常焰帮他推开书房的门："您也知道，香姐不是有主见的人，遇到事就慌得不得了，她敢帮张隆干那些事吗？"

"我知道她不敢，你不用帮她说话。"安坤坐在椅子上，呼出一口气，"我就是老想起之前她挤对小哲，越想越头疼。"

"坤哥，日子总要过下去。"

安坤说道："张隆跟你差不多大，他叫我干爸，你叫我坤哥，哈哈，这都什么辈分。"

常焰抬眼看他，神色平静："叫习惯了，再说您也不老。"

安坤看向常焰，愣怔了几秒："不说她了，说正事。小哲人不在了，他手里的活不能没有人管，张隆也不可能再出来了，以后他们两个人的工作，你都接手了吧。琐碎的事虽然多了点儿，但对于你来说，应该没有问题。"

常焰点头："好。"

安坤想了想，又说："最近有什么交易没完成就抓紧时间完成，把货走干净，回头我们去南国。"

常焰惊讶道："去那儿做什么？"

"那儿的生意好做，风险也小，安安全全地过完后半辈子，不挺好的吗？"

常焰思忖片刻："行，都听坤哥的。"

信任危机总算彻底解除了，常焰跟着安坤忙得不可开交。

这天，常焰跟云端在画室里头喝茶。

"带牡丹花的挺好看啊，石榴花也不错。"常焰翻看着手里的杂志，喝了一口茶，指着杂志上头的旗袍，"云端你看，这个绣祥云的也好看。"

"我看不见。"

"你可以想象啊，云边穿哪种好看。"

"她穿什么都好看。"

"那是当然的。"

云端用针在硬纸板上扎字，问道："跨火盆之后是什么？"

常焰："跨马鞍。"

云端点点头，接着扎字，嘴里嘟囔道："发簪、流苏、金饰、玛瑙、玉坠、香囊、凤冠……"

常焰瞟了他一眼："这么多首饰。"

云端点头："一个都不能少，你不会买不起吧？这样的话云边可不能嫁过去。"

常焰挠了挠鼻子:"你先算算多少钱。"

云端垂下脑袋,继续扎字:"还有酒店、宴席等一系列费用呢,估计要几十万吧,等我整理出来给你个准确数字。"

常焰舌头差点儿打结:"几十……万!"

云端"嗯"了一声:"或许上百万,我家云边比较金贵,我想让她什么都用最好的。"

常焰哑然,垂着脑袋算了一下自己的工资还有这些年的积蓄。

沉默几秒,他凑过去小声对云端说道:"咱俩这么多年的好兄弟了,你给个友情价。"

云端嘲讽地哼了一声:"没钱就说没钱,讲什么交情。"

常焰窘迫得脸一红:"谁说我没钱?"

云端:"有钱就好,那我就按最好的规划了。"

常焰:"……"

云端安静地等了一会儿,发现常焰没动静,碰了碰他的胳膊:"这就不讲价了?不符合你的性格啊。"

常焰烦躁地推开他:"讲什么讲,我也想给她最好的。"

云边端着砂锅快步从厨房走出来:"快快快,让个地方。"

常焰慌忙放下手里的茶,把桌上的东西都收了起来:"你小心点儿,别烫着。"

云边笑笑:"收拾东西吃饭吧。"

碗筷、米饭都端上了桌,云边才打开砂锅盖子,眼睛里头充满了期待。"你们尝尝我的手艺怎么样。"

鸡汤闻起来很香,常焰和云端皆咽了咽口水,只不过味道……

云端:"怎么还有毛呢?"

云边诧异地说道:"我买的明明是脱了毛的啊。"

云端摇摇头:"店家给你脱毛都不仔细的,你还得检查一下。"

桌子底下,常焰踢了踢云端的腿:"就那一根毛被你吃着了,是你的问题。"

云端皱眉:"味道也一般,咸了。"

常焰恶狠狠地踩在一个人的脚上，反驳道："咸什么咸，刚好。"

云边的嘴角抽了抽，因为常焰踩在她脚上了，她呼了一口气："我下回注意，这次就将就着吃吧。"

云端义正词严地说道："云边，上天给你开了一扇才华的大门，必然会关上许多窗的，你要正视自己，不必强求。"

云边："……"

常焰看了云端一眼，眼神透露着危险。云边预判了常焰的动作，为避免再次被误伤，飞快地将脚收了回来，只听地板"咚"的一声，常焰眉心抽了抽，吸口凉气。

云边若无其事地喝了一口汤，是有点儿咸，但并没有云端说得那么糟糕。在这之前，她做出过许多难吃的饭菜，云端都没挑剔过什么，反而是常焰的回归，让云端对吃食的要求高了好几个层次。显然，云端希望用这种方式来表达"以后都让常焰来做饭"的意思。

常焰没有云端那么多心思，他的心思单纯多了："最近我太忙了，等以后回了沈城，我做饭给你们吃。"

云端的嘴角浮出一丝似有若无的微笑，云边给了他一个白眼。

饭后，云边又开始画画了。

常焰之前订购的那批画，原本是要放在安小哲的宾馆里，如今形势大变，宾馆的主人变成了常焰，他便把所有画都拿了回来。他觉得云边的画挂在宾馆可惜了。

但云边执意要将画作都完成，对于她来说，这不是订单，而是一个约定。常焰说过，等她画完了，任务估计也就完成了。

四十幅画作摆在画室里头，云边看着，有种成功近在咫尺的感觉。

还有十幅画，很快了。

长蓝的冬天不长，万物开始有了复苏迹象，过不了多久，春天就会来了，那时候他们也可以离开长蓝了。

云边画了最后一笔，上一层油，把画作放置在晾干区。

常焰从身后过来，勾了勾她的手指："这幅画是送给我的？"

"你怎么知道？"

"那上头有我啊。"

海上日出,明媚温暖,云上鲜花,粉嫩柔美,一朵一朵开得漂亮极了,艳阳之下,映出海滩上的一双背影,女人靠在男人的肩头,幸福感似乎从画中溢出。

云边嘴角带笑,脸颊微红:"你仔细看看,还有谁?"

常焰挑眉道:"怎么?还有别人?"

云边扬了扬下巴,有点儿羞涩地说道:"看看就知道了。"

常焰微微弯腰,凑到画前,在画中仔细寻找起来,片刻后,他发现了不对劲儿的地方——

沙滩上明明坐着两个人,但阳光之下,却有三个影子。

常焰敛眉,屏息凝神,多出的人影分明是个孩童的影子,小脑袋圆圆的,一只手拉着女人,一只手拉着男人。

"这……"常焰扭头看向云边。

云边若无其事地挪开眼睛,看向窗外的阳光,唇角的笑意明显。

常焰张大了嘴:"我中奖了?"

云边轻轻点头。

常焰直起身子,眼睛一眨不眨地盯着云边:"不是逗我玩的吧?"

"没有逗你。"

常焰心怦怦直跳,手足无措地抓了抓头发,一脸难以置信:"竟然,我……"

他原地转了两圈:"我还有这好命!什么时候的事?"

云边看了他一眼:"谁知道什么时候的事。"

常焰哈哈直笑,掐了掐云边的脸颊:"你怎么没有怀孕反应呢?一点儿看不出来。"

云边摇头说道:"每个人不一样吧。"

常焰开心得静不下来,手掌抚着她的脊背。

云边轻拍了一下他的脑门:"你想当爸爸吗?"

常焰一把将云边抱了起来,咧着嘴笑道:"当然想,我要做爸爸了,我简直太开心了!我这就跟你二叔申请,不管什么工作我都愿意干,我努力工作,好好照顾你们两个。"

"你开心干吗哭呀?"

"我哪有?"

云边伸手抹了一下他的眼角,指尖湿润:"这么容易就哭了。"

常焰很坦然,冲她笑道:"高兴的,自打你来了之后,发生了好多我想也不敢想的事,这么多好事落我头上,我简直就是电影男主角啊。"

云边没憋住,笑出了声。

自从知道云边怀孕后,常焰就觉得像做梦一样,一天下来各种絮叨。

"有没有哪里不舒服?不舒服一定要说。

"晚上吃点儿什么好呢?我查查孕妇饮食指南。

"明天我们出去买几套衣服吧?过些日子你肚子大了,很多衣服就穿不上了。

"产检是哪天?我得提前联系一下沈城那边的医院,月子中心……月嫂……等咱们回去了先领证,还得跟我爸妈说一声,接着就是给孩子上户口。"

"一个证接一个证,怪忙的。"说着说着,他就又傻笑起来,"天上掉的馅饼接不过来了。"

…………

常焰现在不能联系沈城那边,便先把这个消息告诉了云顶峰。

云顶峰已经在长蓝了,得知云边怀孕,心里很惊讶,但这也在他的意料之中。消化完这件事,他便开始计划逮捕安坤和秦溯了,这是他来长蓝最重要的事情。

因为安小哲的死,常焰成功地重建了安坤对他的信任,更准确地说,安坤身边没了得力之人,对他产生了一种依赖感。

眼看着安坤就要去南国,常焰计划在一两个月之内找到借口,将秦溯引入境内;实在引不来,他也会在这一两个月内摸透秦溯的大本营,想办法联合他国警方对其进行逮捕。

目前事情的进展还算顺利,唯一让常焰有危机感的,就是张隆这个人还活着。

张隆被关了数天,人已经彻底疯掉,看管他的人有时候会把他的手铐、脚铐解开,看着他在地上爬来爬去,觉得特别有趣。

这天,安坤带着陈香去看张隆。

张隆在地上蠕动着,口水流了一地,安坤嫌弃地踹了他一脚。

张隆打了个滚,仰头看着两人,见陈香捂住嘴想吐,他呵呵地笑了几声,盯着陈香,嘴里嘟囔道:"阿香来了。"

陈香闻言,后退两步,生怕张隆说些什么有的没的。她不知道安坤带她来这里是什么意思,内心的紧张感此刻升到了顶点。

安坤意味不明地看了陈香一眼:"他连我都不记得了,还记得你。"

陈香颤声道:"我不知道,我真不知道他为什么会记得我,我什么都不知道呀!"

安坤诡异地笑了笑:"本来看他疯了想直接解决掉他,但似乎……他还是能想起点儿什么来啊。"

陈香的腿瞬间软了,瘫在地上:"坤哥,我对你一心一意,你可不能相信疯子的话啊。"这段时间面对安坤时有时无的怀疑,她真是委屈到家了。

安坤抬了抬手指,手下将陈香带了出去,厂房内只剩安坤和张隆两个人。

安坤从厂房出来后,什么都没有多说,只是平静地带着陈香回了公馆。他越是平静,陈香越是不安。

直到入了夜,睡下之前,安坤都没提及张隆跟他说了什么。陈香搞不懂安坤在想什么,只是觉得这种平静是不正常的,让她有一种暴风雨即将来临的感觉。

陈香趁安坤睡着后,偷偷地从卧室出来,穿上外套,往公馆大门走。

门口的李耀看见她,问道:"香姐,这么晚了还要出去?"

陈香扶着额头,声音虚弱:"我不舒服,想去买点儿药。"

"你要买什么药?我去就行了。"

"我也不知道需要什么药,得问问医生才知道。"

李耀挠挠头:"这么晚了,不能明天再说吗?明天我带你去医院?"

陈香身子摇摇晃晃的:"不用去医院,去药房就行,你带我过去吧。"

"那行吧。"

去了药房,陈香说了自己头痛的症状,店员推荐了几款药,李耀结账。

陈香的脸色不太好,一副站不稳的样子:"我先回车上等你。"

她说完就麻溜地从药房出去了,没有上车,而是猫着腰,从墙根底下往反方向走。她没有具体的方向,只是想要逃离,不管去哪儿,只要能远离安坤就行。

夜色静谧,冷风呼啸,走着走着,她听见了李耀喊她的声音,可能用不了几分钟就能找到她。

陈香突然哭了起来,她躲在黑暗处,逃跑的勇气一点点在消退。她能去哪儿呢?她的家在乡下,父母只会打骂她,让她出去赚钱养弟弟,永远不会在乎她在外边过得好不好,她就算回去也还是会再次被迫出走。

外面的世界残酷又现实,她不想辛辛苦苦地做劳工,不仅赚不了多少钱,还都得给家里人。跟着安坤,至少在经济上能活得舒服一些。世上哪有那么多两全的事,一边想要男人的爱护,一边又想要无尽的金钱。

她抬头看着漆黑的天空,突然涌出一股侥幸的心理,说不定安坤并没有怀疑自己,他只是因为丧子情绪不稳定,前一阵子还无缘无故怀疑常焰呢,现在常焰不也没事了?

这样想着,陈香转身,在回去和逃离之间来回犹豫。

突然一个人影从高处蹿出,将陈香扑倒在地,对方抓住她的双手,捂住了她的嘴。

在昏暗的路灯之下,陈香看清了那人的面容,是栾宇。

半个小时后,李耀开车,后座上的陈香安稳地坐着。

车子驶入公馆,李耀打开车窗,探出头,对站在门口的守卫说道:"买了点儿东西放在后备厢,太沉了,你帮我一把。"

守卫没有怀疑,将枪别在身后,走到后备厢处,里头黑漆漆的,守卫微微弯腰。

突然,一双手从后备厢里伸出来,一把将守卫扯到车里,后备厢里咚咚几声后,鲜血从缝隙中流出,滴落在地。

李耀想要下车，被后座的男人用枪口顶住了脑袋。

张隆的脸在后视镜里狰狞可怖，他恶狠狠地说道："别动！"

李耀紧张得脑门冒汗："我不下车怎么把别人吸引过来？公馆的守卫又不是只有一个。"

"你看，人不是自己过来了吗？"

站得远一些的守卫注意到动静，往车这边走，同样的方法，另一个守卫也惨遭栾宇的毒手。

陈香在座位上发抖，脸色白得像纸："不是说我们带你进来就行了吗？为什么要杀人啊？"

张隆嗤笑一声："蠢女人，不杀人我来干什么？"

大门处已经没有守卫了，栾宇吹了个口哨，紧接着，细碎的脚步声响起，一行穿着黑色衣服的健壮男人鱼贯而入。

这些人李耀和陈香都认得，是张隆的亲信。

画室的露台上，常焰穿着黑色的Ｔ恤，手里拿着一把羊肉串，站在烧烤架前。

云端拿着扇子，在一旁轻轻扇风，云边坐在小桌子前，静静地看着他们。

炭火烧得红彤彤的，常焰拿起夹子，将炭调整了一下位置，火光便更亮上几分，映照着他那张颇具男人味的脸。

抹上油的肉串刺啦刺啦地作响，肉的香气扑面而来。常焰微微眯着眼睛，将肉串翻面，他胳膊一伸，拿过旁边的辣椒粉瓶子，手腕轻轻抖动，辣椒粉落在肉串上，随后他又将一根根铁签分开，均匀地在炭火上烤着。

云边抿唇浅笑，随口问道："你给别人烤过吗？"

"烤过啊。"

"我说怎么这么熟练呢，给谁烤过呀？"

常焰瞥了云边一眼，她的脸被火光照得有点儿红："给女人烤过。"

云边略微挑眉："还有我不知道的故事呢？"

"想听吗？"

"话都说到这儿了，我不听你会不说吗？"

"并不会。"

云边又看了云端一眼,他的嘴角浮着一丝笑容。

"看来我哥知道喽,是在我之前?"

云端乐了,点点头。

"好啊,还跟我说我是你初恋呢,看来我被骗了。"云边做别扭状。

常焰将烤好的肉串拿下来放在盘子里,先给云边端了过去,弯腰捏了一下她的脸颊,笑声低沉:"谁说给别人烤过串就得恋爱了?那我恋爱过的女人岂不是太多了?"

云边吃着串,脸颊上是常焰蹭上的油:"厉害了,还给很多女人烤过呢。"

云端插话道:"可不是。"

常焰回到烧烤架前,将鸡皮串和香菇串放上去:"小时候,跟我爸妈一起出过烧烤摊。"

云边顺着话问道:"小时候?多小?"

"十二三岁吧。"

云端挑事道:"我们高中的时候班级聚会,他可是靠着烧烤技术赢得了一众女生的青睐,他一口没吃,光顾着给女同学烤了。"

云边挑眉:"哦?"

常焰轻轻踹了一下云端:"瞎说,属你吃得最多,什么叫光顾着给女同学烤了?"

云端摇摇头:"不要避重就轻,不仅给女同学烤了,还合照呢,全班的女生都单独跟你拍了一张。"

常焰匆匆地看了云边一眼,又心虚地挪开了视线,否认道:"她们站在烧烤架前头,我站在后头,叫什么合照,那叫偷拍。"

云端拆台道:"你有没有'比耶'?"

常焰摸了摸鼻子:"吃不吃了?没事找事。"

云边忍不住笑了一声:"真土,还'比耶'呢。"

常焰眼睛瞪大,真诚地对云边说道:"只是烤过串合过影而已,没别的了。"

云边故意说道:"有别的就有别的呗,反正都是在我之前。"

"真没别的。"常焰解释着。

云端再次挑事："是没别的,我可以做证,他那会儿喜欢的女生不是我们班的。"

常焰炸毛了,鸡皮掉了一串："你又瞎扯什么呢!我喜欢过谁啊?"

云端："你说呢?"

云边假装不在意地捋了捋鬓角的碎发,随后看向常焰。

常焰脸皮一绷,若无其事地挪开视线。

云边微微挑了一下眉,若有所思地收回了眼神。

鸡皮和香菇烤好了,常焰又将鸡翅放上去,抹上油,用铁铲压了一下,胳膊上的肌肉线条明显。

"再多嘴,我就把你宿舍里头贴着的……"

云端急匆匆地站起来,双手去堵常焰的嘴,因为看不见,手戳到了他的鼻子上。

常焰"哎呀"一声,云端也找到了他的嘴："之前说打折的事,可以商量。"

常焰的嘴被捂住,声音闷闷的："什么打折?"

"就那个友情价,你说多少就多少。"

常焰眉毛一挑："当真?"

云端小声说："当真,反正云边什么都不管,穿的用的她都无所谓。"

"你们干吗?快看过来。"云边背对着他们,忽地举起手机,前置镜头里,她笑意盈盈。

常焰的胳膊搭在云端的肩膀上,嘴角微微扬起。云端也面对着镜头,他双眼无神,但眼中映出火光的暖意。

云边调整好角度,按下拍摄键,天色昏暗,画质不太清晰,她低下头看了一会儿,说道："还凑合吧。"

当她再抬头时,常焰的脸突然出现在她眼前,他抢过她的手机,打开前置摄像头,举起,说道："那就再来一张,看镜头。"

云边抬起脑袋,微微一笑,拍摄键按下的刹那,常焰突然侧头,吻上了她的脸颊。

"这个洋气多了吧？"常焰笑道。

入夜了，气温下降得很快，常焰将东西收拾好之后，跟云边一起坐在露台上。

剩余的炭火都堆在了一个盆子里头，烤得云边脸颊热热的。她枕着常焰的肩膀，看向远方的那条河流，过几天常焰就要跟安坤去南国了。

云边问道："你们是要经过这条河吗？"

常焰的手臂搂着她，点点头说道："出入境都是走这条河。"

"你不带我一起的话，安坤会怀疑吗？"

常焰摇头说道："我跟他说等安顿好了再接你过去，他没多想。"

"我想陪你去，但我知道我去可能会让你分心，不去就不去吧，听你的。"

常焰用树枝拨弄着炭火，说道："最多两个月，你再等我两个月，行吗？"

云边低声笑了："六年都等了，还差你这两个月吗？"

"不想老是让你等。"

"不一样啊。之前不知道能不能等到你，现在知道一定能等到你，两个月会充满希望地过着。"

夜越发静谧，炭火微微炸开，常焰心里头暖融融的。

他闲聊道："前两天和你二叔聊了聊，他说以我的功勋，能去一个好单位。不过我不想去前线了，不光是身体的原因，我想每天都能看到你，也想每晚都能安安全全地回家。"

云边点点头："回去之后好好给你检查检查身体。"

常焰低头看她一眼，眉宇中透着一丝无奈，说道："伤筋动骨这些年，身上落下了不少毛病，四季更替的时候总要有些反应。唉，也禁不住折腾了。"

云边懒洋洋地动了动脑袋："休息几年养养身体吧，后面的事后面再说，我们日子还长着呢，先完成生孩子的大事。"

话音刚落，常焰垂眸看着她，目光深沉地说道："你总是让我有种做梦的感觉。"

"为什么这么说？"

"以前什么都敢想，敢说娶你，你喜不喜欢我、烦不烦我，都没考虑过。我就觉得有目标在，我奔着目标使劲儿就好了，总归能得偿所愿的。"

他笑了两声，摇摇头接着说道："后来变成了不敢想，我没了朝你身边走的资格，我试着告诉自己，梦想和现实是有区别的，我们已经不可能了。我以为我们就这样了，或许有一天我能功成归来，但最多就是远远地看你一眼。"

他放下树枝，呼出一口气，继续道："然而你的出现又开始让我做梦了，真实又不真实。"

云边笑道："你傻不傻啊？"

常焰连连摇头，嘴角扬起笑容，说道："多好的命啊，搁谁身上谁也不信。"

"又来了。"

"怎么，命好还不让说了？"常焰眉毛扬起，笑容里满是骄傲，"还是你跟我求的婚呢，说出去别人不知道要多羡慕我，够显摆一辈子的了。"

云边接过话茬："谁叫你那么贱，复合也半推半就的，不赶紧跟你结婚，回头你又贱了，我上哪儿找你去？"

常焰愣了一下，说道："我什么时候半推半就了？说得我跟小姑娘似的，我明明严肃地拒绝了你，你不干。"

他歪了歪脑袋，调皮地说道："非我不可了，我能有什么办法呢？"

云边抬起脑袋，皱眉道："合着都是我一厢情愿呢。那你把戒指还给我。"

常焰飞快地将戴着戒指的手背到了身后，说道："不还，你给出去了还想往回要，没门。"

云边又气又觉得好笑，说道："好话坏话都让你说了。"

常焰哄道："好啦，我开玩笑的，之前不是怕你跟我在一起不安全吗？以后我不贱了，做一个好老公。"

"怎么做？你说来我听听。"云边似笑非笑。

常焰捏着眉头想了几秒，眼睛亮了："随时为您服务。"

云边的脸一红，垂头浅笑："真是服了你了。"

常焰微微俯身，将树枝捡回来，戳了戳炭火，火焰又亮了几分，他叹息道："春天快来了。"

云边点头，回道："是啊。"

天空挂着明月，云边看着远处的河流，依稀能看见河面上倒映出另一个月亮。

炭火啪啪地响，云边觉得温暖又惬意。

说来奇怪，她始终没觉得常焰真的远离过自己，即使是在那难熬的六年里，她也经常会有一种还能找到他的感觉。她有时会想，六年前那段未完的故事还会有续集。大多数时间，她都用理智来劝说自己，那不过是她的执念罢了，然而，她还是怀抱着某种期待。

直到又遇见常焰。

她从常焰悲伤又无奈的眼神里看到了他未消失的爱，从自己一次又一次下意识的靠近里，清楚地认识到了自己的爱。

原来相隔的距离和时光，都没有令两个人变得遥远，他们的心像磁铁一般，遇见了就无法分离。

可是不管这磁铁将两人吸得多近，她也觉得不够近，有好多好多的爱，过往六年压抑的，还有余生想要给予的，仿佛多努力去爱都不够。

云边微微抬头，静静地看着他。常焰察觉到她的视线，低下头，缓缓靠近。

唇齿相依，也难以诉尽心中爱意。

次日。

早上，天空灰蒙蒙一片，万物隐在雾中，空气湿漉漉的。

云边起来后，见常焰已经将早餐备好："早上好。"

普通的一句问好，无端让常焰心里生起一丝甜蜜。

他走过去，轻轻地亲了一下云边的嘴角："早上好。等会儿我去坤哥那儿，晚上回来，想吃什么提前告诉我，我去买菜。"

云边看了他一眼："什么都行。"

"好,那我看着买,一会儿记得吃维生素。"

云边安静地看着常焰,他穿着那件黑色风衣,衬得他身形挺拔,气质舒朗。

她双手绕过他的腰,抱住了他:"真是寒酸啊,这件风衣你来来回回地穿。"

顷刻间常焰的脸上便浮出笑容:"上头有你的味道。"

云边抬头看他,耳根有些烫:"什么啊,这都多久了。"

"我没洗啊。"

"啊?"云边嗅了嗅风衣,上头带着些冬日冷冽的清新,"哪里没洗,又逗我。"

常焰坏笑,解开刚系上的风衣扣子,将她整个人裹在里头:"再给我添点儿味道。"

云边被风衣搓得脸颊发热,微微抿唇:"我又不是香水。"

常焰的脑袋在她的颈窝处拱来拱去,似乎真把她当成香水了,还要均匀喷洒。

云边觉得痒痒的,笑出了声。

常焰抬起脑袋,嘴唇凑过去,撒娇道:"嘴巴也要香喷喷的。"

云边打量着他,笑道:"你现在真像个无赖。"

"你是我老婆,无赖点儿怎么了?"常焰理直气壮地反驳。

云边无语,亲了一下他的嘴唇。

常焰满足地放开她,留恋地揉了揉她的脸颊:"走了啊,闲下来打电话给你。"着实一副黏人精的样子。

常焰往楼下走,云边看见餐桌上的煮鸡蛋,突然想到了什么,拿起两个鸡蛋就下了楼。

"常焰。"

"怎么了?"

云边跑到门口,把鸡蛋塞到他手里。

常焰笑道:"我去坤哥那里吃。"

云边愣了一下,作势要将鸡蛋拿回来:"我还以为你没时间吃。"

常焰突然伸出了手，把鸡蛋揣进风衣口袋，笑意加深："老婆给的，比什么都好吃。快上楼吧，穿睡衣就下来了，冷。"

云边点点头，却没转身，看着常焰走下台阶。

雾气缭绕，能见度有些低，常焰的身影有种要被雾气吞噬的感觉，云边没来由地惊慌，她朝前走了几步，看见他上车。

云边大声喊他："常焰，开车小心点儿！"

"知道啦，不用担心！"

他的声音穿过雾气飘进云边的耳朵里。

常焰发动汽车，缓缓向前行驶，路过"玛丽"时，他匆匆瞥了一眼，轻嗤一声："天天在这儿偷窥我老婆，回头得把你拆了。"

常焰到公馆的时候发现今天异常安静，安静得有些奇怪。

他在院门口放慢了脚步，漫不经心地四处看了看，猛然想起守卫的脸，似乎有点儿眼熟。

他心里一惊，脑海中闪过无数种可能性，最后在看见栾宇时确定了，是他所能想到的可能性里最糟糕的一种。

"快抓住他，他杀了坤哥。"

人影攒动，公馆里出来的、院子外头进来的，足足有五六十人。

常焰瞬间往人群的缺口处跑，身侧的人朝他扑过来，他闪身，扑上来的人越来越多，攻势很猛，他防守居多，进退从容。

张隆坐着轮椅出来，笑容瘆人，说道："别让常焰跑了，为干爸报仇。"

万斯同站在张隆身侧，面色焦急地说道："隆哥，这里头一定有误会，焰哥怎么可能杀坤哥呢？"

张隆恶狠狠地看他一眼："小哲也是他杀的，我亲眼所见，他跟李耀联合陷害的我，还有栾宇，也是差点儿死于常焰之手。"

栾宇浑身肌肉紧绷，气势汹汹地朝常焰攻去。

常焰一个跳跃，凌空铲腿，将栾宇击退。

紧接着其他人冲上来，常焰步步后退，瞟了一眼身后的高墙，在下一个人冲上来之时，攻击他的下盘，在他弯腰的时候，借力踩在他的脊背上，猛地一跃，手攀住了墙的边缘。

眼看着人要跑了，枪声响起，常焰的身子一僵，温热的鲜血染湿了肩头。他死死地攀住墙头，咬紧牙关，从喉咙里发出一声闷哼，蹬住墙面，一跃跳了出去。

"快追！"

常焰钻进车里，拿出车钥匙，鲜血从风衣袖口流出，在钥匙孔处留下猩红的指印。

打着火，车子立刻启动，轰的一声开了出去。

随后，接二连三的汽车发动声在常焰的车后头响起。

常焰看了一眼后视镜，掏出手机，准备打电话给周源。突然，拐角处冲出来一辆车，他倏地打方向盘，车身飘移，后视镜被擦身而过的车撞了个粉碎。

手机不知道掉到哪里去了，常焰管不了那么多，迅速倒车逃亡。

大雾四起，常焰拼命往雾里头钻，后头的车紧追不放，难以甩开。情况危急，他必须想出一个对策。

他冷静地思考着，栾宇和张隆联合起来了，为何联合，不言而喻——为了报仇。

栾宇八成以为自己杀他，是个人恩怨或者安坤的交代，所以不敢贸然行事，而是暗中观察，发现张隆被安坤关起来了，去张隆那里了解情况。张隆必然会抓住这个机会，将发生的事告诉栾宇，并将两个人的恩怨捆绑在一起，借栾宇之手扭转整个局面。

现在这种情况，做任何打算都没有意义了，他所有的安排都随着安坤的死功亏一篑。既然这样，要想解决当下困境，只有秦溯这一条路了。

常焰踩下油门，车子冲进小路，沿着河岸飞驰。他要去境外，去找秦溯。

前几天，安坤在准备回南国的事宜，其间少不了跟秦溯通话，安坤把这段时间张隆所做的事都给秦溯讲了，救走汪健成、设计逮捕林玥、杀害安小哲等，一桩桩、一件件，张隆在秦溯眼里，足够死一万次了。

安坤准备带常焰去南国的事，秦溯也知道，他对常焰的印象还不错，加之安坤的夸赞，等于给这个好印象再加了一层滤镜。

后面的车追得厉害，常焰猛地踩下油门，在雾气的掩盖下，开入河里。栾宇带着人紧紧地盯着水面。

缉毒大队，一间被隔出来的办公室里头，云顶峰和章回面对面地站着，沉默不语。

董嘉南门都没敲，风尘仆仆地跑了进来。

章回问道："怎么样？"

董嘉南摇头说道："没消息，两边都没消息。我们该怎么办啊？要不要行动？"

章回看向云顶峰，云顶峰眸光深邃，吐了口气，刚想说话，章回的电话响了。

"境外的号码。"

云顶峰催促道："快接！"

"喂？"章回按下外放键。

常焰的声音从电话那头传来："老回，别行动。"

"怎么回事？你在哪儿呢，怎么是境外的号码？人还安全吗？"

一连串好几个问题，常焰"嗯"了一声，将发生的事情简单叙述了一遍："现在行动，秦溯就没办法抓。安坤虽然不在了，但张隆还有用。"

云顶峰声音低沉："你有几成把握？"

常焰吊儿郎当地笑了一下："十成，给我三天时间，如果我失败了，你们再抓张隆也不迟。"

云顶峰压根不信："告诉我你在哪儿，就算你现在撤出任务也不算失败，你已经做得够多了，剩下的交给我。"

常焰一语戳破他的打算："再培养一个人打进秦溯的内部又要几年？好不容易走到今天这步，放弃太可惜了。"

云顶峰的拳头捏得紧紧的，吼道："听话！"

常焰轻描淡写地说道："我不会有事的，我没法跟你详细解释这里头的事，但我在安坤身边待了这么久，该怎么利用秦溯我最清楚，你相信我。"

云顶峰还想说什么，常焰不耐烦地说道："行了，别教训我了，云边呢？"

云顶峰一怔："她挺好的，等你回来呢。"

"我想跟她说说话。"

"她现在没跟我在一起。"

常焰遗憾地叹了口气："行吧，那挂了，等我联系你。"

云顶峰的拳头不轻不重地捶在桌子上，咬了下牙，说道："必须尽快找到云边。"

常焰出事没几分钟，云边和云端就被张隆的人劫走了，直到现在都没有消息。

董嘉南说道："张隆和他的人都不在安坤公馆，之前焰哥告诉我们那几处张隆落脚的地方也都找过了，没有人行动的痕迹，想必是早就有所准备，躲起来了。"

云顶峰说道："把云边的电话号码给停了，常焰那没出息的小子，没能跟云边说上话，肯定得打电话给她。要是被张隆接了，他就知道云边在张隆手里头了，一旦牵扯到云边，他就会犯浑，冲动之下不一定会干出什么来。张隆劫走云边就是为了引出常焰，不能让常焰出事。"

章回瞧他一眼，说云顶峰不担心云边和云端的安危是不可能的，但关键时刻，他不得不放下一切感情，理智地去下达各种命令。

章回说道："张隆应该不会伤害他们两个，毕竟是用来做人质的。"

云顶峰垂眸沉思了一会儿，突然抬头："带我去画室看看。"

此时，一间小木屋里头，一个男人被绑在床头，瑟瑟发抖地看着眼前半边肩膀都是血的男人。

常焰脱下衣服，露出精壮的上身，他将酒精洒在肩头，用匕首剜出子弹，随后按压止血，用衬衫包扎，再穿好衣服，一气呵成，被绑着的男人看得龇牙咧嘴。

木屋棚顶上的灯泡摇晃，昏黄的灯光将常焰的脸照得忽明忽暗，他的额头满是汗水。

常焰扭头看向男人："对不住啊，我就是想借你家东西一用。"

男人摇头:"没事没事,你随便用,锅里还有吃的,你要是饿了就吃。"

"嗯。"

常焰翻了一下男人所说的锅,里头只有一块硬邦邦的馒头,他这才回神打量了一下这间屋子。屋子很小,由木板组成,说是屋子都算夸奖,顶多算个能避雨的地方,还只能避个小雨,风雨大一点儿,估计就散架了。

能住人的就是一张土坯床,上头铺了一块破破烂烂的布,算是床单,旁边脏得不成样子的军大衣算是被子。

看男人年纪和身材,还有刚刚和自己过两招的体力,不像是丧失了生存能力的人,反观他的神态,黑眼圈极重,脸颊瘦得凹了进去,身上满是烟草和酒精的气味。

常焰拿起那块馒头,瞥见男人的双眸中闪现出一抹不舍,他想了想,又把馒头放了回去。

他疲惫地坐下,靠在土坯床边,把手伸进风衣口袋。鸡蛋被压烂了,还在水里头泡了大半天,蛋黄已经粘在口袋里头,鸡蛋清好些,还能摸到一两块指甲大小的。

他摊开手掌,将口袋里头零碎的鸡蛋块倒在手心,又细心地将鸡蛋壳挑出去,然后仰头将掌心的鸡蛋块都倒进嘴里。

有点儿腥,想到早上云边递给他鸡蛋的样子,他无声地笑了。

几块鸡蛋清填不饱肚子,他又用匕首将粘在口袋里头的蛋黄泥刮了下来,倒进手心,重复几次,直到什么也刮不出来,最后舔了舔手心,勉强算是吃了两个鸡蛋。

他抬头看向外面,远方雾茫茫的,晚风潮湿又寒冷。不知道云边现在在做什么,这么晚了应该睡了,他不在身边,她会不会失眠呢?

这两天她的睡眠不是很好,可能是怀孕的原因,白天嗜睡,晚上觉轻,老是踢被子。大冬天的,再感冒了就不好了,云端还得她照顾呢。唉,没有自己在身边,她该怎么办呢?

这样想着,常焰突然觉得云边也不过是一个柔弱的女人罢了,她需要被照顾,即使永远一副坚强的样子,也不能觉得她什么都无所谓。

她有所谓的,虽然她可以轻描淡写地诉说对苦难的理解,但她的眼里有藏不住的哀伤。将痛苦当作朋友，必然是被痛苦深深折磨过才得到的领悟。

常焰挠了挠脑袋，越想越坐不住，他再次拿过男人的电话，拨打云边的号码，是空号。

他焦躁起来，难道是他记错号码了？不可能啊。

血止住了，他的体力也恢复一些了，他得走了。他踌躇片刻，用匕首将男人的绳子割了个口子，说道："再对不住一次，你的手机我带走了。"

男人使劲儿点头："您拿什么都行。"

"你把绳子磨上几个小时，就能得救了，我先走了。"常焰套上风衣遮住身上的血迹，快步离开木屋，走出几条巷子，搭上一辆摩的。

路上，他不停地拨打云边的电话，一直是空号。

"怎么能记错号码呢！脑袋真是进水了。"常焰有些懊恼。

破旧的厂房里头，云端被绑在铁柜子上，嘴被胶带粘住，额头上的伤口正冒着血，他的手死死地握着云边的手。

栾宇走到他们面前，用枪抵住云端的心脏："你不松开她，也不影响哥们。"

云端嘶吼着，喉咙发出一阵阵悲鸣。

云边用身体挡在了云端前头："别动我哥。"

栾宇笑了笑，说道："那你让他松开你，我们就不动手了。"

云边回过头，一根一根地掰开他的手指，说道："哥，你放手吧。"

云端摇头，身体剧烈地抖动，铁柜也摇晃起来。

栾宇等得不耐烦了，枪口下移，砰的一声打在了云端的小腿上。

云边吓得尖叫一声，声音凄厉又刺耳。她使劲儿掰开了云端的手指，颓然地跪在地上，手捂住云端的腿。

栾宇捏住她的肩膀，将人向后一带："隆哥，你说要怎么弄。"

张隆看着云边："大画家，画一幅画吧。"

栾宇皱眉道："就这样？"

张隆扫视了周围十几个男人一眼，众人眸中皆有失落，他笑道："那你想怎样?"

栾宇张了张嘴,又闭上。

带走云边和云端的时候,张隆还让人拿走了她的绘画工具,此刻摆在空地正中央。他让云边坐在椅子上。

云边拿起调色板和颜料,看向张隆,问道:"画你们吗?"

张隆摇头:"画常焰吧,画他断手断脚的样子。"

云边抿唇,迎上张隆的目光,沉默两秒,平静地说道:"你先帮我哥处理伤口,我就画。"

张隆乐了,心情似乎因为云边的顺从而愉悦起来:"好。"

云端的伤口被包扎好,因为他不消停,又加了几根绳子,被捆得结结实实的。

调色,上油,笔毛落在了画布之上。

云边专注地盯着画布,一笔一笔画出轮廓。

张隆看着云边平静的样子,不满意地皱了皱眉。他不喜欢云边这类人,不会哭,不会求饶,不会楚楚可怜,永远都是头颅高昂着,不遮掩,不失态。

张隆深吸一口气,云边那笔直的脊梁让他的眼睛感到火辣辣的难受。

他抽出腰间的皮带,抬了抬手指,手下将他推到了云边跟前。

啪的一声,皮带抽在云边的脊背上,她的身体下意识地颤抖,弓起脊背,牙关紧闭。

很痛,但她还是咬牙忍住了,抬起头,目光微冷,不停地挥动画笔。

突然,一阵机枪扫射的声音响彻整个厂房。

在场的所有人同时一惊,迅速聚集在一起。

栾宇问道:"是常焰来了?"

朝外张望的人回道:"不是,是万斯同的人。"

张隆怒道:"他是疯了吗?"

万斯同带着一伙人从四面八方冲了进来,一时间,两方人马交战起来。

云边慌忙跑到云端身旁,解开他的绳子。

云端脸色发白:"听声音人不多,突击不进来。"

"就算进来也不一定是来救我们。"云边压低声音,"哥,我们要怎么办？"

"别怕。"云端将她半搂在怀里，发现她身体冰凉，他忙脱下外套披在她身上。

张隆发现了他们两个的动静，对身边的人说道："把他们关起来，别让他们跑了，也别让他们死了。"

"是。"

一个男人走到他们身边，要拽云边的胳膊。云端将云边护在身后，通红的眼睛充满警惕。

男人没抓到云边，有些暴躁，举起拳头就要往云端的额头砸去。感受到拳风，云端飞快地伸出手，牢牢地攥住了他的手腕。

男人被云端凶狠的气势吓到了，退后一步，而后又反应过来他看不见，随即嚣张起来："给我老实点儿，不然要你们好看。"

男人连推带拽地将两个人带到了二楼，因为远离了灯光，可见度降低，云边好几次差点儿被脚下的碎石块绊倒，反而是看不见的云端，即使伤了一条腿，依然走得平稳，牢牢地将云边护在臂弯里。

二楼有几间小屋，门缝里头有光，云边依稀听到里面有女人的哭泣声。

突然间，枪声大了起来，张隆的人骂骂咧咧的，似乎是对方有狙击手，让他们慌张起来，反击也变得格外激烈。

张隆急切地说道："怎么回事，他们怎么会有狙击手？还有那把机枪，从哪儿来的？"

栾宇皱眉："万斯同人脉广，说不定认识了什么人。"

张隆疑惑地问道："这小子真是奇了怪了，哪儿来的这么大仇，为了常焰？"

栾宇："管他是为了什么，把他们打趴下。"

云端的耳朵动了动，分辨枪声带来的信息。

以万斯同现在的人手，冲进来依旧困难。张隆他们人多，又在非常适合防守的厂房里头，只要躲得好，没多久就能耗尽万斯同那伙人的子弹，到时候他们再出去，谁输谁赢就不一定了。

"蹊跷太多。"云端喃喃自语。

云边抬眸，问道："你说什么？"

"我说……趴下！"

话音刚落，云边立马趴了下去，身边的男人还没反应过来，云端一个抬肘，撞击在男人的太阳穴上，男人瞬间晕了过去。

云端拉起云边，冷静地说道："位置。"

云边立马回道："二楼走廊，前面有几个房间，后面尽头有个安全出口，应该是楼梯。"

云端拽着云边，要往安全出口的方向跑。二楼很黑，此刻张隆的人大多去了一楼，他们逃出去并不难。

然而云边没有动。

云端问道："怎么了？"

"陈香好像在屋里头。"

"你想救她？"

云边没有犹豫，"嗯"了一声。

云端垂眸，淡声道："好。"

他搂着云边蹲下，尽量让身体藏在暗处，两个人悄悄地靠近那间漏光的屋子。

有烟草味从里头飘出来，云端想也没想，抬手轻轻地叩响了门。

房门打开，灯光倾泻而出，云边眯了眯眼睛，一双男人的腿出现在她的视线里，腿的空隙里，她看见被绑在角落里的陈香，她的脑门上都是血，脸颊肿得老高，身上的衣服也被撕破了。

不过几秒钟，站在云边面前的男人便倒了下去，其间没有发出一丁点儿声音。

云边站起身，飞快地跑进去，将陈香身上的绳子解开，搂着她说道："快跟我们走。"

刚要离开，他们就听见急匆匆的脚步声由远及近，像是来了四五个人。

云端的第一反应是带她们赶紧从屋里出去，但被云边拽住了。云端看不见，但云边看得清状况，二楼就这么一个屋子有光，此刻门还开着，他们出去，等于完全暴露在灯光下，势必会被发现。

屋子虽然小到没有任何地方能躲藏,但此刻没有其他选择。

门关上的那一刻,云端也明白了她的意思,脊背挺直地面对着门板。

云边和陈香的后背紧紧贴着墙壁,竖耳听着外头的动静。

脚步声越来越近,在门口停住了,陈香紧张地握着云边的手,云端闭上双目,屏住呼吸。如果只有云端一个人,靠他的本事是可以逃出去的,但因为有云边在,他有顾虑。

云端腿部的伤处鲜血不停地往下流,在鞋子边形成了一小摊血迹,云边看见他的小腿在轻微地颤抖着。

她来不及后悔营救陈香的决定,一切都是下意识的反应,而且云端也没有否定她,如果是常焰,也会是一样的选择。他们就是这样一群人,只要有一线希望,都会去选择救助他人,自己的安危往往是最后才考虑的。

不知是风还是有人推门,门板动了一下,云边的心提到了嗓子眼,目光笔直地盯着云端的脊背。

只听见砰的一声——

陈香吓得缩在了云边怀里,过了两秒,又将头抬起,看见房门依旧关着,目光带着疑惑和恐惧。

门外传来人声:"快点儿,子弹不够用了。"

接着是有东西在地上被拖动的声音,闷闷的,像是木箱子。

"搭把手,抬下去。"

"快快快。"

脚步声、碰撞声在他们的耳边响起,过了一会儿,声音逐渐远去。

原来他们上楼是到隔壁屋子搬枪支和弹药。

云端缓缓地呼出一口气:"他们走了。"

他们又稍稍等了一会儿,确定二楼没有人声之后,才从屋子里出去。

打开安全门的时候,云边终于感到一丝惊喜,没有人守着,几人飞快地跑下台阶。

云端在下最后一个台阶时,膝盖忽然软了下去,摔倒在地。

"哥,你不能再这样跑了。"云边将他扶起,陈香也上前帮忙,一人架着他的一条胳膊,尽量让他少用受伤的腿。

云端听了听周围的动静："往林子里跑。"

云边咬咬牙，应道："嗯。"

三人穿过草丛，进入树林。突然，传来一声枪响，子弹射击在云边身旁的树上，断裂的树枝刮伤了她的脸，她吓得吸了一口气，紧接着云端将她按趴在地上。

陈香的惊呼声从身侧响起，云端说道："别出声。"

云边扭头向后望了一眼，有人发现他们了，但似乎不太确定，正试探着朝他们的方向走。

走了两步，那人突然身子一顿，直直地倒在了地上。

"哥。"云边看向云端。

云端声音很平静："看来狙击手是救我们的人。"

营救云边和云端是极其难的事，警方出面更是容易打草惊蛇，为了不让张隆警觉，云顶峰便设计了这一出内讧的戏。

云顶峰暗中抓了张隆一个不太起眼的手下，让他带着一批由特种兵假冒的张隆的人，一起去万斯同的地盘，制造出张隆想要吞并安坤所有的产业并要除掉万斯同的假象。

万斯同本身对常焰害死安坤这件事就心存疑虑，加之手下被"张隆的人"打伤了几个之后，意识到自己的处境非常危险，于是起了和张隆硬碰硬的想法。

受伤的弟兄们也是怒火中烧，众人都有怨气，冲动之下便拿着家伙来找张隆了。

情绪处于高涨状态的万斯同等人，无暇去细想这里头的猫腻，所有人都是一脑门热血，于是，两伙人便打起来了。

但万斯同的人攻了半天也没能攻破张隆的防守，不得已，云顶峰只好出动狙击手。

云顶峰的目的只有一个，就是趁乱救出云边和云端。而张隆的人比万斯同多，又占防守优势，会是这场争斗的胜者。这样也不会影响常焰接下来的计划。

十分钟后。

章回将云边和云端两人带上车,董嘉南坐在驾驶座上,云顶峰坐在副驾驶座上,章回点点头,微笑着转身,脚步轻松地上了另一辆车,跟着警员一起押送陈香。

章回坐上车,嘴角还带着笑意,他不禁想起了之前云边提供的各种计谋,笑着摇摇头,觉得云边和云顶峰很相似,骨子里头都有点儿蛮横,杀伐果断,极其让人痛快。

可能这就是军人家庭培养出来的人吧。

几辆车在山路中穿行,董嘉南通过后视镜看了一眼外面,大风吹过,树林里的树木猛烈摇摆。他的视线又落到后视镜里的云边身上,风吹起她额前的碎发,露出饱满的额头,裸露在外的皮肤上遍布了深浅不一的血痕,让她看起来越发凄楚。

云边的双眸平静又淡漠,呆呆地看着外面。

董嘉南收回视线,将车窗关上,把空调温度调高了一些。

云顶峰从兜里拿出一捧菩提子珠子,又找了个塑料袋,将珠子倒进去,递给云端,说道:"要不是这些珠子留下的记号,我们都找不到你们被带到哪儿去了。"

云端安静地接过,两兄妹都有些沉默,这种沉默让人心悸,云顶峰便找话题:"没想到你们能自己逃出来,还顺手救了一个人。那女人是什么人?"

云端回道:"安坤的女人。"

"陈……"云顶峰想了想,"陈香是吧?被打得看不出长什么样了,这个张隆比安坤还要狠啊。"

云端摇头:"我不太清楚,常焰比较清楚,你问他吧。"

空气一瞬间凝固了。常焰此刻的安危无人知晓,他完全脱离了云顶峰所能监控的范围。或许他已经死了,又或许他还活得好好的,任务也在顺利进行,这些云顶峰都无从得知。云顶峰只能把手机揣在胸膛,音量调到最大,等着他的电话。

这样的事,这几年经常会遇到,云顶峰和章回虽然一直站在常焰身后,但许多时候他们都是无能为力的，只能等待。

沉默在车里头蔓延，即使一言不发，也依然能告诉人许多事情。

云边的双眸始终望向车窗外，树木从车窗外迅速掠过，眼前形成大片的阴影，她恍惚间看到了常焰，他笑得没心没肺，眼睛却清透明亮，对她说道："我命怎么这么好呢。"

云边苦涩地一笑，眨了眨眼睛，掉下一滴泪，命好个什么啊。

董嘉南通过后视镜看见那颗晶莹的泪珠，心里不是滋味，但安慰的话也不知道该怎么说。

犹记得当初常焰说过一句话："女人想要的是实实在在陪在身边的人，而不是虚无缥缈的荣耀。"

董嘉南见云边此时的模样，终于明白那句话是什么意思了。爱的人不在身边，纵使他是英雄又有何用？他的功勋和荣誉是用一条条触目惊心的伤疤换来的，伤得最深的，便是爱他的人。

董嘉南深吸了一口气，又怕惊扰到云边，吐气时，声音放得很轻。

车从山中开出，行上大路，云边突然说道："二叔，我想跟常焰结婚了。"

云顶峰一怔："结婚？"

云边语气很平静："还没领证呢，他说得等任务结束，恢复原本的身份后才能领证。"

云顶峰勉强露出一个笑脸："是吗？"

云边点点头："嗯，不然你帮个忙，现在给我们办个结婚证吧。"

云顶峰的笑容彻底挂不住了，他沉着一张脸，不知该如何回答。

云边淡淡地笑着，笑容有些无力："暂时恢复不了严火的身份，那就用常焰的身份结婚吧，反正都是他，又有什么关系呢？"

云顶峰缓缓地攥紧裤子："云边，等常焰回来再办吧，你一个人也没办法办证啊。他任务就快结束了，你再等两天。"

"再等两天啊……"云边叹息出声。

车驶到了目的地，陈香双手被铐住，被两名警察带下车，她抬头，看向前头。

刚刚下车的云边也看向了她，四目相对，陈香一下子就哭了。

云边朝她走来，轻轻抹了一下她脸颊上的泪水。

陈香这才注意到，云边不是被铐着的，她是自由的，想走过来就走了过来，身边也没警察跟着。

陈香云里雾里的，试探着问道："你不会就是安坤说的内鬼吧？"

云边想了想，摇头道："我只是常焰的女朋友而已。"

陈香蒙了几秒，突然又哭了起来，哭声比刚刚还大，似乎突然间想明白了很多事。

云边不知道她的泪水是悔还是恨。

陈香的举止回答了云边的疑惑，她膝盖一弯，结结实实地跪在云边面前："都是我的错！要不是我把张隆带到公馆，常焰也不会出事，我们都不会出事，我当时不知道会发生这么多事！"

云边蹲下身，扶住她的肩膀，一时不知该怎么去安慰她。

陈香说道："常焰以前劝过我，让我别跟安坤在一起，可我没听。原来他是为了我好。"

云边心里头有点儿不是滋味，她不好去评价陈香走的错路，只觉得惋惜。

陈香弓起腰，额头磕在石砖地上："是你救了我，谢谢！"

云边赶忙扶起她，看到她泛红的额头，微微皱眉："别这样。"

陈香涕泗横流，有些害怕地说道："云边，我是不是会死啊？"

云边分辨不出此刻陈香是真在感谢她还是因为无助而想竭力攥住一丝温情。

"我也不知道，要看你的表现吧。你好好表现，该交代的都交代，听警察的。"

陈香点点头："我知道错了，我会好好改正的。"

"那就好。"

警察匆匆地将陈香带走，云边怅然地看着她落魄的背影，心中百感交集。

董嘉南走到她身边，说道："云边姐，你不用难受，许多罪犯都是这样，被抓了又磕头又下跪的,都是为了从轻处理。其实他们心里对法律并没有敬畏感,也不是真心觉得自己错了。"

云边微微叹气:"如果她服刑的话,是在长蓝吗?"

"嗯。"

云边看了一眼身后的街道、路旁的建筑,苦涩地扯了扯嘴角:"这个地方,真是让我喜欢不起来。"

第十三章　　常焰，回头见！

常焰到秦溯那里之后，把所有的事情都告诉了他。

秦溯起初不敢相信，听完常焰详细叙述了张隆杀害安坤又夺其产业的行为后，认为张隆是与警方配合，想垄断销售渠道。张隆之所以把安坤除了，也是为了能坐稳位置。

想当年安坤跟秦溯的父亲在一起拼搏的时候，是他的全力支持才将秦溯的父亲推到今天的位置。平时没有外敌的时候，他们怎么计较利益那是狼群内部的事，有了外敌，就必须团结起来一致对外。

秦溯若是不帮安坤报这个仇，对不起地底下的老爸，他还怎么管理手底下的人？不能让大家说他是个不讲情谊的老大。

秦溯怒火中烧，当下心生一计，假装不知道安坤已经逝世，决定用之前约定好的"新药"的生意为理由，去东国一趟，引张隆露面。张隆吞了安坤的产业为的就是赚钱，肯定不愿失去他这个货源，到时他设下埋伏，报仇雪恨之后，也能顺理成章地将安坤的生意收到自己的口袋里，一举两得。

于是，秦溯按照往常的联络方式给安坤打了电话，果不其然，是张隆接的。张隆谎称安坤近来身体不适，由他暂时负责交易的事情。

打完电话，秦溯找了医生给常焰处理肩头的伤。常焰是安坤手下的得力之人，秦溯早就想要把他收在麾下了。

等医生包扎好常焰的伤口，秦溯便将手下们召集起来，一起筹划着接下来的事宜。

确定了入境安排后，常焰找了个机会联系上云顶峰。

听到常焰没事，云顶峰总算松了一口气，当初选择他去做卧底，毫无疑问是一个正确的决定。

常焰说道:"我早就说过了,只有我清楚这些人的想法,让你不用担心,你还不信。你看,事情不是朝着我的计划走了吗?"

云顶峰哭笑不得地摇摇头:"你这是瞎猫碰上死耗子了。"

常焰反驳道:"怎么说话呢?我的计谋每次都能成功,难道是因为身边全是死耗子?"

云顶峰哑然,常焰的能力是毋庸置疑的,只是他的行事过于冒险,怎么可能不让人担心?可恰恰也是他敢于冒险,才能在每一次的死局中寻找到生机。

南国的山,静得让人心悸。常焰站在一个小山坡上,望着北方,浓重的黑夜里,什么都看不到,但他觉得,夜的尽头是云边,她就在画室的露台上,等待他的归来。

常焰这两天心里始终七上八下的,忍不住开口问道:"云边的电话怎么打不通,她是不是出事了?"

云顶峰忙说道:"没有啊,她在呢,让她跟你说两句。"

常焰心中一喜,喊道:"云边?"

云边接过电话,小跑到户外:"常焰,我在。"

"你跑什么?"

云边靠在墙角,手捂着胸口,微微喘气:"想跟你说话。"

常焰忍不住笑了,觉得她的行为有点傻,像小孩子说悄悄话怕被别人听见似的,说道:"想跟我说什么?"

云边支吾两秒:"嗯……也没什么具体的事,你还好吗?"

"我挺好的,你呢?"

"我也挺好的。"云边的嘴角挂着淡淡的笑,声音很温柔。

"你电话号码多少啊?"常焰突然问道。

云边报了一遍。

常焰皱眉:"我打的是对的啊,怎么一直说是空号?"

静了几秒,云边开口解释道:"我前两天电话丢了,就把卡停了。"

"这样啊,我以为你出什么事了呢。"常焰放松下来,"这两天都干吗了？"

云边想了想，说："昨天跟哥去了趟商场。"

"干吗去了？"

"买了点儿育儿的书。"

"过几天该产检了吧？"

云边算了算时间，点点头："我最近吃得好睡得好，宝宝也会很健康的。"

常焰笑道："那就好，别老是画画，要注意休息。"

云边"嗯"了一声，轻声细语地说道："没剩几幅画了，再有几天就能完成了。"

常焰诧异道："几天！你当自己是机器人啊，我刚说完你就不听话是吧？"

董嘉南从屋里出来，把外套递给云边。

云边跑出来的时候只穿了件薄衬衫，她接过外套，拿着没穿，注意力都在通话上。

"画完我就不画了，好好养胎。"

常焰不听，说道："订单取消了，你还画个什么劲儿？"

云边反驳道："你说取消就取消啊，我又没答应。"

常焰无奈地说道："较真！"

云边哈哈地笑着，目光柔软。

董嘉南看了一眼云边的腹部，没想到她现在已经有孕在身了，他上前两步，把她手里的外套拿起，披在她的肩头。

云边的头发被外套压住了，她伸手捋了捋："你可以跟我聊这么久吗？"

常焰沉声笑了笑："怎么，不爱跟我聊了？嫌我唠叨了？"

云边慌忙地摇头："不是，我是担心……"

"我有分寸。"

常焰的声音让云边觉得很安心，她温柔地"哦"了一声。

时光易逝，谁也不舍得浪费。

常焰突然说道："让我看看你。"

"啊？怎么看？"

"拍个照片。"

云边愣了一秒，转身背对着门口，拔腿就跑了起来。

董嘉南见状跟上她的步伐。

云边问道："可是我怎么发给你啊？"

"发个微博，我能看到。"

"行。"

"让我看看，这两天你长肉没有。"

风迎面吹来，披在肩头的外套掉在地上，她稳住呼吸，说道："两天能长什么肉啊？"

"肚子啊，有没有变大？"

"没有，要过两个月才会大呢。"

常焰出声："就想看看你了。"

云边的头发被吹得不成形状，她脚下的步子飞快，微微喘息："行。"

常焰皱了皱眉头，耳朵贴紧话筒，问道："你又跑什么呢？"

云边跑到十字路口，脚下一跺，抄近路跑进了小巷，回道："找一个光线好点儿的地方，拍照给你。"

常焰有点儿哭笑不得："别着急啊，什么时候拍都行，你现在不能剧烈运动。"

"马上就好了，你等一下。"

警队离画室不是很远，抄近路要横穿娱乐街。晚上本该是娱乐街最热闹的时候，但因为乐岛的败落，周边一下子冷清了不少，完全没了往日的繁华。

乐岛周围的几个烧烤店也关了门，要么贴上出租广告，要么直接闭店。

云边从乐岛门口跑过，回头瞧了一眼，乐岛的大门紧闭着，整栋建筑不见一点儿灯光，突兀，又让人觉得惊悚。

云边没多看，闷声往前跑。

常焰问道："你要跑到哪里去啊？"

云边没有马上回答，过了几秒钟，常焰听见哗啦一声，似乎是玻璃碎裂的声音。

"好啦。"云边忘记带钥匙了，干脆将玻璃给砸了。

常焰皱着眉问道："你到底在干吗？"

进去画室后，云边找到接近肤色的颜料，快速调色，说道："换件衣服，准备拍照啊。"

"又不是相亲呢，还换衣服，你什么样子我没见过？"

云边没回答，常焰又问道："你要换什么衣服？裙子？"

云边脸上的伤痕被颜料遮住了，她愣了愣，又弯腰挽起裤腿，去遮腿上的伤痕："你想看我穿裙子，那我换给你看。"

常焰"啊"了一声，他是想看，但觉得云边为了拍照过于折腾了，于是说道："不用，你怎么拍都行。我就是想你了，不方便也没关系，说说话就行，况且过两天我就回去了。"

云边顿住，心头一跳："过两天就回来了？"

常焰望向天空，眉头逐渐松开："嗯，事情快办完了，办完了我就去找你。"

云边又期待又不安，唤了他一声："常焰！"

"嗯？"

"万事小心。"

常焰笑了一下，语气沉稳："嗯，接下来两天比较忙，不方便总联系你，但我保证会洁身自好，绝不跟其他女人说话。"

云边："……"

常焰自顾自地说道："没有我的督促，你也要按时吃饭和睡觉，回头别让我看见你瘦了。"

云边的嘴角抿出笑纹："知道了，回头也别让我看见你受伤哦。"

起风了，风吹散了雾气，也吹散了曾经沉积在常焰心底的那股孤独和崩溃。

幸福等在眼前的感觉很奇妙，仿佛曾经遭受的一切都无所谓了。他很想念云边，比任何时候都想。

常焰的眼底泛着光："好，那我们回头见。"

挂了电话，云边调整相机角度，给自己拍照。

董嘉南站在楼梯上，将电话内容听得差不多。他默默地下楼，把门口的玻璃碎碴扫干净。

常焰叼着烟，坐在山坡上，狂风把他的头发吹向一边，他身上的衬衫也灌满了风，鼓了起来。

他握着手机，费了半天时间才登上微博，随后输入云边的账号进行搜索。网速非常慢，烟抽完了一根，进度条终于走完。

云边的微博主页，头像和图标都还没刷新出来。常焰点开那张未刷新出来的照片，屏幕变成了黑灰色。

他又点燃一根烟，身后是墨黑的山，头顶是点缀繁星的夜空。

突然间，瞳孔里的色泽变换，他的睫毛颤了颤，照片终于刷新出来了——

云边倚在窗边，穿着一件淡蓝色的连衣裙，长发披肩，笑意盈盈。

夜色里，常焰的眼睛弯出了一道温柔的弧度。

长蓝的冬天就快过去了，然而北方城市还处于冰天雪地之中，一股冷气团带着寒冷，从沈城大举南下到长蓝，把刚抽芽的树枝又逼得缩了回去。

入了境，常焰坐进车后座，戴着口罩，身旁是秦溯。

秦溯手肘搭在车窗上，说道："我的人不会走漏风声，张隆那小子不知道你跟我在一起，不然他不敢赴约。"

常焰"嗯"了一声，观察一下四周。

漆黑的天空看不出天气情况，但肆虐的冷风和月亮上头薄薄的黑雾，让人能感觉到似乎要下雨。

他突然想起那次跟云边一起吃饭，下了雨，他说那是雪，云边瞪着眼睛不相信，她将手里头的水珠翻来覆去地看，怎么也找不出一点儿雪的模样。

真正意义上的雪在长蓝百年难得一遇，所以当地人觉得冬天气温低时的雨就是雪。

想到这里，他轻嗤一声。

秦溯看了他一眼，问道："看你有点儿疲惫，困了？"

常焰摇头说道："没有，干咱们这行的多是夜间行动，早就习惯了。"

"那你怎么不说话？平时挺爱说话的人，突然沉默了，我会觉得你不正常。"秦溯随口说道。

常焰向后靠，晃了晃脑袋，说道："刚刚想到我老婆了。"

秦溯眼睛斜过去，乐道："讨着老婆了啊，漂亮吗？"

常焰点头："漂亮。"

秦溯又乐了："那这次办完事就把你老婆一起接到南国去吧，你俩跟着我干。"

常焰感慨一声："从没想过坤哥会突然走了，一下子心里头就没了着落，秦公子愿意收留我，我肯定是乐意的。"

秦溯拍了拍他的肩膀："你是个重情重义的人，我挺喜欢你的，以后跟着我好好干，不会亏待你的。"

常焰不好意思地挠挠头："好。"

长蓝这座小镇，别的不多，山沟沟极多。

秦溯他们先到了约定的地点，除了他们这辆车，还有两辆货车紧随其后。

秦溯和常焰下车，表情冷峻。

秦溯对货车司机扬了扬手："清点一下枪支弹药。"

常焰缓步走着，经过货车后，他的手上多了一把枪。咔咔几声，子弹上膛，他的双眼扫视着四周，眼神凌厉，像一头凶狠又警觉的狼。

他走到一处山坡上，跳进沟里，把自己隐藏在夜色中，调整角度，看瞄准镜，视野开阔，一览无余。

货车撤离，人群四散，只剩秦溯和几个手下站在风里。

十分钟后，张隆来了，他没坐轮椅，挂着一根拐杖，穿着高定的西装，手腕上戴了只金表，把自己打扮成电视剧中大佬的模样。

"秦公子。"张隆谄媚地打着招呼。

秦溯轻嗤一声，上下打量他一番："你可以啊，打扮得人模狗样的。你干爸呢，身子骨还没好吗？"

张隆略带悲伤地点头："是啊，干爸年纪大了，毛病多。这次突发急病，话都说不利索了，还没好呢。"

秦溯笑了笑："我看是好不了了吧，生意都交给你了，这不明摆着在安排后事吗？"

张隆愣了一下，圆滑地说道："好或不好，都不会影响秦公子您的生意。我自小跟着干爸，生意上的事早就驾轻就熟了，以后秦公子跟我合作，赚的钱只会比以前更多。"

秦溯不耐烦地摆摆手："行了，验货吧，要不是接二连三发生的事太多，这批货早就给你们送过来了。你赶紧验，赶紧销，看看市场怎么样，卖得好的话回头再给你送。"

张隆点点头，看着秦溯提来的箱子，眼里发光，像是在看金子似的。

秦溯瞟了一眼张隆带来的人，二十几个，他觉得好笑，讽刺道："带这么多人，怕我吃了你啊？"

张隆赔着笑脸："怎么会，跟秦公子合作，我要是这样想，那不是小人之心了吗？带的人多是怕碰见警察，这儿的警察管得紧，麻烦得很。"

秦溯哼了一声，说道："胆子倒是小得很。"

等验完货，张隆朝身后的人点点头，几人将货提到了车里，另一伙人拿着钱准备付尾款。

手下的人上前接钱，秦溯退后几步，掏出一根烟，摸了摸口袋，眉毛微挑，随后向车的方向走去，似是去拿打火机。他打开车门，手伸到驾驶座位置。

就在此时，一颗子弹划破夜空——

常焰的枪一抖，贴在扳机上的手指瞬间失去了知觉，他飞快地蹲下身子，捂住受伤的食指。

枪声惊扰了所有人，紧接着一串枪声接连响起。

常焰失去了射击先机，再抬头时，张隆已经不知道躲哪里去了，山坳底下乱作一团。

　　枪声即是行动信号，两拨人马都会因为枪响而瞬间出击，一拨是秦溯的人，意在为安坤报仇雪恨，另一拨是章回的人，意在将所有人一网打尽。

　　但这信号本该是常焰给的，子弹也该是冲着张隆的脑袋去的。

　　可他晚了一秒，被不知名的人截和了。

　　常焰趴在山坡上，数发子弹打在土坑边缘，泥土四溅。

　　他缩回身子，扳机被打掉了，他扔掉无用的枪，摸上后腰，拿出匕首，潜入树林里。

　　张隆身边如果有和他能力不相上下的人，他不可能不知道，那么现在只有一种可能，那就是张隆起用了安坤的佣兵护卫。

　　常焰在树林里穿梭，子弹在他身后追，他利用空间优势，判断对方的射击方向，敏捷地避开，并朝着对方的方向跑了过去。

　　眼看着常焰越来越近，对方没把握射杀，作势要逃。

　　这让常焰有了更大的发挥空间，他紧紧地握着匕首，断掉的指节处不停地渗出鲜血，染红了银色的匕首，但他无暇顾及。

　　他深吸一口气，爆发式地冲刺，踩上斜坡，跳跃，直接坐在目标人物的身上。

　　夜沉如水，连绵的远山上飘着一层厚厚的云，像要将山给压趴下。

　　云边站在露台上，身体紧绷，双手攥在一起，风吹得她耳朵生疼。

　　云端打开露台的门，云边听见动静猛地回头，双目灼灼地盯着他，问道："来电话了吗？"

　　云端摇头，一瘸一拐地走过去，将手里端着的热水递给她："董嘉南和二叔都没接电话，他们出任务的时候不带手机。"

　　云边接过杯子，手不停地发抖，杯里的水荡起层层涟漪。

　　"出任务怎么会这么久？会不会出什么意外啊？"

　　"不会的，别担心。"

　　云边稳住自己的心跳，不停地告诉自己会没事的，然而，她的心还是跳得厉害。如果再接不到常焰的电话,她觉得自己会被冷风撕成两半。

云边说道:"上次他打电话给我,有件事我忘记说了。"

"什么事?"

"我等他回来一起领证。"

云端感到云边的语气飘忽,安慰道:"你放心,他一定会平安回来的。"

云边紧皱着眉心,轻声道:"他已经是我的老公了,不能再跑了。"

常焰从山坳中出来,裤子破了一个口,膝盖少了块肉,血肉模糊。他飞快地挑了辆车钻进去,车辆没有熄火,钥匙就挂在上头,他发动汽车。

浓重的夜色被刺眼的警灯驱散,天空红一阵蓝一阵,张隆在佣兵的掩护下逃了,常焰驱车去追,留下的人还在搏斗。

秦溯的人在和警方的交战中,一个都没逃出来。

临到终了秦溯都不知道他是中了常焰的圈套,他被按在地上,双手被铐住,血红的眼睛盯着张隆逃跑的方向,愤恨地发出了一声凄厉的嘶吼。早知如此,他绝不会踏入东国的土地。

清缴了人和货之后,警车分成两队,一队押送罪犯,一队去追张隆。

张隆带着货往河岸逃去,那里有一艘货船,货船是仓库被偷袭后安坤安排的新储存点。

一切发生得太快,张隆下意识地往货船上逃,他手里有"新药",只要能活着,就不愁没钱花。

他拼了命地逃,常焰在后面不要命地追。

上了船,张隆喊道:"快开船!"

货船缓缓地驶离河岸,常焰奋不顾身地一跃,抓住了桅杆。

章回赶到河岸边,黑乎乎的河面上,只有那一艘货船亮着灯。

他立即下命令:"追船,快!"

因为不是出入境口岸,并没有其余船只停泊,章回一边打电话一边寻找船只征用。

眼看着货船越开越远,他急得跳脚。

警笛声由远及近,几辆车停在河岸边。云顶峰从车上下来,他脚步沉稳,目光如炬:"已经申请支援了,船只马上到位。常焰呢?"

章回皱着眉,面露担忧:"跟着上船了。"

砰!砰!砰!砰!

黑漆漆的货舱里,张隆毫无方向地乱开枪。常焰身子一晃,单膝跪在了地上,温热的液体从他的腹部流出,浸湿了裤子。

张隆骂道:"常焰,你真是个疯子,都这样了还要追我!"

常焰不语,悄悄地移动了位置。张隆又是一枪,打在刚刚常焰跪着的位置。

死了吗?张隆不知道。

就在他愣神的时候,突然感觉头顶一阵风,他躲闪不及,肩头一凉,锋利的匕首插入了他的肩胛骨。

张隆咬着牙,举起枪,常焰出手利落,手掌砍在他的手腕上,枪飞了出去。

突然,有一束束刺眼的灯光从窗口照进来,密集的货箱遮住了一部分光,但仍旧将常焰的身形清晰地映入张隆的眼中。

此时,常焰全身被鲜血染红,他的眼睛狠狠地瞪着张隆,像一头可怖的狼。

常焰抽出匕首,再次朝张隆挥去。

突然,船身猛烈地晃动,放在高处的货箱掉落,砸在了常焰的后脑上。张隆趁机躲开他的匕首,一拳攻在他的腹部,将人打翻在地,而货箱也落在了他的身上,压住了他的下肢。

佣兵的高喊声传过来:"隆哥,警察追上来了!"

话音刚落,四面八方便传来了警笛声。

紧接着响起警察的喊话声:"张隆,你已经被警方包围了,放下武器,立即投降,否则我们就要开火了。"

张隆趴在货箱上，居高临下地看着常焰，说道："我早就跟干爸说了，你是卧底，他要是信我，就不会落到这个下场。"

常焰喘着粗气，笑道："说好听话一套一套的，最后还不是你亲手送他去了黄泉路。"

张隆吼道："谁让他那么对我！我从小跟着他，把他当亲爸，他却从没有把我当亲儿子对待。尤其是你来了之后，他任由你抢我的生意。小哲就算了，凭什么连你也能踩在我头上？！"

常焰的胯骨和膝盖骨被压得生疼，他咧嘴笑道："当然是凭本事。"

"凭本事？"张隆目露寒光，"你这么有本事也没保护好你的女人啊，不还是让她落在我们手里？"

"你说什么？"常焰死死地盯着他。

"你不知道？也是，这么耻辱的事她怎么敢告诉你。"

常焰怒吼："你对她做了什么？"

张隆笑着，指了指货舱的角落。

货船随着河水漂浮，穿透而入的灯光忽隐忽现，常焰看见一幅只有黑白两色的油画立在角落。

浓雾之中，是一个瘫倒在地的黑色人影，似是受了伤。

白雾缭绕，若隐若现，仔细去看，那一团团或浓或淡的雾气，勾绘出了一个女人的身体躺在男人怀里的画面。

男人的眉眼轻松，嘴角微勾，哪里是受了伤，更像是喝醉了，搂着心上人睡着了。

流畅又富有美感的线条，割裂了对比明显的黑白色调，常焰只用一眼，就知道这画作出自谁手。

他攥紧了手，沉声问道："你为什么有云边的画？"

张隆意味深长地说道："当然是我让她画的了，可惜还没画完，我那些兄弟就等不及了……"

他顿住，突然笑了起来。

常焰的双眸像充了血，他额头和脖颈上的青筋暴起，从腹部发起一股力，双手撑着货箱，身体在货箱之下弓起。

他紧咬牙关,发出一道嘶吼声:"啊!"

嘶吼声在河面上回荡开来,警察、特种兵,全部举起枪支。

"轰!"的一声,张隆被巨大的力气推开,脊骨砸在甲板上,常焰没给他缓神的时间,骑在他身上,拳头又狠又快地落在了他的眼角。

"啊!啊!"张隆眼眶凹陷,鲜血流满脸颊,他挣扎不了,只能求饶。

"别打!别……"

常焰一拳又一拳,空气中充满了血腥味,还有浓郁的汽油味。

忽然,货舱角落闪出一丝橙色的火焰,伴随着缓缓升起的黑烟。

张隆之前开的那几枪,无意中打到了油管,高温引起了火苗,蔓延到货舱之中。

张隆护着脑袋,含糊不清地呜咽道:"放过我,货都给你,那些货值很多钱,比你干警察赚得多,求你放过我。"

常焰已经失去了理智,他的视线里一片血红,怒道:"我不要货,不要钱,我要你死!"

警察开始鸣枪了,枪声划破天际,惊动了整个小镇,熟睡的人从被窝中爬起,披上外套跑到窗边。

云边站在露台之上,看见万家灯火接连亮起,人们在窗边徘徊、张望、议论。

她朝前走了几步,双手紧紧地攥住天台的栏杆,微微抬头,看见河岸边红蓝灯光交错在一起。

迎面而来的风掀飞她的长发,她咬着嘴唇,脸色发白。

"着火了!"

云顶峰动了动五指,做出手势,一排队员卸去身上装备,跳入水中。狙击手手指一按,瞄准镜中的佣兵瞬间倒地。

警方的船只飞速地缩小包围圈。

然而,就在他们快要上船之际,轰的一声响,火焰飞快冲上天,货船的船壳板被炸开。

"所有人,快撤退!货船要炸了!"

诡异的噼啪声绕着船体响起,火舌疯狂撩动,可燃物体顷刻间被火焰包围,蹿出更大的火焰。

身边都是火,密集的货箱将常焰层层包围,外头的人进不来,里头的人出不去。

张隆已经没了气息,常焰的拳头还在他的脸上砸。

周围一片火光,常焰逐渐恢复理智,他看向那幅油画,画中的人在热浪中摇晃。

常焰突然静了下来,一动不动,他好像听见了遥远记忆里的声音——

"云端不在家。"

"这是三楼。"

"这话应该我问你,为什么爬到我家?"

…………

"你是喜欢我的,对吧?"

"为什么要拒绝你?"

…………

"我的铅笔字擦不掉。"

"写好了。"

…………

"想要什么样的画?画要挂在哪里?"

"我还没吃饭,你请我吃饭吧。"

"你没有女朋友。"

"我们和好吧。"

…………

"常焰,回头见。"

云边说过的话,一字一句地回荡在他的耳朵里,他的呼吸越来越沉重,视线逐渐变得模糊,意识开始涣散。

他盯着那幅画,下意识地走了过去,一个趔趄,他扑在了火焰之中,火舌在他的手腕上炙烤着,被鲜血和汗水浸湿的衣裳被点燃,他的手掌、手背、手指接连发出刺啦的声音。

"你这么有本事也没保护好你的女人啊,不还是……"

常焰的眼角流出泪水,还没滴落,便蒸发了。他双眸颤抖,身体已经虚脱,双手撑在地上,一点一点地朝着那幅油画爬去。

木板上留下一个个黑色的手掌印。

一枚枚勋章、一声又一声的赞赏……但他这个英雄连最爱的女人都保护不了,让她遭受了羞辱。

常焰的心脏抽痛,双眸血红。

因为怕他分心,她什么都隐忍下来,不言不语,假装自己很坚强,在爱他这件事上没有一刻退缩过。

然而他又回报了什么?

没有礼物,没有求婚,没有足够有保障的未来,还一次又一次去伤害她。

她那么美好的人,凭什么要承受痛苦和绝望?

常焰抬起头,拼命将发散的意识聚拢,他不能再让她失望了,绝对不能。

他咬牙,站起身,在火中奔跑,冲到了那幅画前,将油画抱在怀里,想踢开被火焰包裹的货箱。

熊熊大火在空气中蹿动,浓烈的烟气冲入鼻腔。他踢不开,就用臂膀去撞,发出一声又一声的闷响。

船只后撤,水上救援抵达,水枪就位,水流如同瀑布一般,浇在浓烟上,却消失在熊熊火焰之中。

尽管下了撤退的命令,但还是有一群人在水中拼命地游上前,章回和董嘉南一马当先。

云顶峰在后头喊道:"你们给我回来,冲进去什么用都没有!"

董嘉南的脸上不知是泪还是水,边游边喊:"哥!你快出来啊,哥!"

章回喊道:"常焰!任务结束了!云边在等你回家。"

话音刚落,热浪翻滚,赤红的火焰仿佛一个暴怒的魔鬼。

轰的一声,爆炸了,黑色的天被染成了橙红,光芒冲破一切。

云边的身子一抖，瞳孔映出橙红色的蘑菇云，云端急忙抓住她的手臂，生怕她随着爆炸声摔倒在地。

云边张了张嘴，却发不出一丝声音，仿佛灵魂不知去向，她眼神空洞，陷入混沌之中。

心似乎感知到了常焰的声音，他在说"对不起"。

云端掏出手机，盲目地按着号码，董嘉南的、章回的、云顶峰的，还有常焰的。

无一人接听。

呼叫声在夜里持续着，河上的黑烟逐渐散去，火光消失不见，山的后头飘出了灰白色的烟。

天快亮了。

云边不说话，僵硬地站在风里，身体冰凉，眼睛一眨不眨地看着河岸。

将下未下的雪雨，终于被那场大火刺激到了，洋洋洒洒地飘了下来。

风将灼烧的味道吹到了云边面前，也将灰尘一并吹来，落在她的头顶、肩头。

她伸出手，接了一小片，是雪，黑色的雪。

电话终于通了，云端接听过后，握着云边的手下意识地抖了抖，声音里竟有一丝少见的哽咽。

"云边……"

这一声呼唤，让云边双眸中最后一点儿光亮也黯淡下来，她一瞬间倒地，像一个没了灵魂的木偶。

医院。

空气里都是消毒水的味道，走廊两边站着的、蹲着的有不少人，地上是一摊又一摊的污水，都是从这群人身上流下来的。

云边的脚步很轻，缓缓向他们走去，她面无表情，目光空洞。

云端拉着她的手，也很安静。

几个男人扭头看向他们，不明所以。

董嘉南蹲坐在地上，看见云边的鞋子，他抬头，鼻子一酸，喊道："云边姐！"

云边有些迟钝地动了动眼眸，盯着他，呆愣几秒，说道："嘉南啊。"

董嘉南身上很脏，他带着担忧的神色望着云边。

云边动了动嘴角，声音很平淡，问道："常焰呢？"

董嘉南的鼻子又酸了，说不出话来，指了指病房。

云边走过去，正碰到医生推着病床往外走，她微微低头，看见一块白布，白布凸起，显出躯体的形状。

医生刚想开口，站在一旁的云顶峰做了个手势，低声道："是逝者家属，等一会儿再推走吧。"

云边松开了云端的手，她目光涣散，手摸着床棱，轻轻地从床尾走到了床头，连床铺都不敢碰，像是生怕惊扰到躺在上头的人。

透过白布，她在努力辨认常焰的身体，他饱满的额头、高高的鼻梁、宽阔的肩膀、修长的双腿。

腿……她看见两条腿的长度不一致。

云边的心瞬间紧绷了起来，她的五指死死地抠着冰凉的钢棱，额头渗出细密的汗水。

不知是不是有人遮挡了阳光，她的视线出现了阴影，像电视机的噪点，无声地闪动着。

章回受了些轻伤，处理完便急忙往常焰这头赶，他被人搀扶着，脚步无力又慌乱，到了病房门口，只见一室安静。

所有人都像被定格住了，无声又悲怆。

清晨的阳光明亮，照在那张白色的病床上，章回扶着门框，控制不住地发出细小的呜咽声。

董嘉南也被勾起了酸楚，哭了出来，接二连三地，陆续有人低下头，眼眶通红，抹着眼泪。

唯独云边没有哭，她安安静静地站在病床边，脸上没有一点儿表情。

大家都以为她会掀起白布，然而她没有，她站了十余分钟，像根木桩子一般。

于是，大家以为她不会掀起白布了，准备推走病床。

云边却突然伸出手,捏住白布的一角,手臂高扬,白布腾空而起。

常焰的躯体,完完整整地暴露在她的眼前。

云边扫了一眼,瞳孔放大。

云边的心像被刀子狠狠剜开,她咬着嘴唇,吸不上气,额头的青筋暴起,身子缓慢地向下坠。

云顶峰扶住她,安慰道:"云边,别太难过了,常焰人已经去了。"

云边摇头,双目通红地盯着常焰,说不出话来。

云顶峰叹口气,说道:"把人推走吧。"

医生来推床,云边一把拽住了床头:"不能就这样推走他啊!好歹,要穿上军装吧……"

云顶峰睫毛颤动:"云边,会有人帮他穿好的。"

云边摇头:"我来,我来帮他穿。"

云顶峰点点头:"好吧。"

所有人都出了病房,云顶峰命人拿了一套军装。军装叠得整整齐齐。

云边接过,问道:"他留下过什么话吗?"

云顶峰叹了口气:"爆炸当场就死了,没留下什么遗言,但是在爆炸前,他在喊你的名字。"

云边抬头,目光凄楚地望着他。

"他说,让你等他。"

爆炸的前几秒,河上的人都听见常焰撕心裂肺的喊声——

"云边,你要等我,等等我,我马上就去见你,你一定要等我啊!"

云顶峰出了病房,将门带好。

病房里头很安静,只有云边和常焰两个人,她很想听到他的呼吸声,可听了半天,只能听到自己的。

云边缓缓地弯下腰,觉得头晕目眩,她强迫自己平静下来,将军装打开,小心翼翼地搂着他的身体,给他穿上衣服。

这将是她最后一次拥抱他、抚摸他。未来,再没有这个机会了。

好短啊,为什么人生这么短暂?她和他还有好多事情要做,为什么就不能多给他一些时间呢?

哪怕再给几年，或者一年也好啊。也给她个机会，去好好爱他。

云边将他抱在怀里，压住裤脚，一点点地往上套。她再也忍不住了，双眸蓄满了泪水，一颗颗掉在他的身体之上。

为什么她没在那条船上？如果她在的话，他就不会一个人孤零零地走了。

她犹记得重逢那天常焰说很喜欢那幅大海的画，他看那幅画的时候，眼睛里头隐约有着一种孤独感。

他一定很孤独，这些年孤军奋战，无人可诉衷肠，没人懂他，没人陪他，也没人能温暖他。他在寒冷的世界里为了光明而战，没有一次后退过，可换来了什么？

他连胜利都没有看见，那些他许诺过要亲手送上刑场的恶徒，他看不到他们受惩罚的那一天，他看不到国家给予他的勋章和锦旗，看不到星空照耀下和平安详的土地，还有他们幸福的未来。

云边弓起脊背，脸颊摩擦着他的胸膛。

"常焰，你怎么说话不算数呢，不是说好了回头见吗？你现在回来好不好？游戏通关了，任务结束了，我可以带你回沈城了，我们可以回家了。"

她轻轻吻上他的唇，很轻，很小心，生怕弄疼了他，她的气息喷在他的脸上，却再得不到一丁点儿回应。

他不该是冰冷的、死气沉沉的，他对她的爱一向是炽热的、冲动的、充满力量的。

她牵起他的手，摸着那枚圆圆的戒指，拿起来举在他的面前，说道："你是我的老公了，不可以再离开我了啊。我不同意你离开，我不同意，我们不该是这个结局！"

常焰始终一动不动，他的沉默彻底击溃了云边的内心，前所未有的剧痛劈头而来，她觉得自己快要被撕碎了。

她悲怆地抬起头，发出凄厉的哭喊，绝望的声音响彻了整个医院。

许久过去了，云边都没从病房里出来，门被反锁，云顶峰不得不令人破门而入。

云边就躺在常焰的身边，紧紧地搂着他，死气沉沉的双眸不停地流着泪水，打湿了常焰身上的军装。

他们想拉走云边，但云边就是不松手，执拗又蛮横。

不得已，云顶峰只能将云边敲晕。

云边做了一个梦，她梦见自己坐在沈城的家里头，举着手机，正在视频通话。

阳光很刺眼，有个黑色的人影出现在屏幕里。

云边调整了一下角度，发现人影还是黑的，皱着眉说道："逆光了。"

屏幕里的人动了动，刺眼的阳光散去，黑色的人影逐渐清晰，常焰没心没肺的笑脸露了出来。

"我说呢，我怎么是黑的。"

云边乐道："笨。"

常焰嘿嘿笑了几声，说道："第一次用这个，手机还是跟别人借的。"

他脑袋上的汗流进了眼里，他用胳膊抹了一把，胳膊上也是汗，抹了等于没抹，随即又掀起衣服擦眼睛。

结实的腹肌映入眼帘，云边脸颊一红，说道："训练很累吗？"

"你说呢，累死个人，刚刚扛着沙袋跑了五公里，那沙袋跟你一样重。"

"这话听着好像在说我很重似的。"

常焰摇头，嬉皮笑脸地说道："不重，我是说我能扛着你跑五公里，下回见面的时候试试。"

云边努了努嘴："那我最近多吃一点儿，养胖些，到时候你别喊累。"

常焰扬扬下巴："扛宝贝和扛沙袋能一样吗？就算累死我也乐意啊。"

云边挑眉："宝贝？"

常焰挠了挠脸颊，有些不好意思地说道："我听别人跟女朋友打电话就这么叫的，好听不？"

云边抿唇，摇头道："有点儿别扭。"

常焰干笑两声："我也有点儿别扭，可能是第一次叫的原因。"

没脸没皮的大男孩，鲜少的几次窘迫都献给了云边，他尴尬地沉默了两秒:"这周休息日有没有安排?"

"没有啊。"

常焰眼睛一亮:"那我去找你。"

"行啊,不过你前几天不是刚休息过了,怎么又休息了?"

常焰皱眉,略带不满地说道:"前几天?都半个多月了,我看你是一点儿也不想我啊。别人家的女朋友三天不见就撒泼打滚的,你倒好,还嫌见得多了。"

云边解释道:"没有,我是怕你训练太累,休息还要陪我就更累了。"

"累个什么?"常焰唠叨起来,"一天天也不联系我,不查岗不问话的,我跟别的女生跑了你也不知道。"

云边嘟囔:"你们那儿还有女的?"

"怎么没有?医护室都是女的。"

"医护室不就一个大妈吗?"

常焰愣了一下,斜眼瞟她:"你不知道看着我点儿,我叛逆了的话,就算是大妈,我也跟她跑。"

云边扑哧一声笑了出来。

"知不知道?要看着我,每天早晚打电话给我,我早上六点和晚上九点都能用手机。

"没事问问我的休息日,一到休息日你就霸占上,别给别人钻空子。

"上点心,我跟你说,我可是很容易跑的。

"我很容易跑的。

"我很容易跑的。"

....

声音环绕在云边的脑袋里,她的手紧紧地抓住床单,倏地睁开眼睛。

原来是梦,她眨了眨眼睛,发现自己真的在家,沈城的家。

云边心一紧,飞快地坐起身,慌乱地翻找着,最后在书桌上看见了自己的手机。

她拿到手里,拨打常焰的电话,关机。

云端听见卧室里的响动,敲了敲门,没人应声,他推门进去,唤道:"云边。"

云边抬起头,看了看云端无神的双目,又看了一眼他的衣着,还有他受伤的小腿。

有那么一瞬间,她以为一切都是一场梦,她还在少女时期,他也还在电话的那一头,随时都可以用一通电话联系到他。

云边握紧了手机,干涩的眼睛里掉出一滴泪水,她直勾勾地看着手机屏幕,依旧不停地拨打着电话。

云端意识到不对劲儿,走到她身边,碰到她的肩膀,手向下滑,摸到她手里的手机。

"你给谁打电话?有什么急事吗?"

云边苦涩地说道:"常焰啊,他怎么关机了?"

云端僵住:"云边,常焰他已经走了。你那天晕倒之后身体状况不太好,一直半睡半醒的,二叔就带我们回沈城了,你不记得了。"

云边不理他,还在拨打电话。

云端蹲下身子,试探着问道:"云边,你知道他走了吧?"

云边突然回了神,盯着云端看了几秒,倏地站起身,将手机摔在地上,随后又去摔其他东西,将能碰到的、能看到的都摔了出去。

云端抓住她的手腕,将她一把拽进怀里,紧紧抱住她:"云边,你冷静点儿,他已经走了!"

云边不听,疯狂地拍打着云端:"没有,他没有!他刚刚给我打电话了,他让我好好看着他。"

"他真的走了。"

云边摇头,歇斯底里地吼道:"他在训练,他没有走!你帮我打电话给他。"

云端沉默,云边在他的无动于衷里摇摇欲坠,脱力地瘫倒在地上,哀声道:"他在哪里啊?"

云端俯身抱住她,轻声道:"他的遗体回沈城了,明天下葬。"

"我想见他。"

"明天我带你去见他,不哭了。"

云边抽噎道:"我们还没结婚呢,我得跟他结婚。"

云端轻声细语地哄道:"好,结婚,你想怎么结就怎么结。"

云端安抚地拍着她的脊背,心脏像被人紧紧地攥住一般,生疼。云边这两天并不是一直在昏睡,她是被绑上飞机回沈城的。

那天破门而入的时候,他们见到的云边就和从前不一样了。

谁想带走常焰,她就打谁、咬谁,像只疯狂的小兽,拼命地护着常焰的尸体。云顶峰将她打晕,她醒了之后又像没事人似的,好像不知道常焰已经去了,但平静不过几个小时,她又会突然想起常焰不在了的事,整个人陷入悲伤之中。她时而清醒,时而混沌。

云边哭过之后,又恢复了平时的样子,将云端之前为了筹备婚礼而准备的手册拿出来,让他念给自己听。

云端顺从地念着,云边听过之后,说道:"如果明天结婚的话,这些来不及准备吧?"

云端咬着嘴唇:"来不及。"

云边一下子变得低落起来。

云端紧张地说道:"有些应该是可以准备的,我现在打电话联系。"

"不用了。"云边拉起云端的手,放在手册上,"准备这个就好。"

云边回卧室了,云端的指腹摸着凸起的地方,轻轻摩挲。

常焰被葬在了烈士陵园里,大理石墙壁上刻画着祖国的大好河山。

石碑上刻着红色的五角星,五星之下,"严火"两个字,熠熠生辉。

严火的父母站在墓碑前,悲伤地擦着眼泪。他们身后站着一排人,有董嘉南、章回,还有常焰的那些战友。

云顶峰在墓前立正,敬礼,将一个木盒打开,里头是一枚又一枚的勋章。

十余枚勋章,在阳光下折射出金色的光芒。

盒子被交到严火的父母手里,他的母亲双手颤抖着摸着勋章,眼泪浸湿了脸庞。

集体敬礼,奏响国歌。

激昂的声音响彻天空,严母再也忍不住,靠在丈夫的肩头哭泣道:"这些勋章太沉了。"

严父接过,泪水从满是褶皱的眼角流下,说道:"我拿着吧。"

他看着那耀眼夺目的勋章,脑海中突然回忆起很久很久之前,严火曾说他想要娶一个女孩儿,那个女孩儿出身于军人世家,祖祖辈辈都是为国争光的人,他想要努力成为配得上她的人,到时候穿着军装,戴着勋章,风风光光地把她娶回家。

严父见过那个女孩儿,气质脱俗,举止淡雅,是个好女孩儿,但今天那个女孩儿没有来。他看了一眼墓碑,叹了一口气,这么些年了,估计她早就把严火给忘了吧。

这样挺好,各过各的人生,总比在墓碑前像他们一样哭泣要好得多,他也不想见到那么好的女孩儿为了严火的离去而悲伤。

国歌唱完,突然,不知从何处传来了唢呐声。

唢呐声高昂,穿透力极强,似跨越山海而来,冲进众人的耳膜。一时间,世界上的所有声音都变得索然无味起来。

董嘉南看了看天空,问道:"怎么会有人吹唢呐?听起来似乎就在附近。"

章回忽然问道:"云边和云端怎么没来?"

董嘉南皱眉道:"云端哥说有事,来不了,可能是云边姐的状态不太好吧,不想来。"

章回叹了口气:"云边不会不来的。"

"云边姐已经那样了,怎么来啊?"

章回的目光深邃:"你听得出唢呐吹的是什么吗?"

董嘉南愣住:"丧乐吧?可能附近有人在办丧事。"

章回沉默两秒,突然道:"不是丧乐,是喜乐。"

陵园背后,白雪皑皑的枯草地上,一抹鲜艳的红,分外刺眼。

云边穿着一身秀禾服,头上盖着红纱,跪在地上,双手平举,抬头望着天空。

一拜天地,云边的头重重地磕在地上,雪沾在了额头上。

二拜高堂，云边再次俯身磕头，抬头："常焰，我怕你爸妈不同意我们结婚，就没告诉他们。"

她比谁都明白，这场婚礼，任谁都会说一句没有必要。人已经死了，她就该努力走出去，过自己的日子，就像曾经常焰和她分手时说的那句——"大好的青春别被我给耽误了。"

但她的决心不会改，就如同她默默找他的那六年，不需要别人支持，也不想听所谓的道理。她只知道她想做，既然想做，就去做了。

天有些阴，灰蒙蒙的看不见太阳，云边的身旁燃着一堆干枝，火焰在风里左右摆动，寒风冷冽刺骨，那火却着得很旺。

火光里，一幅油画在燃烧，是昨晚云边连夜画的。

云边望着天，解释道："画得急，但没有敷衍你，我认真画了的，结婚总不能没有结婚照吧？"

画中，云边穿着秀禾服，笑得灿烂，身边的常焰，一身军装，眉眼生动。

"你要保管好我们的结婚照，时刻记得你是我老公了，这辈子你跑了我不怪你，下辈子，你得来找我。"

夫妻对拜，云边很慢很慢地低下头。

火光撩动，油画在炽热的火光里一点点燃烧。

冷风呼啸，云边的盖头被风吹起，她的皮肤白皙，妆容精致，红艳的唇微微上扬，眼睛里带着笑意，就好像心爱的人就在身边一样。

"好看吗？"

陵园之上，墓碑重重，雪霜摇晃，唢呐声响。

世间沧桑，情落缘寞，一曲吹散，亡人悲凉。

纵来人间一趟，岂能让你暗淡退场。

风声嘹亮，送一双展翅翅膀。

纵横六合八荒，逐浪五岳千江。

看韶华沧海，听烟雨斜阳。

你在天上，我在地上，仍能一起，相伴斜阳。

番外一　　炽热相拥

云边和常焰的孩子很健康，八岁了，眉宇里带着常焰的影子。

他姓常，名凡，很平凡的名字，云边希望他的人生也和名字一样平凡。

晚上十点，常凡洗漱完毕，坐在书桌前，打开日记本，翻开新的一页，写下日期和天气。

笔尖落在纸张上，字迹工整——

前一阵子，妈妈又去长蓝看我爸了，往年每年都只去一次，今年去了两次，可能是弥补去年没去的那一次吧。

去年，妈妈是在精神病院度过的。他们说我妈妈有病，但我看不出来，我觉得她和所有的妈妈一样，她很温柔，会给我做饭，给我辅导功课，还和我聊天。如果说有什么不同，就是她总说能看见爸爸。

我不认识我的爸爸，但这个男人在我的生活里"出现"的次数非常频繁。

妈妈昨天给我包了个大大的生日红包，说是爸爸送的，前一阵子快递寄来了一套冬装，妈妈说也是爸爸送的。

在我妈妈的嘴里，爸爸是驻扎在边境的军人，就在长蓝，所以妈妈每年都会去看望他。

以前我也以为这是真的，后来舅舅跟我说了真相，我才知道爸爸早就死了，那些礼物和惦念，都是我妈臆想出来的。

舅舅让我不要拆穿妈妈，我不会的，因为我知道，妈妈就是靠这些臆想活着的。

她太爱爸爸了，每天都在画他，穿着军装的他，满头大汗训练的他，浑身伤疤、脸色苍白的他。

妈妈的画，让我非常熟悉我的爸爸，他是个铁骨铮铮的军人，勇敢又善良，我很想成为像他一样的人。

休息日，云端开车带着云边和常凡下了乡，前一阵子他们给乡下的小学捐了个小型图书屋，这次又买了一批书，准备送过去。

云端穿着深绿色的军装，双目明亮，回头看了一眼云边，说道："昨天你午睡的时候，陈香打来电话，她问我要你的银行卡号，说要把钱还你。"

云边看着窗外来来往往的车辆，缓缓地摇了摇头，说道："不用了，我不缺钱。"

云端笑道："自从她出狱之后，你一直在帮她，现在她的日子好起来了，你就收着吧，不然她在你面前，会一直觉得抬不起头。她想要重新生活，最重要的就是给她足够的自尊。"

云边有些心不在焉，点点头："那就收着吧。"

沈城的冬天很冷，是那种彻骨的寒冷，云边站在灰扑扑的土地上，看着远方的山脉。

老师和学生在搬书，云端和常凡跟着一起搬，云端回头瞧了云边一眼。

时间并没有在云边的脸上留下多少痕迹，她的神色一如往常地淡漠，只是那双眼睛，呆滞又空洞，长久地望着虚空，纹丝不动，就那么静静地看着。没人打扰的时候，她能看上一整天。

云端垂下睫毛，揉了揉眼睛，这几年医学发展迅速，他的眼疾被治好了，但眼球很脆弱，时不时会觉得有些干涩和酸痛。

能再次看见光明，对他来说已实属不易，不能奢求太多。

有电话打来，云端走出人群，接通。是云边的医生打来的，询问她的近况。

云端说道："还是老样子，前两天说入冬了，怕常焰的旧伤发作照顾不好自己，她想这个冬天去长蓝过。"

那边说了什么，云端脸色沉了下来，说道："她除了会经常提到常焰之外，没别的反常，不会伤人，不会自残，平时也能工作，情绪很平稳，我不想让她再入院了。"

停顿一会儿，云端坚持道："好不了就好不了吧，别再折磨她了。"

书搬完了，正是课间休息时间，有的同学回了教室，有的同学在操场上玩。

云边站在操场上,身影小小的。

常凡累得满头大汗,他看了云边一眼,小跑过去,喊道:"妈。"

云边定定地看着常凡,回过神,莞尔一笑,抹了一把他头上的汗:"累不累?喝点儿水吧。"

常凡接过云边递来的矿泉水,咕嘟咕嘟喝了半瓶,问道:"你在看什么呢?"

云边的表情有一瞬间的凝滞:"风。"

"风?风能看见吗?"

云边笑笑,点了一下自己被吹得飞扬的头发:"这不就是风吗?"她回头,又指了指操场上飘扬的五星红旗,"那也是风。"

常凡声音清脆:"是北风。"

云边怔了怔,看着风从北面吹来,悠悠奔向南方,是朝着常焰的方向去的。

今年她去了长蓝两次,都没能看见常焰,往年他没这么忙的,有时她不去,他也会回来看她的,可今年不知怎的他变得特别忙,连电话都不怎么打了。

他是不是又想着跑呢?这让云边真的很害怕。

为什么,他就是不能好好地待在她身边?任务一个接着一个,危机难测,总让她提心吊胆的。

云边叹了一口气,松了松围在脖子上的围巾。常凡看出她的不适,伸手捋了捋云边鬓角的头发:"妈,你是不是又想爸爸了?"

云边点点头,眉头紧锁地看着南方。想念他,是她唯一控制不了的事,那种憋到发疯的情绪,在每一个孤寂的朝暮之中,折磨着她。

忽然间,有人尖叫道:"着火了!"

云边转头,看见一抹橙红色的火光升起。

学校有三层楼高,火像是在三楼燃起的,就在图书馆隔壁的实验室,火舌从窗口冲出来,蔓延到了图书馆的窗帘之上,钻了进去。

图书馆全是纸质书和书架,火着起来便不受控制,噼里啪啦的燃烧声越来越大,紧接着,几扇窗子接连透出火光。

349

有同学在外头大喊有人还在里头,老师们赶忙去打水。

水房距离着火点太远,根本来不及。

常凡噌地一下从云边的身边跑了出去,奔着火光的方向,说道:"有人还在里面,得去救人。"

云边心里一惊,在后头追,喊道:"小凡!"

常凡的体力很好,像一头豹子一样奔到了图书馆门口,他拿过老师手里的水桶,往头上一浇,便冲进了火光之中。

火势以非常迅猛的态势将二楼和三楼点燃,着火范围瞬间扩大,黑色的烟灰被热浪掀着飞起,飘荡在天空之中。

云端冲过来,正撞在云边的身上。

云边被撞倒在地,急声道:"哥,小凡进去了!"

云端额角的青筋绷起,将云边推出热浪,说道:"在外头等着。"

话音刚落,他便抢过两桶水,一桶浇在自己身上,一桶拎着冲了进去。

消防队离得远,没那么快赶过来,老师分成两批,一批组织学生撤离,一批救火。

云边站在热浪之中,紧握着双手,死死地盯着图书馆入口。

不多时,云端的身影在浓烟中逐渐清晰,他两只手臂各夹着一个孩子。他将两个孩子推出去,紧接着转身再次冲进火场。

下一刻,云边看见浓烟里的常凡被他拎了出来,常凡的脸上都是黑灰,咳嗽不止,双臂还紧紧地抱着一个比他还小的孩子。

他们刚出来,身后就有火光席卷而来,好在他们已经逃离了危险区域。

看到常凡染了血的裤腿,云边跪在地上颤抖地摸着,急躁地指责道:"你干什么啊,为什么要跑进去?"

云端也在指责,声音比云边更严厉:"你要是出点儿什么事,你妈妈怎么办?"

常凡微垂着头:"我没想那么多,我只知道里头有更多的孩子,他们出了事,他们的妈妈也会很伤心。"

云边怔住,一时间不知该说些什么好。

云端拍了一下常凡的脑袋,没好气地说道:"给我老实点儿,一会儿再收拾你。"

说完他便继续去救火了。

火舌缠绕着房体,随风刮向南侧干燥的楼房,浓烟越来越多,滚滚而出。

孩子们的尖叫声此起彼伏,老师的声音夹杂其中,喊道:"别乱,往操场上走,找到自己的班级。"

脚印、水痕,一排又一排,将土地踏成了泥泞的黑色。

老师看见了常凡,跑过来,对云边说道:"孩子受伤了?我先带孩子去操场,给他处理一下伤。"

云边点点头,将常凡扶起,刚要走,听见轰的一声,回头看见图书馆已经完全被火吞没了,周遭温度霎时升高,火势越来越大。

云端的声音在不远处响起:"地板塌了,快清点人数,如果没有被困人员,就别往里进人了,再烧下去,房梁很有可能会塌掉。"

常凡有些着急,云边按住他,呵斥道:"跟老师走!"

常凡只好点点头,被老师搀扶着往操场上走。云边跑开,去找水管,找到几根两米长的,她用布条缠住,捆上胶带,跑回着火地方的时候听见了消防车的鸣笛声。

消防车停在楼房前,消防员从车上跳下来,规划各自的路线,背上灭火器,连接高压水枪。

老师们缓缓退出危险区域,云边拎着水管,往操场方向走。

学校是老房子,大多是木质结构,安全隐患太大,遭遇火灾,便不堪一击。

火势蔓延得很快,高压水枪压不住火势,消防队队长下令再派一辆消防车。

窗框从高处掉落,火焰哧哧地烧,热浪翻滚,烟熏火燎,云边没走几步,突然传来一道爆炸声。

她下意识地蹲在地上,捂住耳朵,忽然感到身后一片炙热。她微微抬头,看见一粒粒黑色的烟灰飘然而下,落在她的睫毛上。

"云边!"有人在唤她。

云边回头,被火焰的光热刺到眼睛,她用手挡住。

"云边！"

声音仿佛从火中来，云边缓缓地放下手，眼睛一眨不眨地盯着烈火。

黑烟裹挟着焦煳味扑面而来，有一种熟悉的味道。记忆里，常焰的嘴唇就是这个味道。

火焰映在云边的瞳孔之中，在那一片火光之中，她恍惚看见一条黑色的河，河水死气沉沉，连接着山和天。

河水之上，是一条货船，被烧得红彤彤的。

云边表情变得呆滞，她微微张口，声音沙哑地问道："常焰？是你吗？"

巨大的浓烟让整个天都暗了下来，仿佛黑夜一般，热浪扑面而来，周遭声音逐渐退去，云边的世界变得安静。

一个身形修长的男人背影出现在她的眼前，男人穿着墨绿色的背心，手里拿着一件外套，他臂膀上的肌肉紧绷，力量感十足。

云边睫毛一颤，她的眼眶被烟熏得通红，但就是不肯眨眼睛，生怕这是梦中的场景，一眨眼，连味儿都寻不着了。

站在火光中的男人微微转头，他看向云边，唇角轻挑，似笑非笑地说道："抱歉，最近太忙了，这才有时间回来看你。"

他还是那副样子，说话的时候总带着笑，露出一排洁白的牙齿。这样的他，在她的梦境里出现过无数次，让她整日都魂不守舍。

云边站起身，怔怔地看着他，问道："还走吗？"

常焰不说话，不知是不想回答，还是有难言之隐，那双眼睛温情脉脉地看着她。

云边的嘴唇颤抖："常焰，你要是还走，我就不等你了。"

常焰笑笑，依旧不说话，面容在火光之中忽隐忽现，仿佛转瞬之间就要消失。

又是这副样子，话没说两句就要走，云边气急了，快速地朝他跑去。

消防队队长猛地回头，看见一道黑影一闪而过，问道："是什么？"

"有个女人跑进去了！"

"快拦住她！"

一时间，男人的吼叫声四起。

"回来!"

"水枪,快!"

"救人!"

噼里啪啦的炸裂声响起,黑烟像乌云一样笼罩着大地。

"人哪儿去了?"

"跑里头去了,看不见了。"

轰的一声,房梁塌了,阻拦了消防员的路。

云端闻声赶来,听见有人说跑进去一个女人,他四下找云边,却没找到,直觉不好,下意识要往火里冲,被消防队队长拦下。

"云边,是不是云边进去了,是不是啊?"他发了疯似的怒吼。

黑色的烟如同魔鬼一般,密布天空。

云边感到身体越来越热,脚被什么东西绊住而摔倒,她又飞快地爬起,双手沾满黑灰,她没管,直直地朝着常焰的方向跑。

"你别走,别走,常焰,你敢再走一步试试。"

云边扑到他的怀里,摸到他滚烫的身体,她的掌心刺啦作响,浓烟和焦煳味冲到鼻腔里。

常焰搂她入怀,低头看她,似笑非笑地道:"你急什么?"

云边急促地说道:"不许走不许走!你别走!"

常焰无奈,皱眉说道:"我有任务,必须走。"

云边哭了,眼泪夺眶而出,又瞬间蒸发,她死死地搂住常焰,火热的空气钻入她的肺里,她的心脏不断收紧。

"我不要你走,我好想你啊!我受不了看不见你的日子,我觉得自己快死了,我不想这样等着你了,我等不下去了,常焰,我等不下去了!"她哭得撕心裂肺。

常焰心疼地擦掉她的眼泪,眼睛像深不见底的黑洞。

一阵天旋地转,云边觉得自己在向下坠,膝盖狠狠地磕在地上。常焰俯身爱怜地抱着她,云边收拢双臂,缠绕住他的身体,很紧,紧到两人都不能呼吸。

"我不等你了,我要跟你一起走,你去哪儿我去哪儿,好不好?"云边声音沙哑。

常焰吻她的发顶、额头、脸颊、嘴唇。

唇落之处带来钻心的疼，云边渴望这种疼痛，贪婪地用脸去蹭他的身体，嗅他的气息。

等待，是太辛苦的一件事。

只因为他说了那句"要等我"，她便一直等了下去，甚至都不知道为何要等，也不知能不能等到。她固执地守着承诺，在一个个撕心裂肺的日子里，用幻想给等待补上一个又一个理由，平静地和时光相互煎熬。

她分不清何为清醒、何为混沌，也不知活得像人还是像鬼，对她来说都无所谓，只要能看见他就足够了。

她的青春在等待中消耗殆尽，六年、九年，岁月蹉跎中她筋疲力尽。

常焰的声音从头顶传来："真的要跟我一起走？"

云边用力地点头。

常焰笑笑，和她十指相扣："那好吧，我带你一起走。"

云边感觉自己飘飘忽忽的，像在海中浮着，世界变成了一片虚空。她的世界就这样消失了，所有关于世俗的一切都化成了泡沫。

她觉得自己并不是不幸的人，如果能回到过去，她依旧会选择和他相识、相恋。她深爱着他，爱他给予她的一切快乐和痛苦。

云边缓缓地闭上眼睛，用最亲密无间的姿势，拥抱着常焰。

没有他的人生，再短她也觉得漫长。

爱上一个人是非常迫不及待的事，无论是九年前还是现在，她都迫不及待地要和他重启那段被尘封的爱情故事。

手腕上那串小叶紫檀在火中爆裂，火焰吞噬着云边的躯体，她的唇角微微上扬。

会有来生吧。

云端为了能将云边和严火合葬在一起，找了很多关系，跑了许多地方，然而，最后依旧没能如愿。

从法律意义上来说，云边和严火不是夫妻，她和常焰才是，单这一点，他们就没办法合葬。

最后云端选了比较好的墓园,将云边安葬了。

葬礼很简单,只请了些亲眷,还有三两好友,送别时,大家的脸色都很沉重。

董嘉南已经长成了一个成熟的男人,他眉眼冷毅,警服比上次见面时多了一道杠。

陈香一袭黑裙,长发如瀑,抬手擦着脸颊上的泪水,手指上戴着订婚戒指。

容老年事已高,九年前被确诊了癌症,没想到比预期多活了几年。他坐着轮椅,苍老的面庞上挂着一道道看透世事的皱纹。

所有人的生活看起来都在越变越好,唯独云边的生活越来越糟。

云端低下头,看着面色悲痛的常凡,摸着他的头:"小凡,别怪你妈妈,她实在是坚持得太辛苦了。"

常凡摇头:"我不怪妈妈,我知道这些年她都是为了我在坚持,不然早就去找爸爸了。"

云端哽住,泪水模糊眼眶。

常凡问道:"舅舅,你说妈妈能实现她的愿望吗?会见到爸爸吗?"

云端点点头:"会的,他们有约定,一定可以再见面的。"

番外二　　回不去的家

　　训练场上,严火抓着绳子,脚踩墙壁,攀爬而上,快得像一道影子闪过。
　　上至高台后,他抹了一把脸上的汗,笑得肆意张扬,而后抬脚将快要爬上来的云端踹了下去,看见云端手足无措地落在软垫上,他笑着蹲下了身。
　　云端怒道:"严火!你是不是有病?!"
　　严火不说话,只是笑,那笑容比烈阳还要夺目。
　　训练场一旁的阴凉处,云顶峰眯着眼睛看过去,问道:"严火,果然是人如其名!"
　　身边的教员朝着高台方向大喊:"严火,下来!"
　　严火闻声答应,抓着绳子从十米的高台一跃而下,灵活敏捷地跑到了云顶峰和教员面前,立正,敬礼。
　　严火:"长官好!"
　　云顶峰上下打量着严火,赞赏地点点头。
　　教员拍了拍严火的肩膀,出声道:"长官有任务交给你,你去收拾一下行李,跟着长官走吧。"
　　严火微愣,看向云顶峰,问道:"长官,是什么任务?"
　　一旁的教员适时地退开。
　　云顶峰表情严肃且郑重:"严火,现在有一项极其艰巨且危险的任务需要你去执行。我们经过多方面考量,认为你的综合能力、应变能力和心理素质都非常出色,背景和年龄也很合适,所以决定由你去担任卧底工作。"
　　严火:"卧……卧底?"
　　云顶峰:"是的,隐姓埋名,深入虎穴!"
　　严火笑着挠了挠头,声音中略带着惊喜:"这么好的立功机会还能轮到我。"

云顶峰:"任务还是很危险的。虽然你是我们选出来最合适的人选,但也要征求你的意见。"

严火嘿嘿笑了笑,笑容干净又稚嫩:"我去!立了功回来,我就能娶云边了!"

云顶峰眉心微动:"云边?"

严火点头:"我女朋友,可漂亮了!"

云顶峰缓缓点了点头,想到大哥提过,云边的恋爱对象是一个很讨人喜欢的少年,不由得多看了严火两眼。

不错,热血赤诚,配得上云边。

…………

一个月后。

云顶峰看着面前的严火,认真道:"经过这段时间的训练,你已经具备了执行卧底任务的能力。接下来的每一步路对你来说都将是如履薄冰,但我相信你,严火。"

严火面色严肃:"严火保证完成任务!"

云顶峰:"你以后不叫严火了!"

严火从办公室出来后,面色便一直阴沉如水。他从商店买了一盒烟,蹲在街边抽了一根,呛得咳嗽了几声。

他自言自语地说道:"反正没多久我就回来了,你总不至于这么快就找新男朋友吧,大不了到时我再重新追你。"

严火扔掉烟,深吸一口气,指尖轻颤着,按下云边的号码。

不知过了多久,天已经黑透。

严火的眼睛有些红,泪水滑落,砸在手背上,手一抖,烟头掉落在地。

他喃喃自语:"原来说分手这么痛苦,这辈子我都不会再对你说了。"

云顶峰把车停到严火的身边,缓缓降下车窗,说道:"该出发了。"

严火起身,整理了一下衣服,拉开车门,坐在后座。

他将手机郑重地递给云顶峰,说道:"我家里就拜托你了。"

云顶峰郑重点头:"放心吧,我都有安排。"

"还有云边,帮我照看着点儿,等我回来,你帮我俩证婚吧,二叔!"

云顶峰没有回答,只是沉默地看着前方。

严火这一去,谁也不知道将会面临什么,也不知多久才能回来……

长蓝特大毒枭唐骁落网那天,狂风呼啸着席卷而过,爆炸声轰鸣,在空旷的厂房内回荡。

严火从废墟中爬了出来,吐出一口血沫,擦擦唇角,笑着往外走去,声音雀跃:"任务完成!"

身后的章回带着数名队员冲上去,将手铐戴在唐骁和一众毒贩的手腕上。

一只鸟惊慌地飞过,严火的视线追着鸟儿,乍一转头,被霞光晃了眼睛。

他眯了眯眼,看见漫无天际的霞光,像熊熊燃烧的烈焰舔舐着天空,将云朵烧得通红透亮。

严火笑了,轻声道:"云边,你有没有想我?"

章回跑到严火身边,问道:"你有没有受伤?"

严火不答。

章回冲到严火面前,继续问道:"你看什么呢?受伤没?"

严火看见章回人时才回过神:"任务完成,我能回家了吧?"

章回没回答,转而道:"听说有个叫大龙的来了长蓝,他觉得你有路子,想让你帮他销货,你现在回去可惜了。"

严火脑袋蒙蒙的,说道:"啊?你说什么?大点儿声,我听不见!"

章回的表情瞬间僵住,意识到了什么,看着严火的耳朵不知说什么好。

严火只觉得耳朵里嗡嗡的,以为是周遭太吵,揉了揉,自顾自地笑道:"我这老大不小的,也该结婚了,还想早点儿生几个孩子呢,不然可惜我这么好的基因了。"

严火拍了拍章回的胳膊:"你说是不?"

章回努力挤出一个笑脸,僵硬地点点头。

严火仍然揉着耳朵,疑惑道:"什么东西进耳朵里了?有点儿疼呢。"

揉着揉着,他的手上便沾满了血。

相隔千里的沈城,趴在工作台上小憩的云边从梦中惊醒。

有风涌入，窗帘飞扬，外面的霞光忽隐忽现，云边抬手向投射进室内的光芒探去。她有些恍惚，又梦见严火和她说分手的那天了，各种刺耳的话回荡在耳边，都分不清哪句真哪句假了。

云边揉了揉眉心，看着窗外漫天的火烧云，微微叹了口气，低头去看电脑屏幕上的微博主页。今天新增三百个粉丝，她挨个点进去查看主页、地址、动态，试图能找到一些她熟悉的物品或场景，哪怕只是熟悉的感觉也好。

她用尽了所有的办法都找不到严火，真的一点辙都没了，只能试图用这种自欺欺人的办法去寻找。

她把寻找视为爱的延续，只要一直找着，好像这份爱就依然流动着，延续着，从未定格，从未死去。

忽然间，在一个微博名是乱码数字的主页里，她看见了一张火烧云的照片。

云边腾地一下站起身，不小心碰倒一旁的水杯，水洒在电脑上。她惊慌地去擦，但电脑还是黑屏了。她拍打几下屏幕，还是没有反应，便迅速跑出房间，闯进云端的卧室。

云端正在看书，见云边慌慌张张地进来，又打开他的电脑，比当年看高考成绩还紧张。

云端好奇地走过去，就看见云边登录微博，找到一个账号，打开一张火烧云的照片，仔仔细细地看着。

云端问道："你在找什么呢？"

云边语气急促："严火！"

云端哑然，轻轻叹了口气："都三年了，你还放不下？"

"我只是想知道他为什么要离开我们，要一个答案就好。"云边的眼眶湿润，像马上要流出泪来。

云端不说话了，安静地陪她一起看。是的，他也想知道一个答案。

云边把照片中的树枝截图出来，识图搜索，找到了树的品种——连理枝，又称相思树。

如今北方已是寒冬，照片中的那棵树却翠绿茂盛，可以排除北方城市了。

云边就是用这样的笨方法，通过树的品种和相对应的季节，一个城市

一个城市地排除。

工作之余,她便会去这些城市,四处寻找严火的身影。

陌生的城市,云边背着画板,在一处天桥上停下,对着远方的场景画了起来。

车水马龙,万家灯火,站在马路边等车的白领,街角角落蹲着抽烟的男人们,背着书包奔跑的学生。

云边放下画笔,怔怔地看着这幅画。她的眼神停在街角抽烟的男人们身上,眉头蹙起。有个只露出半边身子的男人,那蹲着的姿势,特别像严火。

云边凝思了一会儿,摇摇头:"怎么会是他呢,他不喜欢抽烟。"

这样想着,云边收起画板,离开了天桥。

严火不喜欢抽烟,但常焰喜欢。

天桥的另一边,已经对"严火"这个名字不再熟悉的常焰扔掉烟头,跟大龙勾肩搭背地往前走着,身后跟着几个手下。

大龙语气愉悦:"这次来言城幸好有你在,不然可销不掉这么多货,回去哥要好好犒劳你。"

常焰痞气十足地笑道:"多给点儿分成就行。"

大龙拍了拍他的肩膀:"哪能够啊,你跟哥这么久还没好好享受过呢。回去哥给你介绍个女朋友,保准你喜欢。"

常焰冷笑一声,什么样的他都不会喜欢,他喜欢的人,在故乡。不知道最近她在做什么,已经好久没听到她的消息了。

这样想着,他无意识一个侧头,看见了云边的背影。一瞬间,他全身的血液都凝固了,定在原地,大脑一片空白。

是云边吗?她怎么会在这里?还是他看错了?

自从和云边分开后,他常常会把别人的背影看成是她的,也总是会有今天这般心被提起的感觉,只是仔细再看,才发现是看错了,那颗心便会缓缓放下。

但是今天这个人的背影,怎么看都像她。他的心紧绷着,呼吸越发急促,额头都渗出了细汗。

大龙问道:"看什么呢?"

常焰回神,竭力调整自己的情绪,回道:"我去买瓶汽水,你们先回酒店吧。"

大龙没在意,点点头跟手下们走了。

常焰佯装平常,确定大龙等人不会回头后,立马转身,朝那个背影追过去。

言城特别闷热,云边有些不适应这里的温度,走几步觉得喘不上气。她抬头看见了前方的商场,便想着进去吹吹空调。

常焰跑到商场门口,左右张望,不见熟悉的人影,喃喃道:"刚刚不是在这儿吗?"他的眼睛在路人身上来回扫视,逐渐焦急起来,"让我看一眼,就看你一眼,我只想看一眼……"

常焰眉头紧蹙,拳头紧紧地攥着。

他在内心祈祷着,希望那个人真的是云边,这样,他就可以看她一眼了。

他保证绝对不会喊她,会躲起来不被她发现,只那么远远地看一眼就好。他真的太想她了,只要看一眼,他内心的煎熬就能缓解。

可最终他并没在人群中找到云边。

常焰无力地靠着一旁的柱子,缓缓松开紧握的拳头,许久之后,才拖着沉重的步伐走了回去。

可能,又是看错而已。

云边在言城待了一阵子后便回了沈城。

这天刚好是中秋节,云端开着车,载着爸妈一起去机场接云边。

"爸,妈,这次去南城抢险抗洪我可是立了一等功,你们怎么都不表扬表扬我呢?"说完,云端偷瞄副驾驶座上父亲的脸色。

云父只是淡淡地笑了笑,沉声道:"这次表现得不错,可以表扬。"

云端笑了笑。

云母看着报纸,说道:"云边的画也获了奖,她可能还不知道呢。等接上她,咱们回家给你们兄妹俩好好庆祝一番。"

云端只是笑,眼睛里闪着快乐的光芒。

忽然，一辆货车径直朝着他们撞了过来……

云边赶到医院的时候，父母的遗体已经被白布盖住，而云端正在急救室抢救。她六神无主地站在手术室外，身体不住地颤抖，一句话都说不出来。

医生将手术通知书塞进云边的手里，焦急地说道："快签字吧，你哥哥需要立刻手术。"

云边的双眼无神，眼泪噼里啪啦地往下掉，手抖得厉害，她歪歪扭扭地写下自己的名字，想说什么，但嘴张了半天却什么都说不出来。

医生匆匆离去，云边支撑不住，瘫坐在地上，痛苦地捶着自己的胸口。

她的声音凄厉："为什么？为什么非要去接我！"她一下一下狠狠地捶打着心口，感到肝肠寸断。

云顶峰赶来后，一把抓住云边的胳膊，心疼地凝视着她："孩子……"他张口才意识到此刻什么话都安慰不了她，只能陪在她身边。

云边浑身冰冷，瘦弱的身体蜷缩在地上，像一只破碎的蝴蝶。

她低声呢喃："爸爸妈妈都走了，哥哥要是也走了，我就没有家人了。严火，我该怎么办啊？"

她的声音很轻，但云顶峰听到了。

他将云边轻轻搂在怀里，安抚道："云端会没事的，你们还有二叔呢。"

云边没有回话，身子滑落下去。

云顶峰将人抱了起来，喊道："医生！有人晕倒了，医生！"

包间内，常焰被大龙等人簇拥着，桌上摆满了烈酒，众人欢笑着碰杯。

大龙递给常焰一个皮箱，说道："常焰，这次你是头号功臣，这些钱全是你的了。跟哥说，你还想要什么？"

常焰强扯出一丝笑容，他想回家，这话自然是不能出口。他摇了摇头，端起酒杯，仰头一饮而尽。

烈酒入喉，似火般灼烧着他心底的牵挂。只是一个背影而已，他便这般无法自拔，若真看见了人，怕是会随她而去。

这份对故乡的牵挂被一个像她的背影勾得难以安放，他第一次这么想家。

也不知道是思念太过揪心,还是酒喝得猛了,他突然觉得心脏很痛,手下意识地捂住胸口,强烈的不安感涌上心头。

大龙向前凑了凑,出声道:"常焰,你怎么了?不会是想临阵脱逃吧?"

一股浓烈的酒臭味扑面而来,常焰深吸一口气,强忍着内心的剧痛与不安,努力挤出一丝镇定的笑容:"我……我岔气了,出去换口气。"

他匆匆答话,忙不迭地走了出去。

常焰一路走到室外楼梯,扶着楼梯扶手,大口呼吸着外头的空气。凉凉的空气吸进肺腑,他觉得清醒了许多。

皎月孤独地高悬于空,光芒清冷,透着无尽的凄楚之意。

他抬头看向明月,想起了远方的故乡,那个有着温暖灯火、亲切乡音的地方。

曾经的中秋之夜,一家人围坐在客厅,桌上摆满了月饼。妈妈在唠叨着电视节目不好看,他一边应和,一边低头和云边发着信息。

云边:"哎呀,我忘记买抹茶馅的月饼了,抹茶馅的可好吃了。"

他挠了挠头,嘀咕:"还有抹茶馅的呢?"

妈妈听到他的话,拿过一个月饼递给他,说道:"这不就是抹茶馅的嘛,老板说是新品送了我两块。"

他惊喜地拿过月饼,眼珠一转,将月饼揣进兜里,起身穿上外套,说道:"妈,我出去一趟,一会儿就回来。"

他去给云边送月饼。

常焰的思绪从回忆里抽出,嘴角的笑随着回忆散去而落下。

他望着高悬天空的月亮,倾诉思念——

"云边,我想你了,我好想回家!"